La parole du chacal

Clarence Pitz

La parole du chacal

Thriller

Phénix Noir

Éditions IFS

Éditions IFS - Collection Phénix Noir
Drève de la Charte 13
BE - 1083 Bruxelles
Belgique
Tél. : +32.493.220.888

Site internet : **www.editions-ifs.com**
Email : info@editions-ifs.com

ISBN : 9782390460060
Publié et imprimé en Europe (Août 2020)
Dépôt légal : Bibliothèque Royale de Belgique - D/2020/13.387/02

Prologue

Carnet d'observation — Jour 23

Comment instruire un Blanc ? Comment le mettre de plain-pied avec les choses, les rites, les croyances ? Et d'ailleurs, ce Blanc avait déjà démonté les Masques ; il en connaissait la langue secrète ; il avait parcouru le pays en tous sens et pour certaines institutions il en savait autant que lui. Alors ?
(Marcel Griaule, Dieu d'eau, entretiens avec Ogotemmêli, 1948)

Si la parole du renard pâle a plus de valeur que celle des hommes, alors, oui, je dois l'admettre, j'ai commis un impair…

Que de curiosité ! Que d'imprudence !

Ce soir, lorsque le soleil épousera la terre et que la lune reprendra ses droits, narguant le chacal de sa lueur ténue, je sais qu'on viendra me chercher. Je n'ai pas d'autre issue. Je serai bien obligé de suivre. Le vide m'encercle, l'immensité de la plaine me condamne, réduisant à néant tout espoir de m'enfuir. Je n'aurai d'autre choix que de plonger dans les ténèbres. L'obscurité sera mon refuge, le monde des esprits mon salut.

J'aurai tenu vingt-trois jours, dans la chaleur et l'inconfort, dans l'angoisse et le doute. Oh ! Mon Dieu, comme l'incertitude et l'ignorance peuvent être oppressantes ! Comme l'invisible peut être terrifiant ! Comme la vérité peut être tranchante. Le Savoir implacable.

Plus de trois semaines à observer, noter, analyser. À tenter de comprendre, de percer à jour les mystères de ce peuple. À vouloir saisir leur système de pensée. À trop vouloir, j'ai tout perdu. Me voilà pris au piège, guêpier que j'ai construit de mes propres mains. J'aurais dû faire comme les autres, me contenter de rester en surface, de profiter du moment présent, de questionner distraitement, de me délecter du paysage grandiose, de la beauté des femmes et de l'insouciance des enfants. Si je m'étais astreint à vibrer au rythme des masques, dansant sous une chaleur de plomb, irisant les rocs acérés de leurs couleurs flamboyantes, je n'aurais pas à attendre ce sort inéluctable. Mon existence aurait été cousue de fil blanc, un métier, une épouse, des enfants. Une vie certes ennuyeuse, banale, mais une vie.

J'aurais dû faire preuve de plus de sagesse. Il y a des choses qu'on ne regarde pas, des choses qui ne se disent pas, des choses qui ne se révèlent pas. J'ai voulu forcer le destin, posséder ce qui ne me revenait pas, connaître ce qui m'était interdit. Je vais le payer de ma vie.

Demain, je ne serai plus. Mon corps ira rejoindre la falaise, fondra en son antre, mon esprit expiera son insolence à jamais. Alors, je pourrai renaître, ancêtre parmi les ancêtres, renard parmi les renards.

Mon travail sera réduit à ces maigres notes. Une peau de chagrin. Le travail d'une vie. Une courte vie. Il ne faut pas tenter de se soustraire aux lois. L'interdit a du sens, il ne faut le défier.

J'ai plus honte que peur. Honte d'abandonner mes proches. Honte d'avoir manqué à tel point de lucidité et d'avoir commis l'irréparable. Que ces mots soient pour eux un pardon. Chaque existence n'est – elle pas un bien précieux ?

J'ai toujours su que je sacrifierais ma vie aux Dogons. Rien n'est plus vrai aujourd'hui ! Comme ce peuple m'aura fasciné. Que dis-je ! Obsédé...

Cette nuit, j'attendrai le chacal sur son chemin, je me désignerai comme proie. Et, au petit matin, seules resteront ses empreintes, augures éphémères, traces mortifères.

Je n'ai pas peur, du moins, plus maintenant. Et pourtant, je sais ce qui m'attend...

Le jour décroît, ma fin approche. Le crépuscule est mon prélude, les étoiles sont mon tombeau.

Adieu lumière, adieu ciel bleu. Ce soir, je dormirai dans les falaises de Bandiagara, pour l'éternité.

Armand Leroux

Chapitre 1

Jour J - 21

On pourrait se croire en novembre tant de lourds nuages gris plombent le ciel. Les températures n'ont pas dépassé les quinze degrés depuis le début de ce mois de juin et la pluie, fine et glaciale, ne cesse de s'abattre sur la ville.

Une foule d'une bonne centaine de personnes s'agglutine face aux portes closes d'un amphithéâtre de l'Université libre de Bruxelles. Elles attendent, sous leurs pulls épais et leurs coupe-vents, qu'on les laisse enfin entrer.

Au bout du quart d'heure académique, tous les participants prennent place dans les gradins et fixent l'écran gigantesque sur lequel est indiqué :

« Les cérémonies du Sigui

Découverte du peuple dogon

Mali — juillet-août 2027 »

Un homme d'une cinquantaine d'années, grand et barbu, s'installe derrière un large pupitre. Il sort une paire de lunettes rectangulaires de la poche de son pantalon beige, la place sur son nez et rassemble un amas de feuilles griffonnées.

D'une voix grave et posée, il s'adresse au public :

— Bonjour tout le monde ! Je vois que vous êtes venus nombreux et je vous en remercie. Je serai l'un de vos accompagnateurs durant votre séjour. Je ne suis pas venu seul et j'ai donc le plaisir de vous présenter mes collègues Nathan, Maxime et Victor. Ils sont tous les trois guides touristiques et grands habitués des régions subsahariennes. Quant à moi, je suis anthropologue de formation, spécialiste de la culture dogon. Ah oui ! J'allais oublier. Moi, c'est Armand.

Le conférencier redresse ses lunettes et poursuit :

— L'agence de voyages a souhaité, ce qui est une excellente initiative, que nous fassions connaissance et que nous mettions les choses au point avant notre départ. Au programme de cette matinée : présentation du peuple dogon et détails pratiques du séjour. Nous terminerons par la diffusion d'un film tourné par l'ethnologue Jean Rouch, au siècle passé, pendant des cérémonies similaires à celles auxquelles vous assisterez. Tout d'abord, comme vous pouvez le constater, vous êtes plus de cent. Chaque groupe sera composé de dix personnes qui voyageront trois semaines en compagnie d'un des guides ou de moi-même. Les départs s'échelonneront entre le trois juillet et le vingt-huit août.

Une femme d'un certain âge, les cheveux blancs relevés en chignon, lève la main :

— Est-ce que nous connaîtrons aujourd'hui la composition des groupes ?

— Je crains que non, madame, pas encore. En revanche, vous pouvez déjà faire connaissance avec les quarante touristes qui partiront aux mêmes dates que vous. Certains d'entre eux vous quitteront dès que nous aurons foulé le tarmac de l'aéroport de Bamako et neuf autres seront vos compagnons de route.

— Il n'y a plus qu'à bien tomber…, soupire-t-elle en levant les yeux au ciel.

Armand, un large sourire aux lèvres, lui répond :

— Si jamais vous deviez tomber, très chère, je me ferais un plaisir de vous rattraper !

La dame semble vexée, grommelle quelque chose entre ses dents, croise fermement les bras devant sa poitrine et s'enfonce un peu plus dans son siège.

— Bon ! Venons-en au cœur du sujet. Je suppose que si vous êtes là, c'est que vous vous êtes déjà renseignés sur le Sigui. Je vais tout de même vous poser une question : « Qui ne sait pas du tout de quoi il s'agit ? »

Un petit garçon lève timidement le bras et, mal à l'aise, observe les gens autour de lui.

Armand lui sourit pour le mettre en confiance :

— J'ignore ton âge, mais c'est tout à ton honneur de t'intéresser au peuple dogon.

— J'ai dix ans et je ne m'y intéresse pas vraiment.

— Et tu vas voyager avec nous ?

— Oui, ma maman veut que je vienne.

Une femme d'une petite quarantaine d'années, à la chevelure sombre et aux yeux clairs, place son bras autour des épaules de l'enfant et rougit en constatant que tous les regards sont pointés vers elle.

— En tout cas, reprend Armand, je pense que tu remercieras très fort ta maman à l'issue de ce séjour. Tu verras, tu vas découvrir des paysages à couper le souffle. Tu vas partir à la rencontre d'un peuple unique qui vit d'une façon totalement différente de la tienne et, surtout, tu vas assister aux cérémonies du Sigui qui n'ont lieu que tous les cinquante ans !

Un futur touriste lui coupe la parole :

— Je pensais que c'était tous les soixante ans.

— C'est exact, mais comme un cycle cérémoniel dure à peu près sept ans, disons que le dernier Sigui s'est terminé il y a un peu plus de cinq décennies. Il s'agit d'une fête itinérante, les danses masquées n'ont pas lieu dans tous les villages en même temps.

— Comment pouvons-nous être sûrs, dans ce cas, que nous allons pouvoir y assister ? Il faudrait tous être au bon endroit au bon moment..., intervient la mère du jeune garçon, la voix tendue, mal à l'aise de parler en public.

— Mmmmmmh. Votre question est pertinente...

Armand caresse nerveusement sa barbe et poursuit.

— Il est temps de casser quelque peu le mythe. Le dernier Sigui a eu lieu de mille neuf cent soixante-sept à mille neuf cent soixante-treize. À cette époque, vous pouvez imaginer que ça ne générait pas autant d'engouement qu'aujourd'hui. Seuls quelques ethnologues passionnés ont suivi les cérémonies. De nos jours, le contexte est bien différent. Le tourisme de masse s'est développé dans la région, déversant des milliers de curieux chaque année. Et, depuis que le Mali a été libéré de toute menace terroriste, les voyageurs déferlent de plus belle. Les Dogons n'ont pas pu résister aux tentations qu'ils avaient sous le nez : argent facile, emplois dans la capitale... et accueil des visiteurs comme il se doit. Que feriez-vous si on vous proposait, pour le même salaire, de danser pendant trente minutes plutôt que de travailler dans les champs, sous une chaleur de plomb, pendant une semaine ?

— Vous voulez dire que les danses auxquelles nous allons assister ne seront que des simulacres ? s'inquiète-t-elle.

— D'un certain point de vue... Oui. Disons que l'argent fait des merveilles ! Grâce à lui, les cérémonies se déplacent différemment, l'ordre est bizarrement désacralisé, le calendrier adapté. J'ai bien dit « adapté » pas totalement changé.

— En gros, les fêtes du Sigui dépendront en partie du tourisme.

Armand retire ses lunettes, les pointe en direction de la jeune mère qu'il fixe intensément, charmé par ses réflexions percutantes. Il approuve :

— Oui, madame, on peut voir les choses de cette manière. Les Dogons ne sont plus ce peuple coupé de tout qui faisait fantasmer autrefois. Et, croyez-moi, si un village était encore totalement isolé, je serais le premier à m'en réjouir... Et à m'y rendre. Vous serez bien tous spectateurs de la fameuse danse des masques, mais ne pensez pas que les Dogons vont venir caresser les cheyeux de votre fils comme s'ils n'avaient jamais connu de blond avant lui ! La plupart sont scolarisés, travaillent et reviennent au village pour de courtes périodes, déversant la culture occidentale à grands flots. L'avantage pour vous c'est que ceux-là parlent généralement français.

— Des cérémonies bidouillées et commentées dans la langue de Voltaire, en somme.

— Ah ah ! Les masques et les danses seront authentiques. En gros, la forme y sera, le fond aussi, mais pas exactement au bon endroit ni à la bonne date.

— Et notre présence ne risque-t-elle pas, elle aussi, d'influencer le cours des choses ?

— Peut-être. Très probablement, même. Mais est-ce une raison pour ne pas y assister ? Je ne crois pas. Je m'enthousiasme à l'idée qu'une mère offre à son fils un tel bain de culture, une telle opportunité. Ce sera magique pour lui de voir ça de ses yeux d'enfant. N'est-ce pas ? Quel est ton nom, petit ?

— Sacha. Et ma maman, c'est Claire.

— Et bien, Claire et Sacha, je vous promets que ce voyage va bouleverser votre vie.

*
**

Armand replace ses lunettes sur son nez et cherche parmi ses notes un pense-bête sur lequel sont griffonnées quelques phrases sommaires. Les questions de Claire l'ont quelque peu décontenancé et il a du mal à reprendre le fil de son exposé. Il s'attendait à ce qu'on lui demande des tonnes de choses sur les formalités de départ et le mode de vie des Dogons, mais rien d'aussi précis et quasiment scientifique. Claire lui paraît cérébrale avec une pointe de timidité qu'il trouve amusante. Elle écoute la conférence avec attention, se laissant parfois distraire par son fils qu'elle observe avec tendresse. De temps à autre, elle pose doucement ses lèvres sur son front, et ces marques d'affection le touchent. Jamais sa mère n'aurait eu pour lui un regard aussi aimant. Et, aussi loin que remontent ses souvenirs, elle ne l'a jamais embrassé.

Il remet la main sur le bon papier et reprend ses esprits. Il rappelle que les conditions de voyage s'annoncent rudes et éprouvantes. Il n'est pas question d'hôtel quatre étoiles avec sanitaires privés et piscine chlorée. Il va falloir faire fi du confort et considérer que l'hygiène est quelque chose de relatif. L'anthropologue rassure toutefois son public et lui explique que rien n'est insurmontable, que l'aventure humaine et le dépaysement l'emporteront sur le reste et que lui-même a maintes fois séjourné dans les falaises de Bandiagara. Et qu'il est toujours vivant.

Il insiste également sur la notion d'accueil chez les Dogons, sur l'ouverture de ce peuple aux autres cultures et sur la quiétude qui règne dans leurs villages. Bien sûr, il s'agit de ne pas les offusquer, mais de respecter leur mode de vie. Leur société se fonde sur des bases solides et des règles strictes, ponctuées d'interdits et d'obligations.

Après une série de conseils pratiques et de mises en garde, Armand décrit les célébrations avec beaucoup de précision, sans perdre de vue la nécessité de vulgariser ses propos.

Il revient sur les fondements du Sigui, ensemble de cérémonies au cours desquelles les Dogons célèbrent à la fois la résurrection du premier ancêtre sous forme de serpent ainsi que la révélation de la parole aux hommes. C'est une fête du renouveau étroitement liée à la cosmogonie dogon, façon complexe de considérer les origines du monde.

— Bon, je pense que vous devez en avoir marre de m'entendre parler, plaisante Armand. Il est déjà plus de onze heures, il est temps de passer à la projection du film. Comme annoncé précédemment, il s'agit d'un document réalisé par Jean Rouch, ethnologue ayant eu la chance d'assister aux dernières cérémonies du Sigui. J'espère ne pas trop vous spoiler, mais plutôt vous montrer un aperçu de ce qui vous attend.

Les images offrent aux spectateurs des couleurs passées et un son étouffé par des crépitements.

— Oh, j'allais oublier, précise le conférencier, soyez indulgents. Imaginez que ces images ont plus de cinquante ans. La technologie était loin d'être celle d'aujourd'hui. Malgré tout, ce film est un témoignage précieux. Et je vous préviens, il est long. Sur le net, vous ne pouvez en visionner que des extraits. Il est beaucoup plus difficile d'y avoir accès dans son intégralité. C'est donc un privilège qui s'offre à vous. Mais si vous ne souhaitez pas le regarder jusqu'au bout, veuillez quitter l'amphithéâtre discrètement.

Sacha dévisage sa mère d'un air implorant.

— Oui, mon grand, je compte bien rester jusqu'à la fin.

— Pffffff. Je sens que ça ne va pas être chouette ce film.

Claire lui sourit :

— On sera loin de tes histoires de super héros ! Et je te préviens, les effets spéciaux sont déplorables.

— Les images vont être toutes plates, alors ? Même pas en 3D ?

— Oui, comme tu dis, toutes plates. Maintenant chut. Et regarde !

Les scènes se succèdent, accompagnées du crépitement d'une bande-son sur laquelle résonne la voix de feu l'anthropologue. Il raconte les fondements de la société dogon, explique les rites d'initiation des jeunes hommes, fait le point sur les interdits dont sont frappés les femmes et les enfants, exclus des danses masquées.

On aperçoit le pays dogon, région grandiose bordée par des falaises abruptes longues de plus de deux cents kilomètres. Ces parois de grès, aux dégradés ocre, dominent la gigantesque plaine du Séno par plus de quatre cents mètres d'altitude. À son sommet, un large plateau abrite Bandiagara, la capitale dogon. Le pays compte près de trois cents villages dont les maisons, greffées verticalement à la roche, sont faites de brique crue, mélange de torchis et de boue.

Claire, fascinée, n'en perd pas une miette. Sacha, la mine renfrognée, pose la tête sur son épaule.

— C'est bientôt fini, tu crois ?

— Mais enfin ! Ça vient juste de commencer. Regarde ! Les danseurs arrivent.

À l'écran apparaissent, dans un ordre précis, une kyrielle d'hommes coiffés de masques de bois sculptés et revêtus de costumes aux couleurs vives décorés de cauris. Certains évoluent avec beaucoup d'adresse sur des échasses, d'autres tapent des pieds, faisant voler la poussière au rythme des percussions. Un heaume énorme, longue planche d'au moins quatre mètres de haut, porté avec ferveur, vient clôturer la ronde, frappant çà et là le sol de sa pointe, comme pour relier le ciel et la terre.

— Mais maman, je m'ennuie.

— Attends, tu as vu ça ? Quel spectacle ! Ces costumes sont magnifiques. Regarde, tu ne trouves pas que celui-là a l'air d'un lapin ? Et l'autre, un peu plus à gauche, on dirait qu'il a des cornes d'antilope.

— Ça ne marchera pas, maman. Je ne trouve pas ça cool, c'est tout. J'aime mieux les vêtements de Capitaine America ou de Spiderman.

Suite au bâillement sonore de son fils, Claire invite ce dernier à placer sa tête sur ses genoux, sous le pupitre.

Captivée, elle caresse distraitement les cheveux fins de Sacha. Les danseurs évoluent à l'écran sous des angles divers. Certains sont filmés de très près, à tel point que l'on peut deviner le regard des Dogons qui se cachent derrière les masques et leur donnent vie. On aperçoit ensuite un plan plus vaste, offrant une vue panoramique sur les danses folkloriques.

Les yeux de Claire se promènent du village au ciel bleu, des spectateurs aux masques, des maisons traditionnelles à la roche. Une multitude d'anfractuosités au sommet de la falaise vient titiller sa curiosité. Scrutant ces ouvertures, hypnotisée par les miracles de la nature, la jeune femme ne peut s'empêcher, face à cette érosion millénaire, de se rappeler que, en fin de compte, l'humanité n'est qu'un bref intermède sur l'échelle du temps.

Soudain, elle sursaute, faisant cogner contre la tablette la tête de Sacha qui s'était assoupi.

⁂

Au milieu de la roche, dans un des interstices, elle a cru apercevoir une ombre étrange, une sorte de silhouette blanche au visage fantomatique. Une forme cadavérique à vous donner la chair de poule. La fugacité de l'apparition la laisse dans le doute.

— Oh ! Désolée mon cœur, je... j'ai été surprise !

Elle embrasse tendrement le front de Sacha puis le frotte vigoureusement à l'endroit de l'impact.

Elle jette un œil autour d'elle et offre un sourire contrit aux autres spectateurs qui l'observent d'un air interrogateur.

Vraisemblablement, je suis la seule à avoir vu ce... cette chose.

Après un court moment de flottement, tous les regards sont à nouveau braqués sur l'écran.

— Il fait peur, le film, maman ? chuchote Sacha.

— Non, pas vraiment, c'est juste moi qui... Enfin, ce n'est rien, je pensais à des trucs pas chouettes, c'est tout.

— Tu es sûre, parce que, si c'est dangereux, j'y vais pas, moi, chez tes Dogons !

— Non ! Ne crains rien, mon ange ! C'est une destination très sûre.

— Mmmmh... N'empêche, on dirait que tu as vu un monstre. Pas trop envie d'en croiser un. Je préfère encore rester chez papa, même s'il y a sa copine.

— Tu sais, parfois, nos sens nous jouent des tours. J'ai dû rêver tout éveillée.

Et, sans l'avouer à son fils, elle se dit que sa vision relevait plutôt du cauchemar.

*
**

À l'issue de la projection, Claire, encore perturbée par l'image spectrale qu'elle a cru apercevoir, rassemble ses affaires et se dirige vers la sortie. Elle se demande de quoi il peut bien s'agir. Un danseur particulier dont le rôle est de surveiller les cérémonies depuis ces étranges ouvertures perçant la falaise ? Un enfant trop curieux qui, tenu à l'écart des fêtes, a trouvé une place de choix pour observer les masques à l'insu de tous ?

Peut-être peut-elle se renseigner auprès de cet Armand ?

— Sacha ? Tu veux bien m'attendre deux minutes là-bas au fond ?

— Pourquoi ?

— Juste une petite question à poser. Ça va t'ennuyer et j'ai vu une borne interactive à droite de la porte. Ça t'amusera plus.

— Elle dit quoi, cette borne ?

— Je ne sais pas, mais j'aimerais que tu l'essayes et que tu m'expliques ensuite. Tu es beaucoup plus malin que moi pour tous ces trucs high-tech.

— OK, « maman la moins douée du monde en informatique », se moque Sacha qui a grandi avec une tablette à la main, au rythme des applis et des réseaux sociaux en tous genres. Claire est un peu restée à quai, préférant le stylo-plume aux touches digitales et les livres palpables aux liseuses. Elle n'a cependant jamais voulu interdire quoi que ce soit à son fils, estimant que, si elle-même souhaitait stagner à l'âge du papier, il devait, quant à lui, vivre avec son temps.

Armand, resté seul, range différents documents dans une sacoche de cuir. Claire avance vers lui d'un pas hésitant, craignant de l'importuner, puis se lance :

— Excusez-moi !

— Claire, c'est bien cela ? lui demande Armand en levant la tête.

La jeune femme opine du chef.

— Vous avez perdu votre fils ? Il n'a pas survécu à l'ennui ? Ou à sa blessure ?

Elle se sent rougir et ne sait que répondre. Elle regrette de n'avoir pas plus de répartie et juge la phrase qui lui vient à l'esprit d'une platitude affligeante.

— Non, il va bien, il est juste là-bas, derrière les gradins.

— Je plaisantais, ne le prenez pas mal. Je peux faire quelque chose pour vous ?

— Peut-être, oui. J'ai regardé le film avec beaucoup d'attention et, vers la fin, quelque chose m'a quelque peu intriguée.

— Toutes ces danses sont pour le moins étonnantes !

— Oui, bien sûr, mais... arrive-t-il que l'un des masques doive se cacher ou observer les festivités depuis la falaise, à l'abri des regards ?

— Pas le moins du monde. Les initiés enfilent leurs costumes puis se rendent à la caverne où sont précieusement conservés leurs masques.

— Et ces grottes se situent tout en haut, près du plateau ?

— Non, plutôt à proximité du village. Je suppose que vous faites référence aux ouvertures au sommet de la roche ? Ce sont d'anciens habitats troglodytes réhabilités en tombeaux. Le cimetière dogon, en somme. Claire, tout va bien ? Vous êtes très pâlotte.

— Non, enfin, oui. Vous allez me trouver stupide.

— Ne vous en faites pas pour ça. Je peux vous assurer que la stupidité est un concept très relatif.

— Eh bien, il m'a semblé apercevoir une silhouette étrange au loin. Sur le moment, ça m'a fait un drôle d'effet et... Oh, oubliez ça !

— Maman ! Elle est nulle cette borne. J'y comprends rien. On rentre ? demande Sacha, plaintif.

— Oui, mon cœur, cède Claire, une pointe d'agacement dans la voix.

Elle se tourne une dernière fois vers Armand avant de se diriger vers la sortie et lui dit d'un air gêné :

— Désolée de vous avoir embêté avec mes questions. Je suppose que vous avez mieux à faire de votre journée.

— Mais je vous en prie, si jamais vous avez encore d'autres choses à me demander, vous pouvez..., a juste le temps de répondre l'anthropologue avant que mère et fils ne s'éloignent.

Chapitre 2

Carnet d'observation – Jour J - 2

Devant la maison habitée, même en laissant le vieil Ogotemmêli à l'intérieur, même en poussant la tête vers lui et en parlant comme à confesse, on risquait, selon lui, de dresser les oreilles éternelles des femmes. De l'autre côté de la maison à façade, dans la courette exiguë battue par les vents du nord, on pouvait être épié par les enfants cachés dans le grenier en ruine.
(Marcel Griaule, Dieu d'eau, entretiens avec Ogotemmêli, 1948)

J'ai enfin reçu des nouvelles de notre départ.

Je vais pouvoir assister à ces fameuses cérémonies du Sigui. Que de joie ! J'ai l'impression d'avoir attendu ce moment toute mon existence. Ce peuple me passionne depuis l'enfance, depuis que j'ai tenu l'ouvrage « Dieu d'eau » de Marcel Griaule entre mes mains. Depuis que j'ai pénétré le système de pensée des Dogons, leur façon d'envisager l'origine du monde. Ces entretiens avec

Ogotemmêli, ce vieillard aveugle, sont restés longtemps mon livre de chevet. Comme j'aurais voulu le rencontrer. Recueillir tant d'informations, devenir le confident d'un chef religieux. M'entendre révéler de tels propos. Toucher du doigt la parole secrète.

Bien sûr, lorsque j'étais petit, les récits cosmogoniques restaient encore pour moi fort hermétiques. Mais je les dévorais avec avidité, suppliant ma mère de m'emmener dans des bibliothèques spécialisées pour y trouver des ouvrages et des articles faisant référence aux peuples du Mali.

Les études d'anthropologie ont été, à mes dix-huit ans, une évidence. Elles me donnaient les clés pour déchiffrer ce que j'avais lu enfant, comprendre la complexité de l'esprit des Dogons.

Mes premières missions dans les falaises de Bandiagara ont été les meilleurs moments de ma vie. J'y ai appris leur langue, j'ai analysé leurs coutumes, j'en ai fait, si je puis dire, une seconde famille. Malheureusement, tout a une fin, les budgets pour la recherche *in situ* ne sont pas illimités et les bourses sont rares.

L'inquiétude me ronge comme l'excitation me gagne. Des années que je n'ai plus foulé la terre du Mali. Le temps m'a paru une éternité. Mes recherches en Europe ont bien comblé la monotonie de ma vie, mais j'ai hâte de pouvoir retourner sur le terrain, me fondre parmi les Dogons, observer et coucher des notes dans ce carnet. J'espère que ces trois mois qui me sont accordés seront parfaits et viendront compenser les années qui m'ont séparé des falaises. J'étais prêt à tout pour rester. J'étais si près du but !

Je prie pour que, cette fois-ci, je puisse terminer ma quête.

La vérité est tout ce qui compte pour moi.

Quelle opportunité de pouvoir retourner là-bas ! Les autres se réjouissent du salaire proposé. Je n'en ai que faire, l'argent ne m'intéresse pas. Seule l'obtention du visa m'importe.

J'étais résigné à ne plus étudier ce peuple qu'à travers les livres, mais je ne m'étais pas fait à l'idée de ne jamais voir mes recherches aboutir. Des années de travail à fouiller et à fouiner, à lire, analyser et questionner.

Et voilà que, il y a quelques mois, la chance vient frapper à ma porte.

Heureux est l'homme dogon qui assiste à deux Sigui dans sa vie.

Béni est l'homme blanc qui peut en voir un.

La seule chose que je crains est d'échouer, de ne pas atteindre mon but.

Je devrai tenir les autres membres du groupe à l'écart de mes recherches. Elles ne regardent que moi. Elles sont miennes. Mon obsession est purement personnelle. Pourtant, ma quête ne pourra être accessoire. Elle sera ma priorité, peu importent les risques, peu importent les sacrifices.

Il faudra que je reste discret.

Armand Leroux

Chapitre 3

Jour J

L'aéroport de Zaventem, au nord de Bruxelles, a l'allure d'une galerie commerçante un premier jour de soldes. Une foule hétéroclite se presse aux comptoirs d'embarquement avant de se disperser dans les différents établissements et magasins qu'offrent les lieux.

Claire tente de ne pas perdre Sacha de vue dans ce labyrinthe humain. Elle porte un énorme sac de randonnée sur le dos et un plus petit à l'épaule. Son fils, libre de ses mouvements, trottine joyeusement dans le grand hall.

— Sacha ! Je t'ai dit de rester près de moi ! Si tu ne m'attends pas, tant pis, tu porteras ton bagage toi-même.

— Mais je suis juste là !

— Tu as vu le monde ? En un clin d'œil tu peux avoir disparu.

Claire a toujours eu cette angoisse profonde de le perdre. Après son divorce, même si Léo était resté un père fort présent pour Sacha, elle avait développé une relation très fusionnelle avec son fils. Reine du stress et des scénarios catastrophes, elle ne pouvait s'empêcher d'imaginer mille et une choses abominables susceptibles de lui arriver. Accident de la route, kidnapping, violences physiques... Tout lui traversait l'esprit.

— Tu veux que j'aille où ?

— Peu importe. Ne t'éloigne pas ! Tu sais bien que je n'aime pas ça.

— Pffffff. OK.

De nombreuses personnes, agglutinées face à un grand panneau lumineux, tentent de repérer leur numéro de vol. Claire, qui surplombe de sa haute taille cette barrière humaine, trouve facilement le sien : SN4895 Bamako, porte B35, enregistrement des bagages rangée 3. C'est le plus bondé. Elle l'avait remarqué en passant devant les comptoirs d'enregistrement et, au vu des dizaines femmes vêtues de boubous colorés, elle avait espéré qu'il s'agisse de Congolaises et non de Maliennes... Pas de bol. Le plus compliqué sera de faire patienter le petit, ce qui n'est pas gagné. Il a la bougeotte depuis ce matin, non pas qu'il soit excité à l'idée de découvrir les Dogons, mais plutôt à celle de prendre l'avion. Elle a tout de même prévu le coup et emporté tous les jeux possibles et imaginables, histoire qu'il reste tranquille et ne se plaigne pas trop de la longueur du voyage. Elle a aussi pris l'initiative de lui acheter un petit cahier ligné dans l'espoir qu'il note ses impressions au cours de l'aventure au lieu de passer son temps à tapoter sur un écran.

Après sa séparation, Claire n'avait plus eu les moyens d'offrir de belles vacances à son fils et se contentait de la côte belge où le soleil se faisait rare. Et puis, elle n'aime pas du tout l'avion. Angoissée notoire, elle fuit les lieux bondés tout comme les espaces confinés. La cabine d'un long courrier lui semble déjà trop exiguë. Elle redoute de se sentir horriblement mal pendant tout le trajet et compte honteusement sur Sacha pour la distraire de ses pensées morbides. Léo l'avait forcée à prendre des vols deux ou trois fois quand ils étaient mariés, lui promettant qu'elle réussirait à surmonter ses craintes, mais elle avait toujours très mal vécu l'expérience.

Elle a failli maintes fois renoncer à ce voyage sous des prétextes fallacieux. Trop chaud, trop sale, trop risqué pour un enfant... Mais son père n'a pas voulu entendre ses réticences et a poussé le bouchon jusqu'à lui offrir le séjour.

— Claire, quand on est archéologue, assister aux cérémonies du Sigui est un must.

— Papa ! Je ne suis pas africaniste. Je suis spécialisée en art médiéval. Mon truc, ce sont les vieilles pierres et les châteaux forts.

— Eh bien, un peu de flexibilité te fera du bien ! Et il est temps que Sacha découvre le monde. Tu l'étouffes tellement qu'il est incapable d'aller chercher un pain à la boulangerie.

— N'exagère pas.

— Ah non ? On va voir qui exagère. Sacha ! Tu veux bien aller m'acheter le journal au coin de la rue ?

— Chut ! Tu es fou ? Il ne va quand même pas sortir tout seul !

Claire s'était avouée vaincue. Et puis, difficile de résister à son père.

Elle a rendu les armes, consciente de ses hantises et de la nécessité d'y mettre un terme.

Elle doit lâcher du lest à son fils. Ne pas lui communiquer ses craintes. Il ne faut pas qu'il sente que, au fond d'elle, elle se demande toujours si elle a bien fait de capituler et d'accepter ce cadeau.

L'image de cette étrange silhouette anthropomorphe surgissant d'un interstice de la falaise la fait frémir. Elle tente de la chasser de son esprit pour dissiper ses doutes. En vain. Elle transpire le stress par tous ses pores.

Il serait encore temps de reculer.

Mais quel message ferait-elle passer à Sacha ? Que le monde est effrayant ? Que le risque est partout ?

Après tout, l'avion reste le moyen de transport le plus sûr.

Et puis, essaye-t-elle de se rassurer, comme l'a dit Armand lors de la conférence, le peuple dogon est accueillant et très pacifiste.

***

Armand n'en peut plus d'attendre. Plus d'une heure déjà qu'il poireaute à l'enregistrement des bagages, serpentant dans la file à la vitesse d'une limace en fin de vie. Il a bien conscience que son impatience n'aide pas. Il a trop hâte de fouler la terre malienne et de retrouver les falaises. Ses falaises. Il retrousse les manches de sa chemise et ouvre un troisième bouton tant la proximité des gens lui donne chaud. Il traîne un vieux sac de toile qu'il fait glisser le long du sol à chaque fois qu'il a l'opportunité d'avancer de quelques centimètres.

Au bout d'une demi-heure, il pose enfin son bagage sur le tapis roulant. Deux guichets plus loin, il repère une grande brune, de dos, qui agrippe fermement un enfant par la main.

— Tiens ! Qui voilà ? Claire, c'est bien cela ?

La jeune femme sursaute, se retourne et répond nerveusement :

— Oui ! B... bonjour ! Excellente mémoire.

— On va vérifier ça tout de suite. Et ce petit garçon, c'est Sacha. Je me trompe ?

— Bravo, c'est ça ! Vous avez tout bon ! s'exclame l'enfant.

— On va passer trois semaines ensemble dans le même village. Je pense donc qu'on pourrait se tutoyer, Sacha, tu ne crois pas ?

— OK ! Comme vous voulez.

Claire sourit en regardant son fils puis s'adressant à Armand :

— C'est vous, finalement, notre accompagnateur ?

— C'est moi ! J'ai reçu la composition du groupe il y a seulement quelques jours.

— Et les autres, ils sont bien ? Enfin, je veux dire...

— Je ne sais absolument pas à quoi ils ressemblent, si c'est ce que vous cherchez à savoir.

Claire rougit. Loin d'elle l'idée de faire une rencontre pendant ces vacances. Et maintenant, ce gars va se dire qu'elle est une pauvre mère célibataire inscrite à un voyage exclusif dans le but de trouver un partenaire, si possible pas trop con et fortuné.

— Ce n'est pas ça, leur aspect physique m'importe peu... C'est plus leur âge ou leur style ou..., bredouille-t-elle.

Elle préfère s'arrêter là, sentant bien qu'elle s'empêtre dans des justifications plus que foireuses. L'angoisse du vol ne l'aide pas et ses mains tremblent légèrement au moindre de leurs mouvements. Armand, beaucoup plus détendu, s'en amuse.

— Vous n'aurez d'yeux que pour les Dogons.

Claire, une fois encore le bec dans l'eau détourne la conversation.

— Je pense qu'on doit aller par là. Viens, Sacha !

Elle attrape son fils par le bras et se dirige d'un pas rapide vers la douane. L'attente s'annonce à nouveau pénible.

Armand arrive à sa hauteur et feint d'être complètement essoufflé.

— Mon Dieu ! Vous êtes difficile à suivre, vous. J'ai cru que vous vouliez me semer !

— Non, pas du tout, je marche toujours d'un bon rythme.

— Vu la taille de vos jambes, ça ne m'étonne pas ! Le pauvre petit. Vous le faites courir. Regardez comme il transpire.

— Je n'aime pas beaucoup traîner dans les aéroports.

— Dès que nous aurons passé l'épreuve des fouilles de bagages à main, je vous offre un café. Je vous préviens tout de suite, ce sera sans doute le dernier avant plusieurs semaines. Après ce sera bière de mil au petit déjeuner !

Vingt minutes plus tard, attablés au Starbucks devant un espresso fumant, Claire et Armand observent Sacha qui s'acharne à faire glisser son doigt sur un mini écran, affichant une palette d'expressions faciales très variées en fonction de ses succès et de ses déconvenues.

— Il a l'air mordu, ce petit.

— C'est le moins qu'on puisse dire. Quand il joue à ce machin, plus rien n'existe autour de lui. Vous pouvez lui parler, il ne vous répondra pas. Il me dit qu'il « ferme ses oreilles ».

— C'est une belle image.

— Par contre, ça fait un peu peur, toute cette technologie, tous ces écrans. Vous pensez que votre enfant ne sera pas comme les autres, que vous parviendrez à l'en protéger et puis, finalement, ça vous rattrape comme tous les parents.

— J'ai une bonne nouvelle pour vous : là où nous allons, il n'y aura pas de réseau. Impossible de se connecter au net. Et très peu d'électricité. Bref, votre garçon va découvrir la vraie vie !

— Il va me haïr !

Claire est déjà plus détendue. Sa discussion avec Armand l'apaise. Ses connaissances, son petit côté paternel et sa voix grave la mettent en confiance. Savoir qu'il sera leur guide la rassure.

Sacha, imperturbable, poursuit son jeu comme si sa vie en dépendait. Claire, certaine que son fils n'entendra rien de la conversation, prend son courage à deux mains pour revenir vers l'anthropologue avec une question qui la turlupine depuis plusieurs semaines. Elle espère seulement qu'il ne la croira pas parano, voire foldingue.

— Je voulais vous demander... Enfin... Est-ce que, par hasard, vous avez eu l'occasion de vous renseigner à propos de ce que je vous ai dit l'autre jour ?

— Vous pourriez restituer ?

S'il ne s'en souvient pas, se dit Claire, c'est que ça doit lui paraître anodin. Sinon, il s'en serait rappelé.

— Le « truc » bizarre que j'ai vu sur la vidéo.

— Ah ça ! Je dois vous avouer que j'ai eu d'autres chats à fouetter ces derniers jours.

— Ça vous a paru stupide de ma part ? Je peux comprendre.

— Non, pas du tout ! Je ne sais pas ce qui vous a tellement effrayée, mais ce ne doit pas être bien grave. Il n'y a pas de fantômes chez les Dogons ni de morts vivants et encore moins de vampires ! Quelques rites initiatiques, quelques circoncisions par-ci par-là, un petit sacrifice de poulet de temps en temps, mais rien de surnaturel ! Ou bien, mes collègues et moi avons tout faux depuis le début.

La crainte de Claire se confirme. Elle a l'air d'une cruche.

— Vous n'avez pas visionné le film une nouvelle fois, alors ?

— Non. Désolé, répond Armand en se passant nerveusement les doigts dans la barbe.

— Pourtant, j'ai vraiment vu… Je suis archéologue et, croyez-le ou non, j'ai pas mal développé mes facultés d'observation. J'ai le don de remarquer ce que les autres ne relèvent pas, de repérer les détails à côté desquels ils passent sans sourciller.

— Je ne voulais pas vous vexer.

Trop tard, c'est fait…

La petite voix de Sacha met un terme à la conversation.

— Oh non ! J'ai perdu. Maman, on embarque bientôt ?

Chapitre 4

Jour J

Cher cahier,

Ma maman a tenu à t'acheter parce qu'elle n'aime pas beaucoup les jeux vidéo. Je me demande bien pourquoi, c'est si chouette ! C'est ce que je préfère.

Comme je m'ennuie, je vais écrire un peu.

Juste après le décollage, maman s'est endormie. Je l'ai vue prendre un cachet. Je crois qu'elle a très peur de l'avion !

Finalement, c'est plus embêtant que je le pensais. Je croyais que j'allais dire bonjour aux pilotes et voir leurs super manettes, mais on n'a pas le droit.

Je n'aime pas rester assis des heures sans rien faire.

On nous a apporté de la nourriture, mais beurk ! C'était pire qu'à la cantine !

Les hôtesses sont gentilles. Au décollage, j'ai même reçu un bonbon. Pour les oreilles, pour qu'elles ne se bouchent pas.

Avant de monter à bord, on a rencontré les membres de notre groupe. Je suis le seul enfant. Maman m'avait prévenu, mais j'avais tout de même espéré qu'elle se trompe. Même si elle aime penser le contraire, les mamans n'ont pas toujours raison !

On va voyager avec la vieille dame qui avait dit une bêtise à la conférence. Elle n'a pas l'air très commode. Je déteste son regard et elle rouspète tout le temps sur son mari. Ils sont assis quelques rangées derrière nous et si je fais attention je peux les entendre. Le pauvre ! On dirait moi quand maman me gronde ! Elle lui a fait toute une histoire parce qu'elle n'arrivait pas à baisser le dossier de son siège. Tout le monde les observait. Moi aussi. Et j'étais triste pour lui. Alors, je lui ai souri et il a eu l'air content.

Il y a aussi un jeune couple avec nous. Ils sont un peu énervants à s'embrasser tout le temps. Sur la bouche en plus. Pouah ! C'est peut-être pour la consoler parce qu'elle pleurait au moment du décollage. Elle avait sans doute peur. Pas moi !

Il y a deux garçons et une fille qui ont l'air super cool ! Il y en a un avec une coiffure trop bizarre : des espèces de grosses nattes, mais pas tressées. L'autre a un drôle de petit chignon sur la tête. C'est marrant parce que la fille, elle, elle a les cheveux hyper courts ! J'imagine si maman avait mes cheveux et moi les siens. Trop chelou !

Le dernier est rigolo aussi ! On ne dirait vraiment pas qu'il part en Afrique ! Sa chemise est bien trop blanche et son pantalon fait trop sérieux. Il ne manque que la cravate et il est prêt pour aller travailler ! Il trimbale une grosse mallette qu'il garde précieusement sur ses genoux.

Du coup, je suis curieux de savoir ce qu'il y a dedans. Je m'imagine que c'est Clark et qu'il cache sa tenue de Superman. Ce serait trop cool ! Quand j'en aurais marre des Dogons, il m'emmènerait voler sur son dos jusque chez papa !

J'ai pas très envie de rester là trois semaines. Même un jour en fait. Je ne veux pas faire de peine à maman. Elle a l'air trop contente de partir et que j'apprenne des choses. Elle m'a montré plein de livres et on a fait beaucoup de recherches ensemble sur Internet. Maman essaye de la jouer hyper cool, mais, par moments, j'ai l'impression qu'elle est stressée quand même. Du genre pressée d'y être et, en même temps, un peu inquiète.

Je crois que je vais beaucoup m'embêter. Et surtout, je vais pas aimer ce que je vais manger. Il paraît qu'il n'y a pas de soda chez les Dogons. Et il faut mettre des pastilles dans l'eau parce que, sinon, on est malade.

Et puis, il y a ces médicaments infâmes que je dois prendre chaque matin. Ils sont hyper amers. Mais maman m'oblige parce qu'elle dit que les moustiques là-bas sont dangereux. Quand ils piquent, ils vous transmettent un méchant microbe et on peut mourir. Surtout si on est très vieux ou très jeune.

Armand a prévenu qu'il allait faire très chaud. Plus de trente degrés ! C'est rare en Belgique. Chez nous, il fait froid et il pleut presque tout le temps. Du coup, maman m'a acheté un chapeau de paille à l'aéroport. Pour que je n'attrape pas une « isolation ». Enfin, je crois que ça s'appelle comme ça. C'est aussi dangereux, comme l'eau et les moustiques.

J'ai même lu qu'il y avait des serpents ! Ils sont aussi gros que ceux que j'ai vus un jour avec papa au musée des sciences naturelles ! Mais je préfère quand ils sont dans un bocal. J'ai pas envie d'en croiser un. J'aime mieux les araignées alors. J'adore les observer et faire peur à maman !

Bon, maman est réveillée et me dit de tout ranger parce qu'on va bientôt atterrir.

Dès que je suis sur place, je te raconte comment c'est !

Sacha

Chapitre 5

Jour J

Armand prend une large inspiration. Ça y est ! Il la sent. L'odeur de l'Afrique. Ce mélange de terre chauffée par le soleil, de manioc frit et de poisson séché que les émanations puissantes du tarmac goudronné ne parviennent pas à masquer. Le pied à peine posé sur le sol malien, la dame d'un certain âge, coiffée d'un chignon blanc, se bouche les narines d'un air dégoûté. Elle secoue son chemisier en soufflant et reproche à son époux la chaleur assommante.

Ça ne va pas être coton, avec celle-là.

Cette nuit, ils dormiront à Bamako. La route est beaucoup trop longue pour rejoindre le pays dogon dans la soirée et rouler de nuit n'est pas du tout conseillé. Surtout en saison des pluies. La visibilité est nulle et de larges plans d'eau peuvent se former en moins de temps qu'il n'en faut pour le dire, provoquant enlisements ou, pire, immersion du véhicule. Conduire au Mali n'est pas chose aisée. Le bitume est rare et les pistes, non entretenues, difficilement praticables.

Armand a rencontré son groupe à l'aéroport de Bruxelles. Il avait bien reconnu les prénoms de Claire et de Sacha, mais les autres lui étaient totalement inconnus. Il craint que la vieille dame, Ghislaine, ne lui cause des soucis. Depuis la conférence, elle fait preuve d'un mauvais caractère que son époux, Claude, aussi malingre qu'elle est épaisse, n'a pas réussi à canaliser malgré de longues années de vie commune.

Les autres lui semblent plutôt sympathiques, surtout ce groupe de jeunes, bobos à souhait, qui, vu leur profil, passeront plus de temps à chercher de quoi fumer qu'à se plaindre du confort et du manque de douche.

Alice, une jolie femme à la pâleur maladive et aux cheveux d'un blond presque blanc, ne paraît pas très heureuse à l'idée de voyager. Elle lui a confié dans l'avion qu'Antoine, son époux, un trentenaire au teint mat et rondouillet, lui avait un peu forcé la main. Plutôt adepte des *Resorts* luxueux en bord de mer, elle redoute la vie à la dure. Elle risque fort de souffrir pendant ces trois semaines. Monsieur aura intérêt à se montrer prévenant avec elle pour faire passer la pilule.

Louis, un quadragénaire qui voyage seul, semble vivre une tendre romance avec un attaché-case noir dont le contenu, un appareil photo et son pied, lui tient particulièrement à cœur. Il y apporte un soin presque obsessionnel et ne le lâche sous aucun prétexte.

Un groupe totalement hétérogène qu'il va falloir gérer, ménager et protéger. Un groupe qui devra le suivre là où il décide d'aller. Un groupe auprès duquel il faudra faire illusion, auquel il faudra offrir ce qu'il est venu chercher. Sans perdre de vue son propre but.

Dommage pour lui que cette Claire pose autant de questions, surtout sur ces tombes.

Les autres seront plus faciles à embobiner.

Elle, ce sera une autre paire de manches.

Chapitre 6

Jour 1

Près de dix heures de trajet sont nécessaires pour parcourir les sept cents kilomètres qui séparent la capitale du pays dogon.

Au petit déjeuner, face à un jus d'orange insipide et un croissant bizarrement brioché, les touristes font plus ample connaissance avec Anatali, leur chauffeur et traducteur, un jeune Dogon d'une vingtaine d'années, de plus d'un mètre quatre-vingt-dix, qui s'adresse au groupe dans un français impeccable teinté d'un léger accent et leur raconte son histoire peu banale.

Il était parvenu à vendre une vieille porte de grenier de son village à bon prix à un antiquaire américain, ce qui lui avait permis de rejoindre la capitale. Là, il avait été repéré par un Français qui désirait monter une troupe de danseurs originaires des quatre coins de l'Afrique et s'était débrouillé pour lui obtenir un visa. Anatali avait passé plus de cinq ans à parcourir l'Europe.

— C'est un vrai Dogon, maman ? demande Sacha.

— Oui, un authentique !

— Mais il n'a pas de costume bizarre ni de masque !

— Tu sais, les Dogons portent des tee-shirts et des bermudas, intervient Armand. Il n'y a que pour les cérémonies qu'ils mettent des tenues traditionnelles !

Anatali rit de bon cœur et fait remarquer au jeune garçon qu'il n'y a pas de règle puisque, finalement, il porte des vêtements européens dans son pays alors qu'il a traversé le vieux continent couvert de fibres et de cauris.

Après avoir fixé les nombreux bagages sur le toit du véhicule, le chauffeur invite le groupe à prendre place.

Leur carrosse, un minibus scolaire bien plus âgé que Sacha, bringuebale dans tous les sens, sursaute au moindre caillou, écrase la végétation et freine subitement devant des obstacles aussi impromptus que des rats du désert. La plupart des passagers se plaignent de nausées, l'absence d'air conditionné n'aidant pas. Baisser les vitres est synonyme de bain de poussière et les fermer transforme l'habitacle en véritable sauna. Les vêtements collent au corps et la peau adhère au simili cuir des sièges élimés.

L'ambiance est électrique.

Ghislaine peste, agite frénétiquement devant elle un éventail de fortune en papier journal et jette des regards noirs à Claude, son mari.

Alice regarde par la fenêtre d'un air morne, silencieuse, et repousse son conjoint de la main dès qu'il tente de la toucher. Sacha, quant à lui, est absorbé par un de ses jeux vidéo. Les soubresauts de la camionnette l'empêchent de battre ses records personnels, ce qu'il ne manque pas de reprocher à sa mère.

Pour faire passer le temps et distraire le groupe, Armand, installé sur le siège passager, commente le paysage, vaste savane où la végétation lutte constamment pour sa survie. Les couleurs sont magnifiques. Le bleu du ciel contraste avec les dégradés ocre de la terre, tandis que de basses collines et des termitières ponctuent çà et là la monotonie de la plaine.

Anatali fait régulièrement des pauses pour que les touristes puissent se dégourdir les jambes et profiter des villes pittoresques qui jalonnent le chemin et offrent une vue spectaculaire sur le fleuve Niger, large cours d'eau parcourant généreusement le Mali et donnant vie à son implacable aridité. Leur dernière escale, Mopti, surnommée « la Venise du Mali », port fluvial le plus proche du pays dogon, brille par son agitation. Après quelques photos des pinasses et des pêcheurs, ils mettent le cap droit sur le village de Bamba, au nord-est des falaises de Bandiagara, où ils resteront tout le séjour.

Malgré des moments d'accalmie le long de routes asphaltées et en dépit des efforts du guide pour apaiser les tensions, l'atmosphère générale se dégrade. À moins de trois heures de la destination, une pluie battante finit par décourager les esprits les plus positifs. La voiture glisse et patine, les mâchoires se serrent et les mains se crispent.

⁂

— On va tous crever si ça continue ! s'exclame Ghislaine.

— Ne dites pas de bêtise ! Les chauffeurs sont habitués à ce genre de situation, rassure Armand.

— Parce qu'ils ont l'habitude d'avoir un temps si pourri, sans doute ?

— Oui, madame ! Je vous rappelle que nous sommes en pleine saison des pluies. À cette période, vous pouvez passer d'un soleil de plomb à un véritable déluge en quelques secondes.

— Et vous trouvez ça prudent de continuer à rouler dans des conditions pareilles ?

— Nous ne sommes plus très loin des falaises. Soit nous poursuivons notre route, soit nous dormons ici, dans la camionnette, les uns sur les autres. Je ne vous garantis pas que la nuit sera de tout repos. La pluie ne cessera pas de sitôt. La piste deviendra de plus en plus glissante et nous risquons d'être emportés par une nappe de boue. Mais on peut recourir au vote si vous le souhaitez.

Ghislaine répond par une flopée d'onomatopées, met un terme à la conversation et chuchote quelque chose dans l'oreille de son conjoint.

Armand se tourne une dernière fois vers le groupe :

— Le seul conseil que je peux vous donner est de bien attacher votre ceinture.

Le chauffeur poursuit du mieux possible, le pare-brise occulté par la pluie que les essuie-glaces au caoutchouc usé peinent à chasser. Tandis que le soleil entame sa lente descente vers la terre, les nuages ternissent le ciel et privent les voyageurs du peu de visibilité qu'il leur restait. De temps à autre, un éclair fend l'atmosphère et dévoile un tableau diluvien assombri par le grondement du tonnerre.

Louis s'accroche à sa mallette comme si elle seule pouvait les sauver tandis qu'Alice, résignée, finit par poser d'elle-même sa main sur celle de son mari.

Les trois jeunes refoulent leur nervosité en lançant des plaisanteries auxquelles ils sont les seuls à réagir. Mais leurs rires francs ne parviennent pas à étouffer leur angoisse.

Seul Sacha semble inconscient du danger et continue de tapoter sur son écran en maudissant les rebonds du véhicule. Claire s'efforce de rester calme. À quoi bon transmettre une quelconque inquiétude à son fils ? Il faut dire qu'avec le cachet qu'elle a pris ce midi, anxiété et nausées ne sont pas au rendez-vous. Elle se sent même étonnamment zen.

— Attention ! hurle Armand à l'attention du chauffeur.

Il s'empare du volant et donne un brusque coup vers la droite. Anatali perd totalement le contrôle du véhicule qui, en une fraction de seconde, se retrouve sur le toit. Il percute une termitière, se remet sur les roues, puis continue à glisser jusqu'au milieu d'un plan d'eau.

Un marigot assez profond pour que le vieux bus scolaire commence à sombrer.

Le groupe n'a pas le temps de réaliser ce qui arrive. Tout se passe extrêmement vite.

— Ouvrez les portes, bordel ! s'écrie Simon, le jeune homme aux dreadlocks.

— Pas moyen, répond Armand, elles sont bloquées par la pression de l'eau.

Un cri strident perce l'habitacle. Tous les yeux se tournent vers le fond du bus.

Max, le bobo au petit chignon, est inconscient. Sa tête est posée sur les genoux de son amie, Jade, qui fixe le groupe d'un air implorant.

— Il m'a regardée bizarrement puis a perdu connaissance.

— Dommage pour lui, mais la première urgence est de sortir d'ici ! s'exclame Ghislaine.

— Mais c'est cruel ce que vous dites ! lui rétorque la jeune femme, les yeux embués de larmes.

— Elle n'a pas tout à fait tort, intervient Armand. Si nous ne faisons rien, nous allons sombrer avec cette carcasse.

Alice, prise d'une crise d'angoisse, se met alors à hurler et à s'agiter en tous sens. Antoine essaye en vain de la maîtriser, mais il reçoit des salves de reproches infondés. Claude appelle au calme. Si tout le monde cède à la panique, ce sera pire. Et les touristes commencent déjà à avoir de l'eau jusqu'aux mollets. Anatali, assis, les mains toujours sur le volant, reste prostré, le regard hypnotique, à observer dieu sait quoi par le pare-brise qui n'offre comme vue que celle de l'obscurité.

— Maman, j'ai peur, sanglote Sacha.

— Ça va aller, mon grand, c'est l'aventure, c'est tout ! On va ouvrir les fenêtres et on va tous se faufiler pour sortir. Un vrai jeu vidéo ! le rassure Claire en essayant de garder son sang-froid.

— Les vitres sont coincées, elles sont électriques, s'excuse Anatali.

— Électriques ! s'offusque Ghislaine. Ce vieux tacot est équipé de fenêtres électriques, mais pas de la clim' ! Je lui en donnerai, moi, de mes nouvelles à cette agence !

— Ce n'est pas le moment. Il faut trouver une solution et au plus vite, lui répond Louis, mort d'inquiétude et toujours fermement agrippé à sa mallette. L'eau continue à monter. Si nous ne faisons rien, nous allons couler.

Sacha lève les yeux vers sa mère, un éclair de panique dans le regard.

— Pourriez-vous vous taire ! intime Claire à Louis. Vous effrayez mon fils !

— J'essaye juste que tout le monde réalise que... Désolé.

Claude, constatant que le véhicule pique dangereusement du nez, propose d'utiliser un objet suffisamment lourd pour briser la vitre arrière. Armand lui fait remarquer que tous les gros sacs sont sur le toit et que les bagages à main en toile ne feront pas l'affaire.

— *Please*, faites vite, je vous en prie, il a vraiment l'air mal en point, supplie Jade.

— On fait ce qu'on peut, petite, on lui avait dit d'attacher sa ceinture, ce n'est pas notre faute si votre ami n'en a rien eu à faire, rétorque Ghislaine.

— Oh ! Vous, la vieille bique, taisez-vous ! Vous lâcherez votre venin plus tard, s'emporte Simon.

Anatali sort de sa tétanie, quitte son siège d'un bond et se met à arpenter l'allée centrale du bus comme une poule sans tête. Claude, qui parvient à maîtriser sa peur, lui demande ce qu'il cherche.

— Il faut trouver un truc pour éclater ce carreau ! Si on ne fait rien, dans moins de dix minutes, on sera complètement immergés.

Arrivé à hauteur de Louis, le chauffeur s'exclame :

— Eureka ! La mallette !

— Vous n'y pensez pas ?

— Bien sûr que si ! Elle est rigide. C'est parfait ! Si nous la projetons assez fort...

— Hors de question !

Anatali tente de le raisonner, en vain. L'homme s'accroche à sa mallette qu'il plaque fermement contre son torse.

— Il y a quoi là-dedans ? Qu'est-ce qui peut valoir plus que nos vies ?

— Un Nikon WZ-356, intervient Armand.

— Quoi ? Vous allez nous laisser nous noyer pour un appareil photo ? s'offusque Anatali. Observez l'eau. Elle ne nous épargnera pas et nous allons tous mourir.

Mourir. Ce dernier mot, prononcé avec appui par le chauffeur, impose un silence pesant dans l'habitacle. Seuls quelques grincements mortifères et clapotis arrogants narguent les touristes et leur rappellent à quel point leur situation est désespérée. Tous les regards, apeurés, furieux ou encore résignés, se braquent sur Louis qui serre de plus belle son précieux bien contre lui.

Le conducteur plonge sur lui et tire violemment sur l'attaché-case.

— Pas question ! Je ne le lâcherai pas. Vous savez ce que ça m'a coûté ?

Simon et Antoine interviennent en maintenant les bras et les jambes du réfractaire qui se débat comme un beau diable pendant qu'Anatali tente de lui arracher l'objet des mains. L'homme déploie une force étonnante pour ne pas céder, ce qui oblige ses trois adversaires à passer à la vitesse supérieure.

Simon lui décoche une droite monumentale. Louis se lève alors brusquement et se met à frapper au hasard à l'aide de son arme de fortune.

— Il pète complètement les plombs ! s'écrie Claude.

— C'est la panique. Il ne doit plus être lui-même, suggère Armand.

— Faites gaffe. Il ne faudrait pas qu'il vous cogne, conseille Claude à l'ensemble du groupe.

Claire, choquée par tant de violence, engoncée dans son siège, tient la tête de Sacha contre sa poitrine et la protège de ses mains.

Soudain, elle entend un bruit sourd suivi d'un craquement sinistre.

*
**

Louis gît, inconscient, au milieu du bus. Une rivière de sang lui coule à l'arrière du crâne.

Anatali se tient au-dessus de lui, la mallette noire à la main.

Il fixe, prostré, l'homme avachi sur le plancher.

— Je... Je ne voulais pas.

— Brisez la vitre, bon sang! lui ordonne Simon. Pendant ce temps, on s'occupe de lui.

Le jeune bobo, aidé d'Antoine, soulève le blessé et le couche sur une des banquettes.

Le chauffeur balance la valisette de toutes ses forces une fois, deux fois, trois fois. Le verre ne cède pas.

— Dépêchez-vous, bon Dieu ! lui crie Claude. L'eau se met à monter de plus belle.

Anatali s'acharne, sans résultat. La mallette rebondit contre le carreau qui résiste aux coups qui lui sont assénés. Il peste et jure à souhait dans sa langue natale.

L'eau commence à gagner méchamment l'arrière de la camionnette et la vitre se fait submerger. Claude hurle au groupe de se déplacer au maximum vers l'avant du bus pour faire contrepoids. Le véhicule tangue dangereusement et les touristes, dont l'équilibre est mis à rude épreuve, s'exécutent tant bien que mal.

Seule Jade reste à l'arrière. Max, dont la tête repose toujours sur ses genoux, respire difficilement. Il n'est pas le seul. L'air dans l'habitacle se fait de plus en plus rare. Les vitres sont couvertes d'une buée épaisse, membrane opaque aveuglante plongeant le groupe dans la nuit, vapeur sournoise le coupant du monde extérieur.

— Il nous faudrait quelque chose de plus pointu, intervient Claude. Comme une barre de fer assez solide.

— On n'aura jamais le temps de démonter la structure des banquettes, répond Simon.

— Le pied de l'appareil photo ! s'exclame Armand, transpirant et le souffle court. Ouvrez cette fichue mallette !

Anatali pose l'objet sur un siège et l'inspecte de ses doigts mouillés et tremblants.

— Oh non ! Il a mis un code.

— Quel con ! crie Armand, à bout de nerfs. Faut qu'il lâche les chiffres.

— Il ne voulait déjà pas lâcher l'attaché-case.

— Je suis d'accord, Anatali, mais là, on ne va pas lui laisser le choix. C'est ça ou on crève !

À l'avant, des toussotements se font entendre. L'atmosphère est lourde, l'air saturé et une odeur écœurante de boue agresse les narines, imprimant un goût terreux sur les palais. Les touristes ont maintenant de l'eau jusqu'au-dessus des cuisses. Alice, que la colère a quittée pour céder la place à la résignation, s'accroche au cou d'Antoine qui lui murmure des paroles rassurantes et aimantes à l'oreille. Le corps de la jeune femme n'est que spasmes et tremblements. Claire console Sacha qui pleurniche bruyamment et réclame son père à tout va. Ghislaine jette des regards noirs à l'enfant et, entre deux raclements de gorge, pousse des soupirs d'agacement.

Simon se penche sur Louis et l'agrippe fermement par le col de sa chemise.

— C'est quoi, le code ?

L'homme reste lèvres et paupières closes. Simon le secoue violemment.

— Tu vas nous dire quel est ton putain de code !

Trois gifles viennent lui percuter le visage.

— Espèce d'enfoiré, réveille-toi !

Pas de réaction. Alors, la petite voix de Sacha se fait entendre depuis l'avant du bus :

— On ne peut pas deviner ? Comme les hackers qui craquent les codes dans les films !

— Comment veux-tu ? lui répond Armand. Personne ne le connaît, on ne sait même pas quel jour est né ce gars.

— Moi oui ! J'avais besoin d'un nombre au hasard pour mon jeu et je lui ai demandé sa date de naissance !

— Vas-y, c'est quoi ?

— Le douze décembre.

— Bien. Et l'année ? Il nous faut huit chiffres.

— Ça, il ne m'a pas dit, répond Sacha, un sanglot dans la voix.

— Ce n'est pas grave, petit, le rassure Armand. Il doit avoir quoi ? La quarantaine ?

Les doigts fébriles, Anatali se met à essayer plusieurs suites de chiffres en se basant sur l'âge approximatif de Louis.

La mallette reste désespérément close.

— On est foutus ! regrette le chauffeur qui, de rage, frappe la vitre arrière de toutes ses forces à l'aide de l'attaché-case. Toujours en vain.

L'eau continue à monter et lèche à présent bassins et bas-ventres. Les touristes savent qu'il leur reste peu de temps. Certains gardent une faible lueur d'espoir, d'autres prient en silence. Les respirations se font de plus en plus courtes, les regards sont fiévreux et les rythmes cardiaques augmentent de cadence.

— On ne va pas mourir, hein ? demande Sacha tristement.

La question du petit a l'effet d'un électrochoc sur Alice, qui, toujours collée à l'épaule d'Antoine, sort de son état cathartique et ordonne d'une voix éteinte :

— Donnez-moi cette mallette. Si elle est de la même marque que ma valise, alors peut-être...

— Je ne vois pas..., répond Anatali.

— Faites ce qu'elle dit, lui intime Armand, de toute façon, on n'a rien à perdre.

La jeune femme parvient à se concentrer, mais ses doigts humides et maladroits la trahissent, ripent contre le métal et compliquent chaque mouvement. Tant bien que mal, elle positionne précautionneusement chaque chiffre et scrute le cadenas avec minutie.

Un silence de mort règne dans l'habitacle.

Tous attendent le fameux déclic.

⁂

— Mais comment avez-vous fait ? demande Anatali, estomaqué.

— Il m'est déjà arrivé d'oublier le code de ma valise et j'ai utilisé un tuto trouvé sur YouTube.

— Faudra que vous me l'expliquiez plus tard.

Le chauffeur s'empare du trépied et le cogne contre la vitre avec la frénésie du désespoir.

Au bout d'une vingtaine de secondes qui paraissent à tous une éternité, le verre commence à se craqueler.

Anatali lui assène encore quelques coups brefs et le carreau finit par céder en une multitude d'éclats, permettant à de l'air pur d'entrer dans l'habitacle.

Les touristes se ruent alors vers le fond du véhicule, pressés de s'échapper de la carcasse. Sous leur poids, la camionnette bascule vers l'arrière et plonge leur issue de secours dans l'eau boueuse du marigot.

— Retournons vers l'avant ! s'écrie Armand. Nous devons sortir un par un, dans le calme.

— Faites ce que vous voulez, mais moi d'abord ! gronde Ghislaine.

— Non, lui rétorque Armand abruptement. Il y a des blessés et un enfant. Ils sont prioritaires. Venez Claire, emmenez Sacha.

La jeune femme s'exécute et arrive non sans difficulté à s'extirper de la carcasse. Elle pousse un juron lorsqu'un large débris de verre lui entaille la main. Une fois dans l'eau, elle tend les bras vers Sacha qui, aidé d'Anatali, réussit à se glisser hors du bus.

— Regagnez la berge au plus vite ! Je fais sortir les autres.

— On ne voit pas grand-chose.

Claire plisse les yeux. Dans l'obscurité et à travers les gouttes, elle essaye de distinguer des formes qui pourraient la guider. Il fait nuit noire et seul un éclair fugace parvient à percer la masse épaisse des nuages. La jeune femme repère la rive et s'oriente dans sa direction.

Elle oblige Sacha à s'agripper à ses épaules et nage droit devant elle, le dos tourné au véhicule. Rapidement, elle sent des cailloux lui érafler la poitrine et les cuisses.

Elle poursuit debout en tenant l'enfant par la main.

Ils étaient royalement à moins de vingt mètres du bord. Risible... Ou plutôt flippant. Combien de chances avaient-ils que leur bus atterrisse au beau milieu de la savane dans un marigot tout frais et au seul endroit assez profond pour qu'une camionnette puisse y couler ?

Cette idée la fait frissonner bien plus que la température ambiante, chaleur que ni le déluge ni la tombée du jour ne sont parvenus à faire baisser.

Elle s'assied, encore tremblante, le cœur battant, prend Sacha sur ses genoux et sursaute sous le fracas d'un coup d'un tonnerre. Un rai de lumière déchire l'atmosphère et la laisse entrevoir, au loin, un tableau complètement surréaliste. Un minibus, à moitié immergé, pique du nez dans une flaque d'eau au beau milieu de la savane tandis que d'illustres inconnus se débattent pour s'extraire du véhicule, trempés, paniqués, alors qu'ils ont presque pied.

Puis la pluie cesse subitement de se déchaîner sur la plaine comme si elle avait obéi à un claquement de doigts, laissant place à un sol boueux.

Anatali sort le troisième et attend, près du hayon arrière, qu'Armand évacue Max. Il tire ensuite le blessé jusqu'à la rive. Il dépose l'homme inconscient à côté de Claire et regagne l'épave à toute vitesse.

— Mon Dieu ! Il est couvert de sang.

— Mais maman, toi aussi tu en as partout.

— Oui, je sais mon grand, mais je n'ai rien pour me bander la main. Toutes mes affaires sont restées dans ce fichu bus.

Sacha se colle contre sa mère et, de sa petite voix douce, lui propose un « bisou magique ».

La jeune femme, attendrie et à bout de nerfs, se met à sangloter.

— Pleure pas maman. J'aime pas quand tu es triste.

— Tu es si gentil, mon ange, et moi je t'ai entraîné là-dedans. Toi qui ne voulais pas.

— Regarde ! Il y a encore quelqu'un qui arrive !

Jade parvient à leur hauteur en boitillant.

— Vous allez bien ? s'inquiète Claire.

— Oui, rien de très grave. Par contre, par pitié, aidez-moi à soigner Max.

Chapitre 7

Jour 1

Le jeune homme est mal en point.

Il gît, allongé sur le sol, les yeux clos, une bosse de la taille d'un œuf d'autruche sur le haut du crâne. Son bras gauche présente une plaie profonde au niveau du coude.

Claire tente d'examiner l'entaille, mais elle manque de visibilité. Du sang mêlé à de la terre crasseuse forme une croûte opaque d'où s'écoule un liquide noirâtre.

— Je ne vois pas assez clair pour juger de l'ampleur de la blessure. Il nous faudrait une lampe de poche. Et, pour bien faire, de l'eau propre.

— Enlevons-lui son tee-shirt, propose Jade, ça lui fera un garrot.

— Mieux vaut en arracher un morceau. Il faut éviter de trop le bousculer. Il doit avoir une grosse commotion.

Pendant que les deux femmes s'acharnent à déchirer le tissu, Anatali et Armand continuent à porter secours au reste du groupe.

Alice approche de la berge, le regard vide, claquant des dents malgré la chaleur. Derrière elle, Ghislaine et Claude progressent difficilement dans le marigot. La vieille dame n'a jamais appris à nager. Elle s'accroche au cou de son mari, vociférant à tout va, rappelant avec véhémence qu'elle a choisi expressément cette destination, car elle était fort éloignée de la mer.

— Où est le monsieur qui ne voulait pas donner sa mallette ? leur demande Sacha une fois qu'ils sont à terre. On avait dit « les enfants et les blessés d'abord ».

— Il est... Peu importe, petit, répond Claude. Le principal c'est que, toi, tu sois là parce que tu vas m'être d'une grande aide.

— Ah oui ? se réjouit fièrement le garçon.

— Tu seras l'homme de la situation. Tu vas veiller sur tout ce petit monde et, moi, je vais repartir donner un coup de main.

Claire propose de l'accompagner, mais le sexagénaire refuse poliment. Elle est blessée, autant qu'elle attende au sec et qu'elle assiste Jade auprès de Max. Ils seront suffisamment nombreux pour faire des allers-retours et ramener un maximum de sacs. Il craint juste de ne pas réussir à récupérer ceux restés coincés dans l'habitacle.

Au bout d'une bonne demi-heure, une fois tous les bagages posés sur la rive, chacun fouille à la recherche de vêtements secs, mais la plupart sont trempés. Seuls quelques privilégiés, ravis de pouvoir se changer, distribuent tee-shirts et pantalons aux moins chanceux.

Claire retrouve sa trousse à pharmacie et, avant toute chose, s'attelle à soigner sa plaie.

Un sac reste à l'écart.

Celui de Louis.

— Oh mon Dieu ! s'exclame Alice. C'est affreux. Pauvre homme. Qu'avons-nous fait ?

— C'était lui ou nous tous. C'est comme ça, on n'avait pas le choix, répond Anatali.

Claire enfouit la tête de son fils dans son cou et colle ses mains sur ses oreilles pour éviter qu'il entende. Le chauffeur se tourne vers le groupe et chuchote pour épargner l'enfant.

— On n'a rien pu faire pour lui. Il était déjà...

— En êtes-vous certain ? demande Alice.

— Il n'avait plus l'air de respirer.

— Plus l'air ? s'indigne-t-elle. Mais si jamais il était encore vivant ? On l'aurait laissé se noyer, comme ça, pour sauver notre peau !

Elle expire à grandes bouffées puis se met à pleurer.

— Il a fait ce choix lui-même, insiste Anatali. S'il avait lâché cette mallette tout de suite, il n'en serait pas là maintenant.

— Je vous rappelle tout de même que c'est vous qui lui avez donné ce coup fatal, lui rétorque la jeune femme entre deux sanglots.

— Il m'y a obligé. D'accord, je n'ai pas contrôlé ma force. Mais, en attendant, sans cela vous seriez tous en train de lui tenir compagnie au fond de ce bus, répond-il en haussant le ton.

— La culpabilité vous revient de droit. C'est vous qui l'avez frappé, pas nous ! lui hurle Alice, complètement démontée.

— La culpabilité ? Parlons-en ! Qui a donné ce coup de volant, hein ? Qui ?

Tous les regards se braquent sur Armand. Celui-ci caresse nerveusement les poils de sa barbe et bredouille :

— Je suis navré, j'ai été surpris. J'ai cru voir...

— Mais putain ! Qu'avez-vous cru voir pour nous foutre dans ce merdier ? lui crie Simon. Un démon ? Un fantôme ?

— Un chacal. J'ai voulu éviter un de ces fichus renards pâles.

⁂

Anatali vacille et pose sa main sur l'épaule de Simon. Ce dernier s'inquiète :

— Eh mec ! Tout va bien ?

— Le renard pâle. Vous l'avez, votre coupable.

— Mais enfin, ce n'est qu'un animal, s'étonne le jeune homme.

— Qu'un animal ? Pour vous, peut-être. Mais pour mon peuple, c'est bien plus que cela.

— Vous n'allez tout de même pas nous dire que cette bête l'a fait exprès ? s'offusque Claude.

— Il ne marche jamais au hasard. Son chemin est toujours parole, répond le chauffeur, très sérieusement.

— Un renard muni d'un plan ? Allons donc ! se moque Ghislaine.

— Laissez-le tranquille, intervient Armand. Pour les Dogons, le chacal, le renard pâle ou encore *Yorougou* est un animal mythologique extrêmement important. Pour être concis, c'est l'esprit perturbateur, le fils imparfait et rebelle du Dieu primordial, *Amma*[*]. En gros, c'est celui qui apporte le désordre.

— Et donc, il a choisi expressément de se mettre en travers de notre route pour nous emmerder ? demande Simon.

— C'est un peu cela, oui. L'histoire raconte qu'il a volé la première parole. La parole secrète, celle de son père et de sa mère. Les Dogons pensent que le chacal a un pouvoir divinatoire. Ses traces laissées dans le sable révèlent la parole sacrée. Celle des Dieux. Il a voulu nous transmettre un message.

— Le renard voulait nous avertir de quelque chose, murmure Anatali. Il a parlé. Et son discours est vérité.

— Et c'est quoi ce truc important à savoir au point de nous envoyer dans le décor et de tuer l'un des nôtres ? s'énerve Ghislaine.

— Je l'ignore, s'excuse Anatali. Je ne suis pas devin. Il faut interroger un sorcier, lui seul pourra nous éclairer.

— Très bien, intervient Simon. En attendant, nous devons trouver une solution. Nous n'allons pas rester là, comme des cons, sans rien faire. Personne n'a de téléphone en état de marche, tout est trempé et, de toute façon, bonne chance pour obtenir du réseau dans ce trou perdu !

Armand les avertit qu'ils sont encore très loin de Bamba. D'après ses estimations, ils devraient parcourir près de cinquante kilomètres pour atteindre le village.

---

[*] Dieu unique de la cosmogonie dogon

— Cinquante bornes ? s'étonne Simon. La vache ! Comment voulez-vous qu'on fasse tout ça à pied ? Et avec un blessé encore bien. Sans compter Jade qui boite.

— Et il fait noir comme dans un four, intervient Claude.

— Nous n'avons même pas d'eau potable, surenchérit Ghislaine. Les bouteilles et les gourdes sont coincées dans cette maudite camionnette.

— Restons calmes, les coupe Armand. Et tâchons de réfléchir. Avant l'accident, nous avions quitté la route nationale quatorze au niveau de Bankass et nous nous dirigions vers le nord à travers la piste. Nous roulions depuis une bonne demi-heure quand... Bref. Nous ne devons pas être très loin de Dourou. C'est une commune dogon située au pied des falaises. Si nous marchons vers le nord, nous devrions croiser un village.

— Je crois qu'il faudrait plutôt essayer de rejoindre la route pour trouver de l'aide, conseille Anatali.

— Vous n'y pensez pas, lui répond Armand d'un ton sec. Nous sommes à plus de vingt kilomètres de la nationale. Comment voulez-vous qu'on y parvienne en traînant un poids mort derrière nous ?

Tous les regards se tournent vers Max. Son bras a cessé de saigner, mais il reste toujours inconscient. Armand reprend son plaidoyer.

— Dourou ne doit être qu'à cinq kilomètres d'ici. Il faut tenter le coup. Dans une situation, disons... normale, nous mettrions une bonne heure pour y arriver. Vu les conditions, on en aura au moins pour deux, voire trois. Mais c'est tout à fait faisable. La seule chose qui m'inquiète, c'est notre blessé.

— Le mieux serait de ne pas le déplacer vu son état, intervient Ghislaine.

— Nous ne pouvons pas le laisser seul ici, s'offusque Jade.

— Et pourquoi pas ? En cas de commotion...

La jeune femme, rouge de colère, pointe son doigt sur le sternum de la vieille dame et, l'air menaçant, lui rétorque :

— Vous, l'emmerdeuse de service, je sais bien qu'il n'y a que votre gueule qui vous intéresse, mais moi, perso, je trouve qu'il y a déjà assez avec un mort.

Ghislaine émet un petit ricanement :

— Je crains que nous ne le transportions inutilement, c'est tout.

Jade, folle de rage, l'empoigne par le tee-shirt et fait mine de la gifler. Simon la retient de justesse par le bras.

— Elle n'en vaut pas la peine. Viens, on va réfléchir à une solution et emmener notre bon vieux pote avec nous.

— Et si vous vous serviez de sacs à dos ? intervient Claude. On pourrait en prendre deux, les plus longs, et les attacher ensemble sans les vider de leur contenu. On fixe le blessé à l'aide des lanières et on le transporte comme sur une civière en s'aidant des lichettes. Qu'en pensez-vous ?

— L'idée est bonne, mais il nous faudrait des aiguilles et du fil assez épais.

— Disons que, parfois, on a de la chance dans son malheur. Mon surnom, c'est Mac Gyver. Mais je suppose que vous ne savez pas qui c'est.

— Pas le moins du monde, avoue Jade. Mais on vous fait confiance. Le bricolage, ce n'est pas trop notre truc.

— Je m'en occupe. Simon, vous m'aiderez. Quant à vous, Mademoiselle, j'espère que vous avez des dons d'infirmière parce que la première chose à faire, c'est trouver de quoi soigner votre ami pour éviter l'infection. Faudra que vous ayez le cœur bien accroché.

*
**

La fracture est ignoble.

Le bras est tordu dans une position totalement incongrue, impossible à reproduire à moins d'être contorsionniste. Et encore. Jade n'arrive pas à reconnaître la pointe du coude, même en s'aidant de la posture de l'épaule. Elle observe le membre avec dégoût à l'aide d'une lampe torche récupérée dans son sac. Complètement plié, il forme un angle biscornu et surréaliste.

La jeune femme réprime un haut de cœur et interpelle ses camarades d'infortune :

— Est-ce que quelqu'un aurait des notions de médecine ? D'anatomie ?

Pas de réaction. Tous s'acharnent à retrouver un maximum d'affaires utiles, tels que couteaux, frontales et chaussures sèches.

— Un simple brevet de secourisme, peut-être ?

Personne. Aucun d'entre eux n'a le moindre rudiment en matière de soins et de santé.

— Mon peuple pourra vous aider, finit par répondre Anatali. Nous irons voir le guérisseur.

— Pour qu'il le soigne à la poudre de perlimpinpin ? s'exclame Ghislaine avec cynisme.

— Moquez-vous. Ne vous gênez pas. Mais le jour où vous serez frappée par la fièvre, vous supplierez nos médecins de vous venir en aide et *Amma*, le tout puissant, de vous pardonner.

— Je dirai surtout merci à la nivaquine.

Armand éloigne Jade du blessé et lui chuchote à l'oreille :

— Je ne veux pas être pessimiste, mais, d'après ce que je vois, le coude est complètement déboîté. Et il souffre en plus d'une fracture ouverte.

La jeune femme manque de s'évanouir. Elle s'accroupit sur le sol, la tête enfouie dans les bras.

— Vous savez, Anatali n'a pas tout à fait tort, la console Armand. Les Dogons sont très doués en médecine traditionnelle. Leurs connaissances en botanique font des miracles ! Et puis, nous trouverons rapidement de l'aide dans un hôpital ou un dispensaire. Faites-moi confiance.

Jade, les yeux embués, s'avoue complètement perdue. Armand lui conseille de verser une bonne dose d'alcool sur la plaie, de refaire un garrot propre et de lui fixer le bras tant bien que mal contre le corps pour qu'il bouge le moins possible pendant le transport.

Claire lui tend un flacon de désinfectant.

— Allez-y, prenez-le. J'ai encore plein d'éosine dans mon sac. Quand on voyage avec un enfant, on en achète toujours des tonnes.

Puis elle propose à Jade de l'aider. Intérieurement, elle n'en mène pas large. Elle veut rester forte face à son fils et ne pas abandonner Jade à son désarroi, mais la vue de sa simple coupure lui avait déjà retourné l'estomac.

Elle prend une profonde inspiration et se rend au chevet de Max. Le visage serein de ce dernier contraste avec l'ignominie de la fracture. Claire, malgré l'écœurement, y jette un œil.

L'os est bien là, visible, saillant, émanant des chairs déchirées et suintantes.

Jade ouvre le flacon qui laisse échapper une forte odeur d'éther. Elle en verse la quasi-totalité du contenu sur la plaie.

Un cri effroyable, comme sorti d'outre-tombe, transperce l'immensité de la savane. Max, sous l'effet de la douleur, est subitement revenu à lui. Il jette des regards hagards et pousse des gémissements lancinants.

— On est où, là ? C'est quoi, ce bordel ? demande le blessé. Putain, mon bras ! Qu'est-ce qu'il a ? Ça fait un mal de chien.

— On s'en occupe, reste tranquille, tente de le rassurer Jade alors que sa voix transpire la panique.

— Je voudrais t'y voir, tiens.

— J'essaye de t'aider, c'est tout, répond-elle en sanglotant.

— Assomme-moi alors, que je ne sente plus ce...

Le jeune homme tente de se redresser en prenant appui sur son bras valide, tourne la tête de côté, vide le contenu de son estomac sur le sol détrempé et s'écroule à nouveau.

— Je pense que vomir est courant en cas de commotion, intervient Armand. Je me demande vraiment s'il est judicieux de le déplacer.

— Quand je vous dis de le laisser là ! crie Ghislaine à son encontre.

— Cesse ! ordonne Claude, de plus en plus irrité par l'attitude de son épouse. Cette dernière reste coite, surprise par la rébellion soudaine de son mari qui poursuit :

— J'ai terminé de fabriquer sa civière. Et je n'ai pas fait ça pour rien, alors on l'emmène avec nous. Point. Dieu sait d'ailleurs à quels prédateurs nous l'exposerions en le laissant là.

— Si le serpent décide que c'est son heure, il viendra.

Sur ces paroles d'Anatali, tous choisissent de se mettre en route.

La promenade risque d'être longue.

Chapitre 8

Jour 2

Cher cahier,

Je suis content que tu ne sois pas abîmé. J'avais peur que tu sois trempé après ce qui nous est arrivé. Heureusement que je t'avais glissé dans ma valise en sortant de l'aéroport ! Parce que mon petit sac à dos, lui, est resté dans le bus qui a coulé. Je suis triste. Je n'ai plus mes jeux vidéo et tous les téléphones ont pris l'eau. On va essayer de les faire sécher, mais, de toute façon, il n'y a pas de réseau. Je ne vais pas pouvoir appeler papa.

Je ne voulais pas faire ce voyage, je l'avais dit à maman. J'avais raison, il n'y a eu que des catastrophes. À cause de la pluie, on a eu un accident. Et un fameux ! Comme dans les films. Puis on est tombés dans une espèce de petit lac et on a dû sortir de la voiture très très vite pour ne pas se noyer. Il y avait ce monsieur, Louis, qui ne voulait pas nous aider. Les autres étaient très fâchés contre lui et répétaient qu'on allait mourir à cause de lui.

On est sortis de l'eau et je ne l'ai plus revu. Personne n'a voulu me dire ce qu'il était devenu. Mais je crois qu'il est mort.

J'avoue quand même que j'ai eu peur par moments. Je n'ai pas voulu le montrer à maman pour pas qu'elle s'inquiète. Déjà qu'elle avait mal à la main avec sa sale coupure.

Il y a un blessé qui a encore un plus gros bobo qu'elle. Il a l'air de souffrir beaucoup. Les grandes personnes ne savaient pas bien ce qu'elles pouvaient faire pour le soulager à part lui donner des antidouleurs. En plus, on était un peu perdus au milieu de rien. Il n'y avait pas d'hôpital, ni même de pharmacie.

On a dû le mettre sur des sacs à dos et les plus forts se sont relayés pour le porter jusqu'à un village. Il a pleuré pendant tout le voyage. J'étais triste pour lui.

On a marché vraiment longtemps. Il faisait trop chaud, même si c'était la nuit. Et on n'avait rien à boire. L'eau des flaques nous aurait rendus malades.

Armand m'a porté une bonne partie du chemin parce que j'avais mal aux jambes et j'étais très fatigué.

La vieille dame s'est énervée plusieurs fois et s'est assise en disant qu'elle ne voulait plus continuer. Mais les autres l'ont obligée. Ils ont parlé de danger, de chacal et de serpent. Je n'ai pas tout compris, surtout quand c'était le monsieur dogon qui parlait. C'est notre chauffeur, il a un drôle de nom que je n'arrive pas à retenir. On a découvert un village et il a paru étonné. Il a dit qu'il ne le connaissait pas. Il a trouvé ça surprenant. Il faut dire qu'on a eu du bol de le trouver. Il était caché au fond d'une espèce de grotte dans laquelle on s'était abrités.

Des personnes avec de drôles de vêtements nous ont donné à boire puis l'un d'eux nous a installés dans une cour. C'était difficile de grimper là-haut. Ce village ne fait que monter, j'ai cru qu'on irait jusqu'au ciel !

Maman a sorti des moustiquaires de son sac et a déroulé des petits tapis sur le sol. C'est rigolo, on dirait ceux du cours de gym ! Puis elle a gonflé un coussin en soufflant très fort dedans. Elle était toute rouge ! Je me suis couché et elle m'a enroulé dans le filet pour éviter les piqûres. Heureusement qu'il ne pleuvait plus sinon on aurait de nouveau été mouillés !

Je ne me suis pas endormi tout de suite. J'entendais les grands discuter. Ils trouvaient les gens du village bizarres. Le chauffeur a dit qu'ils étaient habillés comme les anciens. Qu'on aurait dit que le temps s'était arrêté. Il a même ajouté que c'était « un vrai musée à ciel ouvert ». Je suppose que c'est comme un musée, mais sans le toit. Pourtant, il n'y avait pas de tableau, je n'ai pas compris ce qu'il avait voulu dire.

Je me suis levé tôt le matin tellement le coassement des grenouilles faisait du bruit. C'était étrange parce qu'on n'en voyait aucune. Armand m'a dit que c'était parce qu'elles étaient plus loin dans la plaine, près des flaques d'eau. Que c'était toujours comme ça quand il avait plu, qu'on les entendait très fort.

Le monsieur blessé m'a réveillé plusieurs fois pendant la nuit tellement il se plaignait. Il me fait vraiment pitié. Les autres lui ont encore donné plein de cachets, mais ça n'a servi à rien. Maman a dit que, parfois, la douleur est trop forte et que même les médicaments ne sont pas suffisants.

Un jour, mon pote Lucas m'a raconté à l'école l'histoire d'un homme qui était parti tout seul quelque part dans la montagne. Il s'était perdu et son bras était resté coincé dans des rochers. Comme il ne savait plus bouger et qu'il était blessé, il avait dû se le couper lui-même.

J'espère qu'on ne devra pas faire la même chose au monsieur.

Parce que là, ça lui fera tellement mal que ses cris couvriront le vacarme des grenouilles.

Sacha

Chapitre 9

Jour 2

Durant la nuit, alors que le village dormait dans un silence absolu, des hommes avaient accueilli le groupe dès son arrivée. L'un d'entre eux avait invité les touristes à occuper la cour d'une maison à l'abandon, un rectangle au sol terreux et aux murs de brique crue couvert d'argile fissurée. Il s'était présenté comme étant Badji, le fils du chef spirituel, le Hogon**.

Tous avaient eu du mal à trouver le sommeil. Ils avaient installé Max le plus confortablement possible, mais ce dernier n'en menait pas large. Jade et Simon s'étaient affairés auprès de lui toute la nuit, mais il n'avait pas cessé de gémir.

De plus, la culpabilité rongeait les esprits.

Personne n'osait rappeler les faits, mais tous n'avaient qu'une chose en tête.

La mort de Louis.

** Chef spirituel choisi parmi les plus vieux du village. Après son intronisation, il ne peut plus avoir aucun contact physique ni quitter la cour de sa case sous peine de rendre les cultures stériles. Le premier ancêtre des Dogons, le *Lébé*, lui transmet sa sagesse.

À l'aube, Badji vient les informer que le Hogon désire les rencontrer plus tard dans la matinée. Avant de prendre congé, il échange encore quelques mots avec Armand et Anatali, les seuls aptes à le comprendre.

Ces derniers traduisent brièvement la conversation aux autres.

Le propriétaire de la *ginna****** qu'ils occupent ainsi que toute sa famille ont été bannis du village pour une question de transgression de tabou. Une histoire entre Dinga, le fils aîné de la maison et Djilla, une fille bozo, peuple voisin avec lequel les Dogons ne peuvent entretenir de relation amoureuse. Le père du jeune garçon a proposé d'offrir des poulets en sacrifice pour expier la faute commise, mais celle-ci a été jugée bien trop préjudiciable pour le reste du village. Le sang n'a pas suffi. Il a fallu partir. Après leur départ, la maîtresse bozo, désespérée, a fini par perdre la raison.

— Les Bozos sont-ils si terribles ? s'étonne Claude.

— Ce sont nos frères. On ne se marie pas entre parents. Ce qu'a fait Dinga est grave.

— Mais ils ne demandaient peut-être pas à se marier. Les Dogons sont-ils si pudiques par rapport…

— Les flirts avant mariage sont autorisés chez nous, mais on ne fricote pas avec des Bozos, c'est comme ça, le coupe sèchement Anatali.

Armand intervient et explique les fondements de ces relations interethniques complexes. Les Dogons et les Bozos se disent issus d'ancêtres communs. Ils sont unis par ce que l'on appelle « la parenté à plaisanterie », lien

*** Maison dogon

social qui les oblige à respecter une série de tabous, notamment d'ordre sexuel. Ils communiquent entre eux par la moquerie et le second degré pour maintenir une bonne entente. En gros, plutôt que de se chamailler, on s'envoie des vannes et on ne se vexe pas. Plus sympa et pacifique que des coups de machette.

— De là à être expulsé de chez soi pour une amourette, s'étonne Claude.

— Notre vie est réglée selon une série d'obligations et d'interdits. Les femmes, par exemple, ne peuvent entrer dans la maison des hommes appelée « *toguna* » sous aucun prétexte. Par contre, elles doivent séjourner dans la case des femmes « *punulu* » pendant leurs menstruations. Celui qui commet une faute en assume les conséquences. Ils ont dû partir, c'est tout. Le Hogon est sagesse, le *Lébé* lui souffle ce qui est juste.

— Le *Lébé* ?

Anatali raconte l'histoire du premier ancêtre. Avant, les hommes vivaient éternellement. Quand ils devenaient vieux, ils se transformaient en serpents et continuaient à vivre au fond des grottes avec les génies. Mais un des fils du *Lébé* a rompu un interdit. Du coup, tous ont été punis par *Amma*, le tout puissant, et ont été frappés par la mort. Alors que les Dogons se préparaient à une longue migration, ils voulurent emporter avec eux les ossements de leur ancêtre. À leur place, il y avait un serpent, énorme ! C'était le *Lébé*, revenu à la vie sous cette forme. C'est lui qui a conduit les Dogons jusqu'ici, dans les falaises. Il leur a montré le chemin.

— C'est une bien belle histoire, constate Claude, le sourire aux lèvres.

— C'est l'histoire que vous êtes venus chercher. Celle du Sigui. Les fêtes commémorent la résurrection de notre premier ancêtre. Chaque village taille un nouveau masque à son effigie, un grand serpent de bois. Il remplace le précédent, vieux de soixante ans.

— Eh bien, je suis pressé de voir ces fameuses cérémonies.

— Je demanderai au Hogon si nous aurons la chance d'y assister. Elles n'ont pas lieu partout en même temps, mais village après village.

— Il faudrait trouver une solution pour Max, interrompt Jade, la voix cassée et des cernes sous les yeux. Vous aviez parlé d'un guérisseur.

L'état du malheureux empire d'heure en heure. Il transpire abondamment. Son regard, lorsqu'il est conscient, reste vague et sa blessure s'envenime. Jade s'efforce depuis le lever du jour de chasser les mouches attirées par le suintement comme par du miel.

— Mettez déjà un bon vieux bandage stérile sur cette plaie, intervient Ghislaine. Votre gourou, il ne fera pas des miracles.

— Guérisseur, pas gourou, répond Anatali.

— Peu importe, la petite dame ne va pas passer ses journées à le défendre des insectes et à attendre que le temps fasse son effet. Une grosse dose de désinfectant, de la gaze, un hôpital digne de ce nom et l'affaire est réglée !

— Je crains que ce ne soit pas possible, regrette Anatali, l'air contrit.

— Il doit bien y avoir un centre médical pas trop loin ? Un dispensaire ?

— Je ne pense pas, non.

— Comment ça ? insiste Ghislaine.

— Il y a juste le guérisseur.

— Bon Dieu ! Il faut trouver un vrai médecin, avec un stéthoscope autour du cou et un diplôme accroché au mur !

— J'ai déjà dit que ce ne sera pas possible, répète le chauffeur, impassible.

— Et pourquoi cela ? Nous avons des jambes, nous pouvons marcher.

— Parce que je ne sais pas où nous sommes. Et l'immensité nous entoure. La nature attend que nous nous offrions à elle.

— Donc, si j'ai bien compris, vous êtes paumé et vous ne savez pas s'il y a un toubib dans le coin.

— La seule chose que je crois, c'est que nous ne sortirons pas de ce village.

Ghislaine, décontenancée, baisse d'un ton. Sa voix se teinte d'une pointe d'angoisse et elle se met à bafouiller.

— A... arrêtez votre cinéma.

— Nous avons commis un crime. Un homme est mort. Comment pensez-vous que les esprits de la nature réagiront si nous les défions ? Par la punition.

— Balivernes ! Cessez donc avec ces inepties tribales.

— Les gens qui vivaient ici... Ceux qui ont été bannis. Je ne vous ai pas raconté la fin.

— Ils ont été frappés par la foudre ?

— Ils sont morts dans la savane. Le soleil a blanchi leurs os.

Chapitre 10

Jour 2

Claire a du mal à garder les yeux ouverts. Plusieurs fois, pendant la nuit, elle s'était levée pour relayer Jade et Simon au chevet de Max. Le ciel était chargé, l'atmosphère lourde, le sol légèrement humide et elle peinait à se rendormir.

Elle revoyait sans cesse le visage de Louis, ses paupières closes, le sang qui coulait depuis son crâne.

Une fine couche de terre ocre recouvre sa peau moite. Sa bouche est sèche et pâteuse, ses cheveux collants. Elle donnerait n'importe quoi pour une bonne douche et une tasse de café fumant. Elle aperçoit, plus loin dans la cour, Ghislaine et Anatali empêtrés dans une discussion houleuse d'où s'échappent les mots « médecin » et « guérisseur ». La conversation l'interpelle et éveille ses sens encore à moitié endormis. Elle comprend avec inquiétude qu'Anatali, pourtant originaire de la région, ne sait absolument pas où ils sont. Pire, il insinue que quitter ce village est synonyme de mort.

Elle garde cette sinistre information dans un coin de sa tête, sans trop y croire.

Elle embrasse tendrement Sacha et rejoint Armand. Ce dernier, après le passage de Badji, était retourné s'allonger, écrasé par la fatigue.

— Excusez-moi. Je vois que vous vous êtes recouché, mais...

Le guide émet un grognement.

— Il ne faudrait pas trouver de l'eau ? Il doit bien y avoir un puits.

— Mmmmh. Laissez-moi deux minutes. Cherchez des pastilles désinfectantes en attendant.

L'anthropologue se lève péniblement, enfile un bermuda par-dessus son boxer et glisse un carnet rouge dans sa poche arrière. Encore à moitié débraillé, il propose à la jeune femme de l'accompagner au village pour trouver de quoi boire.

Troublée, Claire détourne le regard et bredouille :

— Et pour ce qui est du *micropur*, j'en ai déjà récupéré plein dans mon sac. Je dois en avoir pour des centaines de litres.

Elle se rend ensuite auprès de Sacha pour lui dire de venir avec eux. Il est assis, un stylo à la main, concentré sur son cahier. Il refuse avec véhémence, prétextant la fatigue, la chaleur et la flemme de marcher.

— Ne vous en faites pas, intervient Alice, je m'occupe de lui.

— Vous êtes sûre ? répond Claire qui a toujours beaucoup de mal à s'éloigner de son fils.

— Ça me distraira. Et puis, je suis institutrice, je crois que je vais m'en sortir.

Claire serre Sacha dans ses bras, lui demande avec insistance s'il n'aura pas peur sans elle, lui promet de revenir au plus vite puis s'en va, le cœur lourd, suivie par l'anthropologue.

Ils découvrent, depuis les hauteurs du village, l'immensité de la plaine baignée par la lumière du soleil matinal. Vaste étendue de savane, la vallée s'allonge jusqu'à une barrière de grès que l'on devine au loin. La végétation y est rare, quelques baobabs, de maigres arbrisseaux, mais de la pierraille à n'en plus finir.

— C'est magnifique ! s'exclame Claire, le souffle coupé. Je ne m'en étais pas rendu compte cette nuit.

— Le pays dogon fait toujours son petit effet la première fois. Les suivantes aussi d'ailleurs. J'avoue ne pas m'en lasser.

— J'ai beau avoir consulté un tas de photos sur le web, je n'ai pas de mots.

— Venez ! Allons demander aux villageois où se trouve la source. Et s'ils ont des calebasses pour nous. Il faudra bien qu'on ait des récipients. J'ai fait le tour de tout le monde, chacun avait sa gourde dans son bagage à main. Tout a coulé.

Ils descendent par les rues sinueuses, salmigondis de terre rouge et de cailloux serpentant jusque dans la vallée, artères bordées de maisons rectangulaires aux murs de brique crue et aux toits pointus faits de paille.

Un peu plus loin devant eux, des femmes habillées de pagnes aux dégradés beiges et bruns, la tête garnie d'un canari, énorme jarre de céramique, dévalent les pentes pieds nus avec une facilité déconcertante.

— C'est pour vous donner des complexes. Moi je peine et je porte des chaussures de randonnée hors de prix.

— Elles ont l'habitude, vous savez. Depuis qu'ils sont en âge de marcher, les Dogons se déplacent dans ces passages abrupts et défient le dénivelé tous les jours. Pour eux, c'est un jeu d'enfant. Ça leur est aussi facile que pour nous de prendre le métro. Et je vous avouerai que je me débrouille pas mal.

Armand accélère le pas et hèle la femme la plus proche de lui. Celle-ci s'arrête net, l'air méfiant.

— *Seouw* ! *Bonjour*

— *U seewo* ? *Comment ça va ? *

— *Sewa* ! *Ça va bien !*

Claire, qui ne comprend rien à l'échange, capte juste un geste leur indiquant une case un peu plus haut sur leur droite.

— Venez, nous allons nous offrir des poteries. Direction le forgeron.

— Euh... Il ne travaille pas plutôt le métal ?

— Effectivement. Ce sont les femmes de sa caste qui s'occupent de tout ce qui est en terre cuite.

— Une caste, à notre époque ?

— Oui, madame ! Enfin, il n'est pas question de hiérarchie comme en Inde. Juste d'interdits matrimoniaux. Un forgeron ne peut pas épouser la fille d'un agriculteur, par exemple.

— Il me semble qu'ils sont bien restreints dans leurs choix. Déjà les Bozos…

— Le système est assez complexe, mais beaucoup plus souple qu'on ne pourrait le penser. D'ailleurs, le divorce est autorisé.

Ils arrivent à hauteur d'une case. À l'entrée, assise sur un tapis de bogolan, une vieille dame les salue en leur souriant de ses dernières dents.

Armand entame des négociations et, après cinq bonnes minutes de palabres, elle soulève sa maigre carcasse desséchée, pénètre dans la cour de la maison et revient chargée d'une jarre et d'une pile de calebasses.

— Vous venez de rencontrer Yadigatan, une des femmes du forgeron.

— Parce qu'il en a plusieurs ?

— Eh oui ! Quand je vous disais que le système matrimonial était souple.

Alors qu'ils tournent le dos au village, reprenant la direction de la plaine, la potière leur crie d'une voix cassée par le temps :

— *An ran amma nou onou* !

— Qu'est-ce qu'elle a dit ?

Armand blêmit, ce que ne manque pas de remarquer Claire.

— Que… que donner un homme à *Amma*, c'est mal.

***

— Qu'est-ce qu'elle a voulu dire par là ? s'inquiète Claire.

La jeune femme, une pile de calebasses dans les bras, continue sa périlleuse descente en direction de la plaine. Elle lance des regards furtifs à Armand, gardant les yeux rivés au maximum vers le sol pour s'assurer de ne pas heurter une des pierres.

— Qu'un homme est entre les mains de Dieu. Je vous rappelle que Louis est mort hier soir, répond Armand qui porte la lourde jarre avec peine.

— Comment pourrait-elle être au courant ce matin ?

— Disons qu'au Mali, les nouvelles vont vite.

— Mais nous étions seuls sur cette rive. Comment peuvent-ils savoir ?

— Nous n'avons vu personne. Ce n'est pas la même chose.

— C'est insensé, on nous serait venu en aide !

— Le crime est un fait grave chez les Dogons.

Oui, se dit Claire, comme partout. De là à les laisser croupir sur une berge avec un blessé, à les regarder marcher pendant des heures sans rien à boire... Et puis, peut-on réellement parler de crime ? Pourquoi les abandonner tous à leur piètre sort ? Elle est restée en retrait dans cette camionnette et n'a pris aucune décision. Elle n'a tué ni fait de mal à personne. Un frisson lui parcourt l'échine. Elle s'est extirpée en premier de l'habitacle, pour sauver Sacha. Et elle aussi, par la même occasion.

Sans se soucier du sort de Louis.

Un vent de honte la traverse, suivi d'une pointe de culpabilité. Une foule d'idées sordides lui vient à l'esprit et l'angoisse. Elle imagine un tas de scénarios catastrophes dont elle seule détient le secret. Puis elle envisage le pire. Son sang ne fait qu'un tour.

— Ne me dites pas qu'ils pratiquent la peine de mort !

— Ils n'en ont pas besoin. Les esprits s'en chargent.

— Les quoi ? Vous pourriez être plus clair ?

— Le meurtre n'est pas courant au pays des falaises. La peur d'être jugé puis emporté par les esprits dissuade efficacement les habitants. Du coup, ils se tiennent à carreau. Ils font dans la prévention plutôt que la répression.

— Pas de mort, pas de coupable, pas de punition.

— Vous voyez que vous comprenez vite.

— Mais dans notre cas ?

— Eh bien, c'est une bonne question ! J'avoue, et j'en ai un peu honte, que je n'en sais trop rien. Nous étions nombreux, Anatali a sans doute porté le coup fatal, mais Simon l'avait déjà bien amoché. Et surtout, nous ne l'avons pas ramené sur la berge.

— On ne peut ni tout à fait parler de meurtre ni tout à fait désigner le ou les coupables.

— Tout ce que je peux vous dire, c'est que nous ne risquons pas de croupir en prison dans ce village. Il n'y en a pas.

— Et les criminels, alors ?

— Mmmmmh. Finalement, vous ne suivez pas si bien que ça, la taquine Armand. Pourquoi enfermer des suspects alors que les esprits les ont dans le collimateur et que la nature fera son œuvre de toute façon ?

L'anthropologue précise que, dans les villages dogons, il n'y a pas de prison, mais des poulets et des moutons à offrir à la victime en cas de délit mineur, comme le vol. Quand le crime est plus lourd, les Dogons se tournent vers le monde invisible. Ils lui font confiance pour rétablir la justice.

— Nous avons failli mourir noyés, n'est-ce pas suffisant ? tente de se rassurer la jeune femme.

— Espérons-le. Surtout pour Anatali. Il y a de fortes chances qu'il doive affronter les sages dans la *toguna*, la case à palabres. Regardez, on l'aperçoit d'ici !

Un peu plus loin, au centre du village, une construction rectangulaire présente des décorations chatoyantes contrastant avec la monotonie brunâtre des autres bâtisses. Son toit plat, fait de multiples couches de paille, est si épais qu'un nombre incalculable de piliers sculptés et peints peinent à maintenir la structure debout.

— Sont-ils si petits que le plafond est si bas ?

— C'est ici que les notables du village discutent et prennent des décisions importantes pour toute la communauté. Les hommes n'ont pas d'autre choix que d'y rester assis. Ainsi, celui qui s'emporte et se lève se cogne la tête et est obligé de se rasseoir. Une solution *anti-fight*.

— Tout est savamment mis en place pour qu'il n'y ait ni crime ni conflit.

— M'oui. Mais je crains que nous n'ayons quelque peu perturbé le système.

— Et pourquoi Anatali serait-il plus concerné que le restant du groupe ?

— Il se sent coupable. C'était son véhicule, sa responsabilité. Et puis, il est persuadé d'avoir porté le coup fatal. Les Dogons sont des gens d'honneur, il voudra rendre compte de ses actes.

— Le pauvre, il doit être mort d'inquiétude.

— S'il croit à la force des esprits, il doit surtout être mort de peur.

Ce n'est pas le sort de ce chauffeur qui me tracasse le plus, s'avoue Armand intérieurement.

Cet accident ne devait pas prendre tant d'ampleur.

Un cadavre au Pays dogon !

Comment allait-il à présent gagner la confiance des villageois ?

Chapitre 11

Jour 2

Le mercure grimpe de minute en minute. Les mains sont moites, les bouches sèches et la chaleur épuise les corps endoloris par une nuit accablante. Certains ont distribué les quelques barres de céréales et biscuits qui traînaient au fond de leur sac, maigres snacks emportés sur les conseils de l'agence pour pallier la monotonie des mets locaux. Tous attendent le retour de Claire et Armand avec impatience, car la soif devient ingérable.

Au milieu de la cour, Claude, le visage rouge et dégoulinant de sueur, récapitule :

— Donc, nous sommes au milieu de nulle part, avec un blessé grave et sans autre choix que de consulter un guérisseur. Chouette tableau !

— Tout à l'heure, on ira voir le Hogon. Il décidera de notre sort, répond Anatali.

— Il y a bien un moyen de sortir de ce village, s'inquiète le vieil homme. Il faisait comment, ce garçon, pour rejoindre cette fille bozo ?

— Je n'en sais rien. Il avait peut-être une mobylette ? Beaucoup de jeunes en ont une. Ils travaillent quelques mois à Bamako comme guides, serveurs ou vendeurs de babioles puis reviennent au village et se pavanent avec leur nouveau jouet.

— Donc, il doit bien y avoir un habitant qui pourra nous dépanner, se réjouit Claude.

— Pas sûr. Peut-être aussi que la fille venait lui rendre visite. Les Bozos sont des pêcheurs, ils échangent leur poisson contre les oignons cultivés par les Dogons. Ils se sont peut-être rencontrés comme ça, lors d'un troc. En attendant, il ne faut pas laisser votre copain dans cet état. Il faut appeler le guérisseur.

— Pas question, il pourrait aggraver les choses ! s'exclame Ghislaine.

— Honnêtement, ce serait difficile. Il faudrait qu'il le fasse exprès. Je serais plutôt d'avis que toute aide est bonne à prendre, répond Jade.

— Comme vous voudrez ! C'est vous qui voyez, c'est votre ami après tout.

Jade cherche Simon du regard en quête d'un signe approbateur. Ce dernier la conforte dans son choix en lui adressant un clin d'œil appuyé.

Anatali grimpe alors le long d'une échelle rudimentaire, une fourche de bois tordue et garnie d'encoches, et vient se poster sur le toit plat de la maison.

— Mais qu'est-ce que vous faites ? lui crie Claude.

— Je cherche le devin dans la plaine.

— Pourquoi le devin ? Je pensais qu'on avait besoin d'un guérisseur.

— C'est pareil, ils ne font qu'un.

— Ah ! Ben ça alors, on aura tout vu. Un pseudo médecin diseur de bonne aventure, ricane Ghislaine.

— Laissez-le, bon sang ! Il essaye de nous aider, finit par s'énerver Antoine.

Jusque-là, il n'avait pas voulu se mêler de quoi que ce soit. Il avait décidé d'initier sa femme au dépaysement et à la découverte d'autres cultures, bien mal lui en avait pris. Il préférait rester en retrait, estimant qu'imposer ses choix n'était finalement pas une super idée.

Anatali redescend à toute vitesse du toit, traverse la cour à grandes enjambées et se précipite dans le village en direction de la vallée. Il revient, une vingtaine de minutes plus tard, accompagné d'un individu d'âge moyen, grand, rachitique, la mine grave. Vêtu d'une tunique de coton beige et d'un étrange bonnet conique à pompons, l'homme s'appuie sur une canne biscornue.

— Je vous présente Akoron, le guérisseur.

Tous saluent le devin qui reste sérieux comme un pape et leur jette à peine un regard.

— *An ran ya woo*? *Où est l'homme ?*

Anatali lui indique l'endroit où repose le blessé qui somnole en dépit de la douleur.

Akoron se baisse, déroule la bande de gaz appliquée par Jade et observe la plaie. Puis, d'un geste lent, il fait passer son bâton au-dessus du corps de Max, tout en gardant les paupières closes.

— Mieux qu'un scanner !

— Chut ! lance Anatali à Ghislaine, en fronçant les sourcils. Cessez d'interférer entre lui et les esprits.

Le devin se relève, adresse quelques mots au chauffeur, puis repart d'un pas rapide.

— Euh... C'est tout ? s'étonne Jade.

— Il va chercher du matériel et de la bière de mil.

— De la bière ?

— Oui. Il faut que Max en boive beaucoup, répond Anatali, l'air gêné.

— Pour s'hydrater ? demande Jade.

Au moment de formuler sa question, elle réalise que le breuvage servira à bien autre chose.

À saouler le malheureux.

Pour qu'il sente moins la douleur.

La jeune femme, rien que d'y penser, a les larmes qui lui montent aux yeux. Elle s'éloigne et s'isole pour soulager sa peine. Elle s'assoit sur le sol terre de Sienne et love son visage dans le creux de son bras.

— Tu es triste ? lui demande Sacha de sa petite voix.

— Un peu, oui. Mais ça va aller.

— C'est à cause du monsieur et de sa blessure ?

— Sacha ! le somme Alice. Laisse la demoiselle tranquille.

— Okido ! Je pars chasser les araignées.

— Oh, ce n'est rien. Il est mignon, répond Jade en essuyant ses yeux humides du revers de la main.

— Oui, ils ont l'art de nous faire craquer.

— Vous en avez ?

— Non, malheureusement. Disons que les esprits du pommier de mon jardin ne sont pas favorables.

— Je suis désolée. Au moins vous arrivez à en parler avec humour.

— J'ai versé assez de larmes comme cela. Mieux vaut le prendre avec légèreté et ne pas gonfler mon entourage.

Alice part d'un rire nerveux. Devant la mine interloquée de Jade, elle poursuit :

— Dire que j'ai accepté ce voyage pour ça.

— Pour ça ?

— Je m'étais imaginé que peut-être... en vacances... dans un endroit isolé... sous le soleil. Que c'était le rêve d'Antoine d'assister à ces cérémonies... qu'un bonheur ne venait jamais seul. Et là, je me dis que je peux juste m'estimer heureuse de pouvoir m'occuper de l'enfant d'une autre parce qu'il est encore vivant.

Jade ne peut s'empêcher d'éprouver une vive commisération à l'égard de la jeune femme. Elle cherche, en vain, quelque parole compatissante, quelque mot réconfortant pour apaiser une peine dont elle est consciente de mésestimer la portée. Ainsi vit-elle le retour d'Akoron presque comme un soulagement.

Le guérisseur dépose une lourde boîte de bois sculpté et une jarre de terre cuite remplie à ras bord sur le sol.

Il discute longuement avec Anatali, qui s'adresse ensuite au groupe éparpillé dans la cour.

— Il faut que quelqu'un lui soulève la tête et qu'un autre le force à boire.

Réveillé par la voix grave du chauffeur, Max ouvre un œil.

— Après, il faudra le tenir suffisamment fort pour qu'il ne bouge pas.

Les yeux du blessé s'écarquillent brusquement et son corps se met à trembler.

— Et enfin, il faudrait éloigner l'enfant.

Face au puits, dans la vaste plaine, Claire et Armand sursautent. Un râle puissant, mélange de protestation et de désespoir, retentit depuis le haut du village.

⁂

— C'était quoi ce cri ? demande Claire.

— Je crains que ce ne soit Max.

— Mon Dieu ! Je n'ose pas imaginer… On ne devrait pas retourner là-bas au plus vite ?

— Ça ne me semble pas une bonne idée, non. Il n'est pas seul, il a plein de monde autour de lui. Ramener de l'eau au groupe est la meilleure chose que nous puissions faire. Et ça risque de prendre du temps.

— Ah bon ? Et pourquoi ça ?

— Vous avez déjà essayé de puiser de l'eau puis de porter un canari sur votre tête ?

— Bien sûr que non, quelle idée ! Je suis plus habituée à la technique du verre et du robinet.

— Eh bien, vous allez voir, ce n'est pas chose aisée. Première étape : récupérer de l'eau au fond de ce gouffre.

Le puits, cylindre d'adobe de plus de vingt mètres de profondeur, est surmonté d'une simple structure de bois dont le système de poulies, auquel est rattaché un vieux seau de plastique, semble dater de Mathusalem. Il offre une eau passablement trouble dégageant une légère odeur de vase.

La tâche est ardue. Il faut tirer suffisamment fort sur la corde pour hisser le récipient qui, vu l'usure, fuit par endroits. Ensuite, on doit être assez rapide pour verser l'eau dans la jarre avant qu'elle ne termine sur le sol. Tout un programme.

Les deux touristes se relayent, reposant leurs bras à tour de rôle, maudissant la chaleur et le manque de sommeil. Claire peine à cause de sa main, toujours douloureuse, mais elle ne ménage pas ses efforts.

Assoiffés, ils remplissent deux calebasses, y plongent une pastille et profitent de cette eau salvatrice.

— Et merde ! jure Armand.

— Un problème ?

— Je n'ai pas pensé à demander un tissu à Yadigatan.

— Pour quoi faire ?

— Pour le caler entre ma tête et la jarre. Ça permet au récipient d'être plus stable. Et surtout, ça m'évitera de me bousiller le crâne.

— Regardez, là-bas ! On dirait qu'il y a des gens qui arrivent, on peut peut-être leur demander de l'aide.

Au loin, trois silhouettes se déplacent avec nonchalance, figures fantomatiques brisant l'horizontalité de la savane et rompant l'immobilité de la caillasse.

— Je serais fort étonné qu'ils aient pris un morceau de bogolan en trop. Mais attendons-les, on ne sait jamais. Un peu de repos ne nous fera pas de tort. Personnellement, je ne sens plus mes bras. Asseyons-nous contre ce puits et reprenons un peu de cette délicieuse cuvée.

Les formes longilignes deviennent de plus en plus nettes. Elles ondulent à travers la plaine, la tête couverte de tissu ocre surplombé d'une vasque démesurée. Une des femmes porte un bébé sur le dos, attaché à l'aide d'un drap beige savamment noué. L'enfant dort paisiblement, les jambes molles et les bras ballants.

Alors qu'elles approchent, Armand se relève et se dirige vers elles. À sa vue, une des villageoises sursaute et crie de surprise, ce qui rompt la quiétude du moment. Son canari tombe au sol, la céramique se brise, laissant la jeune femme désemparée. Les deux autres se pressent autour d'elle et le nourrisson se met à pousser des braillements lancinants.

Armand, confus, s'adresse à elles en un dialecte bégayant, enchaînant gestes maladroits et sourires forcés. La malheureuse essuie quelques larmes puis ramasse nerveusement les tessons. La mère agrippe son enfant par le bras, l'extirpe de l'écharpe et le berce vigoureusement. Il se tait comme par magie et se rendort sans demander son reste.

Claire observe la scène, pantoise, ne sachant quelle attitude adopter. Elle est consciente que la culture dogon est aux antipodes de la sienne et craint de commettre un impair. Surtout que, là, les circonstances n'ont pas l'air propices à des échanges harmonieux. Leur présence semble avoir fortement perturbé ces autochtones. La femme hélée dans le village un peu plus tôt n'avait pas paru très à l'aise non plus, mais sa réaction avait été plus subtile, beaucoup moins excessive. Claire avait perçu un regard méfiant, un léger recul, mais sans plus.

— Tout va bien, Armand ?

— Oui, ça va aller. Je fais souvent cet effet-là aux femmes.

Claire sourit. Rougit aussi.

— Plus sérieusement ?

— Elles ne s'attendaient pas à voir un grand blanc barbu appuyé contre leur puits. C'est tout. Elles n'ont pas dû être prévenues de notre présence dans le village.

— Vous n'aviez pas dit que le tam-tam africain… ?

— Je le croyais, oui. En tout cas, l'épouse du forgeron semblait être au courant.

— Les nouvelles vont peut-être moins vite que vous ne le pensez. Ils ne doivent pourtant pas être très nombreux dans ce village.

— Une petite centaine d'habitants, tout au plus.

Les femmes, dépitées, s'attellent à remplir les deux jarres restantes. Une fois la corvée accomplie, deux d'entre elles réajustent le tissu protecteur, soulèvent de leurs bras faméliques les poteries et posent leur charge sur leur tête avec une facilité étonnante.

Elles s'éloignent, tenant à peine les canaris d'une main, dans un équilibre presque surnaturel.

La troisième, tremblante, retire le bogolan de son crâne et, sans se retourner, le laisse choir dans la poussière.

Claire le ramasse et avance en direction des trois femmes, aussitôt freinée dans son élan par Armand.

— Laissez ! C'est sa façon à elle de nous l'offrir. Je vous l'ai dit. Les Dogons sont un peuple accueillant et extrêmement pacifiste.

— Vous aviez affirmé aussi qu'ils étaient habitués aux touristes, que notre présence n'allait pas les étonner, et regardez un peu la réaction de cette femme. On aurait dit qu'elle avait vu un démon !

— C'est intrigant, en effet. Je ne m'attendais pas à ça. Notre visite n'était pas prévue, ce doit être l'explication.

— N'empêche que quelqu'un d'un village paumé du fin fond de la Belgique n'aurait pas une réaction pareille s'il croisait un Africain, l'interrompt Claire.

— C'est parce qu'il sait que ça peut arriver et puis il a la télé, les infos, il n'est pas coupé du monde.

— C'est bien cela qui me perturbe, Armand. Vous aviez soutenu que les Dogons n'étaient plus un peuple isolé, que les touristes avaient déferlé sur toute la région, les inondant de culture occidentale.

— J'ai dit cela, oui, et je le pensais. Maintenant, est-ce que vous pourriez m'aider à placer ce fichu truc sur ma tête avant que les autres ne meurent de soif ?

Chapitre 12

Jour 2

Akoron prend une calebasse, y verse de la bière et tend le récipient à Jade tout en la toisant d'un air autoritaire. Nul besoin de parler, la jeune femme s'exécute. Elle se penche vers Max qui frissonne de tout son être et transpire à grosses gouttes. Elle lui soulève légèrement la tête et l'oblige à boire.

— Mal au crâne… Attention, murmure le blessé.

— Désolée. Oui, vaudrait mieux que tu restes à plat. Mais pas facile de te faire avaler ça dans cette position.

— Pouah. Infect, parvient-il difficilement à articuler.

— *Sorry*. Il n'y a que ça.

— Pas grave. Soif.

— Je m'en doute, nous aussi. Vas-y, fais-toi plaisir.

Le jeune homme la regarde droit dans les yeux, suppliant.

— Peur.

Jade sent son cœur se serrer. Si un illustre inconnu vivait une telle situation, elle aurait déjà du mal à le supporter. Mais là, il s'agit de Max. Son pote. Son meilleur ami. Celui dont elle déteste les petites copines par principe, non qu'elle soit jalouse, mais parce qu'elles ne sont jamais assez bien. Celui avec lequel elle a fait toutes les conneries possibles et imaginables, pas bien méchantes, mais parfois limites. Simon est venu se greffer à leur duo il y a peu, après une rencontre dans un bar à jus bio du centre de Bruxelles. L'odeur de cannabis émanant du sac à main de la jeune femme n'étant pas étrangère à ce coup de foudre amical.

Le guérisseur s'accroupit près de Max et l'incline légèrement, du côté de son bras valide. Il adresse un signe de tête à Simon et Anatali, les invitant à le rejoindre. À l'approche des deux hommes, Max se raidit. Son visage devient blême et ses yeux, exorbités, se mettent à balayer l'espace d'oscillations saccadées.

Un silence mortifère règne dans la cour, un calme tel que l'on perçoit le brouhaha lointain des grenouilles. Le devin reste muet, d'un stoïcisme ahurissant, et s'exprime uniquement par gestes explicites. Il emplit l'atmosphère de son aura énigmatique, forte, pesante.

Tous le regardent, envoûtés, subjugués par sa personnalité hors du commun.

Tandis que Simon et Anatali tiennent fermement le blessé, entravant ses moindres mouvements, Akoron dépose le bras douloureux sur sa cuisse et verse sur la plaie une poudre verdâtre qui, immédiatement, ronge les sucs coagulés.

Max pousse un cri inhumain. Sa respiration s'accélère dangereusement ; sa poitrine se soulève tandis qu'il tente de se débattre, en vain.

Simon, les larmes au bord des paupières, n'ose pas affronter son regard.

— Désolé, vieux.

Jade n'en mène pas large. Prostrée dans un coin, la tête posée sur les genoux, les mains collées aux oreilles, elle se balance d'avant en arrière.

Le malchanceux est agité de quelques soubresauts puis se calme, petit à petit.

Soulagement général.

Les corps se décrispent, les épaules s'abaissent et les yeux se lèvent. Jade se redresse à tâtons et, encore hagarde, rejoint le groupe.

— Eh bien ! Quelle affaire ! s'exclame Claude pour détendre l'atmosphère.

— Je ne vous le fais pas dire, lui répond Antoine. Je vais chercher Alice pour la prévenir que c'est terminé. Elle attend dehors avec le gamin.

— Oui, il valait mieux qu'il n'assiste pas...

Le vieil homme n'a pas le temps de finir sa phrase. Akoron transperce la cour d'un grondement si profond qu'il semble sorti d'outre-tombe. À califourchon sur Max, il lui tord le bras avec une violence inouïe, tire dessus sauvagement, appuie sur l'os saillant et le replace dans la plaie béante, arrachant un dernier cri de douleur au supplicié qui est pris de convulsions, réflexes palliatifs incontrôlables.

Puis il perd connaissance.

Un nouveau silence s'abat. Tous s'observent, immobiles, les lèvres closes. Seule Jade pousse des gémissements plaintifs en se mordant le poing.

Le guérisseur saupoudre une nouvelle fois la blessure de sa mixture astringente et Max, terrassé, ne réagit pas. Puis le devin se met à répéter en boucle des psaumes lancinants tout en levant les bras vers le ciel.

Anatali se relève, invite Simon à faire de même puis s'adresse au groupe à voix basse :

— Son sort est maintenant entre les mains des esprits. Il va falloir trouver un poulet. Peut-être même une chèvre. La blessure est grave.

— Et on va en faire quoi de cette bête ? La lui faire bouffer ? demande Simon.

— On va l'offrir aux esprits, la déposer sur l'autel.

— Ils vont venir la chercher, comme ça. Cadeau !

— J'ai vécu avec vos voisins, les Français. Je sais qu'ils ne soignent pas comme ça. Je sais qu'ils croient à ce qu'ils voient. Mais ça ne veut pas dire que ce qui est invisible n'est pas.

— C'est difficile à croire, en effet.

— Vous avez toujours peur de ce que vous ne connaissez pas ! Si l'homme dogon fait confiance à l'homme blanc et avale ses médicaments, l'homme blanc doit sacrifier la poule. Quand j'étais en Europe, j'ai mangé vos pilules.

— En gros, intervient Claude, il faut tuer un pauvre animal dans un but propitiatoire.

— Il faut offrir du sang pour nourrir le *nyama* des esprits, comme ça ils seront favorables à la guérison.

Tous le regardent, étonnés, et murmurent le mot *nyama* en fronçant les sourcils.

— Le *nyama*, c'est la force vitale, invisible, qui fait que l'on est capable de penser et de se mouvoir. Elle se transmet de père en fils, de génération en génération, et aussi d'objet à objet. Par exemple, le grand masque du serpent qu'on taille à chaque Sigui reçoit le *nyama* du précédent.

— De toute façon, qu'avons-nous à perdre ? remarque Simon. Ça ne peut pas faire de tort.

— Non, effectivement, répond Claude. À part au poulet.

⁂

Armand a l'air grotesque.

Une jarre énorme sur la tête, il titube, trébuche sur les cailloux et sème, çà et là, son précieux butin.

Claire éclate de rire. Peut-être trop facilement. La nervosité sans doute. La peur qu'elle a ressentie chez la porteuse d'eau et les explications hasardeuses de l'anthropologue lui ont laissé un goût amer.

— Arrêtez un peu, je voudrais bien vous y voir, vous.

— C'est vous qui avez insisté pour le faire.

— Exact, je n'aurais pas aimé que vous ayez l'air ridicule à ma place.

Les deux touristes progressent à pas de souris vers le village, nef de boue séchée accrochée à la falaise. Les trois femmes ont disparu depuis bien longtemps, nettement plus alertes, laissant à Claire et Armand l'immensité de la plaine baignée par le concert tonitruant des crapauds.

— On a l'impression d'être seuls au monde, vous ne trouvez pas ? demande l'anthropologue, sa voix grave chargée d'émotion.

— Oui, quand on est citadine, j'avoue que c'est assez déconcertant.

— Ça vous plaît ?

— Je n'aime pas la foule, elle a tendance à m'oppresser. Donc oui, là, je suis plutôt bien. Si ce n'est...

— Si ce n'est que vous êtes en compagnie d'un homme avec un canari sur la tête ?

Il lui adresse un clin d'œil et elle sourit.

— Non, je m'en fais pour Sacha. Je l'ai laissé au village et je déteste le savoir seul. Enfin, sans moi.

Et puis, l'image de Louis, inconscient, du sang dégoulinant à l'arrière du crâne, me revient sans cesse. Impossible de la chasser. Bon Dieu ! Un homme est mort hier soir !

— C'est un grand garçon, vous savez, il m'a épaté cette nuit. Je l'ai trouvé très courageux.

— J'espère que c'est parce qu'il ne réalisait pas tout à fait.

Claire s'arrête net, ouvre grand les yeux, pousse un juron et accélère le pas.

— Eh ! Qu'est-ce qui vous prend ?

Pas de réponse.

— Je n'arrive pas à suivre. Attendez-moi !

La jeune femme continue sur sa lancée, déterminée, imperturbable. Elle progresse de plus en plus vite, le regard rivé sur le sommet de la falaise, complètement absorbée par la roche. Arrivée à une centaine de mètres de celle-ci, elle ralentit puis tombe à genoux, à bout de souffle.

— Bon sang ! Vous tentiez de me semer, comme à l'aéroport ?

— Non ! Pas du tout ! Regardez, vous ne remarquez rien ?

Armand lève les yeux et observe le village, ses cases à l'allure géométrique, cylindres et quadrangles d'argile aux toits plats ou surmontés de paille.

— Ben, c'est un village typiquement dogon avec ses maisons de banco et ses greniers. J'avoue qu'il est particulièrement désert ce matin.

— Non, ce n'est pas ça. Regardez plus haut !

— Le village est surplombé par d'anciens habitats troglodytes. C'est tout à fait classique.

— Non, justement, ça ne l'est pas ! s'exclame Claire dont le cœur bat la chamade.

— Je ne vous suis pas.

— Vous vous souvenez du film lors de votre conférence ?

Armand fronce les sourcils et acquiesce.

— Vous vous rappelez ce que j'y ai vu ?

— Vous ne m'avez rien décrit précisément, mais soit, répond Armand, un brin d'impatience et d'agacement dans la voix.

— Vous m'aviez dit que ces anfractuosités servaient de tombeaux.

Il confirme. Ce sont les anciennes maisons des Tellems, le peuple qui vivait dans les falaises jusqu'au seizième siècle, avant que les Dogons ne viennent s'installer dans la région pour, d'après ce que l'on raconte, fuir l'islamisation. Il précise qu'on les surnomme les « petits hommes rouges ».

— J'ai lu ça. Vous pensez bien qu'avant notre départ, j'ai voulu d'approfondir cette histoire.

— Quand vous avez quelque chose en tête, vous ne lâchez pas. Mais poursuivez, ça devient lourd là, intime Armand rappelant d'un regard l'imposante jarre trônant sur son crâne.

— J'avoue, je suis comme ça. Têtue. Et puis, j'avais envie de montrer plein d'images à Sacha pour le motiver à partir. Alors, j'ai tapé « tombes dogons » dans un moteur de recherche et j'ai trouvé plein de photos. Ce qui m'a titillée, c'est que, d'habitude, les Tellems construisaient des habitats en terre dans des alcôves situées à plusieurs centaines de mètres au-dessus de la plaine.

— Et ?

— Et, dans le documentaire que nous avons vu, ce n'était pas le cas. La roche était percée d'une multitude de petites fenêtres. Il n'y avait aucune trace de maison bâtie des mains de l'homme. J'ai supposé que les Tellems avaient dû profiter de cet habitat naturel pour s'y installer.

— Probablement... Une grotte à une telle hauteur devait être un abri efficace. En plus, pas besoin de construire. Tout bénef'.

— Exactement ! Et vous ne remarquez toujours rien ? demande Claire, une pointe d'angoisse dans la voix.

— Si, à présent je vous suis mieux. C'est la même configuration ici. Des alcôves, pas de maison. Bien vu. On continue maintenant, je ne tiens plus.

— C'est bien plus que cela ! insiste-t-elle, faisant fi de l'inconfort du guide. C'est exactement le décor que nous avons vu dans le film de Jean Rouch. Nous sommes dans le même village…

⁂

— Le même village ? Ce serait une coïncidence inouïe ! s'exclame Armand d'un ton trop théâtral.

Résigné, il dépose le canari sur le sol. Il en profite pour retirer le bogolan et éponger son visage transpirant à l'aide du tissu. Puis il s'assoit aux côtés de Claire, convaincu de la pugnacité de la jeune femme. Elle ne lâchera pas le morceau. Ils en auront encore pour un moment…

— Je vous ai dit que j'étais observatrice.

Elle repense à l'étrange silhouette qu'elle seule a aperçue dans le film. Puis son esprit s'égare une nouvelle fois sur l'image de Louis et de son crâne défoncé. Un long frisson la parcourt.

Bon sang ! Je n'aurais jamais dû partir. J'aurais dû renoncer à ce voyage tant qu'il en était encore temps… Et Sacha que j'ai entraîné dans tout ça. Lui qui ne voulait pas…

Armand tente de lui expliquer qu'il existe des centaines de villages dogons et qu'il est fort possible qu'il y en ait de semblables, mais elle campe sur sa position, aussi déterminée qu'inquiète.

— D'ailleurs, comment s'appelait-il, ce village, dans le documentaire ? demande-t-elle. Je ne me souviens plus.

— Moi non plus.

Claire doute de la sincérité du guide. Comment peut-il à tel point nier l'évidence ? Et surtout pourquoi ? Il contourne chacune de ses questions et fait preuve d'une mauvaise foi sans conteste. La jeune femme est décidée à obtenir des réponses ou, du moins, un assentiment de sa part. Elle se risque à piquer son ego :

— Ça m'étonne de vous. Un anthropologue de renom, spécialiste de la région...

— J'avoue ne pas connaître le nom de tous ces bleds par cœur. Ce que je sais, en revanche, c'est que ce n'est pas le village qui était prévu initialement pour le tournage. Les autorités maliennes ont flippé en cette période de grande sécheresse et ont interdit toute photo et tout film. Juste pour une question de pognon. La France distribuait des subsides à la pelle et elles avaient peur que la consommation excessive de bière de mil pendant les fêtes ne choque les mécènes. Or, c'était la dernière année du Sigui. L'équipe d'anthropologues tenait absolument à ramener des images de la cérémonie de clôture. Je me suis toujours demandé comment ils s'étaient démerdés.

— Peut-être en trouvant un village plus à l'écart, loin des yeux du gouvernement, comme celui-ci ? Aurais-je éclairé votre lanterne ?

— J'avoue que vous m'épatez. Effectivement, l'isolement de ce village serait une explication.

— Vos prédécesseurs n'ont jamais cherché à savoir ? Ne me dites pas que personne n'a posé de questions à l'équipe de tournage à son retour.

— Certains ont probablement su. Mais rien ne transparaît dans les articles scientifiques. Sans doute qu'il n'était pas bon de mettre la puce à l'oreille du gouvernement malien. Une règle avait tout de même été transgressée. Il s'agissait de ne pas commettre d'incident diplomatique.

— En somme, le milieu scientifique a été bien content de réceptionner ces images, mais pas question d'ébruiter le pot aux roses.

— Une fois encore, vous êtes perspicace ! Et c'est sûrement pour cela que je ne me rappelle pas le nom du village. Il n'est simplement pas cité.

Les deux touristes se remettent en marche et pressent le pas jusqu'au pied de la falaise. L'ascension qui suit n'est pas de tout repos. Armand est déséquilibré par le poids de la jarre et trébuche plusieurs fois sur des pierres saillantes. Claire, malgré sa bonne condition physique, doit faire des pauses régulièrement. Le soleil augmente les rythmes cardiaques, rend les vêtements brûlants et fait transpirer les corps à souhait. Les jambes sont lourdes et peinent à avancer. Et, bien sûr, le dénivelé est un cauchemar.

Le village est désert, pas âme qui vive. Seuls quelques poulets maigrichons picorent la terre.

— C'est étrange, non ? Je m'attendais à plus de vie, à ce que les rues grouillent de monde, à voir des enfants jouer dehors.

— Il n'y a pas foule, en effet. Mais bon, on n'est pas à Dharavi[****] non plus. Les femmes ont dû partir aux champs. Quant aux hommes, peut-être se sont-ils réunis dans la *toguna*.

[****] Bidonville de Bombay, Inde.

— Pour palabrer sur notre dos ?

— Il y a de fortes chances, oui.

Un grondement puis un cri perçant les font sursauter. Claire regarde Armand d'un air ébaubi.

— Ça vient de notre case ! Deux voix différentes.

— Bon sang ! Sacha ! Et moi qui ne suis pas là.

La jeune femme, prise d'un regain d'énergie, lève les genoux, pousse sur ses talons et se rue vers la maison. Son fils est assis contre la façade et joue avec des pierres, concentré sur une partie d'osselets improvisée, Alice à ses côtés.

— Maman !

— Ouf ! Je suis revenue. Tout s'est bien passé ?

Claire sourit à son fils puis se tourne vers Alice, les yeux inquisiteurs.

— Oui, il a été super sage. Il m'a dit qu'il parvenait à « fermer ses oreilles ». Une aubaine.

Akoron sort de l'édifice, sa jarre et sa boîte à la main. Il regarde droit devant lui et les ignore de toute sa supériorité. Claire étudie le personnage avec étonnement, soufflée par son charisme débordant.

— Le guérisseur, chuchote Alice. Il vient de s'occuper de Max.

— D'où les hurlements ?

— Oui, je ne crois pas que ce fut une partie de plaisir.

— Pauvre homme. J'espère qu'il va s'en remettre.

— Maman ! J'ai soif.

— L'eau arrive. Regarde, voilà Armand, il va t'en donner !

Le guide, à quelques mètres de la maison, s'arrête net et se retourne, apostrophé avec arrogance par le devin. Puis il reprend sa route en direction de la case.

— Mon Dieu ! s'étonne Alice, il n'a vraiment pas l'air commode. Qu'est-ce qu'il vous voulait ?

Armand, trempé de sueur, dépose la lourde jarre sur le sol et répond, sérieux :

— Le Hogon veut nous voir. Tous. Maintenant.

Chapitre 13

Carnet d'observation — Jour 2

— Dieu vous amène ! Dieu vous amène !

— Salut ! Comment va ton corps ?

La voix s'approchait lentement. De l'ombre intérieure venaient des frottements de mains aux murs et aux bois des chambranles. Un bâton tâtonnait les parois ; une poterie sonna creux ; des poussins minuscules sortirent un à un de la chatière, poussés par une grande vie qui avançait.

Enfin une tunique brune apparut, tirée aux coutures, effrangée par l'usage comme un drapeau des guerres d'autrefois ; puis une tête se courba sous l'architrave et l'homme se redressa de toute sa taille, tournant sa face indescriptible vers l'étranger :

— Salut à ceux qui ont soif ! dit-il.

Les lèvres épaisses parlaient la plus pure langue de Sanga. On ne voyait qu'elles. Elles seules vivaient. Le reste était comme replié, d'autant que dès les premiers mots, la tête s'était penchée vers la terre. Les joues, les pommettes, le

front, les paupières n'étaient qu'un seul et même ravage ; ils étaient plissés de cent rides qui leur donnaient un rictus douloureux, comme d'un visage inondé d'une trop grande lumière ou qui recevrait continûment une grêle de pierres. Ils étaient sous le coup d'une décharge à bout portant et les yeux étaient morts.
Comme les deux visiteurs venaient du dehors et qu'ils étaient censés avoir travaillé à la chaleur, l'homme, appuyé sur son bâton, leur dit enfin :
— Salut ! Salut de fatigue ! Salut de soleil !
(Marcel Griaule, Dieu d'eau, entretiens avec Ogotemmêli, 1948)

Comme le voyage fut éprouvant. Comme nous avons souffert.

Mais comme je suis content ! Nos plans ont été pour le moins compromis, mais, finalement, nous sommes arrivés à Bokeli. J'ai réussi et personne ne s'est aperçu de rien ! Pourtant, ce n'était pas simple. Le village est situé fort à l'écart des autres et ne figure sur aucun tracé ni aucun relevé de la région.

J'ai eu beaucoup de chance, les esprits de la nature ont dû être favorables. Le village n'était pas visible depuis la plaine. Le vent s'est soudainement levé, formant des tourbillons de sable gorgés de petits cailloux acérés. Nous avons repéré une anfractuosité dans la roche. Et notre abri de fortune a révélé cet endroit totalement irréel. Un village encastré dans la paroi, entouré de falaises. Il est sis sur la face ouest d'un cirque naturel dont le centre, vaste plaine de plusieurs dizaines d'hectares, n'est que pierres et désolation. Seuls quelques arbrisseaux aux fruits indigestes parviennent à survivre à la rudesse du climat.

Les maisons, rectangles de terre crue et de torchis pointés vers le ciel, sont construites sur un modèle tout à fait classique, épousant le dénivelé abrupt. Chacune possède une cour et deux greniers aux toits de paille coniques, un pour les hommes et un pour les femmes, éléments domestiques révélateurs d'une dichotomie sexuelle exacerbée.

Ce matin, nous avons rencontré le Hogon, le chef spirituel. Il nous a reçus dans la cour de sa modeste demeure dont la façade craquelée par le soleil transpire sang et bouillie de mil, reliefs de sacrifices et d'offrandes rituelles.

L'homme était vêtu, dans la plus pure tradition des chefs religieux, d'une robe blanche et d'un bonnet rouge. Il vit seul, comme l'impose la coutume, car personne n'est autorisé à le toucher. Sa force vitale, *nyama*, est bien trop puissante pour le commun des mortels. Il est aussi condamné à ne jamais quitter sa maison ni à marcher pieds nus. Ses pouvoirs risqueraient de rendre les terres encore plus arides et les récoltes inféconds.

De convenance, malgré nos mines avachies, le grand homme nous a demandé comment nous allions. Le salut est un principe de base dogon. Instinctivement, malgré nos péripéties de la veille, j'ai répondu : « *sewa* ! », ça va bien ! Mais ce mot a sonné extrêmement faux.

Je lui ai dit que nous étions surpris de découvrir son village.

Il m'a répliqué qu'il était étonné de voir des blancs.

Nous lui avons demandé son accord pour le gîte. Nous ne voulions pas lui imposer notre présence. Bien que l'hospitalité soit un fondement de sa société, j'ai senti une certaine gêne chez le vieil homme… Un silence trop long, un regard inquiet. J'ai peur que nous ne lui ayons forcé la main, qu'il ait eu pitié de notre état déplorable.

Il sait que nous avons commis une faute. Il ne l'a pas mentionné clairement, mais nous a dit que les esprits veillaient et que le chacal parlerait. Il a évoqué le devin, personnage occulte capable de converser avec le monde invisible grâce aux empreintes du renard pâle.

J'ignore ce que l'avenir nous réserve, mais je reste serein. Le Hogon est pureté et sagesse. J'ai confiance.

J'espère avoir l'honneur de pouvoir discuter encore avec lui lors de notre séjour. J'aimerais qu'il m'en dise plus sur le *Lébé*, l'ancêtre serpent, dont il assure le culte et dont il tire son savoir.

Et surtout, je brûle d'en apprendre plus sur la parole sacrée.

Qui sait, avec un peu de chance, c'est bien ici qu'elle me sera révélée.

Armand Leroux

Chapitre 14

Jour 2

— Quel étrange personnage, grogne Ghislaine en quittant la maison du Hogon.

La vieille dame est aussi rouge que la terre, elle transpire et souffle comme un bœuf.

— Pour une fois, je suis d'accord avec vous, répond Simon, cet homme est très singulier. J'ai le sentiment d'avoir vécu un moment unique. L'ambiance dans cette cour était presque irréelle. Une pierre blanche ensanglantée, quelques poussins qui couraient et l'aura qui se dégageait de ce mec… Trop tripant !

— Il faut avouer que nous n'avons rien compris à ce qu'il nous racontait. Peut-être que nos deux traducteurs émérites pourront nous éclairer. Parce qu'à part nous dire qu'il faut encore attendre la décision de ce chef, ils ne nous ont pas confié grand-chose, poursuit Ghislaine d'un ton sarcastique.

Armand et Anatali se regardent, se sourient, décident de l'ignorer et ralentissent le pas pour éviter qu'elle ne revienne à la charge.

Jade boitille et s'accroche au bras de son ami pour réduire sa peine. Inquiète pour Max qu'ils ont laissé seul, elle demande à ne pas s'attarder. Le groupe acquiesce, exténué, pressé de trouver un coin d'ombre et de s'y reposer. Seule Claire traîne les pieds. Elle reste en retrait avec Anatali et tente d'engager la conversation. Mais ce dernier avance tête vers le bas, pensif, les yeux sombres. Troublée par ce village, décontenancée par la nonchalance d'Armand, elle aimerait en savoir plus. Elle capte un regard, profite du créneau et se lance :

— Mon dogon est plus que moyen, mais j'ai tout de même entendu le mot « *toguna* » à plusieurs reprises, dit-elle sur le ton de la plaisanterie.

— Vous avez l'oreille fine. Il nous prévenait que les hommes étaient réunis dans la case à palabres. Ils ont du pain sur la planche comme on dit chez vous.

— À cause de nous ?

— Oui. Notre présence est tolérée, pas souhaitée.

— Cela m'interpelle. J'avais cru comprendre que les Dogons étaient accueillants, qu'ils recevaient les touristes à bras ouverts. Je suis même étonnée que nous soyons les seuls en cette période de Sigui.

— Il n'y a pas que cela qui me surprenne. Et pourtant, il s'agit de mon peuple.

Anatali répond d'une voix morne, comme abattu. La visite chez le chef spirituel semble l'avoir vidé de toute énergie.

— Vous m'intriguez.

— Regardez autour de vous. Que voyez-vous ?

Claire fait un tour sur elle-même, observe rapidement la plaine, lève la tête vers les falaises, s'attarde sur le village.

— Je vois un village dogon, comme dans les livres.

— Moi pas. Et je ne crois pas être le seul.

Le chauffeur interpelle Armand qui revient sur ses pas, laissant les autres loin devant. Il l'interroge :

— Que pensez-vous de Bokeli ?

— Un village dogon comme j'en connais des dizaines.

Le voilà enfin, ce fameux nom ! se dit Claire. Nous ne savons toujours pas où nous sommes, mais nous avons au moins un nom. Nous sommes à Bokeli plutôt qu'à Bamba. Ça ne change rien au fond, si ce n'est qu'à Bamba, les anciens habitats des Tellems ne lui donneraient pas la chair de poule.

Anatali fixe Armand et hausse légèrement le ton.

— Non, vous n'en avez jamais connu un comme celui-ci. Les hommes comme vous, avec des carnets comme celui que vous gardez précieusement dans votre poche, observent tout, notent tout. Vous, les anthropologues, voyez mieux que quiconque ici. Vous savez. Vos yeux ont vu. Vos oreilles ont entendu.

Armand passe nerveusement une main dans sa barbe. Il jette un coup d'œil à Claire, hésite puis se lance.

— OK, le village est désert. Nous avons juste rencontré quelques femmes ce matin.

— Faites comme si vous notiez, mais parlez.

— Nous avons croisé des femmes vêtues de tuniques de coton beige et brun. Elles étaient pieds nus et l'une d'elles portait un enfant sur le dos. Elles se rendaient au puits. Les canaris qu'elles transportaient étaient de facture tout à fait classique, sans dessin, sans fioriture.

— Cette nuit, des hommes nous ont offert à boire.

— Oui, je m'inquiète un peu pour ceux qui ont bu. L'eau n'était pas désinfectée.

— Moi je ne m'inquiète pas. Cela ne sert à rien. Ce qui doit arriver arrive. C'est comme ça. Par contre, qu'auriez-vous écrit, dans votre carnet ?

— Ben... J'aurais analysé leur attitude, plutôt réservée, comme celle des femmes, mais un peu moins farouche tout de même. Puis j'aurais décrit leurs vêtements. Traditionnels, tuniques beiges, bonnets coniques blancs. Enfin, il faisait noir.

Armand continue de lancer de brefs regards à Claire. Celle-ci écoute l'échange attentivement et n'en perd pas une miette. Sacha trottine devant eux en chantonnant joyeusement.

Un peu plus bas résonnent des bruits de pas, légers, rapides, immédiatement suivis d'un petit cri. Un enfant nu se tient raide, la poitrine relevée, les yeux écarquillés, la bouche grande ouverte en un hurlement muet. Tous les quatre l'observent, démunis. Au bout de quelques secondes, il baisse les épaules et pousse un râle aux décibels assourdissants. Claire s'approche de lui, déclenchant une avalanche de pleurs lancinants. La jeune femme reste paralysée et interroge les deux guides du regard.

Une femme accourt, attrape le petit par le bras, et s'engouffre avec lui dans une case.

— Pauvre chou ! s'exclame Claire. On aurait dit qu'il voyait des fantômes.

— Ils ne s'attendaient probablement pas à croiser des blancs, surtout un grand barbu comme moi. Décidément, j'effraye tout le monde.

— Tout le monde ?

— Oui, répond Claire, au puits ce matin, une habitante en est même venue à casser son canari.

— Ils nous évitent et ils ont peur. Les hommes palabrent et les femmes contournent notre chemin, constate le chauffeur. Et, par-dessus tout, le Hogon voulait nous voir.

Claire laisse glisser son regard sur les deux hommes, interloquée. Armand prend une large inspiration puis, l'un air contrit, avoue :

— Oui, ça m'a paru bizarre à moi aussi. D'habitude, le Hogon ne rencontre pas les étrangers. Encore moins des touristes. Être reçu par le Hogon est un honneur. Ou au contraire…

— Il a parlé peu, le coupe Anatali, il voulait savoir, il voulait entendre.

— Quoi donc ? interroge Claire.

— Il voulait entendre l'avis du *Lébé*. L'ancêtre-serpent lui souffle ses actes, lui dicte ses mots, lui transmet sa sagesse.

— Que va-t-il se passer maintenant ? À quelle sauce serons-nous mangés ? s'inquiète la jeune femme.

— Nous allons rester dans son village. Il a donné son accord. Nous ne serons pas mangés. En tout cas, pas par les hommes.

Claire frémit. Par qui alors ? Ce qui était juste une expression pour elle prend soudain un sens tout à fait différent, morbide, angoissant.

Face à sa mine tracassée, Armand plaisante :

— Oh ! Des cas de cannibalisme ont bien été répertoriés dans la région. Mais c'est du passé. Cela fait belle lurette que les Dogons ont cessé de bouffer de la chair humaine.

Anatali baisse les yeux, embarrassé. Il a eu vent de ces légendes répandues par les blancs. La jeune femme, elle, devient blême.

— Vous... vous plaisantez, j'espère...

— Oui et non, poursuit le guide, je vous taquine. Plusieurs témoignages nous sont parvenus via des administrateurs coloniaux, en tout cas en ce qui concerne des sacrifices humains. Mais rien de très clair. Des histoires de femmes ou de gamins qui ont été kidnappés et qui ont réussi à s'enfuir. L'un d'eux aurait été emmené dans une grotte secrète garnie d'autels sacrificiels en glaise tachés de sang et couverts de plumes. Lorsqu'il a évoqué être de la caste des forgerons, ses ravisseurs l'ont laissé filer sans demander leur reste. Il existe encore des tas de petites anecdotes bien sympathiques comme celle-là, mais il faut toujours prendre ce genre de compte-rendu avec des pincettes. En pleine période coloniale, quoi de plus facile que d'accuser un peuple de barbarie pour justifier son asservissement ? En gros, cela revenait à dire : « Regardez, ils se comportent comme des bêtes, notre devoir de bons blancs chrétiens est de les civiliser. »

Malgré le sujet macabre, Claire boit les paroles d'Armand avec avidité. Le guide a l'art de la captiver. Ses connaissances, sa voix grave peut-être aussi. Une forme de charisme qui la touche. Elle doute de lui, mais malgré tout, sa présence la sécurise. Elle pourrait l'écouter pendant des heures.

— C'est tout de même effrayant, ce que vous nous racontez.

— Je vous rassure. Par la suite, les anthropologues n'ont eu de cesse de démontrer que rien n'était moins sûr. Il s'agissait probablement de disparitions d'habitants ayant été mis au ban de la société. L'Afrique a toujours donné lieu à des fantasmes exacerbés. Le mythe de l'homme blanc cuisant au milieu d'une marmite a été renversé depuis belle lurette.

— Rassurez-moi. Pas de cannibalisme, alors ?

— Ah ah ! Non. Vous ne risquez absolument rien. Ni ici ni ailleurs en Afrique. Il y a eu des rituels anthropophages, mais c'était bien avant la christianisation et l'islamisation du continent. Et les cas étaient rares. On ne se bouffait pas pour se nourrir. La raison était religieuse ou sociale. Du genre manger son ennemi pour récupérer ses forces.

Claire se tourne vers Anatali. Celui-ci semble subir la conversation. Laisser planer un doute sur l'intégrité morale de son peuple ne lui plaît pas.

— Je n'ai pas très bien compris pourquoi vous nous avez dit : « En tout cas pas par les hommes ».

Anatali prend un air solennel :

— Nombreux sont les dangers dans les falaises, redoutables sont les pièges, puissants sont les prédateurs. Surtout pour ceux qui doivent expier une faute.

Et, malgré les appels d'Armand, le chauffeur s'éloigne, profil bas.

Chapitre 15

Jour 2

Dans la cour, tous cherchent désespérément un coin d'ombre. Le soleil est au zénith, ses rayons brûlent les chairs et ramollissent les cerveaux embrumés par une nuit trop intense et décidément trop courte.

Certains se recouchent, le corps allongé contre un des murs pour profiter de la mince bande grisâtre que l'astre n'est pas parvenu à réchauffer.

Claire, Sacha et Claude se tiennent assis sur le sol poussiéreux de la maison, un espace réduit d'une quinzaine de mètres carrés et totalement vide. Pas une table, pas un tabouret, rien. Les volets, des planches de bois garnies de reliefs anthropomorphes, sont restés clos et plongent l'unique pièce dans la pénombre. Seul l'étroit faisceau de lumière en provenance de la porte entrouverte offre un brin de visibilité.

— J'ai faim, ‘man.

— Oui, moi aussi. À vrai dire, on a tous faim.

— On n'a plus de barres de céréales ?

— Si, il doit m'en rester quelques-unes au fond de mon sac. Je crois que je l'ai laissé dehors. Tu peux fouiller dedans si tu veux et tu m'en ramènes une, d'accord ?

— OK !

— Ça ne doit pas être simple de vous retrouver dans une situation pareille avec un gamin. Franchement, je vous admire. Je n'arrive déjà pas à contenir les foudres de ma femme.

Mon Dieu ! Sacha ! Comme elle s'en veut. Elle a tant hésité à partir et voilà que tout tourne au vinaigre. Finalement, elle aurait dû écouter son côté « reine des scénarios catastrophes » au lieu de se faire violence.

Elle sourit néanmoins à Claude, tant le personnage lui est sympathique. Elle le plaint. Sa femme est loin d'être une sinécure alors que le pauvre homme fait preuve d'un sang-froid et d'une débrouillardise à toute épreuve. Une présence rassurante, positive, un véritable atout pour le groupe.

Face à la mine déconfite du sexagénaire, elle temporise :

— Vous vous en sortez très bien. Elle est juste à bout de nerfs comme nous tous.

— J'ai bien conscience qu'elle n'est pas commode. Je ne vais pas vous raconter notre vie, mais on va dire qu'elle a des circonstances atténuantes. Enfin soit, j'ai l'habitude et puis, disons que ça ne s'est pas arrangé avec l'âge.

— Peut-être que l'air du Mali lui fera du bien, qu'elle parviendra à mieux relativiser après cette aventure.

— Vous êtes gentille, mais, honnêtement, vous pensez vraiment que la situation dans laquelle nous nous trouvons puisse être propice à adoucir son caractère ?

Claire ne répond pas et se contente de prendre un air peiné. Comment ne pas s'endurcir après de tels événements ? Rien que le fait de vivre en pleine brousse, dans une chaleur étouffante, au milieu des moustiques et sans confort aucun, suffirait à aigrir les tempéraments les plus souples. Ajoutons à cela un accident, un mort, un blessé grave et un village fantôme, et le cocktail sera détonant. La jeune femme en vient à se demander comment elle tient le coup. Surtout, qu'elle, elle sait. Elle a vu ce qui passait à travers les roches des Tellems. L'ombre, l'apparition fugace, cette sorte de visage blanc, sans doute masqué, peut-être pas. Une image qui n'est pas nette, mais qui lui a laissé un sentiment dérangeant qu'elle aimerait pouvoir chasser comme on repousse une vulgaire araignée. Surtout qu'ils risquent d'être coincés dans ce village pour un bon moment. Cette idée l'inquiète et l'effraye.

— Claude, vous n'avez rien remarqué quand on a visionné le documentaire ?

— Non, pourquoi cela ?

Claire lui parle des Tellems, de leurs anciens habitats troglodytes et de l'étrange silhouette qu'elle a vue passer dans les tombeaux.

— Je suppose qu'en pleine cérémonie, il doit y avoir mille et une raisons à cela.

— Oui, sans doute. Mais Armand n'a pas pu m'éclairer. Et puis, je pense que nous sommes dans le même village que celui que l'on voit à la fin du film. Bokeli. J'en ai aussi touché un mot à Armand, mais il tourne autour du pot. Étrange, hein ?

— Faut dire que ce village a l'air un peu particulier, non ?

Claire approuve, heureuse qu'il ait remarqué cela, lui aussi.

Le vieil homme lui explique que, plus jeune, en bon baroudeur, il a beaucoup voyagé à travers le continent africain, parcourant le Niger, la Côte d'Ivoire, le Cameroun ou encore le Sénégal. Il s'est toujours adapté au mode de vie des autochtones en se pliant à leurs us et coutumes. Et, à chaque fois, il a reçu un accueil chaleureux. Partout, sauf ici.

— J'ai l'impression que nous sommes parqués dans cette cour comme du bétail, conclut-il en la fixant de ses yeux gris perçants.

Cette réflexion frappe Claire de plein fouet. L'image utilisée par Claude est on ne peut plus juste. Ils sont coincés dans ce village comme de pauvres moutons ignorant quel sort leur est réservé. Elle ressent un besoin avide de confier ses angoisses.

— Mais Armand devrait savoir. Il connaît la culture dogon.

— Il n'a pas la science infuse non plus. Peut-être est-il aussi surpris que vous ? Et puis il doit être sérieusement emmerdé. Vous imaginez à quel point sa responsabilité est engagée ? Un membre de son groupe est... Claude marque une pause, déglutit difficilement, puis reprend.

Est mort hier soir. Comment justifier cela auprès de l'agence, de son boulot, de la famille de ce malheureux ?

— Je n'avais pas vu ça sous cet angle. Bien sûr, vous avez raison. Il a d'autres soucis en tête que cette histoire de Tellems et de village.

— Anatali m'a l'air inquiet lui aussi, bien plus qu'il ne le laisse paraître.

— J'ai trouvé sa réaction un peu légère lorsque nous étions sur la berge. Il tentait plutôt de se disculper, évoquant ce chacal en guise de véritable coupable.

— Tuer un homme involontairement pour en sauver onze. Peut-être qu'il relativise. Personnellement, je n'y parviendrais pas. Mais je ne suis pas dans sa tête, et je ne suis pas dogon.

— D'après ce que j'ai compris, pour eux, ce sont les esprits qui décident de leur sort. Peut-être s'en remet-il à leur avis, sans se juger lui-même ?

— D'ailleurs, en parlant de lui, je me demande où il a bien pu passer. Il a disparu depuis notre visite chez le Hogon.

— Il s'est presque encouru. J'espère qu'il tente de trouver de l'aide ou, du moins, d'établir de meilleurs contacts avec la population.

Sacha passe la porte et pénètre dans l'obscurité du foyer, les bras chargés de biscuits.

— Voilà, 'man ! J'ai pas trouvé tes barres, mais Alice m'a donné tout ça. Je peux en manger, hein ?

Claire acquiesce à condition que Sacha en propose à Claude. Celui-ci refuse, au grand bonheur du petit qui s'assoit en tailleur et engouffre les friandises.

Claude hésite, puis chuchote à l'oreille de Claire :

— S'il vous plaît, gardons tout cela pour nous. Je ne voudrais pas effrayer les autres davantage. Surtout ma femme. Voyez... Elle refusait de m'accompagner sur ce continent. Je lui ai un peu forcé la main en évoquant notre quarantième anniversaire de mariage.

Claire opine de la tête puis sursaute.

Dehors, un grondement sourd déchire l'atmosphère.

Le déluge s'abat à nouveau sur les falaises.

*
**

Dans la petite case aux murs d'argile et au sol de terre, trempés tant par la sueur que par la pluie, les touristes s'agglutinent autour de vieilles calebasses et d'une jarre de bière de mil. Anatali était revenu peu après le début de l'orage, chargé de ce lourd et précieux butin. Mettre Max à l'abri n'avait pas été chose aisée. Chaque déplacement lui arrachait une grimace et un cri de douleur. Les autres avaient veillé à ce qu'il boive plus que nécessaire afin que l'ivresse adoucisse quelque peu sa souffrance. Un emplâtre sur une jambe de bois qui avait au moins eu le mérite de rassurer Jade.

Les traits sont tirés et les yeux cernés. L'humeur est loin d'être au beau fixe et tous gardent le silence. De peur de lancer un débat houleux ou par crainte de perdre un reliquat d'énergie. Peut-être par manque d'envie, tout simplement. Parce que, parfois, on veut juste rester dans sa bulle et oublier le monde qui nous entoure. Les échanges sont brefs, réduits à l'essentiel : « Je pourrais avoir une calebasse ? », « Merci », « Je vous en prie », « Oups ! Désolé pour votre pied ».

Antoine finit par proférer des banalités. Ce mauvais temps n'en finit pas et assombrit son humeur. Il a besoin de se distraire, de penser à autre chose. Il voit bien qu'Alice n'en mène pas large. Comme tous les autres d'ailleurs... et lui-même. Mais il se sent responsable vis-à-vis de sa femme. Son envie de voyage était si forte qu'il a réussi à lui suggérer qu'un tel dépaysement l'aiderait à se détendre et qu'elle rentrerait peut-être avec une bonne et heureuse nouvelle. Quel piètre baratineur ! Pire, quel manipulateur ! Elle pleurait déjà dans l'avion. Maintenant, elle n'a même plus la moindre larme à offrir. Elle semble vidée, résignée. Seule la vue de ce gamin, Sacha, lui donne de temps à autre le sourire. Le jeune homme se racle la gorge puis balance d'une voix éteinte :

— Au moins, le vacarme de la pluie couvre celui des grenouilles. Je n'en pouvais plus.

— Idem, répond Jade. J'ai cru qu'elles allaient me rendre folle.

— Ça vaut bien la peine de quitter la Belgique pour atterrir sous une douche pareille.

— Je pense qu'on souhaiterait tous être chez nous, sous notre couette, à l'heure qu'il est.

— Puissions-nous la retrouver un jour, souffle Ghislaine.

— Chut ! L'enfant ! réagit Armand.

Sacha ouvre les yeux et interpelle sa mère.

— On va bientôt rentrer, hein, 'man ? On ne va pas rester ici pour toujours ?

— Je ne sais pas si ce sera pour tout de suite, mais je te promets que nous serons de retour dans quelques jours.

— Et on ira immédiatement voir papa ?

— Promis.

Une promesse qui fait mal au cœur de la jeune femme. Comment avouer à un enfant qu'on ne sait pas ? Qu'on se sent totalement paumé, sans la moindre certitude, et qu'on espère survivre à une situation qui nous échappe complètement ? Qu'on a imaginé le pire, jusqu'au crash d'avion, qu'on a rempli sa valise de médicaments en tous genres, de l'antipaludique à l'aspirine en passant par le sirop pour la toux, mais qu'on n'a pas prévu tout ça ? Au fond, qui aurait pu ?

Le cœur serré, elle détourne la conversation pour ne plus avoir à mentir à son fils et s'adresse au chauffeur qui, accroupi face au canari, sert de larges lampées de bière en y plongeant directement les calebasses.

— Merci ! C'est gentil à vous de nous avoir ramené à boire.

— De rien, avec plaisir. Ça vous plaît ?

— Disons que c'est spécial, un peu suret, mais pas désagréable, ment-elle en faisant la grimace.

— Le dolo est très différent de vos bières à vous, les Belges. Vous êtes connus pour ça. Quand j'ai voyagé en Europe, j'en ai goûté beaucoup.

— Est-ce qu'il serait aussi possible de manger ? le coupe Ghislaine. Parce que c'est bien beau de nous saouler, mais il faudrait peut-être penser à nous nourrir.

— J'ai essayé de trouver de la nourriture, mais la pluie est tombée. Il n'y a déjà pas beaucoup de monde dans le village, mais, quand le tonnerre gronde, il n'y a vraiment plus personne. Demain, j'irai vous chercher quelque chose. Promis.

Max, ouvre un œil et pousse un léger râle.

— Vivement la visite du devin, constate Anatali. Il faut qu'on fasse une offrande aux esprits et je voudrais qu'il interroge le chacal.

Tous le regardent, interloqués, et l'invitent à poursuivre.

— Soigner ne suffit pas. Il faut aussi que les esprits soient favorables et, pour ça, il faut sacrifier un poulet et répandre son sang sur l'autel.

— Oui, nous avons bien compris, mais pour le chacal ? s'étonne Jade.

— Akoron le fera parler. Le renard pâle défiera *Amma*, son père, et nous révélera ses projets. Il suffit de poser les bonnes questions. Une à la fois. Quand j'aurai demandé ce qui va arriver à Max, je l'interrogerai sur notre sort. Et la parole du chacal ne ment jamais.

— Notre... notre sort ? s'inquiète Alice.

Anatali regarde le groupe qui, sidéré, est pendu à ses lèvres, en attente d'une réponse qui ne vient pas. Le grand homme dogon se redresse, fixe brièvement Sacha puis finit par briser le silence :

— Je veux dire, sur le sort que nous réserve le monde invisible.

Les uns déglutissent, les autres frémissent puis tous s'enferment dans un profond mutisme.

Chapitre 16

Jour 3

Cher cahier,

J'ai très mal dormi cette nuit. Comme celle d'avant, d'ailleurs. Non, c'était encore plus horrible. Il n'a pas cessé de pleuvoir. Nous étions tous serrés les uns contre les autres dans cette maison minuscule. Les moustiques n'arrêtaient pas de nous piquer. Ils parviennent même à transpercer nos moustiquaires tellement ils sont voraces. Et le bruit qu'ils font ! Pire que des hélicoptères !

En plus, plein de gens n'avaient pas rentré leur matelas à temps et on a dû partager. Du coup, on dormait assis, le dos contre les murs humides. La vieille dame avait peur pour ses rhumatismes. Je ne la trouve pas très sympathique, mais elle est courageuse quand même pour son âge.

Ma préférée, c'est Alice. Elle est toujours gentille et elle me sourit tout le temps. Les autres sont chouettes aussi, mais je vois bien que quelque chose les turlupine. Bien sûr, il y a le blessé. Tout le monde s'en fait pour lui. Ses gémissements m'ont réveillé plusieurs fois. Mais bon, c'était pas sa faute, je ne lui en veux pas. Il s'est fait soigner hier matin par un monsieur avec une canne et un chapeau rigolo. Il a beaucoup crié, mais, après, il avait l'air plus calme.

Comme il pleuvait, certains en ont profité pour se laver. Je suppose qu'ils ont dû se mettre tout nus dehors... Faut dire que même quand il pleut, ici, il fait encore super chaud. Armand a dit que ça faisait une douche naturelle et efficace. Je n'ai pas eu envie d'essayer. Maman a insisté, mais j'avais trop peur que quelqu'un me voie. Ce matin, je me dis que j'aurais dû l'écouter. Je me sens sale, puant et je voudrais effacer cette couche de terre qui me colle à la peau.

On n'a pas encore goûté la nourriture locale. Je ne m'en plains pas. Ça ne doit pas être fameux. J'ai eu droit à plein de biscuits, mais le stock commence à diminuer. J'ai eu l'autorisation de boire un peu de bière. Pouah ! Hyper acide, pire que les têtes brûlées. J'aime pas ces bonbons qui laissent la langue toute bleue ! Comme j'avais soif, je n'ai rien dit. Et puis, je ne voulais pas vexer Anatali (j'ai enfin retenu son nom !) Il s'était donné du mal pour nous en rapporter.

Pire que la bière dans ce village, il y a les toilettes. Enfin, je ne sais pas si on doit appeler ça comme ça. C'est une pièce avec seulement trois murs, à l'extérieur de la cour. Pas de cuvette, pas de planche, juste un trou dans le sol. Quand j'ai éclairé la pièce avec ma lampe de poche, plein de bestioles se sont enfouies au fond. Maman m'a expliqué que c'était des blattes, des sortes de gros cafards qui vivent ici. Du coup, j'ai encore moins bien dormi.

J'avais peur que ces trucs ne viennent sur moi pendant la nuit. Pire, que j'en avale un. Mon pote Lucas, il dit qu'on mange parfois des araignées, comme ça, dans notre sommeil et qu'on ne s'en rend pas compte.

Ce matin, tout le monde s'est réveillé en même temps que le soleil qui laissait entrer de pâles rayons à travers la porte. Les grenouilles faisaient encore un boucan infernal, mais la pluie avait cessé.

Armand a demandé qui voulait bien l'accompagner pour aller chercher de l'eau. Ils devaient être deux parce que, maintenant, on a deux jarres. Et on est beaucoup.

Jade s'est proposée. Il lui a expliqué que c'était très lourd et elle a eu l'air vexée. Je crois que c'est par rapport à sa taille. Elle est vraiment toute petite !

Elle est sortie de la maison en disant qu'elle était prête et qu'elle attendait déjà dehors. Elle a sûrement fait ça pour ne pas laisser le choix à Armand. Et puis, je pense qu'elle devait avoir besoin de bouger et de prendre l'air. Elle passe son temps au chevet de Max. Elle doit en avoir un peu marre.

Une fois dehors, elle a poussé un petit cri puis elle a demandé aux autres de venir voir.

Maman n'a pas voulu que je sorte de la maison comme les autres.

Encore une fois, on m'a tenu à l'écart.

Je crois qu'au final, c'est ça qui me fait le plus peur.

C'est qu'on ne me dit rien.

On me cache tout.

Sacha

Chapitre 17

Jour 3

Jade passe le pas de la porte, déterminée. Elle n'en peut plus de rester là, dans cette cour, dans cette maison, à surveiller et panser un blessé. Même s'il s'agit de Max. Et puis, elle est un peu vexée. Sa petite taille a toujours été prétexte à moqueries et, même si Armand a été délicat, il a tout de même essayé de lui faire comprendre qu'elle était la dernière personne à laquelle il aurait pensé pour porter une jarre sur la tête.

Le soleil est encore bas, mais ses rayons baignent déjà la cour d'une clarté aveuglante. Elle met quelques secondes à s'y habituer et cligne plusieurs fois des paupières. Elle ferme les yeux pour échapper à cette luminosité agressive.

Lorsqu'elle les rouvre, le sol de terre rouge lui semble dans un premier temps constellé de taches noires fugaces, hallucinations visuelles qui, peu à peu, s'effacent doucement, pour laisser place à une série de petits points blancs aux contours beaucoup plus nets.

Elle secoue la tête et considère avec curiosité l'alignement qu'elle voit maintenant clairement.

Quatre rangées de trois coquillages de taille égale ont été disposées parallèlement sur le sol.

Elle pousse un cri d'étonnement. Non que sa découverte soit réellement effrayante, mais la précision du geste et la régularité parfaite des espaces ont quelque chose d'inquiétant.

Et, surtout, cela signifie que quelqu'un est venu pendant la nuit. Qu'ils ne l'ont pas entendu.

Et que cet inconnu sait qu'ils sont là.

Son sang ne fait qu'un tour.

Cette mise en scène leur est destinée.

Armand la rejoint, suivi des autres. Elle pointe l'ouvrage du doigt.

Tous restent muets durant quelques secondes.

L'anthropologue brise le silence :

— Un alignement de cauris. Bizarre...

— Vous en connaissez la signification ? demande Jade.

— Non, pas du tout. Ce coquillage est en général associé à la fertilité et donc à la vie. Il y a encore un siècle, il servait de monnaie d'échange. Le troc l'acheminait jusqu'ici depuis la mer. Depuis une vingtaine d'années, les Chinois en produisent en quantité phénoménale, mais ils sont de bien moins bonne qualité. Un peu comme les perles d'élevage par rapport aux perles sauvages. On les utilise encore beaucoup aujourd'hui lors de cérémonies rituelles, notamment pour décorer les masques et fabriquer les costumes. Mais je n'avais jamais vu une telle disposition.

— C'est peut-être le guérisseur qui est passé cette nuit, propose Anatali. Les cauris sont aussi employés par certains devins pour lire l'avenir. Mais, dans ce cas, ils sont plutôt projetés au hasard sur le sol.

— Guérisseur, vie, divination... Peut-être qu'Akoron tente de capter des forces positives, propices à la guérison de Max, intervient Claire. Il s'agirait d'une forme d'offrande pour s'attirer les faveurs des esprits de la nature. Enfin, je dis ça, mais je ne suis pas spécialiste. Je me dis que c'est un peu comme pendre un Saint Christophe à son rétroviseur pour s'assurer du bon déroulement du voyage.

— Voilà ! C'est ce qui nous a manqué l'autre nuit. Ce bon vieux Saint Christophe ! ricane Ghislaine qui parvient, pour une fois, à arracher un vague sourire à ses compagnons d'infortune.

— Votre théorie tient la route, répond Armand. De toute façon, je ne vois pas comment interpréter ça différemment. J'ai vécu de longs mois chez les Dogons au cours de ma carrière et je n'ai jamais assisté à un tel rituel. Mais il faut savoir que, si les coutumes sont relativement homogènes, chaque village présente de petites variantes auxquelles les pratiques divinatoires n'échappent pas. Certains guérisseurs utilisent des statuettes, leur offrent des animaux en sacrifice et de la bouillie de mil, d'autres se servent effectivement de coquillages ou de pierres et, enfin, certains n'ont recours qu'à la table de divination du chacal. Sans oublier ceux qui combinent les trois méthodes.

— Si j'ai bien tout suivi, récapitule Claire, il existe plusieurs façons de pratiquer la divination.

— Oui, et la médecine. C'est comme chez nous. Il n'y a pas que les antibiotiques qui sont efficaces. Beaucoup font appel à l'homéopathie ou à la phytothérapie, certains vont chez l'ostéopathe, d'autres chez le kiné.

— Le mieux serait peut-être de poser la question à ce cher Akoron, vous ne croyez pas ? propose Claude. Comme ça, nous en aurons le cœur net.

— Il doit venir ce matin pour voir Max, répond Anatali. Il faut encore lui trouver un poulet.

Le fameux volatile. Celui qui a été réclamé en offrande. Le futur sacrifié. Rien que d'y penser, les touristes frémissent. Claire demande :

— Et où va-t-on en chercher un ?

— On doit l'acheter. Il faut trouver quelqu'un qui accepte de nous le vendre.

— Je ne sais pas vous, mais, moi, j'ai quasiment la totalité de mon argent liquide qui a coulé avec la camionnette.

— Nous c'est comme Claire, intervient Antoine. Nous avions laissé à peu près tout dans notre bagage à main.

— Nous n'avons pas besoin d'argent, les coupe Anatali. Hier, ils m'ont offert la bière, ils ont refusé mes billets.

— C'est étrange, répond Armand. D'habitude, les Dogons sont ravis de recevoir des euros. Je me demande bien ce qui pourrait être plus intéressant à leurs yeux.

— J'ai trouvé ça étonnant aussi, mais, quand j'ai voulu payer, ils ont repoussé mon argent comme si c'était le diable.

— Maintenant que vous m'y faites penser, la femme du forgeron a aussi refusé que je règle les calebasses. J'ai pris ça pour un accès de générosité, voire de pitié.

— Ce qui m'interpelle le plus, continue le chauffeur, c'est que la monnaie qu'ils souhaitaient, c'était justement des cauris. Comme il y a un siècle.

⁂

Claire sent sa gorge se nouer. Seuls Armand et Claude semblent partager son angoisse. Les autres ont juste l'air amusés. Régler ses achats avec des cauris ! Et des poulets qui plus est ! Quoi de plus extravagant ? Après tout, c'est ce qu'ils sont venus chercher. De l'exotisme, du dépaysement.

Payer avec des coquillages en deux mille vingt-sept plutôt qu'avec des billets. Et préférer cela à des euros ou des francs CFA. Comme c'est pittoresque !

Porter des costumes traditionnels que tous les autres Dogons ont abandonnés depuis belle lurette au profit de tee-shirts de sport made in China. Tout à fait typique !

Et ce repli sur soi, cette méfiance. Qu'en pensent ses compagnons de route ? Qu'il s'agit là encore d'une forme d'authenticité ? D'une réelle aubaine ? L'occasion de voir de « vrais » Dogons, dans leur jus ?

Elle, ça lui fout la chair de poule.

En y réfléchissant, le seul objet manufacturé qu'elle ait croisé est ce vieux seau servant à puiser l'eau. Et le plastique sec perce de partout. Ce truc doit être encore plus âgé que Claude. Un non-sens quand on sait que des milliers de touristes visitent les falaises chaque année.

J'ai beau être quelqu'un de rationnel, j'ai l'étrange impression que nous sommes coincés dans un village fantôme... Ou que le temps s'est arrêté.

Sacha la sort de sa torpeur.

— 'Man, je peux venir maintenant ?

— Oui, viens, mon ange, on a fini.

— Pourquoi je ne peux jamais rien savoir ?

— Ce n'est pas ça. C'est juste que le monsieur que l'on a vu hier, tu sais avec le drôle de petit bonnet blanc ?

Sacha acquiesce.

— Eh bien, Jade a eu peur parce qu'il a déposé de très jolis coquillages sur le sol pour encourager Max dans sa guérison. Et puis, on a discuté entre adultes, c'est tout. Tu ne dois pas t'inquiéter.

— Je pourrai les avoir pour faire des osselets ? Alice m'a appris à jouer !

— Plus tard, pas maintenant, on va les laisser encore un peu comme ça, d'accord ?

— OK ! Je vais écrire dans mon cahier.

Jade et Armand prennent la direction du village, une jarre sous le bras, et croisent Akoron qui les ignore, pénètre dans la cour et s'adresse immédiatement à Anatali sans prêter attention au reste du groupe.

L'échange est calme, grave, monocorde. Le chauffeur pointe le menton en direction des cauris. Le devin examine l'étrange assemblage, étudie sa singularité, inspecte sa symétrie.

Anatali se tourne vers les touristes :

— Ce n'est pas lui. C'est bien ce que je disais tout à l'heure. Il se sert de coquillages, mais il les jette aléatoirement au sol.

Claire sent son cœur cogner brutalement dans sa poitrine. Quelqu'un est bien venu déposer ces fichus cauris. Dans cette cour, quand ils dormaient. Et cette disposition et carrément flippante.

— Et il a une idée de ce que ça peut signifier ou de qui peut être à l'origine de cela ?

Anatali traduit au guérisseur et sa réponse n'est pas rassurante.

— Non, il n'en sait strictement rien. Il n'a jamais rien vu de tel. Il est étonné parce que cela fait tout de même beaucoup de monnaie. Douze cauris, ce n'est pas rien ! Quelqu'un a dû économiser pour cela.

Donc, résume Claire dans sa tête, quelqu'un est venu nous déposer un bien précieux pendant que nous dormions, comme ça, sans raison apparente, et sans nous connaître. Ça n'a aucun sens.

Elle espérait qu'une pratique ancestrale soit à l'origine de cette étrange attention. Mais si même le devin, celui qui parvient à lire dans les empreintes du chacal, ne sait pas les éclairer, il y a de quoi s'angoisser.

Elle tente :

— Anatali, demandez-lui s'il connaît quelqu'un dans le village qui pourrait être à l'origine de ce... don.

Non, faux espoir, personne n'est assez riche à Bokeli pour faire un tel cadeau à des touristes inconnus. Pire, les rares coquillages qu'ils possèdent servent à décorer les parures des danseurs masqués. Peu de cauris circulent. Claire comprend mieux pourquoi les habitants réclament de payer avec cette monnaie. C'est une denrée rare.

Le plus inquiétant est que si l'argent ne rentre pas, c'est qu'ils ont peu de contacts avec les autres villages. Cette idée lui fait l'effet d'un coup de poignard dans la poitrine. Seraient-ils totalement isolés ? Et eux aussi, par la même occasion ? Elle lève des yeux hypnotiques vers le haut de la falaise et frissonne, incapable de trouver une explication rationnelle à tout ça.

Akoron se dirige de son pas solennel vers la maison et se rend au chevet du blessé. Les autres restent dehors, sous les conseils d'Anatali.

— Il veut s'entretenir seul avec Max.

— C'est prudent ? demande Claude.

— Oui. Il est là pour guérir, pas pour tuer.

Le sexagénaire prend un air gêné. Bien sûr. Pourquoi douter de ses intentions ? Et puis, cela doit être vexant pour Anatali de toujours devoir justifier les actes de son peuple.

Le chauffeur leur fait part des desiderata du guérisseur. Il veut qu'on livre le volatile chez lui, dans la matinée. Il doit être vivant et en bonne santé.

— Et pour les cauris, que doit-on faire ? demande Claire.

— Il n'y comprend pas grand-chose. Le seul conseil qu'il a pu me donner c'est de les utiliser pour payer le fameux poulet.

Le devin ressort au bout de quelques minutes. Cette fois-ci, il n'y a pas eu de cri, pas de râle profond, rien. Il s'adresse encore une fois au chauffeur puis reprend sa route à travers les sentiers sinueux du village.

— Et là, demande Simon, qu'est-ce qu'il a dit ? Il guérit, notre Max ?

— Il a juste ajouté que, finalement, il valait mieux apporter deux poulets.

Face à la mine déconfite du jeune homme, Anatali s'éclipse, une poignée de coquillages à la main.

Chapitre 18

Jour 3

Akoron se tient droit sur le pas de sa porte, habillé cette fois-ci de noir, son étrange bonnet de coton toujours sur la tête.

— *Sewa* ! dit-il à ses visiteurs.

— *Sewa* ! répondent Armand et Anatali de concert.

Le chauffeur serre deux malheureux poulets aux plumes grasses et rares par les pattes. Ficelés l'un à l'autre, les gallinacés gigotent, piaillent à tout va et donnent des coups de bec dans le vide. C'est le forgeron, un barbu d'un âge certain, qui a finalement fini par les lui céder contre deux cauris. Chargé de confectionner les objets rituels, dont les masques cérémoniels, l'homme était content de recevoir deux coquillages décoratifs.

Le guérisseur les invite à pénétrer dans sa maison. Une forte odeur de bois humide, de bière et de sang séché irrite immédiatement les narines des deux hommes. La pièce est encombrée d'objets hétéroclites, allant de vieux couteaux rouillés à des statuettes anthropomorphes finement taillées, en passant par d'innombrables calebasses. La plupart d'entre eux présentent une épaisse couche de patine, strates de bouillie, de terre et de sang, probablement responsables du miasme piquant. Un véritable cabinet des merveilles version dogon, avec un petit côté gore.

Le devin s'empare d'une machette et de deux calebasses puis fait signe à ses visiteurs de le suivre dans la cour.

Si la pestilence est atténuée par les vents, les murs craquelés sont gorgés des restes de libations et émaillés de traces rougeâtres, témoins de sacrifices sanglants.

Au centre, un arbre fruitier à l'essence inconnue a, d'après les résidus obscurs laissés sur son tronc, fait lui aussi l'objet d'attention rituelle. À ses pieds, une pierre blanche constellée d'hémoglobine et entourée de quatre bâtons de bois fait office d'autel sacrificiel.

Chez les Dogons, le fait de verser de la bouillie de mil ou du sang animal permet d'entrer en contact avec les entités surnaturelles. Armand a déjà assisté plusieurs fois à ces pratiques animistes, mais, cette fois, il passerait bien son tour. Si ces offrandes relèvent souvent d'un intérêt divinatoire ou expiatoire, ici le but est purement propitiatoire. Il s'agit de s'attirer les bonnes grâces des puissances invisibles pour que Max ne meure pas de septicémie.

Cette idée lui fait froid dans le dos. L'image de Louis lui revient alors en mémoire. Ses yeux clos, le sang le long de sa nuque. Et, surtout, cette étrange impression. Ce doute. Était-il vraiment mort ? Il n'avait plus l'air de respirer. Mais, comme l'avait si bien dit Alice, « plus l'air »... Était-ce suffisant pour le laisser là, seul, couler avec l'épave ? Il tente de chasser cette pensée, mais elle revient tel un boomerang.

Akoron s'empare d'un des volatiles et le pose avec fermeté sur la pierre. Le poulet piaule avec frénésie et secoue sa maigre carcasse en tous sens. L'animal se débat, les yeux écarquillés, le bec ouvert, les pattes tendues. Des plumes virevoltent à travers la cour, telle une pluie duveteuse. Le malheureux émet encore quelques gloussements plaintifs puis la machette s'abat sur son cou, fatale, inévitable, nette.

Le devin soulève la dépouille, cou vers le bas, et presse l'abdomen pour que le sang s'écoule dans une des deux calebasses.

Ensuite, il replace le corps sur l'autel, le découpe et en retire le foie. Il hume son odeur viscérale, puis jette l'organe encore chaud sur le tronc de l'arbre, tout en psalmodiant dans une langue incompréhensible.

Armand est pris de haut-le-cœur. La chaleur, la puanteur, le manque de sommeil et de nourriture et, surtout, cette image de Louis croupissant au fond du marigot lui donnent envie de vomir. Ou de tourner de l'œil. Il vacille et s'assoit sur la terre humide émaillée de substances nauséabondes.

Le guérisseur se saisit du second poulet. Il reproduit sur lui les mêmes gestes, l'appui sur le corps, le tranchant de la lame sur le cou. Le sang jaillit, gicle sur le sol et les murs, éclabousse Armand qui manque de défaillir.

Akoron verse à nouveau le sang frais dans la calebasse puis dissèque sa victime pour en retirer le foie. Il le pose délicatement dans le second récipient qu'il tend à Armand. L'anthropologue étudie l'objet avec dégoût, sent son pouls s'accélérer et sa gorge se nouer. Il vide ses tripes d'une bile âcre et visqueuse.

Le guérisseur sourit puis éclate d'un rire profond.

Armand renifle, essuie une larme, frotte ses lèvres et s'excuse platement.

Anatali lui lance un clin d'œil et s'empare de la calebasse.

— Ne vous en faites pas, je peux comprendre que ce soit difficile à voir. Vous, les blancs, vous achetez vos poulets déplumés et tout propres sous du plastique. Le sang, ce n'est pas votre truc !

— Non, ce n'est pas ça, c'est un tout. Je crois que je manque sérieusement de sommeil et la chaleur n'aide pas.

— *Na kene insaa kene ê lè*, l'interrompt le devin

— Pardon, je n'ai pas saisi. Mon dogon n'est pas parfait.

— Celui qui en goûte le foie est content, traduit Anatali.

— Et la signification profonde, c'est quoi ?

— Que pour guérir, il faut avaler le foie du poulet. Cru.

L'anthropologue est repris de nausées.

Chapitre 19

Jour 3

Jade s'inquiète de l'état de Max. Rien qu'à l'odeur, on devine que son coude ne va pas mieux. Au contraire, la blessure empire. Couché dans la pénombre, au fond de la case, il frissonne malgré la chaleur étouffante.

En fin de matinée, Armand et Anatali étaient revenus, l'un avec un plat rempli de bouillie de mil sous le bras, l'autre avec une calebasse garnie d'un amas visqueux baignant dans une mare de sang épais. Les touristes aux estomacs creux avaient été ravis de s'empiffrer du brouet local directement avec les doigts sans se plaindre de son goût farineux. Il s'en était suivi une discussion houleuse à propos du foie.

Fatalement, alors que Ghislaine trouvait l'idée aberrante, Anatali insistait pour que Max avale l'organe cru.

Le chauffeur était parvenu à ses fins.

Le malheureux n'avait plus rien à perdre. Autant tout tenter. Même l'impossible, même l'irrationnel. Il avait englouti son triste mets avec peine, les yeux entrouverts, les lèvres maculées de liquide poisseux, la poitrine secouée par des spasmes de dégoût.

Jade ouvre le bandage, inspecte, est prise de haut-le-cœur face à la plaie suintante, asperge le bras d'une bonne dose d'alcool puis entoure la blessure d'une nouvelle couche de gaze. Elle passe une main sur le front transpirant du souffrant. Il est bouillant.

Elle ressort, le visage rouge. Des larmes ruissellent sur ses maigres joues.

— Son état empire, déclare-t-elle au groupe. On ne peut pas le laisser comme ça.

— On fait déjà tout ce qu'on peut, répond Armand. Je ne vois pas ce qu'on pourrait tenter de plus.

— Je vous avais prévenus que tout le tralala de ce charlatan ne servirait à rien, ricane Ghislaine, la mine réjouie. Si ça se trouve, il a fait pire que mieux.

Anatali encaisse le coup sans broncher. Il faut dire qu'il manque d'arme pour contre-attaquer. À moins d'un miracle, il doit avouer que le blessé décline et que la plaie s'envenime d'heure en heure. Le pronostic vital est donc engagé. Résigné, il n'ose suggérer d'appeler une nouvelle fois le devin.

— On pourrait tenter de trouver de l'aide en dehors de ce village, propose Jade. Il doit bien y avoir moyen de sortir d'ici, d'une façon ou d'une autre.

— T'as raison ma belle, répond Simon. On n'est pas prisonniers de cet endroit. Les Dogons ne vont pas nous attacher à des baobabs pour nous empêcher de partir.

— Non, mais ils peuvent ne pas nous donner les moyens de nous échapper.

La phrase d'Anatali laisse le reste du groupe sans voix. Il poursuit :

— J'ai parlé avec le forgeron, Ambara. Les hommes se sont réunis. Ils ont discuté dans la *toguna*, puis ils sont allés voir le Hogon. Son fils, Badji, va venir nous rendre visite demain. Nous saurons alors ce que les sages ont décidé.

— Rien n'est perdu alors ! s'exclame Jade. Ils vont peut-être accepter de nous conduire jusqu'à un hôpital.

— Non, je ne crois pas. Ambara était très négatif. Il m'a parlé des conséquences d'un crime, des esprits vengeurs. Et, pire que ça, il a évoqué l'emplacement du village. Impossible d'en sortir.

Les uns écarquillent les yeux, les autres sentent leur pouls s'emballer. Alice tremble de tous ses membres puis pousse un gémissement avant de crier, tellement choquée qu'elle en oublie la présence de Sacha.

— Impossible de sortir d'ici ? Et quoi ? Ça veut dire qu'on est coincés là jusqu'à notre belle mort ? Dans ce village pourri où on s'amuse à nous déposer des coquillages pendant la nuit ? C'est complètement absurde !

Antoine lui masse les épaules et Claude, la voix éraillée par l'angoisse, essaye de tempérer les propos d'Anatali et d'y voir plus clair.

— Je ne vous suis pas très bien, lui dit-il. Nous sommes arrivés ici à pied. Pourquoi ne pourrait-on pas repartir de la même manière ?

— On roulait depuis un bon moment déjà. Et on a encore marché plusieurs heures pendant la nuit. Sans eau. On avait tellement soif qu'en arrivant, plusieurs d'entre vous ont bu de l'eau non traitée. Imaginez-vous faire le triple de cette distance, peut-être plus, avec une ration minimum pour nous hydrater.

— Il suffirait de prendre de solides réserves d'eau. On a plein de *micropur*.

— Et cette eau, vous allez la mettre où ? Dans le creux de vos mains ?

— Non, dans des jarres, évidemment.

— Quand bien même nous aurions plus de canaris, imaginez leur poids sur votre tête pendant trente ou quarante kilomètres de marche sous plus de quarante-cinq degrés.

— S'il le faut, on le fera, on n'a pas trop le choix.

— Encore faut-il posséder plus de deux jarres. Nous sommes onze.

— Nous pouvons en acheter, il nous reste des cauris.

— Il faudrait pour ça qu'on accepte de nous les vendre !

— Mais enfin, pourquoi refuserait-on ?

Anatali marque une pause, regarde les membres du groupe un à un, hésite puis marmonne, les mâchoires serrées :

— Parce que les hommes l'ont décidé sous la *toguna*. Le forgeron a reçu comme instruction de ne plus laisser sa femme nous vendre la moindre poterie.

— Ils veulent nous séquestrer ? Qu'on crève ? s'énerve Simon. C'est quoi leur problème, putain ! OK, il y a un macchabée dans cette foutue camionnette. OK, on aurait peut-être pu sauver ce gars. Mais nous ne sommes pas des criminels. C'est pas à eux de nous juger.

— Simon, calme-toi, intervient Jade, tu effrayes le petit.

Le jeune homme s'emporte de plus belle, forçant Claire à s'éloigner avec Sacha.

— Que je me calme ? Ça fait deux jours qu'on est parqués dans cette connerie de cour à tourner en rond en attendant que des types avec des bonnets de bouffon statuent sur notre sort. Des mecs qu'on ne connaît même pas, qui devraient n'en avoir rien à foutre de notre gueule, mais qui pensent pouvoir nous condamner à mort comme ça leur chante !

— *Please*, arrête, tu pètes un plomb.

— Bien sûr que je pète un plomb ! On devrait tous en péter un ! Je ne comprends pas comment certains parviennent à garder leur calme. Antoine, punaise, comment tu fais, mec, pour rester aussi zen.

Le trentenaire, sa femme effondrée et serrée contre lui, lui répond posément :

— Je garde mon sang-froid. Je tente d'observer et d'analyser la situation.

— Et c'est quoi, ton bilan ?

— Qu'il faut que Max passe la nuit, qu'il faut attendre la visite de Badji demain et qu'il faudra lui demander quelles solutions s'offrent à nous. Après, on avisera. Le soleil est presque couché, dans dix minutes il fera noir, on n'a pas d'autre choix que de rester là à patienter. Et ça ne me ravit pas non plus.

Alice lève la tête et lui lance un regard éploré. Il ressent un léger pincement au cœur. Elle est effrayée, à bout de nerfs. Il culpabilise à mort.

— Et vous, Armand, vous ne dites rien ? demande Simon avec arrogance. Après tout, nous sommes toujours sous votre responsabilité. Monsieur « les Dogons sont hyper pacifistes » ou encore « On trouvera un hôpital, faites-moi confiance ».

L'anthropologue se fige, passe nerveusement une main dans sa barbe puis répond d'une voix lasse :

— Je suis paumé, j'avoue. Complètement paumé.

Chapitre 20

Carnet d'observation — Jour 3

Le Dieu Amma ayant donc pris un boudin de glaise, il le serra dans sa main et le lança comme il avait fait pour les astres. La glaise s'étale, gagne au nord qui est le haut, s'allonge au sud qui est le bas, bien que tout se passe à l'horizontale.
— La terre est couchée, mais le nord est en haut.
Elle s'étend à l'orient et à l'occident, séparant ses membres comme un fœtus dans la matrice. Elle est un corps, c'est-à-dire une chose dont les membres se sont écartés d'une masse centrale.
Et ce corps est femme, orienté nord-sud, posé à plat, face au ciel. Une fourmilière est son sexe, une termitière son clitoris. Amma, qui est seul et veut s'unir à cette créature, s'approche d'elle.
C'est alors que se produisit le premier désordre de l'Univers.
(Marcel Griaule, Dieu d'eau, entretiens avec Ogotemmêli, 1948)

Ce soleil ! Cet astre qui inonde la plaine, illumine la savane, la rend aride et inféconde, hostile et sèche. Cette étoile qui vous donne la vie avec autant de facilité qu'elle vous la reprend. Ce magicien qui transforme de minute en minute les ombres et les ocres, conférant à Bandiagara quantité de visages différents. Je le vénère, comme je le maudis. J'admire, je me gorge de ces paysages uniques. Je sue, je peine à travers les coteaux acérés de la falaise. Mes jambes sont faibles et redoutent les sillons abrupts du village.

Il est clair que nous souffrons, mais, paradoxalement, je suis heureux.

Je m'inquiète pour le reste du groupe. Leur optimisme n'est plus, ils doutent de l'avenir. Je les comprends, ô combien ! Certains se renferment sur eux-mêmes, d'autres s'agitent, perdent tout contrôle, jurent et pestent à souhait.

Attendre la décision des sages est oppressant. Le pire pour moi serait que nous soyons bannis. Je rentrerais bredouille et abattu, dépité. La vie manquerait de sens, n'aurait plus de saveur, si ce n'est l'amertume de l'échec.

La première étape sera de traduire les paroles du chacal, de saisir les subtilités de ses traces, de comprendre son chemin.

Dans certaines versions du mythe originel, ce fils naît, impur et maudit, du Dieu primordial *Amma* et d'une mère non excisée, voué à la fourberie et à l'errance. *Amma* avait créé la terre pour procréer avec elle, mais la partie masculine de celle-ci s'érigea sous forme de termitière et fit obstacle à l'accouplement. *Yorougou* naquit de cette première union imparfaite. Puis, le fils décevant de Dieu s'empara de la parole de sa mère, mots faits de fibres vestimentaires. La parole était tissée, comme l'étoffe. Il arracha le tissu, crime incestueux. Conséquence désastreuse : il possédait par ce vêtement la parole de Dieu que les devins allaient pouvoir traduire. Aujourd'hui, les Dogons utilisent le même mot, « *so* », pour désigner le langage ou le tissage.

D'autres fois, le chacal perce son placenta avant l'heure, emportant avec lui un morceau qui deviendra notre terre, s'emparant du langage muet d'*Amma*, parole révélée par les empreintes qu'il laisse sur son chemin.

Peu importe la version. Le renard pâle est le fils fautif, le trublion. Celui qui commet le péché originel et qui fait main basse sur les desseins de Dieu.

Je veux apprendre à lire dans ses traces.

Dans les falaises de Bandiagara, les paroles sont nombreuses.

Il y a le dogon, connu de tous, langue que j'ai mis quelques mois à maîtriser. Bien sûr, quelques variantes dialectiques me causent parfois des soucis, mais je suis capable de communiquer aisément.

La langue secrète, celle du Sigui, est uniquement révélée aux initiés à l'issue de rites de passage et de la circoncision. Le « *sigui so* » est la parole des ancêtres et de l'« *awa* », la société des masques.

Durant ma carrière, il n'a pas été difficile de m'en emparer. Il a fallu que je m'initie. Quelques épreuves, un peu de souffrance, un morceau de moi...

La parole du chacal n'est pas simple à atteindre, mais quand même à ma portée. Si j'arrive à gagner la confiance des villageois et surtout celle du devin, elle pourrait m'être révélée. Mais le temps et les circonstances jouent contre moi. Il me faudrait des années pour convaincre et d'autres encore pour parvenir à une parfaite maîtrise. Mais c'est possible et je me sens joueur. J'ai déjà fait preuve d'audace pour venir jusqu'ici. Je pourrais en redoubler pour rester plus longtemps que prévu.

J'ai étudié l'histoire de la région, les mythes et cosmogonies, les contes et les légendes. J'ai interrogé moult Hogons, guérisseurs et devins, forgerons, agriculteurs et griots. J'ai lu les comptes-rendus de tous les ethnologues, Griaule, Dieterlen et consorts.

J'ai tout retranscrit, analysé, décrypté. J'ai scruté des cartes topographiques des heures durant, j'ai respiré la poussière des bibliothèques du monde entier, écumé les archives.

J'en suis sûr à présent, il existe une parole encore bien plus secrète, non révélée, enfouie ici depuis des siècles, dans l'antre de ces falaises.

C'est ce langage que je suis venu chercher.

Le plus ancien.

Celui des premiers temps.

Celui qui se terre, discret, caché.

Celui que même le renard n'est pas parvenu à faire sien.

Celui qui ne se parle qu'ici, à Bokeli.

Armand Leroux

Chapitre 21

Jour 4

Cher Cahier,

La nuit a encore été pénible. Les adultes n'arrêtaient pas de se disputer. Surtout la vieille dame, de nouveau, avec le chauffeur. On a tous dormi dans la cour, car, heureusement, cette fois-ci, il ne pleuvait pas. D'ailleurs, on entendait beaucoup moins les grenouilles. J'ai essayé d'écouter ce que les grands disaient, mais je faisais semblant de dormir pour maman. Je crois qu'elle ne veut pas que j'entende ce que racontent les grands. Mais moi, je veux trop savoir. Je veux savoir si je vais vraiment revoir papa bientôt.

Eh bien, je pense que c'est pas gagné. Simon s'est très fort énervé et Alice aussi. Je ne pensais pas qu'elle pouvait se fâcher comme ça. Ils ont parlé de village isolé, du manque d'eau et de nouveau de Louis, qu'on a laissé dans la camionnette. J'en suis sûr, maintenant, il est mort. Je ne sais pas trop ce que ça signifie à part qu'on ne le reverra plus. Il faudrait que je demande à maman ce qui va lui arriver à présent. Sans doute comme Lilou, mon chat, il va dormir pour toujours.

J'ai aussi entendu Alice qui se plaignait de l'odeur et des mouches. Maman lui a répondu qu'on devait absolument trouver une solution pour retrouver un minimum d'hygiène. On a bien des lingettes humides, mais, vu la chaleur, c'est loin d'être suffisant. Et puis, je t'ai déjà parlé des WC. Une infection ! Je suis sûr que les mouches doivent venir de là, c'est pas possible autrement !

Ou alors, c'est à cause du blessé. J'ai entendu Jade dire que sa plaie attirait les bestioles. Pouah ! Le pauvre, il reste de moins en moins éveillé. Pendant la nuit, j'ai entendu Jade se lever et je l'ai vue aller vérifier s'il respirait toujours. Puis elle a raconté à Simon qu'il devait au moins avoir quarante de fièvre. Ils ont reparlé d'hôpital, de médecins et surtout du fait de ne pas y avoir accès.

Ça me fait peur.

Si on ne peut pas aller à l'hôpital, comment va-t-on rentrer en Belgique ?

Je sais, je t'écris beaucoup, mais je m'ennuie. Il n'y a rien à faire ici. La seule fois où j'ai croisé un autre enfant, il s'est mis à hurler comme s'il avait vu un fantôme. Je ne vais pas me faire de pote, c'est sûr. Déjà que personne ne parle français. Pourtant, maman m'avait dit qu'ils apprenaient notre langue à l'école parce qu'avant le Mali était gouverné par la France, ou une histoire comme ça. Je suis un peu déçu.

Alice essaye de me distraire comme elle peut, surtout quand maman n'est pas là. Elle me raconte des histoires, elle trace des dessins dans la terre, elle improvise des bonshommes pendus… J'aimerais bien l'avoir comme maîtresse à la rentrée. J'ai demandé à maman, mais elle dit qu'on habite trop loin de son école.

Maman… Je trouve qu'elle traîne beaucoup avec Armand. Ce matin, ils sont encore partis ensemble chercher de l'eau. Quand ils sont à deux, ils parlent de beaucoup de trucs que je ne comprends pas. De coutumes, de danses rituelles ou ce genre de choses. Ils ont l'air de bien s'entendre, mais ça me gêne un peu parce que, souvent, j'ai l'impression de déranger, de ne pas avoir le droit d'écouter.

Ça aussi ça me fait peur.

Ils me cachent encore des choses, c'est certain.

Faut dire que moi aussi, ce matin, je ne leur ai pas dit ce qui s'était passé au milieu de la nuit. J'aurais pu, mais j'étais en colère contre eux parce qu'ils ont refusé que je les accompagne au puits.

En tout cas, j'ai eu une de ces pétoches ! Tout le monde dormait à poings fermés. Moi aussi d'ailleurs. Mais, dans mon sommeil, j'ai été dérangé par un truc qui faisait tap tap tap.

Des bruits de pas. Très légers, comme ceux de quelqu'un qui ne veut pas qu'on l'entende.

Je me suis dit que quelqu'un devait, malheureusement pour lui, aller aux toilettes. Mais tout le monde était encore couché.

Mes yeux piquaient et j'avais du mal à les garder ouverts. Je les ai frottés, mais j'ai dû mettre du sable dedans parce que c'était pire après. Et puis, il faisait vraiment tout noir. Seules la lune et quelques étoiles éclairaient la cour.

J'ai juste distingué une ombre, une silhouette. Pas très grande.

Elle s'est approchée de moi et mon cœur s'est mis à tambouriner dans ma poitrine. J'ai toujours cru que, quand on était mort de peur, on criait très très fort, à s'en briser la voix et s'arracher la gorge.

Eh bien, non, parfois c'est le contraire.

J'ai été incapable de sortir le moindre son. Je suis resté pétrifié et j'ai fermé les yeux pour faire semblant que je dormais. J'ai senti que je frissonnais et j'ai essayé d'arrêter, mais c'était incontrôlable. Mes mâchoires se sont mises à trembler et j'ai eu peur que mes dents ne s'entrechoquent et que leur claquement ne me trahisse. Mes yeux me brûlaient de plus en plus, mais je faisais un énorme effort pour ne pas les toucher et les garder fermés.

Puis, j'ai entendu que quelqu'un respirait près de moi. J'ai senti son souffle chaud sur mon visage. J'avais envie de regarder qui c'était, mais, en même temps, j'avais trop la trouille.

J'ai cru que mon cœur allait sortir de ma poitrine. Je sais bien que ça ne doit pas être possible, mais, à un moment, je l'ai cru.

Puis le souffle a disparu, les pas se sont éloignés et ma respiration est redevenue presque normale.

Quand j'ai rouvert les yeux, la cour était déserte. Enfin, mis à part tout le groupe qui dormait. Personne n'avait bougé, personne n'avait rien vu, rien entendu.

J'ai mis longtemps à retrouver le sommeil. J'étais trempé de sueur. J'ai pris mon matelas et ma moustiquaire et je me suis rapproché de maman en faisant attention de ne pas la réveiller. Sa présence m'a rassuré.

Ce matin, je me suis levé en premier et j'ai eu l'étrange sensation d'avoir fait un mauvais rêve. Je pense que c'est ce que j'aurais continué à penser si je n'avais pas trouvé une drôle de noix ou d'amande à la place de mon oreiller. Je l'ai prise et je l'ai enfouie dans ma poche.

Je n'ai rien dit à maman parce que je boudais, mais je crois qu'il faut que je la lui montre. C'est juste une noix, mais c'est peut-être important.

J'espère qu'elle va me croire.

Et, même si j'en doute, j'espère que maman aura une super explication et que, finalement, ce n'était qu'un stupide cauchemar.

Sacha

Chapitre 22

Jour 4

— Qu'est-ce que c'est que ce truc, Sacha ? Où l'as-tu trouvé ?

Claire pose la lourde jarre sur le sol et s'empare de la noix lisse et rougeâtre. Son fils lui répond, embêté :

— C'était à la place de mon oreiller ce matin. Tu sais j'ai « déménagé » près de toi pendant la nuit.

— Oui, bien sûr que je le sais. Quelle idée de te coller comme ça à moi avec cette chaleur !

— Mais j'avais peur.

Claire éprouve un léger pincement au cœur. Sacha... évidemment qu'il doit être effrayé. Il n'est pas idiot, il se rend bien compte que rien ne tourne rond, que tout le monde est stressé, qu'ils attendent Dieu sait quoi depuis trois jours, parqués dans la cour de cette case minuscule. Il doit réaliser que ce voyage n'est pas du tout celui qu'elle lui avait vendu. Et elle, elle le délaisse pour coller cet Armand, pour tâcher de lui tirer les vers du nez, pour percevoir chez lui la plus infime des réactions, le moindre détail qui pourrait révéler un indice sur ce village singulier et ses anciens habitats troglodytes.

Elle se traite de mère indigne puis se rassure. Elle le confie régulièrement à Alice qui ne demande pas mieux. Et la jeune femme est de confiance. Un amour, une perle. Quelqu'un avec qui elle voudrait garder contact après leur retour.

Leur retour...

À cette évocation, elle sent un frisson lui parcourir l'échine. Elle se reconcentre sur Sacha pour ne plus y penser.

— Oh mon ange ! Pas de souci, tu peux toujours venir près de moi.

— Mais c'est quoi ce machin, maman ?

— J'en sais rien. Une sorte de fruit à coque que je ne connais pas.

— C'est quelqu'un qui est venu le déposer, je crois.

— Comment ça tu crois ?

— J'ai entendu des pas cette nuit et j'ai fermé les yeux très très fort. Puis après, j'ai trouvé ça.

— Tu es certain que ce n'est pas un de nous qui s'est levé ?

— Oui. Tout le monde dormait profondément.

Claire devient blême. Quelqu'un serait entré dans la cour, cette nuit, et se serait approché de son fils pour déposer une noix près de lui. Un rôdeur qui serait déjà venu soigneusement placer des cauris.

— Et pourquoi tu n'as rien dit ? demande-t-elle, décontenancée.

— J'avais peur de me faire gronder si je réveillais quelqu'un. Surtout la vieille dame. Et puis, c'était comme dans un rêve, je ne savais pas très bien si c'était vrai. Je n'ai pas osé bouger.

Claire rassure Sacha du mieux qu'elle peut, verse de l'eau dans une calebasse, y jette une pastille désinfectante puis invite son fils à boire.

Un nombre incalculable de mouches tournoient en zigzag, grattent les jambes et titillent les oreilles. Les touristes grognent, s'agacent et les chassent en vain. La chaleur est écrasante, pire encore que les jours précédents. Claire donnerait tout pour se laver les cheveux tant ils lui collent au crâne. Elle doit être affreuse. Ils ont tous l'air pitoyables...

La jeune mère serre le poing autour de la cosse et cherche Anatali pour lui montrer l'étrange fruit. En vain.

— Quelqu'un a vu notre chauffeur, ce matin ? demande-t-elle au groupe.

— Il a emporté un cauris et il est parti nous acheter de cette délicieuse bouillie, lui répond Claude.

Claire s'approche du vieil homme et, discrètement, lui présente la noix posée dans le creux de sa main. Elle chuchote :

— Vous avez déjà vu ça, vous ?

— Je pense bien, oui. Ça vient d'où ?

— C'était près de Sacha ce matin.

— Bizarre. Je crois que c'est une noix de cola, mais je n'en mettrais pas ma main à couper. Je suis loin d'être expert en botanique. Demandez à Armand. Si c'est un fruit de la région, il doit le connaître.

Claire a l'étrange sentiment que, quand bien même l'anthropologue en aurait déjà mangé des centaines, il ferait semblant d'en voir pour la première fois. Les infos qu'il distille lui paraissent incomplètes. Pire, il lui donne l'impression de vouloir garder les choses pour lui. Elle a pourtant communiqué en toute transparence avec lui depuis le début. Elle pensait que ce qu'elle avait vu dans les alcôves allait titiller sa curiosité. Mais, à chaque fois qu'ils en avaient parlé, il avait paru contrarié. Sous son insistance, il avait quand même admis que Bokeli était peut-être le même village que celui du documentaire. Enfin, il avait plutôt considéré que c'était une hypothèse, une possibilité, sans plus.

Elle suit toutefois le conseil de Claude et appelle Armand. Finalement, elle n'a rien à perdre.

— Je ne sais pas d'où elle vient, répond le guide, interloqué, mais, en tout cas, il s'agit bien d'une noix de cola.

— Serait-il possible qu'elle soit tombée d'un arbre près d'ici ? lui demande Claire, que Sacha ne s'en souvienne plus, mais qu'il l'ait ramassée ? Qu'elle soit restée accrochée à une de nos semelles ?

— Ce serait possible, mais improbable.

— Pourquoi cela ? s'étonne Claude. Elle doit pourtant sortir de quelque part.

— Eh bien, pour la simple et bonne raison qu'il n'y a pas de colatier qui pousse au pays des falaises. Votre noix, elle ne vient pas d'à côté.

— Un habitant a pu la faire tomber, insiste le vieil homme.

— Si un Dogon possédait des noix de cola, croyez-moi, il y ferait gaffe. Elles font l'objet d'un véritable commerce, comme l'or. C'est une denrée précieuse ici. On ne la gaspille pas. C'est qu'elle vient de loin : les marchands l'acheminent depuis la Côte d'Ivoire ou le Ghana.

— Ça se mange ? demande Claire.

— Disons plutôt que ça se mâche. Ça donne de l'énergie. C'est à partir de ces fruits que l'on fabrique nos bons vieux cocas. D'où le nom, d'ailleurs.

— Mais pourquoi serait-on venu nous déposer cela pendant qu'on dormait ? Ça n'a pas de sens, constate Claude.

— Non, ça n'en a aucun, confirme Armand pensivement. Comme les cauris, ça n'en a aucun. On nous laisse des biens commerciaux de valeur, de troc, deux nuits de suite. Et encore une fois, je suis démuni. Je ne sais pas quoi vous répondre.

Et, cette fois, Claire perçoit un fond de sincérité dans le regard perdu de l'anthropologue.

Chapitre 23

Jour 4

Regroupés autour d'une fadasse purée de mil, les touristes se remplissent l'estomac en attendant la visite de Badji. Le soleil est déjà au zénith et les mouches s'invitent sur les épidermes collants de sueur. Elles agressent les oreilles, s'agrippent aux cheveux, chatouillent les pieds et souillent la nourriture. Elles mordent, aussi voraces que les moustiques dont elles prennent le relais tôt le matin, dès que les premiers rayons de lumière pointent leur nez.

Elles agacent, titillent, énervent.

Et elles sont de plus en plus nombreuses.

Le coassement des grenouilles est remplacé par le rythme des mains qui claquent sur les cuisses, tapent sur les bras et se referment sur ces maudites bestioles. Ces sons brefs résonnent sur un fond de soupirs irrités.

Alice se lève d'un bond.

— J'en peux plus ! Je craque. Je vais devenir dingue avec ces bêtes. Je n'arrive même pas à manger. Elles viennent se poser sur ma bouche. Je vais finir par en avaler une.

— Manger des insectes est devenu monnaie courante chez nous. Ça peut nous servir de protéines ! plaisante Claude.

Le ton aimable du vieil homme fait retomber d'un coup la tension. Sa femme aurait prononcé la même phrase que la conversation aurait tourné au vinaigre.

— Mais j'admets, poursuit-il, c'est tout bonnement insupportable.

— Et on pue, intervient Jade, avouons-le, on pue.

— Faudrait trouver une solution pour se laver, mais il n'a pas plu hier. On ne peut même pas profiter de cela, constate Claire, dépitée. Pourtant, Dieu sait si ça nous ferait du bien.

La jeune femme se sent de plus en plus sale. Sa longue chevelure est grasse de la racine aux pointes et son stock de lingettes imprégnées, utilisées principalement pour nettoyer les mains de Sacha, sera bientôt épuisé.

— La seule chose que je peux vous proposer, dit Armand en se passant les doigts dans sa barbe, c'est d'encore faire un aller-retour au puits une fois qu'on aura terminé ce délicieux repas. Ce ne sera pas Byzance, mais ce sera mieux que rien.

— Je vote pour ! s'exclame Jade.

— Je pense qu'on est tous partants, suppose Claude.

Anatali, l'air embêté, intervient :

— Ne perdez pas de vue que l'eau est rare ici. Même en période de pluie. La terre est tellement sèche qu'elle boit tout, très vite, comme si elle ne voulait rien laisser aux hommes. Comme s'ils avaient une faute à expier, une tare qui les oblige à creuser toujours plus profond pour ne pas mourir.

— Je pense que là, ce ne serait pas abuser, le coupe Armand.

— C'est juste que...

Anatali marque une pause, baisse la tête, puis poursuit :

— Ne gaspillez pas. C'est important. Surtout dans notre situation.

— Justement, dans notre situation, n'aurait-on pas besoin de beaucoup d'eau ? demande Jade. Il doit faire près de cinquante degrés sur le coup de midi. Et ce manque d'hygiène va finir par nous jouer des tours.

— Ce que je voulais dire c'est que...

Le chauffeur s'arrête à nouveau et regarde encore une fois vers le sol. Le blanc s'éternise, laisse place à l'affreux grésillement des mouches, puis est enfin interrompu par plusieurs voix qui, de concert, assaillent Anatali de « c'est quoi ? », « que voulez-vous dire ? », « je ne comprends pas ».

Alors, le Dogon avoue :

— J'ai bien peur que, si nous abusons, ils finissent par nous couper l'accès au puits.

— Quoi ! s'offusque Simon. Non seulement ils nous empêcheraient de partir, mais, en plus, ils nous laisseraient crever de soif !

— C'est juste une crainte, une supposition. Je ne voulais pas vous inquiéter. J'aurais dû me taire.

— Pourquoi nous faire mousser pour rien, hein ? C'est quoi l'intérêt ? s'énerve le jeune bobo.

— Désolé, c'était pour être honnête avec vous.

Simon se lève et se plante au-dessus du chauffeur. Il se penche vers lui et ses longues dreadlocks lui chatouillent le visage. Rouge de colère, les traits tendus, il crie :

— Honnête ? Justement, parlons-en ! Depuis le début, vous nous distillez des infos que vous êtes le seul à obtenir ! Et nous, on les vérifie comment ? Si ça se trouve, vous nous racontez des couilles monumentales depuis toujours !

— Non, non, bredouille Anatali, je suppose, j'imagine, mais je n'invente rien.

— Donc, vous la fermez et on va chercher de l'eau. Point.

— OK, c'est bon, pas de souci.

— Et le premier qui m'en empêche, Dogon, touriste, femme ou enfant, je m'en fous, je lui donne trois claques et il dégage.

Claude pose une main chaleureuse sur l'épaule de Simon.

— Eh là, c'est tout, on se calme. On est tous à cran. Partons du principe qu'on est tous du même côté.

— Dans le même merdier, oui !

— Oui, Simon, je suis d'accord. Mais n'envenimons pas les choses. Si on ne reste pas soudés, ce sera pire.

— Je ne voudrais pas interrompre cette charmante conversation, grince Ghislaine, mais au cas où vous ne l'auriez pas entendu, votre cher Max est en train d'appeler au secours.

Jade se précipite auprès de son ami, installé le plus à l'ombre possible, enroulé dans une épaisse moustiquaire. Elle pose la main sur son front brûlant et défait les couches de tulle. Max lui jette des regards implorants puis ferme les paupières, exténué, résigné. Autour de son bras, la bande de gaze transpire pus et autres humeurs infectieuses. Les mouches, avides, viennent immédiatement y goûter.

La jeune femme sent des larmes lui envahir les yeux et une bile âcre lui remonter dans l'œsophage. Une main se pose sur son dos. La voix de Simon lui chuchote à l'oreille :

— Soit on se casse d'ici, soit il va falloir couper.

⁂

Jade s'assoit seule dans un coin et réfléchit au choix cornélien qui s'impose à elle. Fuir, risquer sa vie dans cette savane aride et hostile ou sacrifier le bras de Max ? Si elle opte pour la première solution, elle se demande comment traîner son ami. De nouveau sur des sacs à dos ? Et sur combien de kilomètres ? Est-ce réellement faisable ? Le point positif, c'est que son propre genou est rétabli.

La seconde possibilité n'est guère plus réjouissante. Vivre avec un bras en moins à même pas trente ans… Et encore, s'il s'en tire malgré tout ! La plaie a mal tourné une première fois, rien ne dit qu'il échappera à une deuxième infection. Sans compter la douleur.

Simon la rejoint, s'installe auprès d'elle et lui souffle :

— Claude et Armand sont partis au puits. On va au moins pouvoir se rafraîchir.

— Trop bien, répond la jeune femme d'un ton cynique.

— J'essayais d'être positif. Même si c'est difficile. Si tu veux mon avis, moi je me barrerais vite fait. Je le sens vraiment pas, ce village. Il pue la mort.

— C'est nous qui puons la mort, parvient à plaisanter Jade.

Simon sourit puis prend un air grave. Il chuchote :

— On emmène une de ces immenses cruches avec nous, remplie d'eau. On part en fin de journée pour qu'il fasse moins chaud et on longe la falaise vers le sud. On finira bien par croiser un village.

— Tu as entendu ce qu'a dit Anatali. Nous sommes au milieu de rien. On en a pour des dizaines de kilomètres. Quitter Bokeli, c'est crever.

— Je ne lui fais pas confiance. T'as vu comme il est chelou, le gars ? Tu as vu sa réaction sur la berge ? Il est même parvenu à mettre la mort de Louis sur le dos d'un bête renard.

— Il doit bien connaître la région, il a grandi ici.

— Justement, il a grandi ici, mais il ignorait l'existence de ce maudit bled. Ne me dis pas que ce n'est pas bizarre. Moi, je pense qu'il ne veut pas porter le chapeau tout seul et qu'il essaye de nous entraîner dans sa galère.

— Tu crois ?

— Bien sûr ! Tout colle. Il veut nous mettre le meurtre sur le dos. Il peut raconter n'importe quoi aux gens du village et nous traduire tout autre chose. On n'y verra que du feu. Là, il nous fait croire qu'on doit attendre comme des prisonniers. Si jamais on avait réellement commis un crime et que les habitants avaient été au courant, tu ne penses pas que les flics auraient déjà débarqué ?

— On est au milieu de la pampa et ces gens ont l'air de sortir d'un autre âge.

— Rappelle-toi ce qu'a dit Armand à la conférence. Les Dogons sont pris dans le tourbillon de la modernité depuis longtemps. Ils ont sûrement des moyens techniques pour contacter les keufs.

— Pourquoi ils ne rappliquent pas alors ? Je ne te suis pas.

— Je ne comprends pas très bien non plus. Certainement une entourloupe de la part de ce chauffeur. Je te dis, faut se barrer. Point.

— Et on fait quoi de Max ? On le transporte ? Tu imagines le poids ?

— Non, on le laisse ici. Si on le trimbale, il va souffrir le martyre et il risque de crever en chemin. Mon idée c'est d'aller chercher des secours. Premier village ou première voiture qu'on croise, c'est bingo !

— Tu me fais peur.

— Moi, ce qui me fout les jetons, c'est de rester là à croupir dans cette cour remplie de mouches.

— Au moins, on a de l'eau et de la nourriture.

— Pour combien de temps, Jade ? Réveille-toi ! On ne va pas moisir dans cette merde pour l'éternité. Anatali parle déjà de nous couper l'accès au puits. À quand la privation de bouffe ?

— Tu as sans doute raison.

— Bien sûr que j'ai raison ! On ne peut pas crever ici à attendre comme des cons. Faut foutre le camp. Ce soir.

— J'ai l'impression d'abandonner Max.

— Au contraire, tu fais ça pour lui. Dis-toi que demain matin tu lui apporteras les croissants.

Jade baisse les yeux et reste silencieuse un instant. Puis elle redresse la tête et, peu convaincue, cède à la proposition de Simon.

— Marché conclu ?

— Marché conclu, confirme-t-elle en soupirant.

Simon tend la main à Jade qui la serre prestement.

La jeune femme regrette presque aussitôt ce geste.

Et si au lieu de se sauver, ils se jetaient tout droit dans la gueule du loup ?

Chapitre 24

Jour 4

Le soleil commence déjà à décliner, plongeant les falaises dans une douce pénombre. Les touristes ont attendu Badji toute la journée dans l'espoir de recevoir des nouvelles de leur sort. Il n'est jamais venu. Ghislaine a pesté, râlé sur la fiabilité africaine. Armand a relativisé et expliqué qu'en l'absence de montre la notion de temps est différente de la nôtre. Claire a fait remarquer que, si les Dogons sont modernisés au sens européen du terme, ils doivent bien posséder une horloge. L'anthropologue n'a pas relevé.

Tous attendent patiemment que la luminosité se tarisse. Dans le noir complet, à l'abri des regards, il sera plus facile de procéder à ses ablutions. Le manque d'intimité commence furieusement à se faire sentir. Ils vivent les uns sur les autres depuis plusieurs jours déjà. La maison protège du soleil, mais il y règne une chaleur étouffante, malsaine, qu'ils n'affrontent que quand la pluie tombe à verse. L'odeur y est âcre, écœurante, presque intolérable. La cour est plus large, mais on y cuit comme sur la broche d'un méchoui. Et puis, il n'y a pas moyen de s'y cacher, de se retrouver avec soi-même, de s'enfermer dans sa bulle. Certains s'installent dans un coin, se parlent à l'oreille, observent les autres ensuite, invitant insidieusement la suspicion dans cette ambiance déjà asphyxiante. Leur situation est pesante, mais aucun ne se décide à profiter du village. Les regards méfiants des habitants sont encore plus difficiles à supporter que le confinement de la case.

Si l'espace est réduit, le temps se fait long. Très long. Il semble s'étirer à l'infini, pousse aux spéculations et conduit à des débats animés, mais stériles.

Seule l'arrivée du fils du Hogon aurait dégagé une quelconque éclaircie. Au pire, Badji aurait été oiseau de mauvais augure. Il aurait apporté une nouvelle sombre qui aurait sonné comme un glas. Mais les touristes auraient su à quoi s'en tenir. Ils auraient pu réagir et élaborer des plans plus concrets que ceux que l'on tire sur la comète, par désespoir. Au mieux, sa visite aurait été une véritable délivrance. Ils auraient fêté cela à la bière de mil, peut-être même avec les habitants du village, plaisantant avec eux sur l'affreux malentendu qui avait entaché un début d'aventure somme toute peu banal.

Mais le Dogon n'était pas venu. Alors, le groupe avait erré dans son espace clos, avait transpiré sous la chaleur, avait refait le monde à sa façon, celle des gens désespérés, perdus, qui ne savent plus à quel saint se vouer.

Jade et Simon ont choisi de ne pas souffrir davantage, de ne plus palabrer, de ne plus se faire manipuler. On ne décidera pas à leur place, c'est comme ça. Ils ont emporté un canari rempli à ras bord et sont partis se cacher derrière un vieux baobab, prétextant un besoin soudain d'intimité et une envie irrépressible de se laver.

Personne n'a réagi. Personne ne les a regardés s'éloigner. Certains ont juste tiqué quant à la quantité d'eau qu'ils pourraient utiliser. Les deux jeunes ont promis d'en garder pour les autres. Ils ont récupéré leur sac à dos dans la maison, puis ils ont disparu dans les méandres des ruelles de Bokeli.

Le soleil termine sa course, il s'enfuit derrière les falaises, laisse les chairs rougies se reposer et plonge le village dans le noir absolu.

Claire emmène Sacha à l'intérieur de la case et ne prête pas attention aux bagages manquants lorsqu'elle fouille le sien à la recherche de shampoing. Elle rince son fils comme elle peut, le savonne, l'essuie, lui passe des vêtements propres puis s'attelle à dégraisser sa longue tignasse. L'eau est comptée, elle le sait. Elle l'économise au mieux. Dans la cour, les autres patientent, encore et toujours. Ils attendent le retour de Jade et Simon ainsi que la fin de la toilette de Sacha et Claire. La jeune femme peine à décoller la couche de terre rouge qui macule son corps et se frotte avec vigueur à l'aide d'un tee-shirt.

Lorsqu'elle regagne enfin la cour, tous l'interrogent.

Non, elle n'a pas croisé Jade et Simon. Oui, cela fait longtemps maintenant qu'ils sont partis.

Sur le coup, tout le monde plaisante, émet des hypothèses lubriques, lâche des insinuations douteuses.

Mais une demi-heure plus tard, les visages s'assombrissent, les mines deviennent graves.

Ghislaine râle parce qu'ils ont emporté toute une cruche. Antoine relativise. Ils se débrouilleront bien avec la seconde jarre et puis, au point où ils en sont, macérer encore une nuit dans la crasse, ça ne revient plus à ça.

Puis, ils entendent des bruits de pas, légers, discrets, mais décidés. Quelqu'un approche. Une seule personne. Badji ? À cette heure-ci ?

Tous restent muets, mais s'adressent des signes de tête et des gestes interrogatifs.

Tous attendent dans un silence de mort.

Tous retiennent leur souffle lorsqu'ils aperçoivent une maigre silhouette franchir le seuil de la maison.

Enfin, tous soupirent de soulagement lorsque Jade pénètre dans la cour. Seule, sans Simon, sans la jarre, le visage noyé de larmes.

— Je n'ai pas pu, bredouille-t-elle, je n'ai pas pu le laisser. Vous comprenez ? Pas dans cet état-là, c'était au-dessus de mes forces.

Et elle se précipite vers Max.

***

— Mais enfin, c'est de l'inconscience ! s'exclame Armand. Partir comme ça, seul, en pleine nuit.

— C'est sa décision, répond Jade.

— Mais c'est stupide, voyons ! hurle le guide. Il peut lui arriver n'importe quoi. Rappelez-vous ce qu'a raconté Badji à propos de ce garçon qui entretenait une relation interdite avec une Bozo ! Ils ont crevé dans la savane, lui et toute sa famille.

— La transgression d'un tel tabou est quelque chose de grave. Les esprits de la nature ont été implacables, intervient Anatali.

Jade sent ses forces l'abandonner. Elle ajoute, la voix pleine de désespoir :

— Je n'aurais pas pu le retenir de toute façon.

— Vous auriez dû. Dieu sait ce qui va lui arriver maintenant, insiste Armand.

La jeune femme ne répond pas. Elle tourne les talons et s'isole à l'intérieur de la maison.

Armand se gratte la barbe nerveusement puis pousse un juron en donnant un coup de pied dans le mur en brique crue :

— Et merde !

— Ce n'est pas sa faute, vous savez, lui lance Claude. Elle fait du mieux qu'elle peut. Et Simon n'a pas l'air d'être quelqu'un que l'on peut mettre en cage.

— Vous avez raison. C'est juste que, malgré notre situation, ce groupe est toujours sous ma responsabilité. Et je vous rappelle que...

Armand prend une profonde inspiration, ferme les yeux un instant puis poursuit :

— Et je vous rappelle qu'un de ses membres a déjà disparu. Je vais justifier ça comment, hein ? Par un stupide accident ? Accident que j'ai moi-même provoqué !

— Ça reste un accident. La mort de Louis est tout à fait involontaire. Affreuse, mais involontaire. Vous ne pouviez pas présager des conséquences de votre geste. Vous avez eu un réflexe malheureux.

— Je dois vivre avec ça maintenant. Et Simon à présent. Allez savoir si on le reverra un jour.

— C'est son choix. Il est adulte, vous n'y pouvez rien.

— Mais il court tout droit vers la mort !

Armand ne s'est pas rendu compte qu'il hurlait. Claire bouche les oreilles de son fils et se précipite avec lui aux côtés de Jade, à l'intérieur de la case. Les autres restent immobiles, sans voix.

Anatali brise le silence.

— Pas forcément, cela dépendra de la nature. Parfois, elle vous coupe la route sans crier gare. Elle vous persécute, vous condamne, vous oblige à céder à ses lugubres avances. D'autres fois, elle vous donne le courage de marcher. Elle borde votre chemin de présents inattendus et salvateurs. Mais une chose est sûre, elle n'est jamais indifférente à votre cause. Dans la savane, on ne sait jamais de quoi sera faite la terre.

— Euh… excusez-moi de vous couper dans votre litanie, intervient Ghislaine, mais moi je compterais plutôt sur sa condition physique et la quantité d'eau qu'il a emportée.

— Peu importe l'eau. Certains partent nus et reviennent les bras chargés. D'autres emmènent tout ce qu'ils possèdent et rentrent les pieds devant. C'est ainsi, c'est la nature. Elle seule décide. Il faut vraiment que j'aille trouver Akoron et qu'il fasse parler le chacal.

— S'il est aussi fiable que ce Badji-qui-n'arrive-jamais, on n'est pas près d'être fixés !

— Ghislaine, allez, s'il te plaît, arrête, ose Claude. L'ambiance est déjà assez tendue comme ça. Allons dormir et attendons demain matin.

— Attendre quoi ? lui rétorque sa femme.

Puis, d'un pas lourd, elle gagne son matelas et s'enroule dans sa moustiquaire.

Une petite heure plus tard, tout le groupe s'est endormi. Seule Jade n'arrive pas à fermer l'œil. Elle se tourne et se retourne sans cesse, se gratte bras et jambes, membres meurtris par les moustiques voraces, et se relève maintes fois pour contrôler l'état de Max. Il est si chaud qu'elle se demande si sa cervelle n'est pas en train de bouillir. Il reste de moins en moins conscient et sa respiration est de plus en plus courte, saccadée, irrégulière. Tout juste parvient-il à pousser des gémissements de douleur. Les anti-inflammatoires n'agissent plus. Seuls Armand, Claire et Claude avaient des antibiotiques à large spectre, mais ils n'ont servi à rien.

Et cette odeur… Elle a fait de son mieux pour que Max garde un semblant de dignité. Elle a sacrifié une des calebasses qu'elle a utilisée maladroitement pour les besoins vitaux du jeune homme. Elle l'éponge régulièrement, change ses pansements, mais rien n'y fait, la plaie est sévèrement gangrénée. Simon avait raison, il ne faut pas se voiler la face, si des secours n'arrivent pas demain, il va falloir couper.

Elle est la seule à entendre les bruits de pas, légers, qui tournent autour de la cour. Son cœur se met à battre la chamade. Peut-être est-ce Simon ? Elle se redresse, regarde en direction de l'entrée.

Puis elle distingue une silhouette frêle.

Elle se lève d'un bond et l'ombre disparaît aussi vite qu'elle est apparue. La peur au ventre, elle se précipite à sa poursuite, mais ses pieds nus se prennent dans sa moustiquaire. Elle chute violemment, ce qui réveille sa douleur au genou et lui fait ravaler un juron. Elle ne s'avoue pas vaincue et, claudicante, se lance à l'assaut des ruelles de Bokeli. À peine a-t-elle passé la porte qu'elle aperçoit la forme humaine disparaître derrière le coin gauche du mur de la cour. Elle suit sa direction et la voit emprunter un sentier escarpé.

— Eh toi ! Attends, ne pars pas !

La petite silhouette ne réagit pas et poursuit sa route avec l'agilité d'un félin. Jade grimace, se frotte le genou, mais ne lâche rien. Il fait nuit noire, ce qui ne joue pas en sa faveur. Ses pieds souffrent, meurtris par les cailloux pointus mêlés à la terre et elle a du mal à distinguer sa proie. Celle-ci ne semble pas gênée par le manque de visibilité et sautille maintenant au pied du village, à travers la savane. L'obscurité altère les sens de la touriste qui, confuse, a l'impression désagréable d'évoluer dans un brouillard épais. Le sol se confond avec le ciel et, en un instant, elle perd la trace de l'ombre gracile. À bout de souffle, elle s'appuie contre le tronc d'un baobab et tente de reprendre sa respiration.

Et merde ! J'aurais juré qu'elle était planquée juste derrière cet arbre…

Une douleur vive lui arrache un cri strident. Elle lève la jambe droite et agrippe son mollet.

Bordel. Il y a un truc qui a dû me piquer. Ou me mordre.

Elle frissonne à l'idée que ce puisse être un serpent. Dans cette région, c'est souvent plus qu'une possibilité. C'est une fatalité.

Les dents serrées, elle se tourne vers la falaise et redoute de devoir remonter jusqu'à la case. Alors qu'elle se remet en route péniblement, la jambe souffrant de profonds élancements, elle perçoit un bruissement dans son dos. Son cœur manque un battement lorsqu'elle sent une main se poser fermement sur son épaule. Elle se retourne, prête à en découdre puis, reconnaissant son assaillante, se jette dans ses bras et fond en larmes.

— Claire, putain ! C'est vous. J'ai eu une de ces frousses.

— Mais, enfin, mais qu'est-ce qui vous a pris de quitter la cour et de vous encourir comme une folle ? On n'y voit rien en plus.

— C'est... J'ai cru... Il y avait un rôdeur autour de la maison. Quelqu'un de petit et mince. À peu près le format de Sacha. Il s'est enfui en m'apercevant. Je l'ai perdu de vue.

Jade serre les mâchoires, secoue sa jambe pour diluer la douleur et supplie Claire de l'aider.

— Il y a un truc qui m'a pincé le mollet. Va falloir que vous me souteniez pour rentrer.

Claire s'accroupit, plisse les yeux et vérifie le membre blessé. La trace qu'elle distingue n'est que superficielle, mais lui retourne pourtant l'estomac.

— Je ne sais pas qui vous avez poursuivi cette nuit, mais, en tout cas, c'est quelqu'un de coriace. Il vous a mordu.

Chapitre 25

Carnet d'observation — Jour 5

« Dans un coin retiré de la véranda, un Européen reprenait l'enquête de la veille sur un obscur sacrifice offert dans une faille des gorges d'I. Il s'était, la veille, enfoncé dans les cavernes et les entonnoirs de grès, avait suivi les corniches en déversoir, avait atteint des ruines où régnait une odeur de fauve et de chauve-souris. Un vieux Dogon répondait par bribes, livrant une vérité démantelée, abandonnant peu à peu ses positions, poussant quelques mensonges, penaud ou rieur, accroupi le dos au mur, cramponné à ses mystères. »
(Marcel Griaule, Dieu d'eau, entretien avec Ogotêmeli, 1948)

Cela fait maintenant plusieurs jours que nous sommes arrivés à Bokeli. Si les habitants restent farouches et gardent leurs distances, je suis malgré tout parvenu à tisser quelques liens avec le Hogon. Je m'échappe du groupe, quelques heures par jour, évoquant des raisons peu valables, pour pouvoir m'entretenir seul avec lui. Il me reçoit au milieu de sa cour et écoute mes questions intrusives, mais savantes, le dos tourné à l'autel du *Lébé*, l'ancêtre primordial qui lui souffle les réponses.

J'avance à pas de souris, citant tantôt les ancêtres, tantôt les Dieux, mentionnant la falaise et ses étranges cimetières, incitant le vieil homme par des suggestions que j'espère discrètes à me révéler ce que je suis venu chercher.

Aujourd'hui, j'ai fait preuve d'audace. J'ai abordé le thème des sacrifices d'animaux. Nous avons longuement disserté sur cette pratique, sur la rupture des tabous ou encore la volonté propitiatoire de tels dons. Nous avons évoqué le premier sacrifice, celui du *Nommo*, le jumeau de *Yorougou* le renard. Je lui ai demandé pourquoi châtier un fils innocent. Pour expier les fautes de son frère ? Pourquoi cette injuste décision ? Doit-on ainsi mourir pour un crime que l'on n'a pas commis ?

Il a répondu que cette immolation avait permis à Dieu de réorganiser l'univers. Il m'a confié que pareil sacrifice avait eu lieu sur terre, faisant disparaître par le sang le septième ancêtre. Celui-ci a aussi été tué pour un désordre qu'il n'avait pas commis. Le septième a été sacrifié à la place du huitième qui tentait de se substituer à lui. Le septième... le maître de la parole.

Le Hogon a ensuite tourné la tête vers le ciel, posant son regard flou sur le haut des falaises. Et ce qu'il m'a dit m'a fait frissonner : « Peut-être n'est-il tout simplement pas bon de posséder la parole sacrée. Peut-être est-ce pour cela que certains disparaissent. »

Puis, lorsque j'ai profité de l'évocation de l'ancêtre terrestre pour aborder la question des sacrifices humains, le vieillard s'est retourné vers la pierre ensanglantée dédiée à l'ancêtre primordial et s'est muré dans un mutisme inébranlable. J'ai alors compris que je devais faire preuve de patience.

Après tout, nous sommes probablement installés ici pour des mois. J'ai tout mon temps.

Armand Leroux

Chapitre 26

Jour 5

Le soleil lape la plaine de ses premiers rayons, colore la terre d'un ton rouge intense et illumine les falaises de nuances orangées.

Alors que tous vaquent à leurs piètres occupations, Jade et Claire sont toujours endormies, terrassées par leur mésaventure nocturne. Elles ont choisi de se taire et d'épargner les autres afin qu'ils ne versent pas plus encore dans la paranoïa.

À leur retour, Claire s'était collée à son fils et l'avait serré dans ses bras. Son petit corps chaud avait légèrement remué puis le garçon avait poussé un grognement qui avait fait sourire sa mère. Sourire qui s'était vite évanoui pour laisser place à une moue triste et lourde d'inquiétude.

Des insomnies l'avaient empêchée de fermer l'œil une bonne partie de la nuit. Des images tournaient en boucle dans sa tête. Celle de ces femmes, au puits, qui avaient eu peur en voyant des étrangers, celle de cet enfant qui avait hurlé en les croisant, celle de ce seau percé, unique objet de manufacture industrielle. Mais aussi celles, bien plus angoissantes encore, de ces cauris soigneusement disposés, de cette noix de cola posée sur l'oreiller de Sacha et de la morsure que Jade présentait au mollet. Et enfin, celle, pernicieuse, dévastatrice, qui était revenue sans cesse et avait chassé les autres comme pour la prévenir que le pire était encore à venir. Celle de cette apparition, étrange et fugace, qu'elle avait vue au milieu des falaises.

Claire avait fini par trouver le sommeil en espérant le retour de Simon et la visite de Badji. Et, bien qu'elle refusât de se l'avouer, prise de sentiments contradictoires à son égard, elle s'était apaisée en repensant aux moments privilégiés qu'elle avait passés en compagnie d'Armand.

***

Le soir venu, après une nouvelle journée chaude et vide de sens, alors que tous les autres membres du groupe palabrent et tentent de trouver des solutions à des problèmes qu'ils ne maîtrisent pas, Anatali quitte discrètement la cour et, pieds nus, affronte les ruelles sinueuses de Bokeli. Un peu plus bas, à l'est, il aperçoit la silhouette hiératique d'Akoron, juste à côté d'un vaste champ d'oignons.

— *Sewa* !

— *Sewa* !

Cette fois, en l'absence des touristes, les salutations s'éternisent. Chez les Dogons, on ne se contente pas de demander vaguement comment se porte l'autre. On l'interroge aussi sur ses parents, ses enfants, ses cousins. Ce bonjour à rallonge ne se termine qu'après s'être inquiété d'à peu près tout l'entourage de l'autre. Fastidieux, mais de convenance. Et, ce soir, de circonstance. Akoron se renseigne sur l'état de santé de Max. Anatali lui rappelle que c'est justement la raison de leur rencontre crépusculaire. Il faut interroger le chacal.

Le devin lui demande quelle question il veut poser. Le chauffeur réfléchit. Elle doit être courte et précise, sans cela le renard n'y répondra pas. Il choisit : « Faut-il couper le bras de Max ? » On ne peut être plus clair.

Le guérisseur s'empare d'un bâton et trace dans le sable un long damier d'une vingtaine de cases sur deux. Anatali sourit. Il repense aux dessins réalisés à la craie sur le bitume par les gamins en France. Il tâche de se souvenir du nom de ce jeu dont il n'a jamais vraiment compris les règles ni l'intérêt. La marelle. C'est ça. La marelle.

Dans certaines cases, le devin forme des signes abstraits dont Anatali ne saisit pas le sens. Des cercles, des rectangles, des petits tas de sable, des séries de lignes ou encore des spirales. Autant de repères permettant de communiquer avec le renard pâle. D'autres restent vides, vierges de tout dessin. Puis, Akoron plante, çà et là, des bâtonnets hauts d'une vingtaine de centimètres.

Le devin ouvre ensuite un sac de toile et en retire une dizaine d'arachides qu'il sème tout autour de la table de divination. Ce sont ces fruits qui devront attirer *Yorougou* pendant la nuit. Pour convaincre le renard pâle de parler, Akoron termine en versant de la bouillie de mil sur un autel érigé en son honneur. Il psalmodie :

— *Yourougou bougarou pili yorougou serou so emmi taga di wo kwo.*

Le chauffeur traduit intérieurement : « Renard, voici votre eau, révélez-nous votre parole ».

Tout a été fait dans les règles. Il n'y a plus qu'à attendre. Et, surtout, à espérer que le chacal acceptera l'invitation. Il ne passe que la nuit, lorsque le village est endormi. Max devra encore tenir plusieurs heures dans la douleur, la chaleur et l'abattement.

Anatali remercie le guérisseur, le salue et s'en va rejoindre les autres.

⁂

Dans la cour, certains touristes végètent ou sont déjà couchés, les yeux fermés, enroulés dans leur moustiquaire. Armand profite des derniers moments de luminosité pour lire des notes dans son carnet. Seule Jade s'agite, tourne en rond, se ronge les ongles et sursaute au moindre bruit. Lorsque des pas approchent, elle se précipite vers la porte.

Elle ne peut cacher sa déception lorsqu'Anatali apparaît. Elle qui espérait revoir Simon. Mieux encore : Simon avec un vrai médecin, une voiture et une civière.

L'état de Max est relativement stable ce soir, mais l'odeur nauséabonde, de plus en plus présente, ne la rassure pas. Sans parler des mouches qui tournent autour d'eux comme des abeilles autour d'un pot de miel.

La jeune femme interpelle le chauffeur immédiatement :

— Alors, qu'a dit le guérisseur ?

— Nous devons attendre. Il a interrogé le chacal, mais celui-ci ne parlera que cette nuit.

Armand se lève d'un bond, et, sans lâcher son journal, s'offusque.

— Hein ? Quoi ? Interrogé le chacal ? Vous êtes parti interroger le chacal sans moi ?

— C'était le moment, je suis allé trouver Akoron.

L'anthropologue déglutit et bredouille :

— Mais... Mais... Je voulais le faire, moi ! Je voulais assister à ça !

— J'ai fait ce qu'il fallait, j'ai posé la bonne question.

— Peu importe. Je voulais savoir.

— Oui, pour le bras de Max. C'est fait, je vous dis !

— Non, ce n'est pas ça. Je...

L'esprit embrouillé par la fatigue de cette fin de journée et la chaleur pesante, Armand choisit de se taire.

Bien sûr, le sort de Max ne lui est pas indifférent.

En revanche, mieux vaut peut-être garder sa déception pour soi.

Celle de n'avoir pas pu, par l'intermédiaire du devin, converser avec le renard pâle.

Chapitre 27

Jour 6

Le soleil transforme à nouveau la cour en un véritable fourneau, obligeant les touristes encore fatigués à se réveiller. La nuit a été agitée. Le groupe a eu du mal à dormir, attendant la réponse du chacal à la fois sans trop de conviction et beaucoup de crainte. Tous vivent au ralenti avec une faim qui leur tenaille l'estomac et une soif qui ne les quitte pratiquement jamais.

Couché dans un coin, la tête à l'ombre, mais les jambes en pleine chaleur, Max peine à ouvrir un œil. Rester conscient lui est de plus en plus difficile. Il passe par des moments de relative lucidité, sans plus. Il bout. Son corps n'est qu'une boule de feu prête à exploser. Son cerveau se liquéfie au fil des heures. Sa vue est gênée par un voile flou et sa bouche est si sèche qu'elle lui semble faite de papier de verre. Et, surtout, son bras lui fait un mal de chien. L'élancement se diffuse jusqu'à l'épaule et résonne insidieusement, régulier, dans son crâne.

Depuis plusieurs jours déjà, Jade veille sur lui. Il serait incapable de dire avec précision depuis quand. Il a perdu toute notion du temps depuis l'accident. Les nuits ont été aussi étouffantes que les jours et les jours aussi caverneux que les nuits.

Pire encore que la douleur physique qui trouble ses sens, dévore son énergie et altère sa raison, il y a la douleur psychologique. Ces mots perçus çà et là, ces chuchotements indiscrets, ces regards plaintifs qu'on lui adresse et qui le préviennent que sa situation est on ne peut plus mal barrée. Malgré le bourdonnement des mouches qui lui rappelle pernicieusement le pourrissement de son bras, il frémit chaque fois qu'il parvient à ouïr les mots « mort » et « couper ».

Il sait bien que la pauvre Jade fait de son mieux. Elle le soigne, réprime son dégoût, lui murmure des paroles réconfortantes. Elle le lave aussi, du mieux qu'elle peut. Le laisse pisser dans un bol minuscule et l'excuse avec bienveillance quand il en met partout. Puissent-ils en rigoler ensemble dans quelques semaines, attablés autour de pintes désaltérantes et se refilant un pétard décompressant.

Il a compris que Simon n'était plus là. Son pote est parti chercher de l'aide pour lui. Il est costaud et débrouillard, il s'en sortira ! Il faut juste qu'il parvienne à tenir jusqu'à son retour.

Il en doute.

Il n'y a pas que l'odeur putride et la douleur terrassante. Il y a cette intime conviction. Ces petits détails qui font que l'on sait, mais qu'on serait incapable de dire comment. Un sentiment inconscient qui vient frapper votre lucidité de toute sa force et de toute sa cruauté.

Finalement, Max n'est que peu étonné lorsque, ce matin, Akoron pénètre dans la cour muni d'une machette. Malgré la sueur qui inonde ses yeux, il reconnaît tout de suite son bourreau. Celui qui, de temps à autre, lui rend visite et lui inflige des souffrances sans nom.

Son corps est pris de tremblements incontrôlables. Sa gorge, enrouée et sèche, est tellement nouée qu'il est incapable d'émettre un son. Au bord de ses paupières, la transpiration fait place aux larmes.

Dans un premier temps, le guérisseur l'ignore et se tourne vers ses compagnons d'infortune. Il les toise du haut de sa silhouette élancée et s'adresse à eux dans son dialecte ancestral, son arme tranchant l'air de mouvements explicites.

Max est pris de convulsions lorsque le devin s'approche de lui. Il ne parvient qu'à pousser des gémissements, ceux qui vous sortent du nez et épargnent vos cordes vocales.

Son cœur, pourtant au ralenti ces dernières heures, se met à battre à tel point que le son de chaque pulsation lui percute les tympans.

Il sent un liquide couler sur son bras, ruisseler dans son cou et le long de son dos. La bière, cette foutue et dégueulasse bière de mil ! Puis il aperçoit le visage flouté de Jade. L'image est mauvaise, mais il capte un sourire contrit, forcé, éteint. Lorsqu'elle lui glisse « Vas-y, bois ! » au creux de l'oreille, ces mots lui semblent si lointains qu'il en vient à douter de la réalité de ce qu'il vit. Il reste sans réaction, perdu. Alors, la jeune femme insiste. Sa voix se fait plus proche, plus ferme. Max obtempère. Le goût suret de la boisson adoucit sa bouche, soulage sa gorge irritée. Il parvient à prononcer faiblement :

— Non, Jade, *please*.

Il devine que son amie baisse les yeux et ne sourit plus. Elle lui caresse gentiment les cheveux, puis sa silhouette s'évanouit dans le brouillard de la cour.

Il tourne légèrement la tête dans sa direction, à la recherche d'un signe réconfortant. Mais Jade a disparu. À sa place, un rayon de soleil se reflète dans le métal poli d'une lame et lui brûle la rétine.

Max est pris de panique. Son corps s'agite en tous sens. Il sent qu'on lui maintient les jambes et les épaules.

Il frémit lorsqu'on plaque sa main contre le sol et qu'on la tient fermement, l'obligeant à garder son bras meurtri dans une position douloureuse.

Il gronde lorsque le guérisseur psalmodie une phrase incompréhensible, mais qui lui semble pourtant d'une clarté incontestable.

Il hurle quand le tranchant de la lame s'abat sur lui.

Il perd connaissance lorsque le devin doit répéter son geste.

Cette nuit, le renard pâle a parlé.

Il a dit qu'il fallait couper.

Chapitre 28

Jour 6

Cher cahier,

Ce matin, le monsieur avec le chapeau bizarre est de nouveau venu rendre visite à Max. Comme d'habitude, j'ai senti que je n'étais pas le bienvenu. Alors, maman a trouvé une excuse et m'a emmené au puits. Alice est venue avec nous. La jarre est immense et, même à deux, elles avaient difficile à la porter. Il faut dire qu'on est de plus en plus fatigués. Maman dit que tout le monde est affaibli. C'est sûrement à cause de cet horrible truc gluant que l'on mange. Et il n'y a que ça. Bon, j'avoue, j'ai droit à un traitement spécial. Alice et maman me réservent une barre de céréales par jour. Heureusement. Déjà que je ne peux plus jouer à mes jeux vidéo.

En marchant vers le puits, on a croisé quelques Dogons. Les hommes ont tous les mêmes chapeaux ridicules sur la tête. Et les femmes ! Eh bien, comment dire... Elles ne portent parfois rien au-dessus ! J'étais très gêné, alors j'ai évité de les regarder.

Aucun habitant n'est venu à notre rencontre. Je sais que maman est un peu déçue. Elle aurait bien aimé faire connaissance avec ces gens. Elle m'avait dit : « Tu verras, ils seront en même temps fort différents de nous et tellement pareils ! » Jusqu'ici, je n'ai pas encore vu de point commun. Je les trouve carrément flippants. Ils nous observent comme si nous étions des bêtes curieuses. Il y a des enfants, mais, dès qu'ils viennent vers moi, leur mère les retient comme s'il était dangereux de jouer avec moi. C'est un peu idiot parce que je m'embête. Je ne me suis jamais autant ennuyé. Et je n'ai jamais eu aussi chaud. J'ai soif en permanence. Ça doit être tellement je transpire. Armand dit que la température augmente de jour en jour. Je me demande comment c'est possible. Je croyais que, là, on était déjà arrivé au maximum. Il m'a expliqué que la terre se réchauffait et que certaines régions, comme celle-ci, étaient en train de devenir presque invivables.

À propos d'Armand, d'un côté je le trouve sympa, mais, d'un autre côté, il m'énerve. Maman le colle un peu trop, si tu vois ce que je veux dire ? Et puis, je croyais qu'il savait tout sur les Dogons, mais, quand on lui pose des questions, souvent il dit qu'il ne sait pas. Pire, qu'il est aussi perdu que tout le monde. Du coup, je ne me sens pas du tout à l'aise ici. Je vois bien que maman ne sait pas trop quoi faire. Je crois qu'elle ne me dit rien, mais qu'elle a peur. Surtout depuis ce que je lui ai raconté l'autre jour. Tu sais, la fois où on a trouvé cette drôle de noix.

C'est bête, tu n'es qu'un cahier et j'aurais eu besoin d'un conseil. Je ne sais pas si je dois tout dire aux adultes. Tout ce que je vois, tout ce que j'entends. Maman me semble très inquiète, Armand est paumé et le reste du groupe n'est pas top non plus. Alors, je n'ose pas trop me plaindre. Déjà, à Bruxelles, quand tout va bien, les grands n'aiment pas quand on leur dit qu'on a faim ou qu'on a mal aux pieds. En plus, moi, ma maman, elle flippe beaucoup plus que les autres. Au moindre truc que je dis, elle part en cacahuète. Un jour, elle a hurlé dans un supermarché parce qu'elle ne me trouvait plus. Je lisais juste une BD, assis par terre. Oh ! La gêne !

Depuis l'histoire de la noix, je n'ose plus trop lui dire quand il se passe un truc chelou. J'ai peur de sa réaction.

Par exemple, aujourd'hui, quand nous sommes remontés du puits, nous avons croisé le docteur. Dans la main gauche, il tenait une sorte d'énorme couteau, très large et légèrement recourbé. Ça m'a fichu un coup au cœur. Il a l'air tellement sévère ! Encore plus que la surveillante à l'école, madame Deneef. Alors, le voir comme ça, avec une si grande arme et les yeux tout noirs, ça m'a foutu les jetons à fond ! Mais le pire, ce n'était pas ça. Ce que j'ai vu était bien plus effrayant que tous les machins qu'on fabrique à Halloween. Il tenait aussi un sac de toile. Et il y avait des trucs qui dépassaient. Comme des frites, mais grisâtres. Des doigts. Je suis presque sûr que c'étaient des doigts. Et vu le cri affreux qu'on a entendu quelques minutes avant, j'ai tout de suite deviné à qui ils appartenaient.

J'ai eu envie de vomir. J'ai ralenti le pas, hypnotisé par ce que j'avais vu. J'ai voulu me retourner pour être bien certain que le bras de Max se trouvait dans ce baluchon, mais maman m'a grondé et m'a demandé de me dépêcher et de regarder droit devant moi. Je pense qu'en fait, elle aussi a remarqué ce que j'ai vu. Et qu'elle a essayé de m'épargner.

Je ne vais pas la rendre triste et je ne vais pas lui avouer que je sais pour Max.

Je ne vais pas lui dire non plus qu'on est de nouveau venu me rendre visite pendant la nuit. Et que cette fois-ci, près de moi, le matin, il y avait une calebasse, toute propre, toute neuve, et beaucoup plus pâle que celles qu'on avait déjà.

Sacha

Chapitre 29

Jour 6

Après le départ d'Akoron, Max était resté inconscient. Le guérisseur avait saupoudré le moignon de son étrange mixture verdâtre. La poudre avait brûlé la chair à vif comme de l'acide et l'avait rongée avec l'effervescence d'une aspirine. Le blessé avait été pris de convulsions, mais n'avait pas ouvert un œil. Le devin avait assuré que, cette fois, ce serait suffisant. Il avait aussi proposé de réinterroger le chacal contre un cauris. Armand s'était montré extrêmement enthousiaste à cette idée, mais les autres trouvaient plus sage de garder de la monnaie pour se nourrir. L'anthropologue avait fulminé, avancé des arguments spécieux puis était parti s'isoler en caressant nerveusement sa barbe.

À présent, sous le coup de midi, tous sont sur le point de craquer. La chaleur n'a jamais été aussi accablante et le moindre déplacement demande un effort surhumain. Les mouches, de plus en plus nombreuses, les agacent sans cesse, mettant les nerfs, déjà échaudés, à rude épreuve. Le retour de Claire, Alice et Sacha avec une ration d'eau est une véritable salvation.

Les touristes s'assoient en rond autour du canari et choisissent une calebasse au hasard. Claude en saisit une parmi le tas, l'observe attentivement, les sourcils froncés, puis s'adresse au groupe :

— Euh... Vous avez vu ? On dirait qu'elle a déteint.

— Elle est bien pâlotte, en effet, répond Antoine.

— Quand on la compare aux autres, elle est vraiment fort claire.

— Oui ! Le même contraste qu'entre ma femme et moi, s'amuse Antoine.

Alice sourit et place son avant-bras contre celui de son époux. L'un est délicieusement caramel, l'autre cadavérique. En fait, physiquement tout les oppose. Il est aussi potelé qu'elle est mince, aussi brun qu'elle est blonde et ses cheveux sont aussi bouclés que les siens sont raides. Une vraie pub de Toscani.

Sacha fait mine de ne pas écouter la conversation. Il reste assis en boule, la tête entre les genoux, les yeux fixés sur le sol.

— Et puis, c'est étrange, il en reste une par terre. Quelqu'un n'a pas pris la sienne ?

— Sacha ? interroge Claire.

Le petit garçon déploie son corps maigrichon, lève la tête, puis montre sa calebasse d'un geste nonchalant. Il retourne ensuite à sa position défensive. Une vraie tortue dans sa carapace.

— Ce ne serait pas celle de Simon ? demande Ghislaine.

— Bien vu ! s'exclame Antoine. C'est celle de Simon.

À l'évocation de ce nom, Jade éprouve un pincement au cœur. Simon. Il n'est toujours pas de retour. Ça devient plus qu'inquiétant à présent. Déjà deux nuits qu'il est parti. Ça n'augure rien de bon et elle imagine le pire. Un accident, un serpent. Cette idée ravive en elle une légère douleur et elle se frotte le mollet en grimaçant. Puis elle tente de se rassurer. Elle spécule sur des contretemps ou des incidents mineurs. La découverte d'un autre village, mais des problèmes de transport ou de réseau téléphonique. Peut-être a-t-il dû faire le trajet jusqu'à Mopti pour aller chercher un vrai médecin ? Elle calcule le temps écoulé depuis son départ et se dit que, avec un peu de chance, il sera là avant la nuit.

Mais ces réflexions positives sont vite balayées par de plus sombres. Jade repense tristement au sort des anciens habitants de la case, chassés pour une rupture d'interdit. Ils sont morts au beau milieu de la savane. Et pourtant ils connaissaient la région. Elle pose une nouvelle fois la main sur son mollet et frémit. Dieu sait qui on croise, la nuit, dans cette plaine rocailleuse.

La voix de Claude la tire de ses pensées.

— D'ailleurs, en parlant de Simon, il n'est toujours pas de retour. J'espère qu'il ne lui est rien arrivé.

Le vieil homme perçoit le malaise de Jade et regrette aussitôt sa remarque.

— Oups ! Je suis désolé, je ne voulais pas vous inquiéter davantage.

— Ce n'est rien. Le mal était déjà fait. Et, à propos, Simon a pris sa calebasse avec lui. Celle-ci n'est pas la sienne.

— Vous êtes sûre ?

— Oui. Impossible de boire à même la jarre. Dans notre fugue, nous avions prévu d'emporter nos récipients.

— Mais elle vient d'où, alors, celle-ci ? demande Antoine en désignant la calebasse restée au sol.

— Je pense plutôt que l'intruse se trouve entre mes mains, répond Claude. Je ne me rappelle pas que nous en possédions une si claire hier encore.

*
**

Pour dissimuler son visage rougi par la gêne, Sacha observe le sol et trace du bout des doigts des signes cabalistiques dans la terre. Il tente d'avoir l'air le plus détaché possible, mais il a conscience que le moindre regard suspicieux risque de le décontenancer et de le pousser à se trahir. Son cerveau est en ébullition. Doit-il leur dire ce qu'il sait, ce qu'il a vu ? Ou doit-il le garder pour lui ? Si sa mère n'était pas là, il le ferait, mais il sait qu'elle va à nouveau stresser et perdre ses moyens. Pendant la diffusion de ce film hyper rasoir à Bruxelles, elle lui avait même cogné la tête tellement elle avait eu peur. Pourtant, ce n'étaient que des danseurs avec des masques. Peut-être devrait-il en parler juste à Armand. Après tout, c'est le chef du groupe. Un peu comme un maître d'école. C'est à lui qu'on doit se confier. Même si on l'aime à moitié.

Il sursaute quand Anatali intervient :

— Ce n'est pas le type de calebasse qu'on trouve par ici. Vous avez raison, elle est trop pâle. Et puis... Montrez-la-moi de plus près.

Claude tend le récipient au chauffeur.

— C'est bien ce qu'il me semblait. Il y a de légers sillons gravés dessus. On ne fait pas ce genre de dessins chez nous.

— En gros, vous voulez nous dire que cette calebasse n'est pas dogon.

— Je ne pense pas qu'elle le soit, non.

— Encore un OVNI qui a débarqué au milieu de la nuit ! s'exclame Ghislaine. Ça devient une habitude !

Sacha se sent étrangement mal, comme s'il avait été pris en faute. Il commence à regretter de ne pas avoir parlé plus tôt. C'est sûr, s'il le fait maintenant, il va se faire gronder. Surtout par cette vieille dame. Et elle lui fout trop les boules.

— Notez que ce sont toujours des trucs utiles ou de valeur qu'on nous laisse, commente Antoine.

— Oui, mais la manière de nous les offrir est, comment dire... plutôt angoissante, répond Claude.

Jade jette un regard complice à Claire qui approuve d'un signe de tête. Ce qu'elle avoue provoque l'effet dévastateur d'un tsunami dans l'esprit de chacun.

— Je ne vous ai rien dit pour ne pas vous inquiéter, mais une nuit, j'ai entendu des pas autour de la cour, puis j'ai vu une silhouette qui se tenait à l'entrée pour nous observer dans notre sommeil. C'était carrément flippant. Et, ce qui est sûr, c'est que cette personne ne nous voulait pas du bien.

Elle soulève le bas de son pantalon militaire et dévoile la trace rosâtre laissée par les dents du visiteur inconnu.

Alice devient encore plus blême qu'à l'ordinaire et demande, un trémolo dans la voix :

— Je vais peut-être et même très probablement dire une bêtise, mais Louis, vous êtes vraiment certains qu'il était bien mort ?

⁂

— Bien mort ? Euh… oui. Il ne respirait plus en tout cas.

Armand a répondu en bredouillant. La réflexion d'Alice le transperce en plein cœur comme un coup de poignard. Si, non seulement, ils avaient passé ce pauvre gars à tabac, mais qu'en plus ils l'avaient laissé pour mort ?

— Quand bien même il n'aurait pas clamsé, intervient Ghislaine sans état d'âme, pourquoi jouerait-il à ce petit jeu ?

— Un peu de respect, s'il te plaît ! la reprend son époux. Il s'agit d'une personne, pas d'une bête.

— Qui a failli nous faire tous crever pour un Nikon !

— C'est pas faux, tempère Claude. Mais parle moins fort, faut pas que le petit entende.

Claire avait sommé son fils de rester à l'intérieur de la maison pendant la discussion. Il avait rechigné et elle avait insisté, consciente qu'il faisait étouffant dans la case. Sacha avait pleurniché, prétextant que la puanteur était encore pire de ce côté-là de l'habitation. Il faut dire que Max n'était pas couché bien loin.

Claude réfléchit à voix haute :

— Par contre, pourquoi réagirait-il comme ça ? Ça n'a pas de sens.

— S'accrocher à une stupide mallette au risque d'en mourir n'était pas beaucoup plus sensé, si vous voulez mon avis.

Tous se tournent vers Alice. La jeune femme a l'air convaincue de son hypothèse. Elle surenchérit, appuie ses propos : Louis rôde. Il les observe, les traque, s'amuse à les effrayer. C'est la seule explication.

— Qu'il délire et nous fiche la trouille, je peux imaginer, intervient Claire. Mais pourquoi nous laisser des biens de valeur, des trucs pour nous aider ?

— Parce qu'il n'est pas tout à fait juste dans sa tête, affirme Alice.

— Admettons, répond Claire. Mais où irait-il chercher tous ces machins ? Des cauris, une noix de cola, une calebasse gravée ?

— J'avoue, je n'en ai pas la moindre idée. Peut-être a-t-il acheté cela dans un village des environs, suggère Alice en chassant une mouche du revers de la main.

— D'après moi, le rôdeur que j'ai poursuivi l'autre nuit était nettement plus petit, assure Jade.

Mais Alice n'en démord pas. Il ne peut s'agir que de Louis. Jade a pu se tromper, elle n'était pas bien réveillée, il faisait noir et l'émotion a pu altérer sa perception.

— Donc, si je résume bien, coupe Claude, plutôt que d'aller porter plainte contre nous pour tentative d'homicide — parce qu'il faut se l'avouer, il s'agit de cela — ce brave Louis préfère errer autour de ce village et nous faire peur avec des dons étranges. Et, comble de tout, si on le surprend, il nous mord ! Je suis de l'avis de Claire, tout ça n'a aucun sens.

— Mais ce type n'était pas sensé ! s'énerve Alice. Depuis l'accident, je me demande s'il est bien mort. C'est idiot, mais j'ai toujours eu comme un pressentiment.

— Plutôt que de palabrer, propose Anatali, ne vaudrait-il pas mieux agir ?

— De quelle manière ? enchaîne Claude.

— Eh bien, cette nuit, on fait des rondes. On reste éveillé à tour de rôle et on surveille la maison. Si Louis s'amène, on le surprend et...

— Et quoi ? On lui retape dessus ? ricane Ghislaine.

La vieille dame mime la scène malgré elle, soudainement agacée par deux mouches opiniâtres.

— Non, on se manifeste, c'est tout, comme ça il saura que l'on sait, répond Anatali.

— On ne peut pas prévoir sa réaction, s'inquiète Alice en tournant le regard vers la jambe de Jade.

Armand évite de se mêler à la conversation. Il reste silencieux, écoute les propositions, étudie les réactions. Il pense qu'il doit se faire tout petit. Il préfère laisser toute décision à son groupe. Non qu'il ait du mal à prendre ses responsabilités à l'accoutumée, mais là, la situation est différente. Il ne doit pas faire de vagues, ne pas se mettre dans son tort une nouvelle fois. Il ne faut pas qu'il éveille le moindre soupçon. Surtout après le coup de volant foireux qu'il a donné. Il doit regagner la confiance des touristes. Déjà qu'il a beaucoup de difficultés à approcher les villageois...

— Et si personne ne vient cette nuit ? interroge Ghislaine, on va répéter ça toutes celles qui suivent ?

— Personnellement, propose Antoine en caressant le bras de sa femme pour lui montrer qu'il est de son côté, je pense qu'on devrait, dans ce cas, retourner demain matin à l'épave. Faut qu'on retrouve son cadavre. Pour en avoir le cœur net.

— Ce ne serait pas bête. Logique, même, répond Claude. On ne peut décemment pas laisser moisir le corps d'un homme dans un étang. Le problème, c'est d'arriver jusque-là. J'ai bien une bonne vieille boussole, mais... pas certain de retomber pile sur le marigot.

— C'est trop dangereux, intervient Jade avec un fond de lassitude dans la voix. Je vous ferai remarquer que Simon n'est toujours pas revenu. Est-ce que cela vaut la peine de partir à l'aventure et de risquer de mourir de soif dans cette foutue savane pour aller repêcher un macchabée ?

Les autres membres du groupe se montrent désolés pour elle. Entre un disparu et un amputé, tous comprennent que Jade doit être au bord de la rupture. De plus, elle manque encore plus cruellement de sommeil qu'eux. Les nuits sont difficiles pour tout le monde. Les moustiques et la chaleur sont de bien mauvais compagnons nocturnes. Mais Jade, en plus, veille sur Max et se précipite à son chevet au moindre de ses hoquets.

Claude campe sur ses positions et insiste :

— On ne va pas rester éternellement ici. Les habitants de ce village ont, Dieu sait pour quelle raison, décidé de nous garder en otages, mais je pense que nous n'avons pas d'autre choix que de nous rendre sur le lieu de l'accident. Et puis, même si je n'y crois pas trop, peut-être parviendrons-nous à faire redémarrer la camionnette.

— Non, Claude. Il ne faut pas retourner au marigot, surtout pas, intervient Anatali, l'air grave.

Tous les yeux se tournent vers le chauffeur et le toisent intensément. Les cœurs se mettent à battre trop vite, trop fort. Et Anatali continue son discours cruel, implacable, impossible à entendre.

— Personne n'arrive jamais à atteindre ce village et personne ne parvient à le quitter.

Jade pousse un hoquet de terreur et s'exclame :

— N'empêche que nous l'avons atteint, nous ! Et que dire de Simon ? Il l'a bien quitté. On pourrait faire la même chose.

— Il n'est pas revenu, répond le chauffeur d'un air désolé. C'est bien la preuve.

La jeune femme s'effondre complètement, soutenue par Alice et Claire qui l'entourent de leurs bras rassurants. Anatali pousse un léger soupir puis avoue à contrecœur :

— écoutez, je ne vous ai rien dit pour ne pas vous inquiéter encore plus, mais... J'ai discuté avec Akoron et ce qu'il m'a confié ne va pas vous plaire.

Les rythmes cardiaques s'accélèrent de plus belle et les visages, transpirants, se décomposent. Tous restent suspendus aux lèvres du chauffeur qui termine de les achever :

— Cela faisait plus de cinquante ans. Cinquante ans qu'un blanc n'avait plus franchi les limites du village.

*
**

Claire n'en mène pas large et déploie tous les efforts du monde pour ne pas le montrer devant Sacha. Les paroles d'Anatali résonnent dans sa tête et accablent son esprit d'idées sinistres. Elle passe en revue les jours qui viennent de s'écouler, revoit le vieux sceau percé et les vêtements vétustes des habitants.

Cinquante ans.

La voix grave d'Armand vantant l'hospitalité des Dogons, les décrivant comme un peuple ouvert aux touristes, enrôlés dans le tourbillon de la mondialisation et de la modernité, imprime ses tympans et lui donne le tournis.

Quelle était la probabilité pour qu'ils atterrissent, suite à un accident, dans le même village que celui du documentaire ? Seraient-ce eux, les ethnologues de l'époque, ceux qui ont filmé le Sigui, qui auraient séjourné à Bokeli en dernier ? Personne n'aurait croisé le village après mille neuf cent soixante-treize ? Serait-il tellement isolé ? Anatali a affirmé bien connaître la région, y être né, mais n'avoir jamais entendu parler de cet endroit. Cela semble dément, presque irréel. Aussi bizarre que cette apparition qu'elle a vue passer dans les tombes tellems.

L'arrivée inattendue et inespérée de Badji met fin à ses réflexions.

Le Dogon s'entretient brièvement avec Armand et Anatali. Comme à chaque fois, ces derniers traduisent ensuite aux autres ce qui a été dit. Badji a parlé peu. Très peu. Sans s'étendre et sans répondre aux questions qui lui ont été posées.

Et le message laisse les touristes perdus, démunis face à de nouvelles interrogations.

Ils ne pourront pas quitter le village. Ils doivent participer à une cérémonie. C'est comme cela, ils n'ont pas le choix. Les sages l'ont décidé dans la *toguna*.

Ils seront obligés d'assister aux danses masquées.

Celles-ci auront lieu dans quelques jours, pas plus. La date précise dépend d'eux.

Vu le temps que le fils du Hogon a mis pour leur rendre visite, tous espèrent que ces jours ne deviendront pas des semaines. Et tous se demandent pourquoi ils sont au centre de ces cérémonies au point d'en déterminer le timing.

Chapitre 30

Jour 6

Le ciel se couche sur les falaises de Bandiagara après une autre journée intense de canicule. Petit à petit, le village de Bokeli est plongé dans la pénombre, réduisant la visibilité, mais pas la chaleur. Les moustiques, voraces, remplacent comme d'habitude les mouches et les touristes se grattent la peau jusqu'au sang. Ils se sentent à nouveau sales et collants, mais personne n'a eu le courage de retourner au puits. Ils économisent l'eau comme le moindre effort.

Ils s'organisent pour la nuit. S'ils ont laissé tomber l'idée de se rendre au marigot, ils ont toutefois décidé de faire le guet au cas où Louis viendrait leur rendre visite. Jade propose de prendre plus de relais que les autres. Après tout, elle compte quand même s'affairer auprès de Max. Celui-ci est toujours fiévreux et passerait pour mort s'il ne poussait quelques gémissements plaintifs de temps à autre. Elle le force à boire, mais le malade peine à ouvrir la bouche. Elle profite d'un râle pour lui verser de l'eau qu'il recrache à moitié. Malgré le membre amputé et le produit cautérisant, l'odeur reste prégnante. C'est à vomir. Il est très difficile pour la jeune femme de ne pas se sentir mal. Elle prend sur elle, ravale son dégoût et s'occupe du blessé avec une bienveillance sans faille.

Finalement, malgré des tours de garde savamment organisés, personne ne trouve le sommeil. La chaleur est encore plus insupportable que les jours précédents. Certains meurent de soif, d'autres ont l'impression que leur tête va exploser, mais une chose est sûre, tous souffrent atrocement de la température hors norme qui règne dans la cour. Il faut dire qu'entre quatre murs et à l'abri du vent, il fait chaud comme dans une étuve. On manque d'air, c'est certain. Ghislaine, vu son âge, est à bout de souffle et commence à avoir du mal à respirer. Elle est au bord du malaise.

— Si vous voulez, on peut monter sur le toit, suggère Anatali. Ça se fait beaucoup en Afrique. Comme ça, on aura plus d'air.

Armand confirme. Lors de ses nombreux voyages en pays dogon, il lui est souvent arrivé d'établir ses quartiers sur le toit d'une case. Il l'évite le plus possible, car il n'est pas facile de descendre en pleine nuit pour un besoin urgent par un escalier artisanal. Mais, parfois, la chaleur est telle que c'est le dernier endroit de repli.

Le groupe étudie l'échelle, celle qu'avait empruntée Anatali le premier jour. Une fourche de bois avec quelques entailles simplement posée contre une des façades de la maison.

— Et on va devoir grimper là-dessus ? s'étonne Ghislaine.

— Oui, mais ça va aller, répond le chauffeur, les Dogons font ça tous les jours, il n'y a pas de danger.

— Pas de danger ? Ils ont l'habitude, eux. Et ils n'ont pas ma stature. Ni mon âge.

— Vous pouvez rester en bas, mais je vous conseille tout de même de monter.

— Je refuse d'inaugurer ce truc. Que quelqu'un montre l'exemple, et puis on verra si je suivrai.

— Le mieux, intervient Armand, c'est qu'un de nous grimpe et que les autres lui envoient leurs matelas et leurs moustiquaires.

— Pas con, répond Jade. Je veux bien monter et vous me refilez tout le barda.

— Vous êtes sûre ? s'étonne Armand, vous parviendrez à hisser tout ça ?

La jeune femme prend un air agacé. Oui, elle est petite. Oui, elle est frêle. Mais pourquoi faut-il tout le temps que ce type le lui rappelle ? Elle grimpe à toute vitesse pour lui prouver ses capacités et ses gestes sont tellement brusques que l'échelle vacille légèrement.

Arrivée en haut, elle distingue un tas informe, une masse étrange à l'autre bout de la terrasse.

— Il y a un truc là-bas au-dessus !

— C'est quoi ? lui crie Claude.

— J'en sais rien, j'y vois pas grand-chose. Il me faudrait une lampe torche.

— Je vous en monte une illico !

Le vieil homme fouille son sac, sort une frontale et se lance dans la périlleuse aventure de l'ascension d'un escalier dogon. Malgré son âge et la fatigue, il fait preuve de beaucoup d'adresse et de souplesse.

Les autres le félicitent.

— Ceinture noire de karaté, j'ai de beaux restes, non ?

Il pose les pieds sur le toit, garde la lampe dans la main et balaye la terrasse d'un faisceau de lumière.

Jade a vu juste. Un paquet gît dans un coin, une sorte de silhouette allongée formée de guenilles poisseuses.

Claude s'approche, Jade sur ses talons.

Tous les deux soulèvent leur tee-shirt pour y enfouir le nez. L'odeur est piquante, agressive, intolérable. La jeune femme toussote tant le miasme lui brûle la gorge.

— Mais qu'est-ce que c'est que… ? s'inquiète-t-elle.

Elle interrompt sa phrase.

Claude a compris.

Elle aussi.

Ils entendent très bien la question qui leur parvient depuis la cour : « Alors, c'est quoi ? »

Ils restent pourtant silencieux. Ne parviennent pas à répondre. La voix insiste :

— Ouh ouuuh ! Ici la cour, vous répondez ?

Claude éructe, déglutit difficilement puis, la voix chevrotante, signale :

— Ce ne sera pas la peine de veiller cette nuit…

Il marque une pause, s'essuie nerveusement le front du revers de la manche et poursuit :

— C'est Louis. Il est sur le toit.

Chapitre 31

Jour 7

Sous des oripeaux desséchés, imprégnés d'humeurs visqueuses et nauséabondes, le cadavre de Louis repose sur le sol en pisé, jambes tendues et bras allongés le long du corps. Écrasés par la chaleur matinale, épuisés par une nuit d'enfer, Anatali et Armand l'étudient, aussi écœurés que circonspects. Ils savent tous deux ce qu'ils doivent faire. Encore faut-il qu'ils en trouvent le courage.

Pendant la nuit, Jade et Claude étaient redescendus de la terrasse à la hâte, complètement sous le choc. Arrivée en bas, la jeune femme avait suffoqué, prise d'hyperventilation. À bout de force et de nerfs, elle avait fini par craquer. Elle avait mis un bon quart d'heure avant de récupérer son souffle et ses esprits.

Le groupe n'avait quasiment pas pu fermer l'œil de la nuit. À la chaleur et aux moustiques s'étaient ajoutés le dégoût et l'épouvante. L'idée qu'un macchabée à l'état de putréfaction déjà avancée gise sur le toit avait causé pas mal d'insomnies. L'odeur, jusqu'ici imputée au blessé et au manque d'hygiène générale, semblait à tous encore plus intolérable. Pire, certains évoquaient le fait que les mouches, en quantité incalculable, étaient passées sans cesse du cadavre à la bouillie de mil. De quoi ficher la nausée pour la nuit.

De plus, les conversations allaient bon train. On ne faisait pas que s'offusquer ou se plaindre du charmant présent découvert sur le toit. On tentait de comprendre ce qu'il faisait là. Pourquoi et comment Louis avait-il atterri au-dessus de leur tête.

Ils en étaient arrivés à la conclusion que le corps avait dû être déposé sur le toit la seule fois où tous étaient absents, c'est-à-dire lors de leur visite chez le Hogon. Armand avait précisé qu'il comprenait mieux pourquoi le chef spirituel avait insisté pour les voir tous alors que, d'habitude, il ne recevait pas les touristes. Tout, selon lui, prenait sens. Ce moment correspondait également à la déferlante de mouches et au miasme qui s'étaient abattus sur la cour.

Les autres dons étaient aussi revenus sur le tapis. On avait imaginé que les mêmes personnes avaient apporté à la fois les cauris, la noix de cola, la calebasse et la dépouille. Claire s'était demandé s'il ne s'agissait pas d'offrandes destinées à accompagner le mort dans l'au-delà, un peu comme on le faisait dans l'Égypte pharaonique. Armand et Anatali avaient admis que c'était une possibilité. Les proches du défunt, lors de l'enterrement, pouvaient déposer des biens auprès de lui pour payer ses provisions de route vers le monde invisible.

L'anthropologue et le chauffeur connaissent bien les rites funéraires dogons. Et c'est pour cela que, ce matin, ils se regardent en chiens de faïence et se demandent par où - ou plutôt comment - commencer.

— Anatali, tu as déjà fait ça, toi ?

— Laver un mort ? Non. Et toi ?

Bizarrement, mais très naturellement, le tutoiement s'était imposé entre les deux hommes. Après tout, vu la galère dans laquelle ils étaient embarqués, autant ne pas s'encombrer de barrières et de politesses surfaites. Et puis, quoi de plus intime que de nettoyer un cadavre.

— Non, on ne fait pas ça chez moi, répond Armand. Enfin, pas les proches. C'est un métier. Toi, par contre, tu as au moins dû y assister.

— Ce sont les chefs de famille qui le font. Le père, l'oncle ou le frère. Et si vraiment tous ceux-là sont déjà morts, le fils aîné s'en charge. Je suis le petit dernier de ma fratrie.

— De toute façon, nous n'avions aucun lien de parenté avec Louis.

— S'il n'a pas de famille, un initié qui connaît la langue du Sigui doit le faire.

— Le sigui so ?

— Oui.

— Bon, ben, je passe mon tour alors. Tu es initié, toi ?

Anatali baisse la tête et répond d'une voix morne :

— Oui. Je le suis. Et honte à moi, mais, là, ça ne m'arrange pas du tout.

— Bon, et si on disait que c'était fait. Après tout, personne ne va vérifier.

Anatali se redresse, se cabre et explique, le regard noir :

— Il faut faire chaque étape. Sinon, l'esprit de cet homme va errer dans le village jusqu'à la fin des temps. Et, vu les circonstances de sa mort, ce serait loin d'être une bonne chose. Il pourrait même tenter d'entraîner des gens dans son malheur.

— D'accord. Je ne voulais pas t'énerver. Donc, d'après mes connaissances théoriques, il faut le déshabiller, le laver puis l'enrubanner à l'aide des bandes de coton qu'on nous a gracieusement laissées à côté du corps.

Anatali confirme. Armand claque des doigts et s'adresse au chauffeur, une pointe d'exaltation dans le ton de sa voix.

— Maintenant que j'y réfléchis, je comprends mieux la réaction de Badji hier et des villageois les autres jours. Ils attendaient que l'on vienne présenter le corps de Louis après l'avoir embaumé, comme le veut la tradition. C'est pour ça que la date des cérémonies dépendait de nous.

— Oui. Probablement. Même si je ne m'explique pas certaines choses.

Armand ne prête pas attention à la réponse d'Anatali, trop pris par ses réflexions. Il passe nerveusement ses doigts dans sa barbe, chasse une mouche puis se tape le front.

— Et c'est pour cela que nous étions parqués dans cette maison comme des bêtes. Ils attendaient que nous prenions nos responsabilités ! Et comme nous ne le faisions pas, nous étions *persona non grata* dans le village. Pire, on leur faisait peur. Nous étions ceux qui laissent pourrir un mort !

— Il y a peut-être un peu de ça, mais ça ne répond pas à toutes nos questions. Certaines choses restent un mystère. Le côté vieillot des gens, par exemple, on se croirait il y a un siècle ! Ils vivent reclus. Ça ne ressemble pas à mon peuple. Nous sommes ouverts sur le monde, nous aimons recevoir les autres chez nous.

Armand s'approche d'Anatali et baisse le ton. Ce dernier tend attentivement l'oreille, gêné par le bourdonnement assourdissant des mouches qui festoient autour du mort.

— Peu importe. On a déjà de quoi rassurer un minimum le groupe. Vendons-lui cette version et on verra bien ce que nous réserve la suite du séjour.

— OK, mais c'est tout de même bizarre que personne ne nous ait signalé que Louis était sur le toit. Et que tout le monde soit si froid avec nous.

— Ils nous ont sûrement trouvés très irrespectueux des morts et des traditions, c'est tout. Et puis, c'est une pratique courante dans certains villages. On place le défunt sur la terrasse de sa maison pour que ses proches puissent lui rendre hommage et lui dire au revoir. Il passe une dernière nuit chez lui, en somme.

— Je n'en suis pas certain, Armand. Mais je veux bien raconter ça aux autres si ça peut les rassurer.

— En attendant, tiens, voici de l'eau ! *Be my guest* !

— Quoi ça ?

— Je t'en prie, vas-y.

— D'abord, il faut le déshabiller. Et pour ça, il faut être deux.

Armand soupire. Puis, résigné, s'exclame :

— J'ai donné ce fichu coup de volant. Je suppose que voilà ma pénitence.

⁂

Les vêtements de Louis collent à son corps suintant, gonflé et aux zones rouges tuméfiées. Les mouches et la chaleur ont contribué à une accélération vertigineuse de la décomposition. La chemise blanche du mort ressemble à un emballage de hamburger devenu jaunâtre et translucide à cause du gras. Et puis, il y a l'odeur. Celle de charogne, irrespirable et pestilentielle. Armand et Anatali sentent régulièrement le contenu de leur estomac remonter. Ils s'écartent alors de la dépouille et placent le bras devant la bouche en toussotant. Le miasme est tellement prégnant qu'il leur pique les yeux. L'inconfort est à son comble, nourri, de surcroît, par la présence des mouches. Elles tournoient frénétiquement et passent des humeurs aqueuses du cadavre aux épidermes et muqueuses des deux malheureux.

Armand tente de dégager un maximum de tissu du bout des doigts tandis qu'Anatali tourne et retourne le corps pour permettre son effeuillage. Des morceaux cotonneux restent accrochés aux doigts du guide qui s'aide du bout de sa semelle pour s'en débarrasser.

Arrive le moment fatidique, celui le plus redouté par l'anthropologue.

— Euh... le caleçon aussi ?

— Ben oui. Nu, c'est nu. Il doit être comme à la naissance. On ne vient pas au monde en slip.

Armand lève les bras, secoue ses mains et réprime une furieuse envie de se gratter la barbe. Il crispe les doigts, hésite puis se lance dans une première tentative. Le caleçon bouge à peine.

— Mais bordel ! Ça colle. Je vais jamais y arriver.

— Je compte jusqu'à trois, je soulève les jambes, et tu tires d'un coup sec !

— Putain... Quel enfer !

— S'il te plaît, Armand. Un peu de sobriété et de respect. C'est un moment important pour le mort.

L'anthropologue hésite entre rire ou pleurer. Il se représente la situation vue de loin et imagine un Dogon en train de soulever les jambes d'un macchabée putréfié pendant qu'un pauvre blanc dégoûté lui retire le slip. Et tout ça avec sérieux, calme et solennité.

— Je fais ce que je peux. C'est infâme, avoue-le.

— Je m'efforce de penser que c'est la nature.

— Je préfère les petites fleurs qui sentent bon. Mais allons-y ! Plus on attend, moins j'aurai le courage.

Armand tire brusquement sur le tissu qui craque et libère une multitude de larves grouillantes. Le guide manque de défaillir. Cette vision ignoble lui retourne les tripes. Une bile âcre vient lui brûler la gorge.

L'épreuve passée, la suite les attend. Anatali prend une des bandes de coton vierge, la trempe dans une calebasse remplie d'eau et entame la toilette du mort. Pour une première, la décomposition avancée ne joue pas en sa faveur. L'épiderme se fend et la chair éclate sous la pression. Le chauffeur garde miraculeusement son calme. Ainsi que la bouillie de la veille dans son ventre.

Armand, en revanche, n'en mène pas large. Il pensait avoir tout vu après les poulets sacrifiés et le bras de Max sectionné. Là, le dégoût atteint son paroxysme. En plus de l'écœurement, il y a la gêne. Celle de briser l'intimité d'un homme. Il détourne les yeux par pudeur et tant pis pour la médaille du courage ou la rédemption. Peu importe, Anatali n'a qu'à se débrouiller tout seul. Lui s'en juge incapable.

Il est tout de même obligé de participer à l'étape qui suit. L'embaumement. Il s'agit d'enrouler entièrement le corps dans des bandes de coton, hormis les pieds, puis de ficeler le tout à l'aide de rubans plus fins.

Anatali commence au niveau des chevilles, remonte vers les genoux et poursuit jusqu'au cou.

Armand l'aide vaguement en plaçant le cadavre dans la bonne position ou en le soulevant légèrement pour faire glisser le tissu dessous. Il observe une dernière fois le visage tuméfié et bouffi, remercie le ciel que les paupières de Louis soient closes, manipule le crâne avec précaution puis laisse Anatali plonger le défunt dans l'obscurité pour l'éternité.

— Bon, dit le chauffeur. Il va falloir le descendre de là.

— Oui, j'y ai pensé, malheureusement. Ça va pas être simple.

— Heureusement, il n'était pas très grand.

— Il doit tout de même peser dans les quatre-vingts kilos.

— Je propose qu'on le porte à deux, qu'on le glisse le long de la façade et que Claude et Antoine le réceptionnent.

— D'accord, Armand. Bien vu.

Ils demandent l'aide nécessaire aux deux hommes restés dans la cour puis entreprennent la périlleuse descente. Ils choisissent de porter le cadavre tête vers le bas, partie la plus lourde du corps. Ils terminent en tenant le paquet morbide par les pieds. Leurs doigts sont moites et la dépouille, humide, leur glisse inévitablement des mains.

Claude et Antoine tendent les bras et réceptionnent le colis mortuaire non sans difficulté. Sous le poids du linceul et de son contenu, ils perdent l'équilibre et se retrouvent cruellement à terre, écrasés par le cadavre emmailloté de Louis.

— M'enfin ! râle Antoine. Faites attention.

— On fait ce qu'on peut. Je voudrais bien vous y voir, moi ! Franchement, soyez content d'avoir été à votre place et non à la nôtre.

— Sorry, Armand. Mais là, c'est un peu répugnant comme situation.

— À qui le dites-vous !

— Et maintenant, on est censés faire quoi de Louis ? demande Claude en se dégageant.

— Eh bien, répond Anatali, c'est un moment crucial. Celui de régler nos comptes avec lui.

Chapitre 32

Jour 7

Ils sont tous réunis dans la cour, assis en cercle autour du cadavre. Ils restent silencieux, abattus par la chaleur, par un sommeil à nouveau trop court, mais surtout par un deuil qu'ils n'ont pas la force de porter.

Anatali donne des consignes. Il faut s'adresser au mort avec calme et bienveillance. Il faut apaiser son esprit, régler tous les différends que l'on a pu avoir avec lui pour faire en sorte qu'il puisse partir en paix.

Max a été dispensé vu son état. Il repose toujours dans un coin de la cour, près de la maison. Malgré les péripéties de la nuit, il n'a pas ouvert l'œil. Il est resté couché, sans broncher, poussant à peine quelques râles auxquels Jade, traumatisée par sa découverte n'avait, cette fois-ci, pas pu réagir. Elle était restée une bonne partie de la nuit contre un mur, en position fœtale, se balançant d'avant en arrière en pleurnichant.

Sacha, malgré son jeune âge, n'a pas pu se défiler. Après tout, il était aussi dans la voiture. Claire a dû lui expliquer de quoi il retournait. Bien sûr, l'enfant n'est pas bête. Il avait déjà compris. Si on a la capacité de « fermer ses oreilles », on possède également celle de les ouvrir quand il le faut. Sa mère a pris des gants, a enjolivé les choses. Il est parti au ciel. Non, il n'a pas souffert. Il est sûrement heureux là où il est. Et, oui, c'est comme ton chat et peut-être qu'en ce moment ils jouent ensemble. Sacha a tout écouté, mais a bien senti que Claire minimisait le malheur du pauvre homme.

Les mouches ne cessent leur ronde frénétique et bruyante autour du linceul, encouragées par l'odeur nauséabonde qui s'en dégage. Elles s'attaquent de préférence aux pieds, seule partie du corps à l'air libre, festin de choix aux effluves faisandés et à la chair délicieusement gâtée.

Anatali propose que chacun se lève à tour de rôle pour s'adresser à Louis. Le Dogon montre l'exemple et commence :

— Louis, tu es né homme parmi les hommes et *Amma* t'a demandé de rejoindre le monde invisible. Puissent les esprits de tes ancêtres t'accueillir avec soin et amour. Nous ne nous sommes pas connus longtemps, moins de temps qu'il n'en faut pour devenir des frères. Nous avons quand même eu un différend. J'ai dû faire un choix, trop rapidement. J'ai paniqué et j'ai commis un geste irréparable. Que mes aïeuls me pardonnent, que les esprits de la nature soient cléments à mon égard. Que surtout, toi, tu puisses, non pas l'accepter, mais tolérer mon acte. En me pardonnant, ton âme pourra partir sereine et rejoindre les falaises.

Il salue encore une fois la dépouille d'un signe de tête puis se rassied. Personne ne se propose pour prendre le relais.

Face au mutisme général, Claude décide de se lever.

— Bon, puisqu'il faudra bien tous y passer, autant le faire, comme ça ce sera fini.

— Chut ! répond Anatali. Il vous entend, vous allez le vexer. Il doit sentir que vous êtes content de lui faire vos adieux.

— Désolé. Oui, bien sûr. Ce sera avec joie. Alors, voilà. Louis, je ne vous ai pas beaucoup connu, mais vous m'aviez l'air de quelqu'un de fort sympathique. Vous aviez la vie devant vous, mais…

Le vieil homme marque une pause et réfléchit. Puis il continue, accélérant son débit de parole :

— Mais les esprits avaient un autre projet pour vous et seront très contents de vous accueillir parmi eux.

Claude se tourne vers le Dogon :

— Voilà ! C'était bien comme ça ou je dois en dire plus ? Ou autre chose peut-être ?

— Vous devez dire ce que vous pensez, mais sans vexer le mort. Là, il vous entend et il croit que c'est moi que vous voulez flatter.

— Ah ! Encore désolé. Je n'ai pas l'habitude de… Enfin, vous comprenez ? De parler comme ça, à un mort. À l'air libre.

Ces derniers mots jettent un froid. Conjugués à la vue insoutenable des pieds pourrissants de Louis, ils rappellent cruellement que, oui, le cadavre d'un homme est là, sous leur nez, à moins d'un mètre de chacun d'eux.

— Ce n'est pas grave. C'est bon comme ça. Il sait que vous ne le connaissiez pas beaucoup et que vous êtes maladroit parce que vous n'avez jamais parlé à un mort.

— Ouf ! Bon, eh bien, au suivant alors.

— Je me lance !

Antoine est déjà debout, pris d'une soudaine énergie. Il passe une main nerveuse dans ses cheveux trempés de sueur et plaque ses boucles brunes vers l'arrière. Il avale une grande inspiration puis se jette à l'eau :

— Nous n'avons été des frères que peu de temps, mais sache que je regrette la dispute que nous avons eue dans la voiture. Tu étais quelqu'un de bien et les esprits de tes ancêtres t'accueilleront dignement. Voilà.

Puis, il se rassied, soulagé. Sa femme se lève à son tour.

— Louis, j'ai espéré jusqu'au bout que tu sois vivant. J'aurais bien aimé te connaître davantage et que nous passions un agréable séjour ensemble.

À cette évocation, Ghislaine toussote.

— Un « agréable séjour », murmure-t-elle. Mieux vaut entendre ça que d'être sourd.

— Et rejoins le monde des esprits avec la sérénité que tu mérites, termine Alice sans prêter attention à la vieille femme.

Elle se rassied et pose sa chevelure blonde contre l'épaule de son époux. Depuis le début de l'étrange cérémonie, c'est la première à verser une larme.

Ghislaine se redresse. Tous la regardent, médusés. Inquiets surtout.

— Louis, je pense que les esprits ont voulu t'épargner un voyage pénible et barbant à souhait. L'*open-bar* est nul, on crève de soif en permanence et il n'y a pas de mojitos. La bouffe au buffet est dégueulasse et peu variée. Les chambres sont tellement sobres qu'on a retiré les murs. Du coup, on entend les ronflements des voisins toute la nuit. Les sanitaires sont très mal tenus. Il n'y a même pas de papier toilette. Et, comble de tout, la piscine doit être en réfection, car nous ne l'avons pas encore vue. Mais peu importe le confort ! Heureusement qu'il y a la chaleur des habitants. Ces échanges uniques qui nous font oublier tout le reste. Voilà Louis, puisses-tu être mieux là où tu es parce que, nous, nous ne savons pas où nous en sommes. Mais, moi, à titre personnel, j'ai l'impression que nous nous dirigeons un peu plus chaque jour vers l'enfer.

Elle se rassied, se referme comme une huître et regarde vers le sol. Les autres restent cois. Un silence gênant s'installe. Seules les mouches continuent leur concerto morbide.

La petite voix de Sacha articule alors :

— Moi aussi je peux dire ce que je pense ?

Tous acquiescent en lui souriant.

— Je voulais juste te dire que t'étais un mec cool, mais je crois que tu as pété les plombs et que du coup, ben, il t'est arrivé malheur. Voilà, maintenant tu es parti. Je ne comprends toujours pas bien où. Mais maman m'a dit que tu croiserais peut-être mon chat. Alors, s'il te plaît, sois gentil et gratte-lui la tête, derrière les deux oreilles, il adore ça.

Claire essuie une larme. Alice sanglote à présent bruyamment.

Puis l'enfant se tourne vers Anatali :

— Je dois aussi lui parler d'esprits et tout ? Parce que je n'y capte rien.

— Non, mon grand, tu as été super. Si on disait que c'était au tour de ta mère ?

— OK ! Vas-y 'man, tu verras, c'est cool au final.

— Bien, souffle Claire en se relevant. Louis, je suis désolée que nous ayons tous eu un différend avec toi dans cette camionnette. J'aurais souhaité que cela se déroule autrement. Mais on ne refait pas le passé. Par contre, on peut choisir le futur. Alors, j'espère que l'avenir pour toi dans le monde invisible sera doux et clément.

Anatali lève un sourcil. Choisir le futur, quelle drôle d'idée. C'est plutôt le futur qui nous choisit. Enfin, qui choisit pour nous. Il ne relève pas. Cette bande de touristes fait ce qu'elle peut. On n'enterre pas ses morts comme cela, en Europe. Il le sait bien. Il a assisté à des funérailles, là-bas. Le défunt avait été enfermé dans une boîte en bois, très peu sculptée, d'une simplicité extrême. Puis on l'avait mis sous terre. Des inconnus s'en étaient chargé, pas la famille ni même d'autres gens de son village. Personne n'avait prié. Certains de ses proches lui avaient juste fait leurs adieux en lui adressant un petit mot. Pas de fête. Pas de cérémonie posthume d'envergure. Chacun était rentré chez soi après un vulgaire café pris dans un bar. Point. Il avait trouvé cela d'une infinie tristesse.

Jade poursuit :

— Sache que tu n'es pas mort pour rien. Peut-être que tout aurait pu se passer différemment. Mais, grâce à toi, nous sommes encore vivants. Enfin, peut-être pas tous, mais beaucoup d'entre nous.

La jeune bobo place son bras devant ses yeux, inspire profondément, prononce le mot « désolée » puis se précipite dans la case.

Armand conclut :

— Louis, j'ai bien conscience que j'ai failli à ma tâche. Vous étiez tous sous ma responsabilité et je n'ai pas pu vous sauver. Pire que cela, c'est moi qui ai donné ce fichu coup de volant. Je croyais bien faire. Je ne pensais pas qu'on en arriverait là. Sachez que la honte et le remords ne cesseront de me hanter. Puissent vos ancêtres vous accueillir dignement, comme vous le méritez.

Puis le guide s'éloigne, tape du pied contre un des murs de la cour et prononce à voix basse :

— Et, putain, pourquoi vous n'avez pas lâché cette stupide mallette ?

***

— Et maintenant, on en fait quoi de notre bon vieux pote ? On l'enterre ou l'agence procède au rapatriement ? demande Ghislaine aux autres membres du groupe.

— On le dépose dans la falaise, répond Anatali, comme si c'était une évidence.

— Dans la falaise ?

— Oui, comme toujours. Dans les anciens habitats des Tellems.

— Mais pourquoi parlez-vous toujours par énigmes, nom d'une pipe ?

La vieille femme est encore plus rouge qu'à l'accoutumée. Énervée, elle s'agite et tape du pied tandis que de longues mèches de cheveux blancs s'échappent de son chignon.

— On a déjà évoqué les Tellems, répond patiemment le chauffeur. Ce sont eux qui vivaient ici, avant les Dogons. Ils veillent sur nous. « *Tellems* » dans ma langue signifie « ceux qui étaient là avant nous ». On les appelle aussi les « *Andoumboulous* », « les petits hommes rouges », car il paraît qu'ils ressemblaient aux pygmées.

— Et pourquoi faut-il aller mettre Louis à cet endroit ? C'est grotesque. Si vous voulez l'enterrer, creusez un bon vieux trou, c'est tout de même plus simple.

— Ce sont nos tombes. C'est notre façon de rejoindre nos ancêtres. Chez nous, on ne creuse pas pour enterrer nos morts. On les laisse avec leurs parents là-haut.

— Voilà qui serait plus sage. Il faut qu'il rejoigne sa famille. Il faut le rapatrier.

— Bordel, s'énerve Jade, fraîchement ressortie de la maison, les yeux rouges et gonflés. Nous ne parvenons déjà pas à nous rapatrier nous-mêmes. Le seul maigre espoir que nous avions était Simon et il n'est pas de retour.

La jeune femme a hurlé la fin de sa phrase.

— Oh ooooh, tente de tempérer Armand. On se calme. Jusqu'à nouvel ordre, je suis responsable de ce groupe et donc de ce...

Il marque une pause, observe le fagot de tissus puis poursuit :

— … de ce corps.

— Monsieur va nous la jouer réglo responsable, maintenant ? proteste Jade, criant de plus belle. Mais c'est vous, le fautif, nom de Dieu ! C'est vous le responsable, oui. Le responsable de toute cette merde !

— Je veux bien tout endosser, en prendre plein la figure, peu importe. N'empêche que c'est à moi de régler les détails pratiques et de veiller à ce que le séjour…

L'anthropologue s'arrête net, conscient de l'énormité qu'il s'apprête à sortir. Ghislaine termine sa phrase puis rit jaune :

— À ce que le séjour se passe bien ?

— Oui, je suis désolé. Je sais bien que c'est loupé, regrette Armand, la mine contrite.

Il s'avoue foireux, mais insiste pour que la décision lui revienne de droit. Il propose de déposer la dépouille de Louis dans la falaise en prétextant plusieurs raisons valables. D'abord, ils ne vont pas le laisser au milieu de la cour en attendant de pouvoir rentrer chez eux. Tous acquiescent. Impossible de cohabiter avec un linceul duquel deux pieds putréfiés dépassent. Impossible aussi de continuer à vivre dans cette puanteur et en compagnie d'autant de mouches. Armand évoque ensuite les coutumes dogons. Il n'est pas dans leurs habitudes d'enterrer les morts dans le sol. Vu les relations tendues qu'ils entretiennent avec les habitants, autant ne pas envenimer les choses.

— Et puis, ajoute-t-il, peut-être que les Dogons attendent que l'on se soit occupés de Louis pour nous donner les moyens de partir. Je pense sincèrement que tout le malaise vient de là. Ils veulent qu'on inhume notre mort.

Le groupe adhère toujours. À vrai dire, personne n'ose l'avouer ouvertement, mais tous enterreraient Louis n'importe comment et n'importe où du moment qu'ils puissent ensuite quitter le village.

— Pour finir, placer le corps embaumé dans la falaise permettra aussi à sa famille de le récupérer plus facilement.

Approbation générale, encore une fois. On l'inhume façon dogon puis, hop, on s'en va. Au revoir Bandiagara, adieux Bokeli. À plus jamais.

— J'ai une question purement pratique, intervient Claude. C'est quand même fort haut, ces habitats tellems. On va faire comment pour y accéder ?

— Comme Spiderman ! s'écrie joyeusement Sacha que la conversation ne semble pas avoir affecté plus que cela.

Anatali lui sourit et explique que les Dogons font appel aux « grimpeurs ». Ils montent au-dessus de la falaise, sur le plateau, et puis descendent dans les tombes à l'aide d'une corde. Le corps est attaché à un autre lien et il est tiré jusqu'en haut par les grimpeurs.

— Bon, et on les trouve où, ces braves gars ? demande Claude.

— Il y en a sûrement dans ce village. On doit de toute façon aller chez le Hogon pour la suite des funérailles. Il va pouvoir nous aider.

— S'il le veut bien, intervient Ghislaine.

— Il le fera. C'est son rôle. Il doit nous aider à laisser Louis rejoindre le monde invisible. C'est dans son intérêt. Sinon, il va continuer à errer dans son village et tourmenter les vivants. Le Hogon doit verser une calebasse de bière sur le mort pour lui dire qu'il est temps de partir, que c'est la dernière fois qu'il boit ici, à Bokeli. Et il déposera la calebasse à côté de lui pour qu'il ait toujours de quoi boire dans l'au-delà.

Claude fronce les sourcils :

— Encore une question pragmatique. Comment allons-nous le transporter chez le Hogon puisque ce dernier, d'après ce que j'ai compris, ne peut pas sortir de sa cour ?

— Les Dogons utilisent une civière faite de bâtons et de draps de coton épais, répond Armand. On va devoir se débrouiller pour en fabriquer une. On a encore un peu de tissu. Il est fin, mais on devra faire avec. Il n'y a plus qu'à trouver des branches assez solides.

Une petite voix d'enfant s'exclame avec fierté :

— Pas la peine. J'ai vu un truc ce matin juste devant la porte de la cour. Je crois que c'est ce que vous voulez fabriquer.

Anatali et Armand sortent et constatent que, oui, quelqu'un est bien venu leur apporter un brancard.

Il faut se rendre à l'évidence, les Dogons attendent bel et bien qu'ils déposent Louis parmi leurs propres morts.

L'anthropologue prend le chauffeur à part et lui murmure :

— Tu vois, j'avais raison. C'est bien de là que venait le malaise. Quand on en aura fini avec Louis, tout rentrera dans l'ordre.

— Je n'en suis vraiment pas sûr. Je suis du même peuple que les gens de ce village et, crois-moi, il y a des détails que je ne comprends toujours pas. Mais continuons de raconter ça au groupe, ça lui laisse de l'espoir.

— Mais enfin ! Regarde : la civière, les bandes de tissu, les cauris, la noix de cola et même la calebasse. Ils ont tout prévu pour qu'on puisse organiser les funérailles de Louis dans les règles.

— Dans ce cas, Armand, tu peux m'expliquer pourquoi ils tiennent tant à ce qu'on paye tout avec des coquillages si ceux-ci doivent aussi accompagner le mort ? En toute logique, ils auraient dû prendre nos billets.

Le guide reste pensif. Il passe ses doigts dans sa barbe, regrette aussitôt ce geste, ses mains encore imprégnées de l'odeur âcre du cadavre, puis il emporte le brancard jusque dans la cour.

Il observe les touristes et déplore d'en apprécier certains. Surtout Claire. Surtout Sacha. Il se félicite d'être parvenu à tous les convaincre d'inhumer Louis dans la falaise. Et si tout continue de se passer de manière aussi inespérée, dans quelques heures, il mettra enfin les pieds dans les tombes tellems.

Chapitre 33

Jour 7

Cher cahier,

Bon, ben, là, c'est clair, on va plus rien pouvoir faire pour Louis. Emballé comme il est, le pauvre…

C'est dommage, il avait l'air plutôt sympa.

Les adultes sont complètement à l'ouest depuis qu'ils l'ont retrouvé sur le toit. On a dû se mettre tous en rond autour de lui pour lui faire nos adieux. Je lui ai dit un truc, les grands ont trouvé ça bien. Je ne me suis pas approché tout près parce que ça flairait sec et ça me dégoûtait à mort. Mais je n'ai rien montré pour ne pas inquiéter maman. J'ai vu qu'elle pleurait un peu, d'ailleurs. Elle doit avoir trop les nerfs. Ce n'est pas le moment d'en rajouter, je crois. J'ai entendu qu'Armand lui disait que j'étais étonnant et courageux pour mon âge. Mais, en fait, j'ai super peur quand même dans ce village. Je vois bien qu'il y a plein de choses qui clochent. Et puis, j'en ai marre d'être ici. Il fait trop chaud, tout le monde est énervé tout le temps et il y a des trucs trop chelous qui arrivent.

J'étais fier ce matin parce que j'ai bien aidé les grands. J'ai trouvé la civière pour Louis. Comme ça, on n'a pas dû en fabriquer une. Dommage, d'un autre côté, ça nous aurait occupés. On a quand même fait autre chose aujourd'hui que de rester dans cette cour de malheur. On est allés jusque chez le grand chef. C'est marrant ! Il a toujours un bonnet rouge, comme le Grand Schtroumpf, comme ça on sait bien que c'est lui qui décide.

On a pu rentrer dans la cour de sa maison. Elle n'est pas plus rigolote que la nôtre. Il y avait même une grosse pierre avec du sang dessus. Pouah ! J'en ai un peu ma claque de voir des trucs moches comme ça. Chaque fois, mon cœur bat très très vite et j'ai envie de crier. Ou de pleurer. Je ne sais pas trop. Mais je me retiens. Armand a dit que j'étais courageux. Je ne veux pas le décevoir. Ni maman d'ailleurs.

Le vieux chef a versé toute une calebasse de bière sur le tissu qui recouvre Louis. Il a récité plein de trucs en même temps, mais je n'ai rien compris, bien sûr !

Après, Armand et Anatali ont discuté longtemps avec lui. Armand s'énervait fort par moments. Parfois, aussi, on aurait dit qu'il le suppliait. Comme moi quand je veux des cartes de foot à la librairie et que maman me dit « non ».

Puis, on est repartis et il y a deux grands types tout minces qui sont venus avec nous. Anatali m'a expliqué qu'ils étaient là pour nous aider à enterrer Louis. Dans la falaise ! Oui, carrément ! Mais c'est hyper haut ! Du coup, il y a quelqu'un qui doit accrocher une corde et la tenir pendant que quelqu'un d'autre descend. Faut pas avoir peur de tomber !

Après, on a attaché Louis à une autre corde pour le tirer jusqu'en haut. Fallait quelqu'un de méga fort. J'ai pensé que c'était pour ça qu'Armand avait dû se fâcher avec le chef. Il voulait aller dans les grottes et tirer lui-même Louis. Il l'a bien dit, c'est lui le responsable. Il voulait faire tout lui-même. Mais comme il n'est pas super musclé, le grand chef a sûrement essayé que quelqu'un le fasse à sa place. C'est comme Jade quand elle est vexée parce qu'Armand lui dit qu'elle est trop petite pour porter une cruche !

Mais Armand a gagné. Il a grimpé tout en haut de la falaise et il s'est accroché très fort à la corde pour descendre jusque dans la tombe. J'avoue que, parfois, il m'énerve et qu'il passe trop de temps avec maman, mais j'ai quand même eu peur qu'il tombe. J'ai déjà fait de l'escalade avec l'école et on avait mis plein de sécurités partout. Ici rien. Il pouvait juste tenir la corde avec ses mains. Je trouve que c'est un héros ! En plus, il a dû entrer dans un tout petit trou. « Un trou de souris » a dit maman.

Un des Dogons a bien attaché Louis et Armand l'a hissé en tirant très très fort. Un autre monsieur que je ne connais pas est descendu après lui et l'a aidé. Heureusement. Parce qu'Armand tout seul, c'était pas gagné !

Ils ne sont pas restés très longtemps là-haut. Anatali m'a dit qu'ils devaient laisser le corps comme ça, sans le mettre dans le sol. Et aussi qu'il fallait poser près de lui les objets qu'on avait trouvés dans la cour. Que Louis aurait de l'argent dans un autre monde pour acheter des trucs. C'est zarbi, hein ?

Quand Armand est redescendu, il s'est tout de suite dirigé vers ma mère. C'est louche, non ? Tu trouves aussi ?

Le pauvre, il avait les mains toutes pleines de brûlures. Maman lui a dit que c'était malin de vouloir absolument monter là-haut. Elle lui a demandé si, au moins, il n'avait pas perdu son carnet. Je ne te l'ai pas encore raconté, mais Armand, il a aussi un cahier. Le sien est rouge et plus vieux que toi. De temps en temps il écrit un petit truc, mais, en général, il lit dedans. D'après ce que j'ai compris, maman lui avait dit que c'était stupide de monter avec ça, qu'il allait le perdre à coup sûr. Et, crois-moi, pour ce genre de chose, elle a toujours raison. Ben ça n'a pas manqué ! Il est redescendu sans.

Alors maman lui a dit ce qu'elle me répète à chaque fois : « Mais pourquoi tu avais besoin de prendre ce truc avec toi ? »

C'est vrai ça ? Ça lui servait à quoi ?

Sacha

Chapitre 34

Jour 7

L'enterrement de Louis laisse des images aussi fascinantes que terrifiantes dans l'esprit des touristes.

Fascinantes parce qu'il est rare d'assister à cela.

Fascinantes, car l'élévation d'un corps dans les falaises, à plusieurs dizaines de mètres de haut, est quelque peu poétique et émouvant.

Terrifiantes, car l'idée qu'un cadavre soit hissé comme cela puis abandonné à l'air libre laisse la part belle à l'imagination torturée dont chacun peut faire preuve. La découverte de la dépouille, ses pieds qui dépassent du linceul, l'odeur, les mouches… Tout est propice à l'horreur et à l'abattement.

En même temps, tout s'est passé très vite. L'embaumement, le brancard, la visite chez le Hogon et l'épisode des grottes. Les touristes sont sonnés, épuisés. Ils ont l'impression, vague et étrange, d'avoir assisté à quelque chose d'irréel. D'avoir rêvé éveillés et d'être de retour dans la réalité.

Malgré leurs propres doutes, Armand et Anatali ont rassuré les autres. Le chef du village attend maintenant qu'ils participent aux funérailles. Là, ce n'était que l'inhumation. Ils leur font miroiter qu'après les cérémonies, sans doute dans quelques jours, ils pourront rentrer chez eux.

Jade s'est montrée particulièrement soulagée par cette nouvelle. Max est toujours dans un état pitoyable, mais stable. En cette fin de journée, il parvient même enfin à se redresser en appuyant ses épaules contre le mur. Un miracle que son amie voit comme un signe d'espoir. Il ne manque plus que le retour de Simon.

Bien sûr, l'amputé ne crie pas victoire. Il reste silencieux, taciturne, la mine défaite. Il est pâle malgré le soleil qui inonde la cour et brûle les épidermes. Il sort de temps à autre de son apathie lorsque des pics de douleur lui arrachent un rictus. Jade se tient à ses côtés, lui parle longuement, lui relate les événements de ces derniers jours. Lui a tout zappé, ou à peu près. Il n'a que des souvenirs flous et déformés de ce qui s'est passé dans la cour. Les objets insolites, le corps de Louis, l'embaumement... Tout ce qu'elle lui raconte semble glisser sur lui sans l'imprégner. Résigné, transi de douleur et de désespoir, Max est devenu hermétique à ce qui l'entoure. Il est vivant, pas sur bouton off, mais sur stand-by.

Armand et Claire sont partis au puits malgré l'épuisement. Les habitants du village leur ont donné une jarre de bière de mil. Un geste délicat, peut-être pour soulager leur deuil. Armand tient absolument à se laver. La toilette du mort et l'enterrement lui ont laissé, plus qu'à l'accoutumée, cette impression de coller de partout et de puer de façon immonde. Il est dégoûté jusqu'au plus profond de lui. Il a le sentiment intolérable que des relents du macchabée le poursuivent et s'accrochent à lui pour lui flanquer la nausée.

De retour avec l'eau, il en verse dans chaque calebasse puis garde égoïstement le reste pour lui et s'isole dans la case.

Il est interrompu par Claire.

— Oups ! Pardon, je pensais que vous aviez fini. Je voulais juste...

— Non, je vous en prie. Vous avez de la chance, je suis relativement décent.

La jeune femme entre et s'abaisse directement pour fouiller dans son sac à dos.

— Je vous avais dit « relativement » et vous êtes tout de même entrée, plaisante le guide, clin d'œil à l'appui.

Claire se redresse, l'aperçoit en boxer et tee-shirt blanc et rougit tellement que la pénombre ne peut le masquer.

— Décent quand même, parvient-elle à bredouiller.

Aucune répartie. Son plus gros défaut. Comment fait-elle pour toujours se retrouver le bec dans l'eau et finir par sortir une sottise d'une platitude effarante ? En plus, elle doit se l'avouer, il est loin de la laisser indifférente. Elle éprouve en même temps de la colère à son égard. De la colère pour les avoir menés dans cet enfer. De la colère pour rester aussi mystérieux, nier l'évidence ou faire semblant de ne pas savoir. Mais, malgré elle, elle ne peut s'empêcher d'être troublée par son côté enfantin qui s'émerveille de ce qui l'entoure et par cette sensibilité qu'elle a perçue en lui lorsqu'il a admis être totalement paumé. Elle tente de se faire violence et de se dire qu'il s'agit plus de compassion que d'attirance. Mais elle sait qu'elle se ment. De toute façon, vu leur état physique et psychologique, il n'a sans doute pas la tête à cela. Et elle ne devrait pas l'avoir non plus.

— Tant que vous êtes là, j'ai une question un poil gênante à vous poser.

De rouge, elle passe à écarlate avec une pointe de transpiration en plus.

— Euh... oui, allez-y.

— C'est idiot, mais est-ce que vous auriez un rasoir ? Et des ciseaux ?

— Des petits ciseaux oui. Et un rasoir aussi.

— Cool ! Autre question embarrassante : vous avez déjà rasé une barbe ?

Elle éclate de rire.

— Non. Et si jamais on m'avait raconté un jour que je le ferais dans une case, au Mali, dans des conditions pareilles et sur vous, je ne l'aurais pas cru.

— Vous voulez bien, alors ?

— Et pourquoi cette lubie ?

— Claire, je n'en peux plus. Depuis que j'ai touché ce cadavre, j'ai l'impression qu'il reste partout sur moi. J'ai beau me savonner, me rincer, j'ai encore son odeur imprégnée dans mes poils. Je vous avais dit que c'était gênant. Je n'ai pas de miroir assez grand, je ne suis pas doué et vous êtes celle que je connais le mieux. Peu, mais le mieux.

— Je ne garantis pas le résultat. Et vous ne criez pas si je vous coupe, je n'aime pas les chochottes.

— Marché conclu.

Claire trempe la lame dans de l'eau savonneuse et la fait glisser avec précaution sur le menton de l'anthropologue. Assis contre un mur de la case, au milieu du faisceau de lumière que laisse pénétrer l'ouverture de la fenêtre, Armand garde les paupières fermées. Claire se demande un instant si c'est pour éviter de croiser son regard. Elle sent son souffle chaud caresser ses doigts et, perturbée, fait preuve de maladresse. Armand ouvre les yeux et pousse un gémissement.

— Oups ! Désolée.

— Ce n'est rien. Je vous croyais plus délicate, lui répond-il, taquin.

— Ça va, vous ne saignez pas. C'est juste... J'ai ripé sur une cicatrice.

Armand se cabre, serre les mâchoires et fronce les sourcils. Claire comprend que l'évocation de cette ancienne plaie le dérange. Peut-être est-ce pour cela, se dit-elle, qu'il gardait cette barbe. Pour dissimuler une blessure dont le souvenir est trop difficile à supporter. Il referme les yeux, s'enfonce dans un profond mutisme et se relâche lorsqu'elle appuie à nouveau la lame sur sa peau. Malgré sa curiosité, elle ne lui pose aucune question.

Le sujet a l'air bien trop personnel et épineux.

Un mystère de plus pour alimenter le charisme de cet homme.

Et chambouler le cœur de la jeune mère.

⁂

— Ça ne vous va pas si mal ! s'exclame Claire en éloignant son visage de celui d'Armand.

— Vous me trouvez encore plus beau comme ça ? lui demande-t-il, un petit sourire au coin des lèvres.

— Le plus beau des anthropologues, si ça peut vous faire plaisir.

Pour une fois, Claire n'est pas trop mécontente de sa réplique, malgré le fait qu'elle soit encore plus troublée qu'il y a une heure. La promiscuité, l'intimité d'un rasage, même insolite et si peu glamour, l'ont complètement retournée.

— Merci, en tout cas.

— Je vous en prie. J'ai toujours eu le fantasme de raser la barbe d'un inconnu dans une case dogon. C'est pour cela que je me suis inscrite à ce voyage. Maintenant, on peut rentrer, c'est fait.

Elle regrette presque aussitôt d'avoir été si engageante. Surtout qu'Armand semble autant étonné et troublé qu'amusé. Elle sort de la maison, persuadée que c'est la plus sage décision.

Alice s'occupe de Sacha, comme la plupart du temps d'ailleurs. Claire pense qu'elle ferait mieux de se concentrer sur lui, d'être plus présente. Elle l'est, mais elle voudrait en faire toujours plus. Surtout que son brave garçon ne se plaint pas. Il ne dit rien. Il encaisse.

La jeune institutrice vient à sa rencontre.

— Claire, tout va bien ? Vous m'avez l'air un peu... comment dire ? Perturbée ?

— Oui oui. RAS. Je vais bien. Merci encore du fond du cœur de passer autant de temps avec mon fils. À côté de vous et de votre patience, je me sens nulle.

— Oh non ! Surtout pas. Si Sacha est aussi adorable et sage, vous devez y être pour quelque chose. *Good Job*, maman.

Une crème. Cette fille est une crème.

— On va dire qu'il avait surtout de bonnes prédispositions.

— Cessez d'être si modeste.

Armand pénètre dans la cour, mettant fin à leur conversation. À sa vue, le groupe s'étonne, sourit, lui lance des petites remarques de convenance : « ça vous va bien », « j'aimais mieux avant », « ça vous change ». Sacha rigole en constatant qu'il est plus bronzé au-dessus du nez qu'en dessous.

Anatali arrive les bras chargés d'un nouveau plat de bouillie de mil agrémenté, cette fois-ci, d'une délicieuse sauce verdâtre à base de feuilles de baobab. Tous se ruent sur le brouet fadasse, malgré son aspect et les images écœurantes qui leur trottent encore dans la tête. Ils ont presque honte de se repaître de la sorte, avec tant d'avidité, alors que le remords et la tristesse devraient leur couper l'appétit.

Le soleil commence à décliner. On fait la file devant les somptueuses latrines, on trouve un stratagème ingénieux pour se laver les dents et on se couche sur son inconfortable matelas, sans manquer de s'enrouler dans sa moustiquaire.

Claire s'endort en repensant à la journée chargée en émotions qu'elle vient de passer. Elle se force à chasser l'image du linceul, de Louis emballé tel un vulgaire rôti de dinde. Elle les remplace par celles des villageois qu'ils ont croisés en se rendant chez le Hogon. Ils étaient toujours un peu distants, mais semblaient tout de même plus affables. Ils leur ont offert de la bière, leur ont souri aussi. Dommage que le début du séjour ait été entaché par tant d'incompréhension et par une méfiance mutuelle infondée. Elle en était venue à se persuader que les Dogons savaient tout pour Louis. Qu'ils étaient présents sur la berge, qu'ils avaient vu le crime qu'ils avaient commis. Elle avait même fini par se demander si ce n'étaient pas les esprits de la nature qui les avaient mis au courant par le biais d'une quelconque magie noire locale.

Alors qu'elle sombre peu à peu dans le sommeil, son cœur s'accélère subitement, accompagné d'un violent coup de chaud. Tout ceci n'explique pas les vêtements ancestraux des Dogons, leur aspect vieillot à souhait, ni le manque total de confort moderne qui règne dans le village. Le seau percé… Le seul élément de la culture occidentale. Sa gorge se serre. Pourquoi la vieille Yadigatan leur a-t-elle crié en dogon cette phrase énigmatique : « Donner un homme à *Amma*, c'est mal » ? Et comment se fait-il qu'aucun blanc n'ait plus visité Bokeli depuis des décennies ? C'est totalement hallucinant ! Sans compter ces objets qui apparaissent de nulle part, qui ne viendraient pas du village, mais que les habitants auraient laissés pour Louis. C'est complètement illogique.

Elle se relève d'un bond et réveille Armand qui râle d'être interrompu dans son sacro-saint sommeil.

⁂

Armand commençait juste à sombrer quand Claire déboule à ses côtés. Il ne s'était pas senti aussi bien depuis des jours. C'est un peu stupide, mais se raser lui a procuré comme une bouffée d'air frais. Non seulement il est enfin débarrassé de l'odeur prégnante qu'il trimbalait sur lui, mais, en plus, changer de tête lui a redonné la force d'aller de l'avant. Retirer cette barbe et mettre sa peau à nu a ravivé en lui des images douloureuses. Mais ces souvenirs lui donnent le courage de continuer, malgré les doutes et la culpabilité qui le rongent. Il regrette amèrement le décès de Louis, mais force est de s'avouer que, finalement, cet incident lui a permis d'avancer de façon inespérée dans ses projets. Seule ombre au tableau : la présence de ces énigmatiques objets. Il ne veut pas en rajouter, mais Anatali a sans doute raison. Pourquoi exiger des cauris comme moyen de paiement si on les a apportés en guise d'offrande à Louis ? Ça n'a aucun sens. Dans ce cas, qui s'amuse à leur laisser de tels biens ? Rien de méchant, en somme, mais c'est la manière de procéder qui l'intrigue. Heureusement, le reste du groupe ne se pose plus de questions. Ils ont gobé la version du don propitiatoire sans chercher plus loin. Tant mieux, ça calmera les esprits.

Il passe son index sur la fine cicatrice qui barre son menton et celle-ci, irritée, picote sous la moiteur de son doigt. Il grimace en ressentant cette douleur ancienne, celle de cette gifle trop forte, de cette bague qui le percute de plein fouet, cette maudite chevalière, symbole de toute la puissance de ce beau-père violent. Violent, détestable, mais riche.

Il revoit sa mère le regarder, à peine désolée, et lui tourner le dos. Puis, la silhouette de cette femme froide et distante s'évanouit sous la voix lointaine de Claire qui lui intime de se lever, le ramenant dans la triste réalité de ce village sans vie.

— Réveillez-vous, insiste Claire alors que l'anthropologue se sent happé par Morphée.

— Mmmmmh. Non.

— S'il vous plaît, Armand, allez ! Il y a encore des trucs qui ne tournent pas rond.

— Mais je dors.

Claire, déterminée, lui secoue les épaules.

— Bon, bon. OK, je viens. Mais sachez que c'est dangereux de me tirer du sommeil en pleine nuit. Surtout quand on est une femme et...

— Message reçu. Mais ce n'est ni le moment ni pour ça que je vous réveille.

— Crachez le morceau alors, j'ai vraiment besoin de récupérer.

— Ça risque d'être long.

Anatali se retourne, Antoine ouvre un œil, Ghislaine râlote.

— Allons plus loin, on va finir par réveiller tout le monde.

Armand enfile une chemise en bâillant et ils s'éloignent dans le noir presque total. Seuls des milliers d'étoiles éclairent un tant soit peu Bokeli. Le ciel est dégagé depuis des jours. Pourtant, une bonne pluie pour nettoyer les humeurs restées collées sur le toit de la case n'aurait pas été boudée.

Ils s'installent contre le tronc maigrichon d'un arbre, à quelques mètres à peine de la maison. Claire raconte, de long en large, ses inquiétudes, puis attend la réaction du guide. Va-t-il encore une fois nier l'évidence ou répondre par des : « C'est possible » et « Si vous le dites » ? Ou va-t-il enfin reconnaître que quelque chose ne tourne pas rond ?

Il admet qu'il ne s'attendait pas non plus à ce que le village soit si rétro et les habitants si authentiques. Claire lui demande de préciser le fond de sa pensée.

— Eh bien, comme je l'ai répété souvent, les Dogons ont été, comme tous les peuples d'Afrique, touchés par la mondialisation et le tourisme de masse. Aujourd'hui, ils portent des vêtements modernes ou les combinent avec des habits traditionnels. Par exemple, les femmes portent des jupes de bogolan, mais un tee-shirt en coton coloré fabriqué au Bangladesh.

Claire boit les paroles de l'anthropologue comme du petit-lait. Celui-ci poursuit et la jeune femme se délecte de ses connaissances et de sa voix grave et suave. Envoûtante.

— Quand je les vois vêtus comme ils le sont à Bokeli, ils me rappellent les vieux documents de feu Marcel Griaule et consorts.

— Griaule ? C'est bien le premier à avoir étudié ce peuple ?

— Oui. Il a commencé dans les années 30, il y a presque cent ans maintenant. Le pauvre n'a jamais pu participer à un Sigui. Il est mort avant. Et dire qu'il avait consacré toute sa vie aux Dogons. C'est même lui qui leur a apporté les oignons qu'ils cultivent et dont ils vivent en partie.

— Une bien belle et triste histoire. Mais comment expliqueriez-vous qu'à Bokeli, on ne se soit pas modernisé comme ailleurs ?

— Une explication plausible serait ce qu'on appelle la « touristification » ou « la mise en tourisme ». En gros, pour plaire aux touristes, certains peuples dits « primitifs » — bien que je n'aime pas ce terme réducteur — jouent avec l'image que les visiteurs se font d'eux.

— Je ne vous suis pas.

— En d'autres termes, ils acceptent de se vêtir et de vivre à l'ancienne, car c'est comme cela que les touristes espèrent les voir. Un vrai gage d'exotisme ! Le Dogon joue au Dogon authentique qui n'a jamais été perverti par notre société moderne pour attirer des groupes d'Occidentaux et percevoir de l'argent.

— Et ce serait le cas ici ? Pourtant, d'après Anatali, ils n'ont croisé personne depuis cinquante ans !

— Vous avez raison. Bokeli n'est pas le dernier eldorado en termes de visiteurs. Bien au contraire. Ils vivent reclus, à l'écart des autres villages. À l'écart du monde.

— Mais ces drôles d'objets alors ? Les cauris, la calebasse, la noix de cola ? Ils sortent d'où ?

— Vous allez penser que je suis le plus grand des cachottiers, mais je n'en ai pas la moindre idée, avoue Armand, une pointe de mélancolie dans la voix.

Claire est un peu déçue, certes. Mais elle est tout de même satisfaite d'une chose : Armand lui a paru tout à fait sincère. Autant sa réaction lorsqu'elle avait suggéré que Bokeli était le même village que celui du film lui avait semblé suspecte, autant là elle ne peut mettre en doute sa bonne foi.

Ils restent muets un moment, à réfléchir, à tenter de trouver une explication sensée à tout cela. Ils écoutent le silence, si profond qu'il en devient presque assourdissant. Pas une once de vent. Pas un seul son venu de la plaine, pas un murmure en provenance de la cour. Les grenouilles, faute d'eau, ont cessé leurs coassements depuis des jours.

Seules leurs respirations scandent l'espace de leur rythme régulier. Elles s'intensifient à mesure que leurs mains se rapprochent l'une de l'autre. Armand termine le geste, prend celle de Claire dans la sienne. D'abord timidement puis fermement. Elle ne le repousse pas. Leurs regards se croisent à la lueur ténue des étoiles.

Il pose ses lèvres sur les siennes.

Elle hésite, chasse ses doutes et se laisse guider par une envie profonde, presque vitale, d'être rassurée, protégée.

Elle cède.

Un impact violent interrompt ce doux moment d'intimité.

À quelques mètres d'eux, un objet lourd vient de s'abattre sur le sol.

Chapitre 35

Jour 7

Claire se redresse d'un bond.

— C'était quoi, ce bruit ?

— J'en sais rien. Ça craint en tout cas.

La jeune femme, tremblante, enfile son tee-shirt, referme son short à la hâte puis demande :

— Ça venait d'où ?

— De l'entrée de la cour, je crois, répond le guide en reboutonnant sa chemise.

— Mon Dieu ! Sacha.

— Attendez-moi ! Ne vous encourez pas à nouveau comme ça.

Armand poursuit Claire que la détermination et l'instinct maternel poussent à accélérer encore le pas.

— Sacha va bien, Claire. Ce n'est pas lui, c'était beaucoup trop lourd pour…

Le guide s'interrompt. La jeune femme s'est arrêtée net, à quelques mètres de l'entrée. Figée, elle regarde vers le bas en direction d'un ballot informe.

— Claire, vous avez trouvé quoi ?

— On manque de lumière, mais à vue de nez je dirais qu'il s'agit...

Elle marque une courte pause et déglutit avec peine. Son estomac se noue et sa gorge brûle soudainement.

— D'un corps. On nous a de nouveau apporté un corps.

Armand arrive à sa hauteur, la prend par la taille et constate amèrement :

— Et pas celui d'un inconnu. Même dans le noir, je reconnais cette coiffure fantasque. Simon est de retour.

Claire étouffe un petit cri en plaçant ses mains devant sa bouche. Armand se penche vers le jeune homme inerte. Il cherche un souffle, un battement, la moindre réaction, aussi faible soit-elle.

Rien.

Il se relève, cligne des yeux pour signifier que tout est terminé puis s'assoit, désemparé, à bout de nerfs autant que de force. La jeune femme le rejoint, pose la tête sur son épaule et ferme les paupières dans l'espoir vain que ce cauchemar soit enfin fini une fois qu'elle les aura rouvertes.

*
**

Côté cour, les autres profitent du sommeil du juste. La nuit est calme et les esprits, grâce aux fausses promesses d'Armand et Anatali, sont apaisés par l'espoir de pouvoir enfin quitter le village et rejoindre la Belgique. Personne ne réagit lorsqu'un bruit sourd retentit à proximité. Tout au plus, certains grognent ou remuent les pieds. Mais personne n'ouvre les paupières.

Lorsqu'un cri strident perce le silence, tous se redressent brusquement, hagards, et tentent de se dépêtrer au plus vite de leur moustiquaire.

— C'était qu ... quoi ça ? demande Antoine en bégayant légèrement, complètement vaseux.

— Quel hurlement affreux ! s'exclame Ghislaine. Moi qui dormais si bien pour une fois.

— Elle est où maman ? murmure une petite voix éraillée.

— C'est vrai ça, remarque Alice. Où est Claire ?

— Bon sang, s'énerve Claude. Restez avec Sacha, Alice. Ça provenait de dehors. Armand, venez avec moi. J'apporte ma lampe torche.

Pas de réponse.

— Armand ?

Claude se déplace jusqu'à la couche de l'anthropologue et constate avec étonnement qu'elle est vide.

— Disparu, lui aussi.

— Je vous accompagne, propose Anatali.

— Je pense que ça venait de par-là, dit Claude en désignant l'entrée de la cour. À quelques mètres seulement.

À peine ont-ils franchi le mur qu'ils aperçoivent deux silhouettes debout, les bustes penchés au-dessus d'une forme inerte. Ils s'approchent d'un pas rapide et rejoignent Armand et Claire, complètement sonnés.

La jeune femme balbutie :

— Il... Il a bougé. Je vous assure. Je l'ai vu bouger.

Elle pointe Simon du doigt, tremblante, au bord de la crise d'angoisse.

— J'ai eu peur... Je pensais... qu'il était mort. Comme Louis.

Claude et Anatali s'approchent, repèrent les dreadlocks, se penchent à leur tour vers le corps allongé. Le plus âgé sort sa lampe, l'allume et constate, un nœud douloureux à l'estomac, les dégâts sordides.

Les vêtements de Simon, un simple tee-shirt blanc et un pantalon de toile beige, ne sont plus que des lambeaux maculés de boue. Le jeune bobo respire à grand-peine et son visage amaigri, grisâtre, est percé de deux orbites creuses aux yeux trop enfoncés. Sa bouche entrouverte, aux lèvres craquelées et aux commissures ensanglantées, ne laisse échapper aucun son.

— Il est complètement déshydraté, constate Claude. Le pauvre, il est en piteux état. Anatali, allez chercher de l'eau, et vite !

Le chauffeur s'exécute. Il fonce vers la maison puis revient avec une calebasse remplie de bière.

— Désolé, il n'y avait plus d'eau.

— Ça fera l'affaire. On n'a pas le choix, de toute façon.

Claude tente précautionneusement de verser du liquide dans la bouche du malheureux. Un filet de bière ruisselle sur sa joue et termine sa course dans son cou. Simon hurle à s'en déchirer les poumons, se redresse d'un bond, laisse retomber son buste lourdement et retourne à sa léthargie initiale.

Les autres sursautent puis restent hagards, tremblants, les nerfs à fleur de peau.

— C'était juste de la bière, s'excuse Anatali.

— Ce doit être l'alcool, intervient Armand. Regardez l'état de sa bouche, ça a dû la brûler.

Claude projette de la lumière sur le menton puis le cou de Simon. Il s'attarde une infime seconde au niveau du trapèze, près de l'épaule puis éteint subitement sa lampe.

— Bon Dieu !

— Qu'y a-t-il ? s'inquiète Armand.

— J'ai bien peur que vous n'ayez raison, mon ami. Il a dû avoir un mal de chien. Mais ce ne sont pas ses lèvres, le problème. C'est tout le reste du corps.

⁂

Il n'y a pas que les vêtements de Simon qui semblent avoir été déchiquetés. Tout son corps est criblé de traces ensanglantées, stigmates d'une rare violence. La base de son cou présente un trou béant et ovale d'environ cinq centimètres de long. Çà et là, la peau a été entamée, arrachée, maltraitée. Des marques nettes, oblongues, aux bords striés, percent l'épiderme du malheureux. Des blessures fraîches, récentes, loin d'avoir débuté leur travail de cicatrisation.

Simon gît, totalement inconscient. C'est à se demander comment il est arrivé à rentrer dans cet état-là. Armand et Anatali l'ont porté jusque dans la cour. Il a bien poussé un râle sinistre lorsque le chauffeur a saisi ses épaules meurtries, mais il n'a pas ouvert un œil.

La réaction de Jade ne s'est pas fait attendre. Elle a hurlé, tapé des poings et des pieds contre les murs de brique crue, puis s'est effondrée. Max n'a pas bronché. Il est resté les yeux vides, le regard fixe, comme obnubilé par un objet invisible. Seule une larme a coulé le long de sa joue.

Les nerfs sont à vif, la peur torture les esprits qui, quelques heures auparavant, avaient enfin réussi à s'apaiser.

Alice et Antoine restent dans leur coin, auprès de Sacha qu'ils essayent de rendormir. Claire, rongée par l'angoisse, s'agite, fait les cent pas en marmonnant quelques mots sans queue ni tête. « Désinfectant », « Aucun sens », « Pourquoi » ou encore « Falaises » s'échappent de sa bouche sans toutefois former de phrase complète. Armand tente de la calmer, l'invite à s'asseoir, lui murmure des choses rassurantes. Mais rien n'y fait, la jeune femme est démontée. Il suit ses déplacements illogiques, de la case à la cour, de son sac à dos à son matelas.

— J'ai cru qu'il était mort, Armand, vous comprenez, mort !

— Moi aussi je l'ai cru. Mais soyons contents, il ne l'est pas. C'est plutôt une bonne nouvelle, non ?

— Non, ça ne l'est pas, répond Claire avec véhémence, s'efforçant de ne pas hausser le ton pour épargner son fils.

— Vous auriez préféré qu'il soit mort ?

— Évidemment que non. Mais regardez un peu dans quel état il est.

Elle se met à sangloter.

— Ne pleurez pas, je n'aime pas vous voir...

— Et, par pitié, dites-moi « tu ». Je vous rappelle qu'il y a moins d'une heure, vous avez, enfin nous...

— Oui, bien sûr. On va s'en sortir, je te le promets.

— Quand, comment et en combien de morceaux ?

— Ne sois pas cynique, on dirait Ghislaine.

Il parvient à lui arracher un vague sourire. Il poursuit sur sa lancée :

— Et je ne la trouve pas sexy du tout. Mais garde ça pour toi.

— Blague à part, tu as vu ? Tu as vu à quoi ressemblent ses blessures ? J'ai peur Armand. J'ai le pressentiment qu'on ne va jamais sortir de ce village. Qu'on va tous crever. Rappelle-toi Jade... le rôdeur.

Armand ne sait plus quoi répondre. Les plaies que présente Simon sont déconcertantes. Il essaye de chasser l'évidence de son esprit, mais en vain. Et il est persuadé que les autres pensent la même chose que lui, mais que personne n'ose l'évoquer. Comme si le fait de le prononcer tout haut allait le rendre réel.

— Mais enfin, Armand. Avoue-le. On dirait... on dirait des...

Claire accompagne sa phrase hésitante d'un geste de la main. Celui de ses doigts qui se referment plusieurs fois sur son pouce, tel un piège.

— Oui, répond Armand. C'est affreux, mais tu as raison. On dirait des morsures.

Chapitre 36

Jour 8

Cher cahier,

La nuit a été très pénible. Surtout pour maman. Elle était partie je ne sais pas trop où avec Armand (comme d'habitude. Pffffffff) et elle a retrouvé Simon. Tu sais, c'est le pote de Max et Jade, celui qui était parti.

Maman a poussé un de ces cris quand elle l'a retrouvé ! Ça m'a réveillé. Alice est tout de suite venue m'aider à me rendormir. Elle a mis ma tête sur ses genoux et elle a caressé doucement mes cheveux. Mais ça n'a servi à rien. Alors, j'ai gardé mes yeux fermés pour faire croire à tout le monde que je n'entendais rien.

Ce que disaient les grands ne m'a pas plu. J'ai compris que Simon avait été mordu. Partout, sur tout le corps. Ils ont parlé d'animaux sauvages et surtout de chacals ou de renards. Ils se demandaient comment il avait survécu en ayant bu si peu. Je pense qu'il a dû attraper la fameuse « isolation ». Il aurait dû mettre un chapeau.

Les grands avaient l'air d'être moins sur les nerfs depuis qu'on avait enterré Louis. J'avais même cru comprendre qu'on allait pouvoir partir bientôt parce qu'Armand et Anatali l'avaient promis. Mais depuis le retour de Simon, ils flippent tous comme jamais. Tu veux mon avis ? Ils ont peur...

Jusqu'ici, je n'ai pas dit certains trucs à maman pour l'épargner, comme l'histoire de la calebasse, mais je pense que, là, je devrais tout lui dire.

À toi aussi, en fait.

J'avoue, ce que j'ai trouvé contre moi, la toute première nuit, je n'ai même pas osé l'écrire. C'était enfoncé dans ma moustiquaire. Quand je l'ai trouvé, ça m'a hyper dégoûté. J'ai eu trop la gêne. C'est pour ça que je n'ai rien dit à ce moment-là. J'ai eu peur que tout le monde se moque.

Un jour, à l'école, Lucas avait trouvé une petite bête dans ses tartines. Rien de très grave, mais, pourtant, tous les enfants avaient ri en le montrant du doigt. Il était parti se cacher dans les toilettes et je l'avais retrouvé en train de pleurer tellement les autres avaient été méchants.

Et ce n'était qu'une bestiole.

Alors, imagine ce qu'ils auraient dit si ça avait été ce que moi j'ai découvert dans mon lit.

Un doigt.

Au début, j'ai pas bien compris ce que c'était. Faut dire que ce doigt est minuscule. Comme celui d'un bébé qui vient de naître. J'en ai déjà vu des tout petits doigts comme ça. Ma tata a eu un enfant au mois d'avril.

Mais ce doigt-là, il est vraiment tout moche. Foncé et un peu gris.

Je me suis caché dans la maison pour l'observer. Je voulais être sûr que ce soit bien ça. Puis Claude est entré et je l'ai vite caché dans la poche de mon bermuda. C'était horrible après de devoir le garder comme ça toute la journée. Pas moyen de faire autrement, il y avait toujours quelqu'un pour me surveiller. J'ai bien dit à Alice que je partais chasser les araignées, mais impossible d'échapper à son regard. Une institutrice, tu penses !

J'ai été obligé de le garder sur moi super longtemps. Beurk beurk beurk !

Plein de fois, j'ai voulu le dire aux adultes, mais j'ai pensé que c'était peut-être l'un d'eux qui m'avait fait une blague et que tout le monde allait rigoler.

Mais aujourd'hui, je crois que c'est un truc grave et que je devrais en parler. J'ai juste peur de me faire gronder pour ne pas l'avoir montré plus tôt. Je suis comme les grands. J'ai peur. Tout le temps. J'ai peur de leurs réactions et j'ai peur de ne jamais plus partir d'ici. Et surtout, j'ai peur que quelqu'un vienne de nouveau pendant la nuit. Surtout que c'est chaque fois près de moi qu'on dépose des trucs chelous.

Je vais encore réfléchir un peu.

J'entends des cris et des coups de feu ! J'espère qu'on ne vient pas pour nous tuer…

Sacha

Chapitre 37

Carnet d'observation — Jour 9

« — Le Nommo-ancêtre Septième a été tué par les hommes sous sa forme de serpent et sa tête enterrée. Mais on peut dire aussi qu'il était le grenier descendu des cieux, qu'il a été brisé et divisé, que la terre des parois a été répandue dans le champ primordial, mélangée à celle des habitations, que les graines de son ventre, au moment des semailles, ont été enfouies dans le sol. On peut dire que le Septième a été tué et détruit et inhumé comme Serpent, comme grenier, comme graines.

— Et pourquoi lui ?

— Parce qu'il était le Maître de la Parole.

— Et pourquoi lui fallait-il mourir ?

Ogotemmêli ne répondit pas directement.

Il avait posé son menton sur ses genoux remontés contre sa poitrine ; les mains aux joues, il regardait dans sa nuit.

— Il est mort vers la mi-novembre, dit-il.

L'Européen prit congé. L'absence de réponse, chez son partenaire, était toujours pleine de promesses. »
(Marcel Griaule, Dieu d'eau, entretien avec Ogotemmêli, 1948)

Faute de grives, on mange des merles.

Faute de Sigui, nous assisterons à un Dama. Une cérémonie de levée de deuil.

Comprenez ma peine, comprenez l'abattement du reste du groupe. Je les ai menés là où il me semblait juste de venir. Là où mes recherches m'avaient conduit.

Pour mes pairs, le Sigui eut été un must. L'expérience d'une vie, la quintessence du savoir. Mais le sort en a décidé autrement. Je souris à l'idée que les ancêtres n'étaient pas favorables à notre dessein commun. Que leurs esprits facétieux ont voulu se jouer de nous. Peut-être est-ce à moi que la leçon était destinée ? Les anciens me verraient-ils du ciel ? Seraient-ils au courant de mes recherches ? Léseraient-ils tous les autres par ma faute ?

Quelle ne fut pas la déception générale ! Je m'en suis même voulu. Mais ma culpabilité a vite été rattrapée par ma soif avide de savoir. Je suis navré pour les autres, mais mes années de recherches ne peuvent être soustraites à un simple désir de satisfaire autrui.

Je tente d'apaiser les humeurs tantôt déchaînées, tantôt apitoyées. Si le contexte n'est pas le même, si le fond est perverti, la forme n'en est pas moins similaire. Durant plusieurs jours, les masques sortiront et danseront. Les sons saccadés des tam-tams résonneront à travers tout Bokeli et se diffuseront dans la plaine. La place du village se transformera en une arène effervescente aux mille couleurs chatoyantes.

En bon scientifique, je l'avoue, ces images n'auront du Sigui que la saveur épicée et la texture grossière. Mais l'essence même n'y sera pas. Nous n'aurons d'autre choix que de nous mentir à nous-mêmes, que d'observer les cérémonies en faisant preuve d'une mauvaise foi manifeste.

Je sais que moi je pourrai me contenter de cette illusion, pourvu que j'atteigne la première parole.

Armand Leroux

Chapitre 38

Jour 8

Le groupe est au comble de la fatigue. Personne n'a fermé l'œil de la nuit. Bien sûr, il fallait s'occuper de Simon dont l'état semblait encore plus critique que celui de Max quelques jours auparavant. De plus, tous élaboraient des théories en espérant que l'une d'entre elles finisse par tenir la route.

Personne n'était dupe, il s'agissait bien de morsures. Par endroits, les marques de dents étaient tout à fait nettes. Certains avaient évoqué le chacal ou tout autre animal que l'on peut rencontrer dans la savane. D'autres avaient même demandé s'il était possible de croiser des lions au Mali ou si une autre bête sauvage avait été réintroduite par le gouvernement, un peu comme les loups dans les Pyrénées.

Personne n'avait osé faire un parallèle avec le rôdeur et la morsure de Jade, comme si poser un tabou sur cet incident allait les protéger du mauvais sort.

Puis, la façon dont Simon était revenu au village avait elle aussi fait l'objet de suppositions hasardeuses. Certains étaient d'avis qu'on l'avait déposé là, d'autres qu'il était rentré tout seul. Le fait qu'il n'ait jamais quitté Bokeli avait également été évoqué, ce qui avait jeté un froid. Le semblant de sentiment de sécurité qui régnait depuis la veille s'était alors écroulé comme un château de cartes.

Ce matin, Jade veille à ce que Simon soit au maximum protégé du soleil. Peut-être qu'il vaudrait mieux l'installer dans la maison, à l'abri des rayons, mais personne n'a le cœur de le déplacer à nouveau et de raviver sa douleur. Du coup, la mort dans l'âme, la jeune femme utilise ce qui reste du tissu mortuaire de Louis pour le couvrir et pose un morceau de moustiquaire sur son visage. Elle fait ces gestes mécaniquement, la mine grave et les yeux éteints, plongée dans un profond mutisme. Elle n'a eu ni le courage ni la force de participer aux palabres nocturnes. Elle est restée collée à Max qui, par miracle, avait enfin réussi à s'asseoir.

Puis, alors que chacun tente de trouver un peu de repos après cette nuit agitée, certains commencent à toussoter, d'autres se frottent les yeux et les nez se mettent à piquer.

Des nuages de fumée se dégagent depuis la place du village, embrumant celui-ci au point qu'il est difficile de distinguer le ciel de la terre. Les touristes, alertés par un vacarme sans nom, sursautent au gré des sons brefs de centaines de coups de feu.

Les cœurs palpitent et les poumons suffoquent. Sans pudeur, chacun met son tee-shirt devant son nez en guise de filtre de fortune. Les premières suppositions inquiétantes se répandent parmi les touristes effrayés. Les Dogons sont armés et, hostiles, ils le leur font savoir. Ghislaine en rajoute une couche et prédit que leur heure a sonné.

Sacha lâche son carnet comme si celui-ci lui brûlait les mains et part se cacher derrière les jambes de sa mère.

Armand calme tout de suite les esprits échauffés. Les fusils sont chargés à blanc, il s'agit d'un rituel traditionnel, ils ne risquent rien. Les funérailles suivent l'inhumation, sans cela, le mort continue d'errer dans le village, du moins, son âme.

— Venez, allons voir ça de plus près ! Surtout qu'ils doivent nous attendre, intime Armand à travers son tee-shirt.

Les touristes sortent de la cour et observent le village en contrebas, enfumé comme un champ de bataille.

— D'habitude, dit Anatali, on met plusieurs jours, voire plusieurs semaines avant d'organiser des funérailles. Ils ont fait vite. Normalement, elles ont lieu pendant la saison sèche. Ils ont accéléré la procédure. Sans cela, nous aurions dû attendre le mois de février avant de pouvoir quitter le village. Vous voyez, c'est bon signe. Nous allons pouvoir partir bientôt.

— Mon Dieu ! s'exclame Claire. Heureusement. Je n'aurais jamais tenu jusque-là.

Des cris retentissent de plus belle depuis la place. Le groupe aperçoit maintenant un épais amas de fumée au travers duquel pointent de vieilles carabines tenues par une vingtaine d'hommes dont les étranges pompons des bonnets s'agitent dans tous les sens. Autour d'eux, agglutinées contre les façades en terre des maisons, les femmes poussent des sortes de jappements au gré des tirs et retiennent par le bras des enfants à moitié nus et aux yeux écarquillés.

Sacha s'agrippe à Claire avec fermeté et serre de toute la force de ses petits doigts fins la main de sa mère.

— Ça fait peur 'man !

— Ce n'est rien, mon ange, c'est un rituel, c'est « pour du faux ». Ce ne sont pas de vrais tirs. Il n'y a pas de balle.

— Mais ils ont des fusils, pleurniche l'enfant.

— Ils ne tirent pas vraiment, tu sais. Ça surprend, c'est tout.

À vrai dire, Sacha n'est pas le seul à éprouver de la crainte. Depuis le retour de Simon et après toutes les suppositions faites pendant la nuit, les touristes redoutent la présence des villageois. Comment leur faire confiance et ne pas ressentir de peur alors qu'un des leurs est revenu affligé de morsures de la taille d'une petite mâchoire humaine ? Du coup, ils restent groupés et jettent des regards angoissés autour d'eux pour repérer une quelconque menace. Chaque tir les fait sursauter comme s'ils risquaient d'être touchés.

La place est maintenant le lieu d'une véritable cacophonie. Entre fusillades et hurlements, les Dogons cavalent dans tous les sens. Puis, peu à peu, le son bref des carabines s'estompe, la fumée se dissipe, les Dogons terminent leur course folle et un semblant de calme règne à nouveau sur Bokeli.

Les habitants prennent la direction du haut du village. Les touristes ont un mouvement de recul lorsque certains les saluent et leur adressent des mots qu'ils ne comprennent pas. Armand, moins craintif, traduit ce qu'il peut et Anatali se voit confier un fusil. Le chauffeur se fait embrigader à l'avant du cortège au milieu des hommes armés.

— Ils vous adressent leurs condoléances, c'est tout, prévient le guide. C'est de convenance lors des funérailles. Un peu comme chez nous. Pour eux, nous étions ses proches, peut-être même sa famille. Ils croient que nous portons le deuil.

— Ils n'ont pas tout à fait tort, constate Alice. Nous le portons bel et bien. Le deuil et la culpabilité aussi.

Armand baisse la tête, confus, ses pensées ramenées à l'épisode tragique du marigot. Un homme est mort. D'accord, finalement, ça fait son affaire, il a eu l'occasion de grimper dans la falaise et d'atteindre un des buts qu'il s'était fixés. Mais tout de même. Il devait avoir une famille, des proches, des enfants peut-être aussi. Cette idée le fait frissonner.

Un cri aigu l'arrache à ses pensées culpabilisantes. Yadigatan se tient devant lui. Elle pointe son index tordu par les années sur la joue fraîchement glabre de l'anthropologue tel un signe de défiance. La surprise de la vieille femme est telle qu'elle met plusieurs secondes avant de pouvoir prononcer un premier mot.

— *An ran yo nou ye ! An ran yo nou ye* ! s'écrie-t-elle avec autant de colère que de peur dans la voix.

Puis, elle poursuit son courroux dans son dialecte hermétique en prenant d'autres Dogons à témoin. Armand reste pétrifié. Lui aussi fait appel aux siens, leur envoie des signes d'incompréhension totale. Au loin, Anatali capte la scène, rebrousse chemin et s'adresse calmement à la vieille femme.

Peu à peu, elle réfrène ses ardeurs et retrouve ses esprits. La tension redescend, comme si la forgeronne était libérée d'une transe.

Armand sent son cœur cogner fortement dans sa poitrine. Que lui voulait-elle ? Pourquoi tant de colère à son égard ? Et, surtout, pourquoi ces mots ? Seraient-ils en rapport avec sa quête ? Avec ses recherches ? Auraient-ils quelque chose à voir avec les notes de son carnet ? Aurait-elle compris qui il était ?

Claire pose une main sur son épaule. Bon Dieu, comme sa présence lui fait du bien ! Elle arrive à lui faire oublier la situation foireuse dans laquelle il est parvenu à se mettre. C'est pourtant complètement insensé tant elle le harcèle de questions embarrassantes et, il doit bien l'avouer, fichtrement pertinentes. D'ailleurs, la suivante ne manque pas :

— Elle a dit quoi, cette fois-ci ? Ça avait l'air drôlement grave.

— Je n'en sais rien. Elle criait trop fort, elle parlait trop vite, et puis je ne connais pas tout dans ce dialecte.

— Mais tu avais compris ce qu'elle disait l'autre fois.

— L'autre fois, oui. Cette fois-ci non, répond Armand d'un ton sec, presque désagréable.

Claire retire sa main, un peu blessée par l'agressivité soudaine du guide.

Le cortège funéraire poursuit sa route, imperturbable, comme si rien ne s'était passé.

— Je rêve ou on se dirige vers « notre » maison ? demande Claude.

— Non, vous ne rêvez pas. Si l'esprit du mort y règne toujours, il faut que tout le monde s'y rende pour l'inviter à partir, parvient à prononcer Armand, encore sous le choc et gêné d'avoir fait l'objet d'un tel esclandre.

— Nous n'avons même pas de café ni de petits sandwichs pour accueillir tous ces gens.

— Ghislaine, s'il te plaît, tempère Claude, tu sais bien que ce n'est pas le moment.

Alors qu'ils se rapprochent de leur humble gîte, les touristes distinguent peu à peu une forme humanoïde dressée sur le toit. À l'endroit même où Louis a macéré dans ses miasmes pendant plusieurs jours.

— Regarde, maman, c'est Louis ! s'exclame une petite voix nouée de peur. Pourquoi il est revenu ?

⁂

Tous restent consternés, abattus par une vision asphyxiante. À quelques dizaines de mètres de la maison, ils s'arrêtent net et contemplent avec effroi l'homme qui se tient, debout, solennel, sur le toit.

— Bon Dieu, j'ai envie de vomir, se plaint Alice. Mais pourquoi nous font-ils ça ?

— Ils pensent simplement bien faire. C'est un honneur qu'ils nous font, répond Armand, à peine remis de ses émotions.

— Un honneur ? Mais voyez plutôt. C'est Louis là-haut ! C'est comme s'il était revenu.

— C'est sa représentation, oui. J'avoue que la ressemblance est troublante. Les artistes de ce village doivent être assez doués compte tenu du fait qu'ils ne l'ont connu qu'une fois mort.

— Comment arrivez-vous à y voir une note esthétique ?

— Je n'ai pas dit que je trouvais ça beau. Juste réaliste. Le mannequin de bois a la bonne taille, les bons vêtements et aussi à peu près les mêmes traits.

— C'est un peuple de malades, s'indigne Ghislaine. C'est cruel. Imaginez qu'il ait eu des proches avec lui pendant ce voyage.

— Ce n'est pas cruel, défend l'anthropologue. C'est leur façon d'appréhender la mort, c'est tout. Chez eux, disons qu'elle fait beaucoup plus partie de la vie. Ils voient tout comme un cycle auquel personne n'échappe. Une partie de l'âme de Louis devra être chassée du toit de la maison où elle erre pour trouver place dans un nouveau-né. Ça peut être considéré comme une forme de réincarnation.

Deux hommes passent devant eux. À l'aide d'une lanière, ils tirent avec force sur une chèvre qui déploie tous les efforts du monde pour ne pas suivre le mouvement. Elle freine des quatre pattes, bêle à s'en casser les cordes vocales et se laisse choir sur la terre.

— Notre repas de ce soir ? demande Ghislaine.

— C'est possible. Mais j'ai bien peur pour cette pauvre bête qu'elle ne serve aussi de dîner aux esprits, répond l'anthropologue, encore écœuré par l'épisode des poulets.

Crainte justifiée. À peine le cortège a-t-il passé le mur de la cour que les deux Dogons s'attellent à hisser l'animal sur le toit de la maison. Des hommes les y attendent, dont Anatali muni d'une carabine. Ils miment des scènes de disputes et de batailles où s'entrechoquent lances et boucliers. Ils feignent de barrer la route à un tiers puis de céder sous la menace d'un fusil.

Pendant ce temps, les deux tortionnaires ont commencé leur rituel funèbre. La chèvre se débat de plus belle. D'un coup sec, un des hommes lui tranche la gorge et un jet de sang se répand sur le sol, éclaboussant au passage les Dogons armés, les bourreaux et, surtout, le mannequin à l'effigie de Louis fièrement dressé.

Ce spectacle morbide est, en grande partie, visible depuis la cour et l'extérieur de la maison. Les Dogons n'en perdent pas une miette, tandis que les touristes détournent le regard.

Ensuite, les deux sacrificateurs entament le dépeçage puis le débitage de leur victime.

La terrasse n'est plus qu'une mare de sang dans laquelle baignent des lambeaux de peau et quelques morceaux d'os et de chair.

La petite troupe redescend en abandonnant les restes encore chauds de la chèvre.

Puis, dans un calme absolu, dans une ambiance presque solennelle, tous les habitants du village disparaissent dans les méandres sinueux de Bokeli.

Chapitre 39

Carnet d'observation — Jour 11

« Huit familles, descendant des huit ancêtres, vivaient sur la terre et le plus vieux de tous les hommes appartenait à la huitième.
Or le rang huit, tout en étant égal aux autres, a un privilège particulier :
— Sept, dit Ogotemmêli, est le rang du maître de la parole. 1 s'ajoute à 7 et c'est 8. Le huitième rang est celui de la parole elle-même. La parole est en dehors du Septième qui l'enseigne. Elle est le Huitième ancêtre. Le Huitième est le support de la parole qu'avaient les sept premiers et que le Septième enseignait.
Le plus vieil homme vivant alors était donc, du fait qu'il appartenait à la huitième famille, l'être terrestre le plus représentatif de la parole.
Il avait nom Lébé.
Or les hommes étaient en possession d'une parole ancienne, la seconde, apprise lors du tissage et qui devait céder la place à la troisième. »
(Marcel Griaule, Dieu d'eau, entretien avec Ogotemmêli, 1948)

Nous nous sommes levés à l'aube, happés par l'appel aux masques que répétait sans cesse et à voix haute un des anciens du village.

Nous nous sommes rués hors de notre case et nous nous sommes précipités à travers les rues tortueuses pour rejoindre la place principale. Le village était en pleine effervescence. Les vieillards redoublaient d'efforts pour ne pas manquer le début du spectacle ; les femmes et les enfants avançaient à la fois avec crainte et détermination. Plusieurs mètres plus loin, le grand sage continuait de hurler de sa voix chaude sa répétitive litanie.

Le soleil s'éveillait à l'est et pointait déjà ses rayons sur nos mines fatiguées, inondant la plaine d'une luminosité aveuglante. Pourtant, aucun de nous n'aurait détourné le regard. Au loin, dans un silence pesant que seul le chant du vieillard perçait avec fougue, une rangée de silhouettes sombres évoluait en file indienne. Je clignai plusieurs fois des yeux pour adapter ma vue à la morsure du soleil dont la course matinale semblait accompagner les danseurs. Ceux-ci restaient étrangement calmes. Vêtus tout de noir, parés de guenilles sinistres et de jupes de fibres, ils dissimulaient leur visage sous de macabres cagoules de coton laissant à peine entrevoir leur regard. Ces figures d'ébène contrastaient totalement avec le jaune éclatant de la savane.

La ribambelle progressait vers le village. Pas de danse, pas de simulation de combat, pas un bruit, pas de mouvement des bras, pas de rythme imposé par des tamtams. Rien qu'une marche lente, contenue, et des pas décidés.

Puis, les hommes masqués sont entrés dans Bokeli et ont gravi les rues escarpées empreintes d'une sérénité absolue. Ils serpentaient à travers les sentiers, à la recherche d'on ne sait qui, pour présenter on ne sait quoi.

Les premiers signes d'agitation sont apparus lorsque les femmes et les enfants se sont mis à courir en tous sens, comme électrisés par la présence redoutable de ces figures mortuaires.

Un instant, hypnotisé par ce spectacle grandiose, impressionné par l'arrivée poignante et solennelle des masques noirs, j'ai oublié la raison pour laquelle j'étais ici.

Tous, mes compatriotes, les Dogons, les mères et leurs petits cachés derrière les maisons et les greniers, avaient les yeux rivés sur cette mascarade ensorcelante.

Alors, j'ai tourné le dos à la plaine, j'ai levé la tête vers la falaise et j'ai scruté, attentivement, les alcôves qui la perçaient à mi-hauteur.

Et c'est là que j'ai compris que j'avais raison, que mes recherches n'avaient pas été vaines, que mes déductions étaient pleines de bon sens.

Lorsque j'y ai vu passer, furtivement, une silhouette de la taille d'un enfant.

Armand Leroux

Chapitre 40

Jour 8

Claire en mettrait sa main à couper. Armand a très bien compris ce que lui avait crié Yadigatan. Elle doute plus que jamais de l'honnêteté de l'anthropologue. Pourquoi lui cacher certaines choses ? Pourquoi ne pas admettre que le village de la vidéo de mille neuf cent soixante-treize est le même que celui-ci ? Si ça se trouve, il a visionné à nouveau les images, mais ne le lui a pas avoué non plus.

Les autres membres du groupe n'ont pas l'air plus inquiets que ça à propos d'Armand. Pour eux, le guide est, au pire, juste incompétent. Elle capte des conversations à ce propos. Il aurait dû être plus prévoyant, plus prudent. Il pourrait les sortir de là, insister auprès des villageois. Mais, en revanche, aucun ne doute de son honnêteté.

Sauf peut-être Claude.

— Claude, lui souffle-t-elle à voix basse, ça ne vous a pas semblé bizarre l'histoire de ce matin avec la vieille femme ?

— Ben si. Surtout que vous m'aviez parlé de vos doutes à propos de lui.

Il lance un regard bref en direction d'Armand.

— Je me demande bien ce qu'elle a pu lui dire.

— Désolé mais, là, je ne pourrais pas vous aider. Par contre, Anatali…

— Il est parti au ravitaillement. Mais dès qu'il revient, je lui en touche un mot.

— OK, tenez-moi au courant. J'avoue que je ne suis pas très à l'aise. C'est même un euphémisme. Je ne le montre pas trop devant les autres, mais j'ai le pressentiment que rien ne s'arrange pour nous, bien au contraire.

— À propos de notre hypothétique départ ?

— Oui, vous avez trouvé le bon terme : « hypothétique ».

— Notez que les villageois sont un peu moins distants.

— C'est certain. Mais le facteur « Simon et ses morsures » est à prendre en compte, vous ne croyez pas ?

— Dieu sait sur quel animal il a dû tomber dans cette savane.

— Je serais content de pouvoir affirmer que ça provient d'une bête. Souvenez-vous du mollet de Jade.

— Vous n'allez tout de même pas me dire que… !

— Non, je ne vais pas vous le dire. Mais je ne peux pas m'empêcher d'y penser. Du coup, je continue de me méfier. Et j'attends que nous soyons réellement partis avant de crier victoire.

Claire sent une vague d'effroi l'envahir. Les non-dits d'Armand, les doutes de Claude, ces apparitions dans la falaise, ces visites nocturnes et maintenant ces morsures. Et cette réplique de Louis qui les observe comme des animaux en cage. L'odeur de sang frais de cette chèvre qui vient lui assaillir les narines. Quelle atmosphère pesante ! Claude a raison. Tant qu'ils n'ont pas mis un pied hors de ces falaises, rien n'est gagné.

Il la sort de sa torpeur :

— Et puis, vous ne trouvez pas que cet Armand est plus occupé à lire et relire ses notes qu'à se tracasser pour nous ?

Le carnet. Ce fichu carnet qu'il a paumé dans les tombes.

Il poursuit :

— On se moquait de Louis et de sa mallette. Mais Armand et son carnet, ce n'est pas beaucoup mieux. Plus d'une semaine qu'il le balade partout avec lui. Les poches arrière de ses pantalons en sont même déformées.

Anatali entre dans la cour, muni de l'éternel plat de bouillie de mil. Claire cherche une entourloupe pour pouvoir lui parler à l'abri des regards et des oreilles indiscrètes. Mais rien ne lui vient à l'esprit.

Elle s'assoit avec les autres autour du repas, mais ne parvient pas à avaler une miette. Elle ressasse les événements de ces dernières heures, repense aux réflexions de Claude, revoit les morsures de Simon. Et, surtout, s'inquiète de cette énième attitude d'évitement d'Armand. Elle qui avait fini par lui accorder sa confiance.

Il est resté dans son coin depuis le départ des Dogons. Pire, il a évité son regard. Comment expliquer ce repli soudain alors que, hier soir, ils en étaient venus à… Sans doute doit-elle y voir une once de gêne, un soupçon de honte et la peur, surtout, qu'elle ne continue à le questionner.

Le dîner se termine, tous s'éparpillent à nouveau. Claire en profite pour inviter, d'un signe de tête, Anatali à la suivre à l'intérieur de la case.

— Je voulais vous demander… Yadigatan, elle lui a crié quoi, à Armand ? J'avoue que cette scène m'a un peu ébranlée.

— La vieille femme ? Oh ! Des trucs bizarres qui n'avaient aucun sens.

— Vous avez tout compris, vous ?

— Oui, chaque mot. Par contre, je n'ai pas saisi pourquoi elle disait ça à Armand.

— C'était quoi ? Peut-être que moi, je vais comprendre.

— Je ne crois pas ! Mais je veux bien vous répéter ce que j'ai retenu.

Claire est tout ouïe. Un peu anxieuse aussi. Comme si les paroles de la femme du forgeron allaient être la clé d'un mystère ancestral.

— D'abord, elle a crié : « Cet homme est mort, cet homme est mort ! » Vous voyez, ça n'a aucun sens, Armand est bien vivant. Enfin, je l'espère, sinon c'est très grave ce qui arrive.

Claire sourit. Anatali et son bon vieux fond de pensée animiste !

— Puis, elle a dit un truc qui ressemblait à : « Il est revenu ! Son esprit est revenu ! » Ce n'est vraiment pas logique. À mon avis, elle ne doit pas être très bien dans sa tête.

— Elle a encore dit autre chose ?

— Oui, plein de choses sans queue ni tête ! Elle l'a traité d'assassin, lui a reproché l'aridité du sol et la pauvreté des récoltes. Ah oui ! Elle a aussi parlé de sa barbe et l'a comparée à un masque qui n'était qu'un leurre. Je comprends pourquoi il n'a pas l'air en forme ce soir.

— D'un autre côté, il n'a pas compris ce qu'elle avait dit. Il n'a pas été capable de me le traduire.

— Étrange, elle a parlé dans un dogon plutôt courant. Pas vraiment un dialecte local. Je pensais qu'il était plus doué que cela. Il n'a eu aucune difficulté à échanger avec Badji ou le Hogon.

Même si ça ne fait que confirmer ses doutes, Claire sent le sol se dérober sous ses pieds.

Chapitre 41

Jour 9

Pendant la soirée, tout le monde avait redouté que Simon succombe à ses blessures. Au petit matin, le soulagement est double. D'abord, le jeune homme respire toujours. Faiblement, mais toujours. Ensuite, tous avaient eu peur qu'il arrive encore un quelconque malheur pendant la nuit. Rien ne s'était passé. Ils avaient bien regretté qu'une pauvre chèvre désossée les accompagne dans leur sommeil et qu'une réplique inquiétante de Louis les surveille depuis le toit, mais ils s'étaient endormis lourdement, écrasés par la fatigue d'une journée chargée en émotions.

Prise de sentiments contradictoires et doutant comme jamais, Claire avait repoussé Armand, prétextant vouloir rester près de son fils toute la nuit. Pourquoi lui avait-il encore une fois menti ? Pour l'épargner ? Parce que la vérité à propos de Bokeli est trop cruelle à entendre ? Elle s'était collée contre Sacha, autant pour le protéger que pour trouver du réconfort. Comment imaginer qu'un village soit à ce point coupé du monde en deux mille vingt-sept ? Elle avait fini par s'endormir en se disant que c'était absurde. Totalement insensé. Et qu'il y avait forcément une explication rationnelle à tout ça.

Le soleil à peine éveillé, un gong puissant résonne depuis le bas de Bokeli, puis un autre, suivi lui-même d'une pétarade de sons brefs et percutants.

Malgré son côté « marmotte », Armand se lève avec empressement, le sourire aux lèvres et les yeux pétillants.

— Bon sang ! Faut se bouger. Ils sont là, les masques ! Allez, dépêchez-vous, il ne faut pas manquer ça.

— Ah, ben, voilà au moins une bonne nouvelle, s'exclame Ghislaine. Nous aurons tout de même la chance, dans notre malheur, de voir les fameux danseurs dogons.

— Allez allez, on ne traîne pas, crie un Armand surexcité, bien différent de l'Armand taciturne de la veille. C'est un grand jour pour nous tous !

Jade se retourne vers Max et Simon, l'air triste. Dire que l'idée de ce voyage était la sienne. Qu'elle a entraîné ses deux meilleurs potes dans son délire. Et que, finalement, elle seule va pouvoir admirer le Saint Graal. Elle se tâte.

— Venez Jade, lui conseille le guide. Je vois bien que vous hésitez. Dites-vous que si vous n'y assistez pas, vous ne pourrez pas le leur raconter non plus.

— Je pense qu'ils ne voudront plus jamais entendre les mots « masques » et « dogons ».

Armand soupire :

— Si vous ne venez pas, vous allez le regretter. Et je suis désolé de remuer le couteau dans la plaie, mais ça ne les aidera pas non plus. Ils ont souffert pour cela, faites-leur au moins l'honneur d'y participer.

La jeune femme accepte à contrecœur, rongée par la culpabilité.

Au loin, le rythme des tam-tams s'intensifie. Des chants et des cris de joie retentissent depuis le bas du village. Armand s'impatiente, fait les cent pas, fulmine.

— On se grouille, bon sang, c'est la chance de notre vie.

Peut-être a-t-il un peu exagéré. Mais il a tellement hâte d'aller voir les danseurs et si peur d'en perdre une miette à cause de l'amorphisme de son groupe.

Tous se dépêchent sous ses ordres. Ils s'habillent tant bien que mal, tâchant de conserver un minimum d'intimité. On vide l'eau de la jarre, on termine un fond de bouillie de mil et on se presse à bonne allure vers la place du village.

Tous les habitants sont déjà au rendez-vous. Cette fois-ci, il n'est plus question de fusils et de coups de feu, de boucliers et de lances. L'ambiance est plus joyeuse, plus festive, plus lumineuse.

Des hommes battent la cadence de leurs mains tandis que les femmes et les enfants restent à distance respectable, guettant avec crainte l'arrivée des danseurs.

Le rythme des tam-tams s'accélère de plus en plus, jusqu'à atteindre un tempo effréné. Les pieds des musiciens martèlent la terre avec vigueur et leurs mains frappent à se rompre, prises d'un tremblement parfaitement maîtrisé.

Puis, tout décélère. Les paumes se calment, les pieds cessent de taper sur le sol. Les femmes et les enfants se cachent un petit peu plus derrière les murs et ne laissent dépasser que leurs fronts.

C'est alors que, loin dans la plaine, on aperçoit une ribambelle teintée de pourpre, de turquoise et de jaune. Les couleurs éclatantes des porteurs de masques contrastent avec la brousse terne, les mouvements saccadés de leurs pas brisent la catatonie minérale de la savane.

Le serpentin de bois et de fibre se rapproche, les danseurs pénètrent dans le village. Les femmes et les enfants se mettent à crier et à courir en tous sens vers les maisons. Les hommes vérifient qu'ils s'éloignent puis se tournent vers les touristes et leur jettent des regards noirs.

— Qu'est-ce qu'ils nous veulent ? demande Jade. Ils ont l'air fâchés.

— Les masques vont bientôt arriver sur la place, prévient Armand. Je suis désolé, les filles, mais vous allez devoir vous planquer.

— Pardon, s'étonne Claire. On ne va pas pouvoir les regarder ?

— J'ai cru que oui, mais, finalement, j'ai bien peur que non. Tu en penses quoi, Anatali ?

— La prudence me dicte que les femmes et les enfants ne doivent pas voir. La puissance des masques est dangereuse pour eux.

— Et c'est reparti, râle Ghislaine. Bon, et si j'ai envie de prendre le risque ?

— En dehors de ça, répond Armand, je crois qu'on ne devrait pas heurter les habitants. Votre présence pourrait les mettre mal à l'aise. Pire, ils pourraient y voir de la défiance.

— Je pensais que maintenant il suffisait de payer pour qu'ils dansent, que les femmes et les enfants étaient acceptés dans certains villages. Que les touristes avaient une sorte de statut à part…, intervient Claire.

— Oui, mais comme vous le dites si bien, dans certains villages. Ceux qui attendent notre visite. Ceux qui ont fait le choix de pervertir leurs cérémonies pour se remplir les poches. Et tu seras d'accord avec moi, ça ne doit pas être le genre de Bokeli.

— Quelle déception, répond la jeune femme.

— Je ne vous le fais pas dire, surenchérit Ghislaine.

— Retournez toutes à la maison avec Sacha. Si vous en avez le courage, montez discrètement sur le toit et observez la fête de loin. C'est le meilleur compromis que je puisse vous proposer.

Les quatre femmes s'exécutent, vexées, dépitées. Sacha s'inquiète :

— Pourquoi on doit partir ? Pourquoi on ne peut pas rester ?

— Les Dogons pensent que les masques sont dangereux pour nous, lui répond sa mère maladroitement.

Le petit garçon pousse un cri d'effroi.

— Mais non, mon grand, lui dit Alice, tu ne dois pas avoir peur. Ce sont juste des croyances et des légendes. Tu sais, comme chez nous avec Saint-Nicolas. Je suis sûre que, quand tu étais plus petit, tu l'aimais bien, mais qu'en même temps tu le craignais un peu.

— Maman me disait que je devais me cacher dans ma chambre quand il venait apporter mes cadeaux.

— Eh bien, voilà. Ici, c'est pareil. Ils ne te veulent que du bien, mais tu dois faire semblant de ne pas savoir qu'ils sont là, d'accord ?

Apaisé par une Alice toujours réconfortante, Sacha agrippe la main de sa mère et la suit vers le haut du village.

⁂

La musique est à nouveau tonitruante. Les masques font peu à peu irruption sur la place, au rythme des percussions et des clochettes de fer, au son des chanteurs et des baguettes qui, maintenant, frappent les tambours.

Anatali traduit à Antoine et Claude chaque mot, chaque geste, chaque pas. Armand reste subjugué, complètement hypnotisé par les chorégraphies des danseurs.

Le premier masque à faire son entrée est le *Satimbe* ou « sœur des masques », surmonté d'une effigie féminine d'une bonne cinquantaine de centimètres de haut. Il est directement suivi par plusieurs *Kanagas*, vastes heaumes cruciformes. Ces derniers opèrent d'étranges mouvements circulaires, frappant le sol de leur structure de bois. Puis, d'autres masques font leur apparition. Certains, zoomorphes, représentent des antilopes, des singes ou encore des lapins et des poules. D'autres, anthropomorphes, empruntent les traits d'un goitreux, d'un guérisseur ou d'une femme peule. Les jupes de raphia, d'un rouge étincelant, ondulent et gambillent à chaque pas de danse. Les costumes, cimiers et cagoules scintillent de mille cauris et de fibres de couleurs vives.

Deux danseurs, perchés sur des échasses, déambulent en fin de cortège d'une démarche aisée, mais saccadée. Ils sont directement suivis du fameux *Sirige*, le masque « maison à étages », énorme heaume de plusieurs mètres de haut qui, rien qu'à la force de son porteur, vient frapper le sol de coups secs pour ensuite se relever avec une facilité déconcertante.

Accompagnés de tambours, quelques masques se détachent de la file. Un *Kanaga*, le *Satimbe*, une antilope aussi. D'un pas cadencé, ils gravissent, lentement, les ruelles escarpées de Bokeli.

⁂

Claire tient toujours fermement la main de Sacha dans la sienne. Au loin, elle entend encore les percussions des tam-tams et l'allégresse de la foule. Elle croise quelques femmes et enfants qui fuient en criant et se réfugient à l'intérieur des maisons. D'autres, plus valeureuses, dissimulent les yeux de leur progéniture sous un pan de leur jupe, mais jettent des regards furtifs vers le bas du village où les danseurs masqués continuent leur cérémonie rituelle.

Claire hésite à tricher elle aussi, à défier les lois ancestrales et les interdits dogons. Armand a sans doute raison. Depuis la terrasse, elle verra parfaitement la scène. Encore faut-il trouver le courage d'affronter le cadavre dépecé d'une chèvre. Elle pourrait se placer discrètement derrière l'effigie de Louis. La solution est un peu morbide, mais s'annonce efficace.

Elle invite Sacha à accélérer le pas, agacée à l'idée de louper une grande partie des festivités. Les trois autres femmes ne semblent pas aussi pressées qu'elle. Elles traînent les pieds loin derrière, surtout Ghislaine qui paraît, plus que jamais, souffrir du poids des ans et de la chaleur.

Lorsque Claire et son fils arrivent à hauteur de la cour, la musique n'est plus qu'un lointain orchestre dont les sons s'émoussent à chacun de leur pas. L'ambiance est calme, sereine. Le bourdonnement des mouches est de retour, sûrement à cause de la carcasse animale abandonnée sur le toit.

Sacha entre en premier. Il se précipite dans la maison, à l'abri du soleil, prétextant une envie subite de faire la sieste. Claire ne s'y oppose pas. Après tout, autant ne pas l'inciter à grimper là-haut. Le spectacle doit être traumatisant pour un enfant. Des litres de sang versés. Tout ça pour invoquer des dieux et des esprits totalement inconnus de Louis.

Elle s'inquiète tout de suite de l'état de santé de Max et de Simon. Le premier dort à poings fermés. Il ne fait que ça depuis des jours, de toute façon. Ses périodes d'éveil sont de plus en plus nombreuses, mais restent tout de même épisodiques. Simon est toujours inconscient. Il n'a plus eu de réaction depuis qu'on lui a versé de la bière de mil sur l'épaule et qu'on l'a déplacé. Jade a essayé, à maintes reprises, de le faire boire, mais l'eau s'est plus répandue sur le sol que dans sa gorge.

Elle hésite puis se dirige vers la fourche qui fait office d'échelle. Au diable son dégoût ! Elle est venue pour ça, elle a passé les pires moments de sa vie à cause de ça, elle finira bien par les voir, même de loin, ces fameuses danses dogons ! Alors qu'elle s'apprête à gravir le premier échelon, elle remarque, par terre, juste au pied de l'escalier de bois, un petit carnet à la couverture rouge.

Elle le ramasse et pousse un juron :

— Mais bordel ! Comment il a fait pour revenir ici, celui-là ?

CHAPITRE 42

JOUR 9

Claire ramasse le carnet, les mains prises de tremblements incontrôlables.

Mais comment a-t-il pu redescendre de la falaise ? Armand ? Il serait allé le récupérer ? Mais comment ? Les cordes ont été retirées peu après l'enterrement de Louis. Celle qui pendait depuis le plateau est bien restée accrochée encore quelques heures à la roche, mais Armand n'a pas quitté le groupe une seule seconde.

Elle observe le cahier, prise d'un doute. Oui. C'est bien lui. Il le trimbalait partout, elle ne peut pas se tromper.

Elle jette de brefs regards autour d'elle et hésite. Elle sait que c'est mal. Que ça ne se fait pas. Mais sa curiosité vient d'atteindre son paroxysme. Et si tout le halo de mystère qui entourait ce village trouvait une explication quelconque dans les notes de l'anthropologue ? Mieux : si l'attitude étrange de ce dernier s'éclaircissait au fur et à mesure des pages ?

Personne à l'horizon.

Elle feuillette rapidement le carnet puis s'arrête sur une page, au hasard.

Son pouls s'accélère comme si elle était en train de commettre un délit. Comme si elle était sur le point de mettre à jour un secret enfoui depuis des siècles. Comme si sa vie allait connaître un tournant irréversible. Le livret tressaute sous le tremblement irrépressible de ses mains.

Elle découvre l'écriture soignée, presque scolaire, d'Armand qui commente un dessin. Une sorte de monde divisé en de multiples couches. Le ciel, la terre, des arbres, des falaises ou encore des souterrains. La légende précise : « Vision dogon de l'origine du monde. D'après mes entretiens avec Amagana, Hogon de Bokeli ».

Mais quand a-t-il bien pu converser avec le chef du village ? Et pourquoi n'en a-t-il pas parlé au reste du groupe ?

Claire entend des pas se rapprocher. Les autres femmes arrivent. Il ne faut pas qu'elles surprennent son indiscrétion.

Elle ouvre le livre à la hâte, juste une dernière fois. Qui sait, peut-être tombera-t-elle au bon endroit, sur un extrait révélateur, porteur de sens ? À peine a-t-elle le temps d'en lire quelques lignes, qu'elle doit déjà refermer l'ouvrage. Une vague de colère la submerge, puissante, intense, traduite par une bouffée de chaleur et une envie terrible de frapper dans un mur. Ou directement sur Armand. Elle ne peut s'empêcher de cracher entre ses dents :

— Putain ! Le salopard.

Les pas progressent rapidement. Ses compagnes de voyage doivent être à quelques mètres de l'entrée. Dans un réflexe reptilien plus absurde que sensé, Claire jette le carnet dans le canari, heureusement vide. Quelle stupidité ! Dans la précipitation, on fait toujours n'importe quoi. Elle aurait pu le glisser dans sa poche arrière, mais elle a agi à la hâte, en un quart de seconde. Elle s'est dit que quelqu'un allait forcément le voir dépasser de son short. Entrer dans la maison et le cacher au fond de son sac aurait été bien plus malin. Mais le stress et la précipitation lui ont dicté qu'il valait mieux ne pas perturber la sieste de Sacha.

Lorsque Jade, Ghislaine et Alice pénètrent dans la cour, Claire tente de garder son calme, d'avoir l'air détendue. Mais elle peine à masquer sa fureur, sa déception. Son empressement aussi. Elle crève d'envie de découvrir d'autres passages croustillants. D'arracher les pages compromettantes et de les jeter au visage d'Armand. Peut-être même de les lui faire bouffer.

La jeune femme ramasse un morceau de bogolan, place l'étoffe sur sa tête, empile la jarre par-dessus puis lance, le plus naturellement possible :

— Ah ! Vous êtes enfin arrivées. Je meurs de soif. Vous pouvez jeter un œil à Sacha pendant que je vais au puits ?

Évidemment, Alice acquiesce. Comme toujours.

Et Claire s'éloigne, les jambes flageolantes, les bras tremblants et le cœur lourd.

⁂

Les trois danseurs dogons continuent leur progression vers le haut du village, le *Satimbe* toujours en tête. Ils sont accompagnés dans leur démarche rythmique des tambours et des chants qui remontent depuis la place.

Les Dogons ont invité Claude, Armand et Anatali à les suivre. Les funérailles de Louis ne sont pas terminées. Les masques doivent lui rendre hommage, là-haut, sur la terrasse.

Ils croisent quelques regards curieux de femmes intrépides et d'enfants désobéissants. Gravir les ruelles ascendantes leur paraît insurmontable tant le soleil, presque au zénith, étouffe leur volonté et anéantit ce qui leur reste d'énergie.

Malgré la chaleur inhumaine et la soif insoutenable, Armand est heureux. Vivre ce moment hors du commun pourrait lui faire oublier tous les malheurs du monde. Il escaladerait l'Everest pour voir ça. Alors, il est prêt à souffrir, à grimper quelques centaines de mètres, même dans ces conditions difficiles.

Il avance lentement derrière les pas saccadés des danseurs dont les pieds se soulèvent de gauche à droite, d'avant en arrière, faisant frémir leurs pagnes de fibres colorées.

Plus rien n'existe autour de lui. Il oublie tout, profite sans compromis du moment présent. Il est comme un gosse à un spectacle de magie, ébloui, attentif à ne pas en perdre la moindre miette.

À mi-parcours, une silhouette vient défier son émerveillement. Claire approche, une jarre sur la tête. Armand se dit, un peu naïvement, que cette femme, hormis le fait d'être particulièrement attirante, est aussi pleine de bonnes initiatives. Il sourit. Voilà la seule chose qui peut le détourner du tableau rituel qu'il a sous les yeux. Une femme. Il se foutrait des claques.

Claire n'a pas l'air dans son assiette. Le canari est en équilibre instable et vacille en tous sens. Ses bras, comme tétanisés, ne parviennent pas à maîtriser le poids du récipient pourtant vide. Ses jambes chancellent, donnant l'impression qu'elle va s'écrouler ou buter sur une pierre à tout moment.

La grippe, se dit Armand, la pauvre, elle a dû attraper la grippe. D'ailleurs, elle est rouge comme jamais et transpire à grosses gouttes. Tremblements, sueur, il n'en faut pas plus à l'anthropologue pour sentir une vague de désir l'envahir.

Bordel, là c'est pas le moment, mon vieux, reste concentré ! Mets tes instincts grégaires de côté et garde le cap sur la terrasse. T'as une cérémonie à assurer. Et pas des moindres...

Claire se rapproche, elle n'est plus qu'à quelques dizaines de pas. Il lui semble qu'elle respire avec difficulté. Ses narines s'ouvrent bien trop grand et sa poitrine se soulève extrêmement fort. Puis il capte son regard. Il n'avait jamais imaginé que le bleu de ses yeux puisse devenir aussi sombre.

Mais qu'est-ce qu'elle a ?

Lorsqu'il la croise et qu'elle lui adresse la parole, il en vient à regretter sa rencontre. Les mots de Claire lui font l'effet d'une douche froide et anéantissent, d'un seul coup, toute sa libido.

⁂

— Toi, tu me suis. On a un œuf à peler.

— Mais C… Claire, bégaye Armand, faut que je les accompagne. Ils vont…

Claire l'interrompt, tranchante.

— M'en fous, je t'ai dit de venir avec moi.

— Mais qu'est-ce qui te prend ? Explique.

— Non, pas ici. Tu t'amènes, on va chercher de l'eau.

Armand regarde le cortège continuer son chemin dans une transe collective et une danse hypnotique.

— Je ne sais pas ce que tu me veux, Claire mais, s'il te plaît, on en parlera après tout ça.

— Tu es un fieffé menteur, mon vieux. On en discute tout de suite. Après, tu auras eu le temps de réfléchir à des excuses foireuses. Je veux la vérité, Armand. Là, maintenant. Je pense que ton petit manège a assez duré.

Le monde s'écroule autour du guide. Un menteur, oui, cette insulte, il ne l'a pas volée. Mais qu'a-t-elle appris ? Et comment ? Les paroles de la vieille Yadigatan ? Anatali les lui aurait-il traduites ? Elle serait drôlement perspicace si elle était parvenue à en déduire quelque chose. Mais tout est possible avec elle. Elle fait preuve d'un discernement qu'il admire. Qu'il aurait peut-être dû craindre encore plus qu'il ne l'a fait jusqu'ici.

Il se sent comme un petit garçon pris en faute. Comme celui qui a ramené de mauvaises notes et qui n'a d'autre choix que de se faire gronder. Comme celui qui volé des friandises, mais dont la mère est trop clairvoyante. Claire est comme ça, sans doute, c'est une maman. On ne peut rien lui cacher, du moins pas éternellement.

Il jette un dernier coup d'œil vers le serpentin rythmé qui s'éloigne sans lui prêter la moindre attention. Puis il bredouille, à regret :

— OK, Claire, c'est bon, je viens. Mais, s'il te plaît, ne fais pas d'esclandre inutile, je vais tout t'expliquer.

⁂

Le cortège cérémonial pénètre à présent dans la cour. Max ouvre enfin un œil. Il perçoit d'abord des sons lointains, mélange de chants africains et de concert de djembé. Puis il distingue des silhouettes musclées coiffées de masques de bois et vêtues de riches costumes de fibres et de coquillages. Très vite, l'espace est envahi par des hommes dogons dont certains récitent des psaumes incompréhensibles.

En revanche, il ne remarque la présence que d'une seule femme. D'une inconnue de petite taille au visage sillonné de rides profondes. Elle reste debout au pied de l'échelle qui monte jusqu'à la terrasse et raconte une histoire qui passionne l'assemblée pendant que les trois hommes déguisés grimpent au sommet du toit.

Il entend vaguement Anatali expliquer à Claude qu'il s'agit de la « donneuse d'eau », une femme au statut particulier parce que née lors du dernier Sigui. Pas plus de soixante ans, se dit Max. Et elle en paraît vingt ou trente de plus. La rudesse de la vie, sans doute, conjuguée à la morsure continue du soleil.

Elle répète des phrases mystérieuses au sujet de fourmis qui montent sur la terrasse du mort, qui ruinent la maison et qui ruinent le père. Anatali traduit cette vision imagée de l'ascension des danseurs sur le toit. Ils reproduisent la chorégraphie du chacal, ce fils raté qui s'était emparé des fibres de sa mère alors qu'elle avait la forme d'une fourmi, volant de la sorte la parole sacrée. Le renard pâle avait tracé sur la terrasse mythique, dans la foulée, la première table de divination.

Max lève les yeux et voit un masque de bois rectangulaire aux longues oreilles pointues s'agenouiller et se mettre à gratter le sol frénétiquement. L'homme semble être pris d'une transe qui le dépasse. Il soulève un maximum de terre et de poussière et en jette les grains par-dessus ses épaules. Il est à la recherche de l'âme du défunt, précise Anatali, elle doit se rendre à présent dans un nouveau-né.

Max a l'esprit trop vaseux pour comprendre toutes les composantes de cette cérémonie. Il observe les mouvements autour de lui d'un regard vague. Il regrette l'absence de Jade à ses côtés. Il se demande où elle se cache, d'ailleurs. Les autres femmes du groupe ne sont pas là non plus. Ni le guide. Étrange. Il entend le chauffeur dogon s'inquiéter de la soudaine désertion d'Armand, puis tente de se redresser. Mais ses forces lui font défaut et il retombe dans un demi-sommeil contre lequel il ne cherche même pas à lutter.

Chapitre 43

Jour 9

Il n'y a pas la moindre trace d'ombre dans la plaine. Le soleil a atteint son point culminant et irrite les chairs et les esprits. Armand suit les pas à la fois fébriles et décidés de Claire. La jeune femme se montre d'une froideur qui lui donne presque des frissons. Il se retourne de temps à autre, à regret. Personne. Bokeli paraît complètement vidé de ses habitants. Une partie des masques poursuivent la cérémonie en compagnie des hommes, là-haut, sur le toit où l'on aperçoit le macabre mannequin à l'effigie de Louis qui semble défier le village d'une quelconque force vengeresse. Les autres danseurs ont déserté la place, probablement pour retourner dans leur grotte, le vestiaire, en somme, pour les hommes masqués. Les femmes, quant à elles, restent invisibles, murées chez elles avec leur progéniture selon un tabou ancestral.

Le spectacle touche à sa fin. Il sait qu'il en a perdu l'essentiel. Pour obéir aux injonctions d'une femme en colère.

Ce qu'il peut être stupide, parfois. D'un autre côté, Dieu sait ce qu'elle a été capable de deviner. Il estime pourtant avoir été prudent. Sa gorge se noue. Impossible. Elle n'a pas pu comprendre qu'il avait tout savamment orchestré, tout prévu. Sauf la mort de Louis. Évidemment, il n'y a jamais eu de chacal sur le bord de la route. Il fallait trouver un prétexte à ce soudain coup de volant. Mais il pensait que tout le monde l'avait cru. Pourquoi, sinon, se serait-il amusé à causer un accident ? Dans lequel il aurait pu crever d'ailleurs. Mais ça, bien sûr, ce n'était pas prémédité. Le marigot. Pas de bol. Il ne l'avait pas vu dans le noir. Il faut à présent qu'il parvienne à vivre avec la culpabilité de la mort de Louis. En est-il seulement capable ? Se persuader que c'est Anatali qui a donné le coup fatal n'allège pas ce poids qu'il porte depuis plus d'une semaine sur les épaules. Il a foiré. Complètement foiré. Et tant pis pour sa conscience.

Et puis, pour le reste, comment Claire aurait-elle pu déduire quoi que ce soit ? À cause des accusations de Yadigatan ? Pourquoi d'ailleurs cette vieille femme lui a-t-elle fait une scène pareille maintenant et pas le premier jour ? Peut-être n'aurait-il pas dû se raser. Mais on ne peut pas penser à tout.

En ce qui concerne Bokeli, ça n'a pas été facile de nier. Claire est très observatrice. Évidemment qu'il s'agit du bled du reportage. Les habitats tellems n'y ont pas la même configuration que dans les villages classiques. Les maisons sont encastrées dans une alcôve, là aussi, mais elles sont érigées de la main de l'homme et non creusées naturellement dans la roche.

Et ce qu'elle a cru voir ! Cette apparition fantomatique, fugace. N'est-ce pas le sujet de toutes les recherches qui sont consignées dans le carnet ? D'un côté, elle l'épate. Elle a capté en un quart de seconde ce que lui avait mis des heures et des heures à saisir à coups de visionnages et de rembobinages sans fin.

Après, aussi perspicace qu'elle puisse être, il est tout de même impossible qu'elle ait percé son projet à jour. Il parviendra bien à baratiner un truc, à la convaincre de sa bonne foi.

Il le faut. Il doit atteindre son but.

⁂

Claire s'arrête devant le puits. Elle n'a jamais aimé les confrontations, elle qui regrette à chaque fois son manque flagrant de répartie. Mais là, elle possède une arme de choix. Le carnet. Et son contenu regorge de merveilles qui alimentent le flux de sa colère.

Elle pose le canari sur la terre brûlante sous les yeux interrogateurs d'Armand. Puis elle y plonge la main et ressort le cahier dont la couverture et le bord des pages sont légèrement humides.

Armand reste pétrifié. Sa bouche s'ouvre, ses lèvres remuent, mais aucun son ne s'en échappe. Claire agite le livret sous son nez.

— Alors ? Tu vas m'expliquer, pour commercer, comment il est parvenu à se retrouver au beau milieu de la cour après son petit séjour dans la falaise ?

L'anthropologue arrive juste à bredouiller :

— J… je, je n'en sais rien.

— Bien sûr ! Autant me dire qu'il est rentré tout seul, sagement, sur ses petites pattes.

— N… non, évidemment que non, mais…

— Depuis le début de ce voyage, tu nous mens, Armand. Tu me mens !

— Non. Et puis fais gaffe, regarde, il est mouillé maintenant.

— Quel dommage ! L'eau risquerait d'effacer des passages croustillants, comme celui où tu parles de ta femme. De ta progéniture qui grandit dans son ventre.

— Claire, pitié, pas ça. Ce n'est pas ce que tu crois.

— La putain de phrase classique. T'as vraiment pas trouvé mieux, toi, l'illustre anthropologue ?

Claire est au comble de l'énervement. Au bord des larmes, aussi. Elle ne s'est jamais sentie dans un état pareil. Elle s'étonne d'ailleurs de ne pas perdre ses moyens. Mieux, elle s'épate : pour une fois, elle se trouve pertinente. L'adrénaline, sans doute.

— Donne-moi ce carnet, Claire. Tu n'as pas le droit de le lire.

— Trop tard, le mal est fait.

— C'est mon intimité, bordel ! Tu n'as pas à savoir.

— Au contraire. J'ai le droit de savoir que le mec qui m'a vulgairement séduite en vacances et a trimbalé ses mains sur mon corps est marié et attend un heureux événement !

Claire, sous le coup de l'émotion, à l'écoute de ses propres mots, se met à pleurer.

— Je ne suis pas marié. Je te le jure.

— Pas besoin de l'être pour foutre une nana enceinte.

— Allez, Claire, donne-moi ce carnet, je t'en prie.

La jeune femme lui adresse un « non » de la tête. Elle tient encore plus fermement le cahier de ses doigts tremblants et l'ouvre au hasard, sous le regard courroucé et paniqué du guide.

— Pas ça, Claire, non.

— Et pourquoi je me gênerais, hein ? Tu comptais bien m'utiliser comme une vulgaire fille de passage.

Claire commence à lire, la voix pleine de sanglots. Ses mots résonnent à travers le silence de la plaine et brisent, inéluctablement, la carapace qu'Armand avait mis tant d'années à bâtir.

⁂

— « Jour 13. Mes recherches avancent à grands pas. Le Hogon me reçoit maintenant tous les jours. Je suis parvenu à tisser une véritable relation de confiance avec lui. Bien sûr, je ne l'ai pas encore questionné sur mes investigations. C'est trop tôt. Il ne m'aurait pas répondu. Il faut que je laisse les choses venir. Mieux, qu'il en vienne à en parler de lui-même. Un secret vieux de plusieurs siècles ne se révèle pas aussi simplement à un illustre inconnu. Quand on y pense, cela ne fait même pas deux semaines que nous avons foulé le sol de Bokeli. »

Armand a l'impression que le monde s'écroule autour de lui. Il déglutit avec grande difficulté puis articule :

— Pitié, Claire, arrête.

— Pourquoi ? Ça devient super instructif. Bokeli ? Qui l'eût cru ? Monsieur je-n'avais-jamais-entendu-parler-de-ce-village-auparavant.

— Ce n'est toujours pas ce que tu crois.

— Encore cette bonne vieille réponse bateau. Pathétique.

— Je te jure que...

— Que quoi ? Qu'on est ici par hasard ? Jour treize, Armand ! C'est écrit noir sur blanc. Tu es qui pour eux, hein ? Qui pour qu'ils affirment qu'aucun étranger n'est entré dans le village depuis plus de cinquante ans ?

— Non, j'avoue que...

— Que tu as donné ce fichu coup de volant exprès pour qu'on se retrouve dans ce patelin pourri ?

— Oui, parvient juste à répondre l'anthropologue d'une voix éteinte.

Claire reste interdite, sous le choc, les yeux écarquillés. Armand est tout bonnement anéanti. Comment, après tout cela, arrivera-t-il à s'en sortir ? À recoller les morceaux ? Impossible. Pire : et si elle continuait de lire des passages ? À tomber sur bien plus compromettant encore ?

— Tu te rends compte de ce que tu as fait ? Un homme est mort ! Comment tu vas expliquer ça, hein ? Que vas-tu dire à sa famille ?

— Je me sens déjà assez coupable comme ça. N'en rajoute pas.

— Je vais me gêner, tiens ! Regarde.

Claire ouvre une nouvelle fois le carnet et choisit une page vers la fin.

Son sang ne fait qu'un tour.
Un enfoiré d'assassin.
Ce mec est un enfoiré d'assassin.

Chapitre 44

Jour 9

Plus haut dans le village, à plusieurs centaines de mètres du puits, les trois danseurs masqués ont fini leur cérémonie. Il est temps de repartir. Badji reste après leur départ et s'entretient avec Anatali. Ils ont encore quelques formalités rituelles à accomplir. Si rien ne vient perturber les traditions, ils pourront quitter Bokeli le surlendemain. Il ne leur promet pas de moyen de transport, mais de l'eau, des victuailles et un plan de la région. Avec un peu de chance, ils pourront atteindre le marigot et récupérer le reste de leurs affaires. Cela fait plusieurs jours qu'il n'a pas plu. Une mauvaise chose pour les récoltes, mais une aubaine pour les touristes. Leur véhicule ne devrait plus être immergé. Le sol est aride, il a dû tout boire à présent.

Anatali fait part de la bonne nouvelle au groupe qui en devient presque euphorique. Seuls Claire et Armand manquent à l'appel. On a vu la jeune femme partir au puits, le guide ne doit pas être bien loin. Après tout, ils sont proches depuis le début du séjour. Cela saute aux yeux, personne ne peut le nier. Alors, chacun y va de son petit : « Un beau couple », « Je les verrais bien ensemble » ou encore « Ah ! Les amours de vacances ». Ghislaine, quant à elle, ne peut s'empêcher de lancer : « Du moment qu'il ne prend pas autant ses responsabilités avec Sacha qu'avec nous ».

Le petit garçon est toujours dans la case, endormi, épuisé par la rudesse de ces dernières nuits.

Simon et Max font de même, installés à quelques pas l'un de l'autre, contre les murs de la cour, en plein cagnard. Les deux compagnons d'infortune font l'objet de la conversation qui suit :

— Pas de moyen de transport, OK. Mais comment va-t-on faire pour les emmener avec nous ? demande Antoine.

— Ce qui est clair, c'est qu'on ne peut pas les laisser, répond Jade.

— C'est évident, intervient Claude. Nous pouvons nous servir du brancard mortuaire de Louis pour transporter Simon. Et pour Max... Il n'y a plus qu'à espérer qu'il soit suffisamment sur pied pour marcher.

— C'est pas gagné, grince Ghislaine.

— Cessez avec ce pessimisme ! râle Jade. Il va mieux depuis hier. Il fait beaucoup de progrès.

— De là à tenir sur ses jambes. Sur des kilomètres, qui plus est.

— Je le porterai sur mon dos s'il le faut.

— Vous êtes bien trop petite.

Jade manque de lui en coller une. Après tout ce qu'ils ont vécu, après cette promiscuité forcée, comment peut-elle encore faire preuve de si peu de tact ? De si peu d'empathie ?

— Méfiez-vous. Je ne suis pas grande, mais pleine de ressources.

— Des menaces ?

— Mais cessez donc, s'énerve Alice, laissant tout le groupe complètement déconcerté. À quoi cela va-t-il nous servir de nous emmerder les uns les autres ? Bon sang, on est adultes oui ou non ? Trouvons des solutions plutôt que de nous mettre des bâtons dans les roues. Vous êtes pires que mes élèves de primaire.

— Désolée, Alice. Je ne voulais pas vous mettre dans un état pareil. C'est juste le manque de sommeil et la perspective de laisser Max croupir ici, tout seul...

— Vous n'étiez pas la première visée.

Ghislaine ne dit mot. Elle s'écarte du groupe et part ruminer dans son coin.

— Je suis navré, s'excuse Claude. Je sais ce que vous devez tous penser, mais ne lui en tenez pas rigueur. Elle est comme elle est, mais, au fond, ce n'est pas quelqu'un de mauvais. Je ne vais pas vous raconter sa vie, mais sachez seulement qu'elle n'a pas été facile. Venir ici lui a demandé beaucoup d'efforts. Et disons qu'elle en veut un peu au monde entier, voilà tout.

— Vous n'y êtes pour rien, le rassure Alice. Je suis désolée de m'être emportée. Ça ne me ressemble pas. Pas du tout. Je dois être à bout.

— Comme nous tous, tempère Antoine en lui massant légèrement les épaules.

— J'ai super faim ! Elle est où, maman ? lance une petite voix dans l'entrebâillement de la porte de la case.

— Elle est partie nous chercher de l'eau, mon grand, lui répond Anatali. Mais ne t'en fais pas, je vais tout de suite nous trouver de quoi manger.

Et le chauffeur s'élance à travers les ruelles sinueuses de Bokeli.

Chapitre 45

Jour 9

Malgré la chaleur inhumaine, Armand est blême. Il est à la limite du malaise.

La dernière phrase de Claire résonne dans sa tête et lui donne envie de vomir :

— T'as tué le Hogon ? Je ne comprends pas, Armand ? Le Hogon ? Mais, punaise, il est bel et bien vivant. Quand as-tu pu…

— Je vais tout te raconter, mais rends-moi ce carnet. Tout de suite !

— Et comment vas-tu expliquer cela : « Comment ai-je pu manquer à tel point de discernement ? Comment ai-je pu croire que ce savoir m'appartenait ? Je n'ai finalement d'anthropologue que le nom. J'ai fait preuve d'une maladresse incontestable, fatale. On ne trompe pas un chef spirituel, on ne lui désobéit pas. Je devrai à présent vivre avec la culpabilité de sa mort et m'en remettre aux esprits de la nature. »

Armand déglutit et sent des larmes perler au bord de ses paupières. Il n'a plus d'échappatoire. Il va falloir qu'il parle, qu'il raconte tout. Qu'il se mette à nu. Et il sait que les conséquences vont être désastreuses. Il serre les mâchoires et se lance, un trémolo dans la voix :

— OK. D'accord. Tout s'explique, tu vas comprendre.

Claire lui rit au nez :

— Comprendre quoi ? Que t'es un salopard de meurtrier ? Louis, un Hogon,... T'as encore buté beaucoup de gens comme ça ?

— Je n'ai tué personne, s'il te plaît, tu dois me croire...

— Et me séduire, hein ? Ça faisait partie de quel plan ? Tu comptais me liquider à quel moment ?

Armand a mal comme il n'a jamais eu mal. Le plan qu'il avait élaboré a capoté. Le plan de toute une vie. Mais, pire encore, il n'avait pas prévu de rencontrer une femme et de souffrir à ce point. Il passe un doigt sur la cicatrice qui lui barre le visage et fond en larmes.

— Ne dis pas de bêtises, tu n'as rien à voir là-dedans. Mes sentiments pour toi sont sincères et...

Claire manque de s'étouffer. Elle est secouée de gloussements nerveux.

— Je n'ai jamais entendu de mensonge aussi gros. Bon, on continue notre lecture ?

— Non, Claire. Ne fais pas ça, implore l'anthropologue.

La jeune femme ouvre à nouveau le cahier, mais Armand, pris d'un regain d'énergie, bondit et le lui arrache des mains.

— Rends-le-moi. Tu ne vas pas t'en sortir comme ça, crie-t-elle.

— C’est mon journal, c’est mon intimité. Tu n’as pas le droit.

— Tu es plutôt mal placé pour invoquer le droit !

Claire agrippe le carnet à son tour. Armand ne le lâche pas. Le journal reste ouvert, tiraillé des deux côtés, résistant à la dispute des amants.

Armand sent ses forces le quitter. Il murmure, désespéré :

— C’est tout ce qui me reste, tu comprends ? C’est tout ce qui me reste.

Il tire une dernière fois, d’un coup sec. Le livre se déchire, inéluctablement, sous les yeux horrifiés de l’anthropologue qui ne tient plus qu’une poignée de feuilles jaunies entre les mains.

Son corps se tend, son visage se crispe et son regard s’assombrit.

— Mais qu’est-ce que tu as fait, bon sang ? C’était tout ce que j’avais.

Il s’avance vers Claire, l’air menaçant.

Alors, prise de panique, elle le pousse. Elle frappe le plus fort possible contre son torse. Il perd l’équilibre, bascule en arrière et termine sa course contre la paroi du puits en un craquement sinistre.

Claire se pétrifie. Ce bruit, on dirait le même que… que Louis. Quelques jours plus tôt dans la camionnette. Ce son caractéristique des os qui se brisent.

Armand reste immobile, les yeux grand ouverts, fixés vers un point mystérieux au milieu des falaises.

Chapitre 46

Jour 9

Claire pose les mains sur sa bouche pour retenir un hurlement d'effroi. Puis elle s'agenouille auprès d'Armand qui reste totalement immobile.

La voix chevrotante, elle répète en boucle :

— Non, non, non, pas ça ! Oh, mon Dieu, mais qu'est-ce que j'ai fait.

L'anthropologue continue à fixer la falaise d'un regard vide. Une larme coule le long de sa joue glabre. Claire s'approche, la chasse du pouce et l'absence de réaction du guide la terrifie.

— Je ne voulais pas, non... Je ne voulais pas.

Un poids énorme s'abat sur sa poitrine. Ses poumons brûlent et chaque bouffée d'air est une lutte. Elle s'adosse au puits, incapable de respirer normalement.

Comment a-t-elle bien pu en arriver là ? Pour un stupide carnet. C'est aussi pathétique que la mort de Louis à cause d'une mallette. Quelle ironie. Reprocher son décès à Armand alors qu'elle-même vient de commettre l'irréparable. Les images fraîches du guide s'agrippant avec hargne à des feuilles de papier, l'implorant de les lâcher, de lui rendre son intimité, viennent pernicieusement se mêler dans son esprit déjà confus à celles de Louis, accroché à son attaché-case de manière totalement irrationnelle.

Et voilà qu'à présent elle se retrouve avec un cadavre sur le dos et une mort sur la conscience. Elle lève les yeux et aperçoit, au loin, le mannequin de Louis, unique témoin de son abomination, qui l'observe de tout son mépris et de tous ses reproches.

Louis… Alice a toujours eu un doute. Priant pour un impossible miracle, Claire se baisse et secoue Armand. D'abord un peu, fébrilement, les bras faibles et les mains moites.

Aucune réaction.

Alors, galvanisée par un ultime espoir, elle agrippe ses épaules et les secoue avec vigueur.

Rien.

Elle gifle Armand violemment, guette le moindre mouvement, même infime, de sa part.

Rien. Son corps inerte penche brusquement vers la droite et il finit par s'écrouler sur le sol.

Claire pousse un cri bref. Elle est au bord du malaise. Son estomac se noue et il en remonte une bile acide.

Elle observe tout autour d'elle. Personne. La plaine est silencieuse, le village est muet.

Elle laisse glisser son regard vers le corps sans vie et se dit qu'elle ne s'est jamais sentie aussi seule au monde. Un profond dégoût de soi se mêle à cette solitude et accentue sa nausée.

Le paysage se met à tournoyer autour d'elle. Les maisons, les falaises et la savane qui n'en finit pas dansent en une ronde machiavélique. Elle voudrait tant pouvoir revenir en arrière, qu'Armand soit encore là, debout, qu'elle puisse lui rendre son sacro-saint carnet, mieux encore qu'elle ne l'ait même jamais ouvert. Elle regrette sa curiosité maladive, ce besoin irrépressible de toujours vouloir tout savoir, tout comprendre. Bon sang, ce qu'elle aimerait être ignorante. Ce qu'elle souhaiterait n'avoir rien vu, rien lu, et se blottir, ce soir, lorsque tout le village serait endormi, dans les bras de son amant.

Elle essuie ses larmes, tente de ne plus pleurer. Elle doit réfléchir, et vite. La cérémonie est terminée, il y a de fortes chances pour que Bokeli s'anime à nouveau et que les femmes, jusqu'ici confinées, en profitent pour se rendre au puits.

Le cerveau de Claire est frappé de flashes tragiques. Elle s'imagine dans le parloir lugubre d'une prison en tenue de bagnard et Sacha, adulte, lui reprochant son geste et son absence. Elle se voit malmenée dans une cellule sale et minuscule par des mégères rustres et perverses aux visages ravagés et aux dents gâtées. Son cœur se pince lorsque l'image de son fils, terrorisé à l'école par ses pairs, s'invite dans son esprit torturé.

Si personne ne doit payer pour la mort de Louis, pourquoi devrait-elle le faire pour celle d'Armand ? Après tout, la situation est comparable. Cette réflexion est tellement absurde qu'elle finit par douter d'elle-même. Est-elle assez amorale pour ne pas répondre de ses actes ?

Oui. Pour Sacha, elle serait capable de tout.

La vision de son fils harcelé, battu par ses camarades, vient à nouveau la hanter. Elle serre les mâchoires, prend une profonde inspiration, ravale son dégoût puis réunit ses dernières forces pour soulever Armand.

Elle ne voit pas d'autre solution. Sacha ne sera pas souffre-douleur et elle ne mettra pas un orteil en prison. C'est hors de question.

Puisse-t-elle vivre avec cela.

*
**

Anatali traîne, pieds nus, dans les rues de Bokeli. Personne à l'horizon. Les masques se sont retirés dans leur grotte, vestiaire séculaire au pied des falaises. Le village macère dans un état léthargique, l'effervescence et l'allégresse de la matinée s'estompant déjà tel un lointain souvenir.

Son ventre affamé se rappelle à lui par des spasmes incontrôlés s'intensifiant de minute en minute. Et pas un chat à l'horizon, comme si, après tant d'euphorie, le village s'était vidé de toute âme.

Le chauffeur erre, navré, inquiet à l'idée de devoir avouer au groupe qu'il est revenu bredouille, qu'il n'a pas trouvé la moindre chose à se mettre sous la dent. Il est tout de même satisfait de leur avoir annoncé une bonne nouvelle. Badji l'a promis : dans deux jours, les touristes pourront quitter Bokeli et rentrer chez eux.

Bien sûr, deux d'entre eux regagneront leur pays dans un état pitoyable. Critique même. Mais il y a pire : un malheureux ne retournera jamais à la maison, en tout cas pas vivant.

Max, Dieu merci, a l'air de se porter mieux. Du moins physiquement. Son âme, par contre, semble absente, comme évanouie, divaguant dans des recoins sombres et invisibles. Peut-être a-t-elle déjà rejoint le monde des morts ? Est-ce seulement possible lorsque notre cœur bat encore ? Simon, quant à lui, souffre de toutes parts. Il est blessé dans sa chair et dans son souffle, dans son corps et son esprit. Il est éteint, terrassé par les morsures étranges qu'il porte et qui ont eu raison de son être.

Mais d'où peuvent donc venir de telles meurtrissures ? Quelle créature maléfique serait capable d'autant de cruauté ? Quelle abomination de la savane serait assez perverse pour infliger cela à un homme ?

Anatali n'en a pas la moindre idée.

Le serpent vous mord d'un coup ou vous étouffe franchement. Mais il ne s'acharne pas de la sorte. L'oryctérope ne s'en prend qu'aux termitières. Ce cochon se fiche complètement de la chair humaine, tout comme son acolyte le pangolin toujours à l'affût d'une juteuse fourmilière. L'oryx et l'antilope passent leur temps à brouter le peu de verdure qui parvient à pousser sur ce sol inhospitalier. Pourquoi ces animaux auraient-ils tout d'un coup décidé de s'attaquer à un homme ?

Reste le chacal, ce renard pâle, cet être torturé, ce fauteur de troubles. Mais il brille plus par son espièglerie que par son courage. Il n'approche des villages que la nuit et ne se nourrit que de cadavres. Jamais on n'a rapporté d'histoire le décrivant comme preux au point d'affronter un homme, aussi vulnérable que ce dernier puisse être. Cette charogne aurait-elle choisi de se rebeller contre les hommes comme elle l'a fait autrefois contre son créateur ? Serait-il voué à devenir plus que le porte-parole de son père ? Déciderait-il à présent de la vie ou de la mort en ce bas monde ?

Impossible, se dit le guide, on ne se substitue pas au rôle que nous a confié *Amma*. Le renard pâle lui a volé la parole et la révèle aux hommes. Mais il n'a pas dérobé le pouvoir d'emporter les âmes.

Pourtant ces morsures, leur taille, leur empreinte…

Le chauffeur, pris d'un doute absurde, ne voit qu'une solution : se rendre tout en bas du village, chez Akoron. Après tout, n'est-il pas celui qui connaît le mieux les intentions et la parole du chacal ?

⁂

Claire doit prendre une décision, et vite. Pas la bonne, évidemment, elle n'existe pas. Pas la plus facile non plus. Dans tous les cas, sa vie est foutue, c'est une certitude. On ne se relève pas d'un truc pareil. Du moins, jamais complètement.

Elle pourrait choisir la solution la plus morale, celle que l'on prend pour apaiser sa conscience. Se dénoncer, expliquer que c'était un accident, que, bien sûr, elle ne voulait pas. Mais allait-on seulement la croire ? Quand bien même elle avouerait son crime, elle a l'intime conviction que rien ne pourra jamais la libérer de ce poids et qu'elle le portera jusqu'à la fin de ses jours. Et elle sait surtout qu'elle n'a pas envie de partager ce fardeau avec son fils.

Alors, elle inspire plusieurs fois, le plus profondément possible.

Elle chasse de son cerveau l'image du corps sans vie d'Armand et, pour se donner du courage, la remplace par celle de Sacha, souriant, innocent.

Il faut qu'elle y arrive. Pour lui.

Malgré le poids non négligeable du guide, elle parvient à hisser son cadavre sur ses épaules. Ses jambes ont du mal à la porter et vacillent sous l'effort.

Elle hésite encore un bref instant, mais elle ne peut tenir plus longtemps. Alors, révulsée par son geste, elle balance l'objet de son désespoir au fond du puits. Les secondes s'égrènent, lui paraissent une éternité. Puis un clapotement vif et soudain la terrasse de plein fouet et la jeune femme s'écroule, prise de tremblements incontrôlables.

Aussitôt, elle regrette sa décision. Il n'y a pas de prison en pays dogon. Les esprits de la nature sont les seuls juges.

Elle couche ses avant-bras sur le bord du puits et y enfouit sa tête comme pour se cacher d'une quelconque puissance invisible ou échapper à la culpabilité.

Noyée dans son chagrin, étouffée par la honte et la peur, elle ne perçoit pas la silhouette qui s'arrête brusquement en posant ses pieds nus dans la plaine.

Chapitre 47

Jour 9

Anatali patiente, assis sur une pierre inconfortable. Akoron a accepté sa requête. Il va réinterroger le chacal. Il a dû fortement insister. D'abord, il n'avait rien à offrir en échange. Ensuite, la question était on ne peut plus délicate. Inédite, osée, gênante. Le devin a fait preuve d'une ouverture d'esprit et d'une hardiesse certaines.

Le chauffeur observe encore une fois les gestes calculés, précis, qui dessinent un quadrillage parfait sur le sol et forment çà et là des spirales et autres petits volcans de sable. Il n'y comprend rien, mais il y croit. Le renard pâle parlera en traçant son chemin. C'est ainsi depuis des siècles. Depuis l'origine du monde dogon.

Akoron continue son assemblage divinatoire en plaçant des bâtons sur les bords de certaines cases. Puis, il attrape une poignée d'arachides et en parsème l'ensemble de sa création.

Il termine en versant une libation de bouillie de mil sur un autel, simple pierre à la patine épaisse couchée sur quatre branches.

Il n'a rien promis à Anatali. La question est totalement insolente. Il n'est pas sûr que le renard ait envie d'y répondre. Pourvu que ce dernier ne prenne pas mal son effronterie. D'habitude, on l'interroge sur des choses relatives à la santé ou encore à l'amour. Jamais, dans toute sa carrière de devin, il n'a osé demander quelque chose d'aussi arrogant.

Mais lui-même est intrigué par ces morsures. Il s'est rendu au chevet du blessé à la demande des touristes. Il a usé de sa décoction verdâtre pour éviter la gangrène. Le malheureux n'a même pas eu la force de crier. Pourtant, la douleur devait être vive. Son corps a juste été pris de quelques soubresauts, rien de plus.

Alors, il a accepté d'interroger le chacal. Lui seul sait s'il est coupable. La question qu'il a formulée lui paraît cependant risquée. Il n'est pas bon de s'attirer les foudres d'un tel fauteur de troubles.

« Est-ce toi, *Yorougou*, descendant d'*Amma*, détenteur de la parole sacrée, qui t'en es pris à l'homme blanc ? »

Il n'y a plus moyen de reculer. Il reste juste à espérer.

Anatali fait une dernière requête. Le guérisseur accepte, encore une fois. Il invite le chauffeur à faire un détour par chez lui pour lui offrir de la nourriture. Il lui donne ce qu'il peut. Après tout, son stock est limité. Les récoltes sont maigres et les greniers sont presque vides. La terre se réchauffe et l'eau est de plus en plus rare. Il raconte à quel point il invoque les esprits pour qu'ils soient plus cléments. Mais rien n'y fait. Ceux-ci restent sourds à ses supplications.

Alors qu'il s'apprête à prendre congé, un plat sous le bras, le chauffeur, intrigué par le défaitisme du guérisseur, lui adresse encore quelques mots sur le pas de la porte.

— C'est étrange, dans mon village, plus au nord, nous avons encore de très bonnes années. Parfois, c'est un peu plus difficile, nous devons nous restreindre, mais nous ne manquons jamais de rien.

— Votre terre n'est pas la nôtre.

— Je suis aussi originaire de la plaine du Seno, le soleil y brûle partout de la même façon.

— Le soleil et la pluie caressent la terre de pareille fougue. Mais cette dernière ne les accueille pas comme il se doit. Elle absorbe les rayons avec avidité et rejette l'eau dans le ciel.

— Pourquoi la terre vivrait-elle à l'envers à Bokeli et pas ailleurs ?

— Parce qu'elle nous punit pour nos actes.

— Qu'avez-vous bien pu faire de si grave pour avoir à tel point déclenché la colère de notre Mère ?

— Nos pères ont manqué de prudence. Ils ont accueilli les blancs.

— Les blancs ne connaissent pas notre monde, ils sont maladroits. Ils ne voient qu'avec leurs yeux.

— C'est pour cela qu'il faut que vous partiez avec tout votre groupe. Notre terre ne pourrait souffrir d'un nouveau fardeau.

— Dans deux jours, nous ne serons plus qu'un souvenir. Nos âmes quitteront ce village et nos corps reprendront leur chemin.

— Vous retrouverez la quiétude. Vous mangerez à votre faim.

— Je ne pense pas que les blancs sortent d'ici complètement indemnes.

— Nous marchons depuis de nombreuses années vers un destin dont ils sont responsables. Leur sort est enviable comparé au nôtre.

— Vivre à Bokeli serait une fatalité ?

— Pire, une punition. Comme celle de vivre parmi les morts.

Le devin se retourne et, sans mot dire, entre dans sa case et referme la porte derrière lui.

*
**

Claire se redresse et s'éloigne du puits. Son pied cogne un objet lourd. Le canari. Impossible de le ramener vide. Son estomac se noue à nouveau. Après avoir affronté sa propre conscience, elle va devoir se heurter au regard des autres. Comment va-t-elle justifier l'absence d'Armand ? Il faut qu'elle trouve une excuse valable.

Elle ramasse la jarre couchée sur le sol, la redresse, puis se tourne vers le puits. D'un geste machinal, elle actionne la poulie. Son cœur s'emballe. Ce qu'elle s'apprête à faire est complètement ignoble. Mais elle n'a pas le choix. Elle doit puiser de l'eau, même si le corps d'Armand baigne dans les tréfonds de ce gouffre.

Elle oblige ses bras à bout de force à accomplir l'intolérable. Le seau descend peu à peu. Elle espère de tout son être qu'il ne heurtera pas le cadavre. Elle n'est pas sûre de pouvoir y survivre psychologiquement.

Un léger clapotis la sauve. Le récipient plonge sans résistance dans le liquide et, soulagée, la jeune femme tire de toutes ses maigres forces pour le ramener au plus vite à la surface.

Elle remplit la jarre, dégoûtée. Elle se sent sale comme jamais, autant dans son corps que dans son âme. Ses vêtements sont trempés de sueur, ses longs cheveux bruns s'agglutinent en mèches épaisses qui viennent se plaquer désagréablement contre sa nuque. Sa gorge est sèche et sa bouche brûlante, mais l'idée de boire la moindre goutte d'eau provenant de ce puits la révulse.

Réprimant un sentiment d'horreur, elle répète sa manœuvre pourtant insupportable. Le seau glisse à nouveau dans les profondeurs, plonge dans le liquide souillé puis remonte à la surface.

Une fois l'épreuve terminée, Claire s'assoit, lamentable, à bout de force, sur la terre aride. Le sol est jonché, çà et là, de feuilles jaunies et manuscrites. Le carnet d'Armand. Un vrai carnage. Aura-t-elle la force et le culot d'en lire encore quelques passages ou sa conscience lui dictera-t-elle de respecter les dernières volontés du guide ? De lui laisser ses secrets les plus intimes ?

Elle n'a pas le temps de se pencher sur la question. Au loin, ondulant dans la plaine, un petit groupe de femmes caryatides se dirige droit vers elle.

Tant pis, elle agit sans réfléchir. D'un geste rapide, elle jette le cahier au fond du puits.

Qu'Armand emporte avec lui ses confidences. Après tout, il leur a consacré sa vie.

Et même sa mort.

Quelques feuilles éparses, tantôt humides, tantôt déchirées jonchent le sol. Elle les ramasse et les fourre dans les poches arrière de son short.

Chapitre 48

Jour 9

Cher cahier,

Aujourd'hui, maman était hyper bizarre. J'ai dormi presque toute la journée. Faut dire que les nuits passées ont été beaucoup trop courtes. Le docteur a dit qu'à mon âge, je devais dormir au moins dix heures par jour. La bonne blague quand chacune de vos nuits est perturbée par un truc trop chelou. Si ce n'est pas quelqu'un qui vient déposer un objet mystérieux près de moi, c'est un corps qu'on retrouve et qui fait flipper tout le monde. Moi en premier.

J'ai une super cool nouvelle à t'annoncer. Quand je me suis réveillé, les adultes m'ont appris qu'on allait bientôt pouvoir partir. Plus que deux fois dodo. Tu te rends compte ? Trop bien ! Adieu ce village pourri. Dire qu'on était soi-disant venus pour voir des danseurs avec des masques. Eh bien, tu sais quoi ? J'ai même pas pu les regarder. Juste un peu de loin, en cachette. Pas cool, hein ?

Pendant que je faisais une sieste, maman est partie chercher de l'eau. Certains ont trouvé ça étrange qu'elle revienne seule. Ben oui, tu penses bien, Armand était allé avec elle ! Il n'allait pas rater une occasion de la coller. Maman semblait nerveuse, elle était toute trempée et je voyais bien qu'elle avait pleuré. Elle ne pleure pas souvent, tu sais. La dernière fois que je l'ai vue dans un état pareil, c'est quand papa a quitté la maison pour partir vivre avec sa stupide copine.

Peut-être qu'Armand lui a dit qu'il n'était plus amoureux d'elle ? Ça me ferait de la peine, mais, en même temps, j'aurais de nouveau ma maman pour moi tout seul !

Quand les autres lui ont demandé où il était passé, elle a répondu qu'il l'avait laissée seule au puits, qu'il était parti explorer la plaine. Qu'il voulait jouer les « éclaireurs » ou quelque chose comme ça. Claude a trouvé ça étrange. Surtout qu'il a laissé toutes ses affaires. Maman lui a fait remarquer qu'Armand ne fait pas toujours des choses logiques. Elle a parlé d'un côté sombre, de secrets qu'il gardait et de trucs qu'il ne voulait pas avouer.

Mais moi, je voyais bien, au fond, qu'elle mentait. Elle est malheureuse et elle cache quelque chose. Je crois qu'elle a peur aussi. J'espère qu'Armand ne lui a rien fait de mal. Je pensais qu'avec papa, elle avait déjà vécu le pire.

Anatali était bizarre lui aussi. Il ne disait rien. Il ne posait aucune question à maman. Mais il lui faisait de gros yeux. Les mêmes que la maîtresse quand Lucas ment, mais qu'elle sait très bien qu'il a fait une bêtise.

Ou alors, peut-être qu'il est jaloux. Dans le fond, ma maman, c'est la plus belle et la meilleure des mamans du monde.

Sacha

Chapitre 49

Jour 9

Claire se sent serrée comme dans un étau. Elle a l'impression que tout le groupe la regarde de travers, qu'ils ont compris qu'elle leur mentait à propos de la disparition d'Armand. Elle n'a pas pu dissimuler son angoisse lorsqu'elle est revenue dans la cour. Elle devait être complètement en vrac, les yeux rouges et bien trop bégayante pour avoir l'air innocente. Ils doutent tous, c'est certain. Elle se rassure : quand bien même ils la soupçonnent de cacher quelque chose, ils seraient bien perspicaces s'ils parvenaient à découvrir l'infâme vérité. Personne ne serait assez cruel et tordu pour imaginer qu'elle l'a accidentellement tué puis jeté au fond du puits.

Anatali semble le plus suspicieux. Son regard envers elle a changé. Il est plus sombre, plus sévère, plus dur. Sa présence la met terriblement mal à l'aise. Comme toute la situation, après tout. Le pire reste peut-être de devoir boire, bon gré mal gré, cette eau souillée. Elle a plongé une double dose de pastilles purifiantes dans la jarre. Tout le monde s'est plaint du goût. Et pour elle ça n'a pas eu plus d'effet qu'un emplâtre sur une jambe de bois. Elle en est même venue à se demander si la moindre goutte de liquide n'allait pas la répugner jusqu'à la fin de ses jours.

Elle entre discrètement dans la case et range à la hâte les quelques feuilles chiffonnées du carnet d'Armand qu'elle a récupérées. Elle ne sait même pas si elle aura le courage et l'audace de les lire un jour.

La joie mêlée au soulagement qui règne parmi les touristes joue certainement en sa faveur. Tous sont euphoriques à l'idée de ne plus passer que deux nuits dans le village. Les uns s'imaginent déjà prendre une douche interminable, les autres rêvent de pizzas et de gâteaux et les derniers se voient devant une bonne vieille série américaine dans un canapé douillet.

Claire doute de pouvoir un jour profiter à nouveau de la vie. Comment peut-on se reconstruire après ce qu'elle vient de vivre ?

La petite voix de Sacha retentit derrière elle. Tout de suite, les mots de son fils l'éloignent du souvenir douloureux du puits et forment comme un pansement qui lui guérit instantanément le cœur.

— Tu viens, 'man ? J'ai pas envie d'aller dormir tout seul. Je voudrais rester tout contre toi cette nuit.

À vrai dire, elle aussi a besoin de se blottir contre lui.

Chapitre 50

Jour 10

— Mais qu'est-ce que c'est que ce truc ?

Claire brandit un chiffon sale posé contre le dos de Sacha. Celui-ci, encore à moitié endormi, lui fournit une réponse peu cohérente.

— J'ai rien fait, je le jure. C'est pas ma faute.

— Je m'en doute bien.

Le garçon se redresse, se frotte les yeux, bâille à s'en décrocher la mâchoire puis fixe l'objet que sa mère tient entre les mains. Une sorte de poupée faite de bois et de chiffon.

— C'était posé là, juste à côté de toi. Tu n'as rien vu ou senti, pendant la nuit ?

— Non. Désolé, maman, répond l'enfant en baissant le regard. Elle est très moche en tout cas cette poupée.

— J'avoue qu'elle n'est pas des plus jolies. Tu sais quoi ? On va la montrer à Anatali et je suis certaine qu'il pourra nous en dire plus. Tu es d'accord ?

— OK, maman. Mais tu sais, j'ai peur. J'ai de plus en plus peur, en fait.

— Oh, non, mon cœur, pourquoi tu dis ça ? On est bientôt partis, tu sais ?

— Parce qu'il y a toujours des machins qui apparaissent près de moi, la nuit.

Claire pose sa main sur celle de Sacha et se met à trembler.

— Tu vois, 'man. J'étais sûr et certain que tu flipperais si je te parlais de tout ça.

— Je suis juste fatiguée, c'est tout.

— Et Armand, il est où, hein ? Il y a des trucs chelous qui arrivent dans la cour et, lui, il disparaît. Il ne t'a pas embêtée ? Il ne t'a pas rendue triste ?

Claire ne sait quoi répondre à son fils. Non, ce n'était pas Armand le mauvais, le valet de pique qu'il fallait sortir du jeu. C'est elle qui lui a fait du mal. Et encore, c'est un euphémisme.

La vision du corps d'Armand qui bascule au fond du puits vient la frapper de plein fouet. Puis elle laisse la place à celle de la dépouille de Louis, embaumée à l'aide de bandelettes de coton, les pieds à l'air, hissée dans la falaise. Elle tourne la tête vers Max et Simon puis baisse les yeux pour ne pas croiser le regard apeuré de son fils. Elle se contente de le serrer contre elle. Trop fort.

Dix jours.

Deux morts.

Deux blessés graves.

Et une promesse de départ qui lui semble aussi fiable que la loyauté d'Armand.

⁂

Anatali ouvre un œil et repère tout de suite le drôle de chiffon beige à carreaux rouges déchiré par endroits. Celui-ci est souillé de traces sombres et se termine par deux bras aux mains grossièrement taillées dans du bois clair. Le tout est surmonté d'un visage stylisé sculpté dans une essence plus foncée, portant une haute coiffe sertie de médaillons métalliques. La figure est émaciée, le nez est large et proéminent alors que les yeux et la bouche ne sont que trois ronds à peine détaillés.

Le chauffeur se lève d'un bond.

— Vous avez trouvé ça où ?

— Près de moi, comme d'hab', soupire Sacha.

Anatali regarde autour de lui. Les autres touristes commencent à remuer et à s'étirer. D'un signe de tête, il invite Claire à le suivre dans la case. Sacha demande à les accompagner, mais il est repoussé par le chauffeur qui lui explique gentiment qu'il doit s'entretenir seul avec sa maman.

Une fois dans la maison, Anatali observe Claire d'un air grave et s'adresse à elle sévèrement.

— Écoutez, Claire, il est temps qu'on se parle, vous et moi, vous ne croyez pas ?

Elle fronce les sourcils et se mord la lèvre inférieure. Anatali la fixe, imperturbable, inflexible. Son regard est si perçant qu'elle frissonne. Elle ne sait quoi répondre ni comment réagir. Elle reste immobile et silencieuse.

— J'étais là hier. En bas du village. Je devais voir Akoron.

Le sol semble s'ouvrir sous les pieds de Claire telle une trappe. Elle bredouille :

— Oh mon Dieu ! Ne me dites pas que vous avez vu... C'était...

— Un accident, je sais. Un stupide accident.

La jeune femme le regarde d'un air implorant.

— Je ne voulais pas. C'est arrivé si vite. Une bête histoire de carnet.

— J'ai tué un homme de mes propres mains pour une mallette, se radoucit le chauffeur.

— Mais nous devions sauver notre peau. Je n'ai pas cette excuse.

— Peu importe. Vous auriez pu m'en vouloir, me traiter d'assassin et me rejeter. Vous ne l'avez pas fait. Vous ne m'avez pas jugé et je ne vous jugerai pas.

Claire pousse un soupir de soulagement.

— Et les autres ?

— S'ils l'apprennent, ils ne seront pas cléments comme moi. Ils exigeront qu'il y ait une réparation comme on fait chez vous : un tribunal, une condamnation, une prison. Vous avez commis un crime chez les Dogons, ce sont les esprits de la nature qui décideront de votre sort. Regardez Simon, lui aussi a frappé Louis. Les ancêtres l'ont puni.

Claire frémit. Elle espère s'en tirer mieux que Simon. Même si elle sait qu'elle ne le mérite pas.

Elle tient toujours la poupée anthropomorphe dans ses mains et en triture nerveusement le tissu défraîchi. Elle était persuadée d'avoir été seule hier, dans la plaine. Son cœur se serre. Pourvu qu'il n'y ait qu'Anatali qui l'ait vue. Ses doigts se crispent de plus belle sur l'objet mystérieux.

— Vous pensez donc que je finirai bien par être punie, moi aussi, dit-elle avec amertume.

Le chauffeur la regarde d'un air désolé.

— Je ne peux malheureusement pas vous promettre le contraire. Mais je ne vous ai pas fait venir ici uniquement pour ça.

Anatali tend le bras et lui vole la poupée d'un geste vif. Claire est fébrile. Qu'est-ce que ce jouet peut cacher de tellement important pour qu'il la prenne ainsi en aparté et la lui arrache des mains brusquement ?

— Ce n'est pas un objet dogon. Mon peuple ne taille jamais dans ce bois et les visages de nos sculptures sont très différents.

Claire déglutit et sent ses paumes devenir moites. Anatali manipule la poupée avec une certaine délicatesse et continue ses explications en la secouant légèrement par à-coups.

— On retrouve ce type de marionnette chez nos voisins, les Bozos. On entretient un commerce d'oignons et de poissons avec eux. Ils vivent au bord du fleuve Niger.

— Oui, j'ai cru comprendre. Armand me l'avait...

Elle s'arrête net. Le fait de prononcer son nom accélère son rythme cardiaque de manière vertigineuse. Anatali remarque son malaise et poursuit ses explications.

— Ce peuple fabrique plusieurs types de marionnettes comme celle-ci. Il y en a de toutes sortes : articulées, colorées, en forme d'animaux ou d'êtres humains. Les

Bozos les utilisent lors de petits théâtres qu'ils montent sur la rive du fleuve, dans une pirogue ou même parfois dans l'eau. Elles ont un rôle instructif. Ils s'en servent pour rejouer les contes dans lesquels interviennent les esprits et les forces de la nature. Mais ils peuvent aussi les employer pour se moquer ou critiquer la société sans être inquiétés.

Claire panique et se met à transpirer à grosses gouttes. Elle parvient à peine à articuler :

— Vous pensez qu'on est venu la placer près de nous pour me signifier quelque chose ? Quelqu'un qui saurait pour Armand ? Un truc en rapport avec ces punitions invisibles ?

— Non. Je ne crois pas. Je suis presque sûr que cette poupée-ci était destinée à Sacha.

Claire manque de s'évanouir. Sa gorge se serre et ses oreilles bourdonnent. Pourquoi Sacha ? Pourquoi en voudrait-on à son fils ou, plutôt, que lui cherche-t-on ? Elle repense immédiatement à la noix de cola qu'il avait trouvée dans sa moustiquaire.

Anatali a bien perçu son malaise et la réconforte :

— Ce n'est pas un objet dangereux. Il ne faut pas en avoir peur.

Claire n'est pas plus rassurée. Elle trouve la poupée laide et effrayante. Un vrai jouet maléfique qui traînerait dans la cave d'une maison hantée dans un film d'épouvante de série B. Elle murmure, décontenancée :

— Pourquoi Sacha ? Qu'est-ce qui vous fait dire ça ?

— Ce modèle de marionnette a une fonction bien précise. Elle est fabriquée par les forgerons bozos pour servir aux jeunes garçons. Grâce à elle, ils peuvent exprimer ce qu'ils pensent sans être inquiétés par les adultes.

— Et pourquoi quelqu'un serait venu lui donner ça ?

— Je n'en sais rien. C'est le seul enfant du groupe, c'est tout.

— Mais ça n'a aucun sens ! Pire, ça remet en question la présence de ces maudits cauris et de cette fichue calebasse ! Peut-être qu'au final rien n'était prévu pour accompagner Louis dans les falaises.

— Je vais vous avouer quelque chose, Claire. Mais ça doit rester entre nous. Je n'y ai jamais cru. Et Armand non plus.

Chapitre 51

Jour 10

Cher cahier,

Ça y est, maman a encore flippé grave ce matin. Mais j'avoue que moi aussi. J'ai dormi contre elle toute la nuit. Je sentais bien qu'elle était inquiète, que quelque chose n'allait pas. C'était sans doute parce qu'Armand n'était plus là. Je pense qu'il est parti et que maman est triste ou en colère parce qu'elle est amoureuse de lui.

Pendant la nuit, on est de nouveau venu nous apporter un truc bizarre. J'ai senti quelque chose chatouiller mon dos. Je me suis retourné dans mon sommeil et j'ai senti une présence. Un souffle. Quelqu'un qui respirait près de moi. Comme j'avais la tête dans le pâté, je me suis dit que c'était peut-être Armand qui était revenu et qu'il essayait de prendre ma place auprès de maman. J'ai entrouvert un œil, discrètement. Je voulais faire semblant de dormir. Hors de question que je lui cède ma place ! Il n'avait qu'à pas disparaître en pleine journée sans rien dire.

Mais ce n'était pas lui. Je ne voyais pas bien puisqu'il faisait noir, mais la silhouette était beaucoup plus petite. Ma taille à peu près. Plutôt fine. Comme si c'était une petite fille de mon âge. Nos regards se sont croisés un instant et elle a vite lâché l'objet en poussant un petit cri. Maman a bougé dans son sommeil et, du coup, la fille est partie en courant.

Puis, tout est redevenu calme. Maman a continué à dormir et ne s'est rendu compte de rien. Moi, j'ai senti que mon cœur battait à nouveau beaucoup trop vite, comme la fois où on a déposé la noix dans mon lit. Il battait si fort que je l'entendais dans mes oreilles comme si on frappait sur un tambour. J'ai attendu qu'il se calme puis je me suis serré le plus fort possible contre maman.

Ce matin, elle a tout de suite trouvé l'objet. On dirait une poupée. Tu la verrais, elle est hyper moche ! Et toute sale en plus ! Je dirais même qu'elle fout les boules !

Anatali et maman ont voulu discuter sans moi. Comme d'habitude, on me cache tout. C'est dingue, tu ne trouves pas ? C'est à moi qu'on laisse toujours des trucs et il n'y a que moi qui n'ai rien le droit de savoir !

Ils sont restés longtemps à parler dans la maison. Puis, quand ils sont ressortis, ils m'ont dit de ne pas m'inquiéter, que c'était une marionnette et que quelqu'un avait sûrement voulu me faire un cadeau avant qu'on parte. Une sorte de souvenir. Pour que je me rappelle toute ma vie du village.

Eh bien, tu sais quoi ? Moi je voudrais l'oublier pour toujours. Je n'ai jamais eu aussi faim et soif, je ne me suis jamais autant ennuyé et, surtout, je n'ai jamais eu aussi peur.

Plus qu'une fois dodo et on est partis. Mais je me demande bien ce qui va encore apparaître pendant cette dernière nuit.

Sacha

Chapitre 52

Jour 10

Le soleil pointe déjà au zénith, redoutable, accablant. Le chacal a peut-être parlé cette nuit et, dans ce cas, Akoron aura traduit les empreintes de ses pas. Anatali trottine à travers les artères ondulantes du village en direction de la case du guérisseur. Son entrevue avec Claire l'a retardé. Et il n'y tient plus. Il est curieux de découvrir la réponse à son insolente question.

« Est-ce toi, *Yorougou*, descendant d'*Amma*, détenteur de la parole sacrée, qui t'en es pris à l'homme blanc ? »

Anatali est né et a grandi en pays dogon, au pied des falaises. Et, dans son souvenir, jamais quelqu'un n'a eu l'audace d'interroger de la sorte le renard pâle sur ses propres actes. Bien sûr, il se trompe peut-être. Après tout, il a passé une bonne partie de sa jeunesse en Europe. Mais le devin a eu l'air tendu, embarrassé lorsqu'il a entendu la question. Il a d'ailleurs hésité à préparer la table de divination. Il répétait que le chacal risquait d'y voir une forme de provocation. Il jetait des coups d'œil inquiets en direction de la plaine et des falaises comme si *Yorougou* allait apparaître pour le châtier d'une telle hardiesse.

Le chauffeur redoute la réponse, peu importe sa nature.

Si le renard pâle répond positivement, que va-t-il advenir des hommes ? Pourquoi cet ancêtre déloyal s'en prendrait-il comme ça, tout à coup, à l'humanité, alors qu'ils cohabitaient en paix depuis la nuit des temps ? Quel élément aurait autant suscité sa colère ? La présence des touristes, sans doute. Peut-être est-ce pour cela que les villageois sont si distants. Ils redoutent la réaction du renard. Dieu sait ce qu'ils ont dû vivre dans le passé.

Si la réponse est négative, l'issue n'est pas plus heureuse. Dans ce cas, qui est à l'origine de ces étranges morsures ? Qui a bien pu s'en prendre de la sorte à Simon et pourquoi ? Les Dogons ? Il en doute. C'est son peuple. Ce ne sont pas des mangeurs de chair humaine. Cette idée lui fait tout de même l'effet d'un couteau lui transperçant le cœur. Et pour cause : lorsqu'il était en France, il lui est arrivé de croiser des amateurs de culture dogon, scientifiques ou non, qui lui ont appris que ses ancêtres avaient eu recours aux sacrifices humains. Mais rien n'était moins sûr. Certains ont nuancé. Souvent, ces faits relevaient de carnets de voyage d'explorateurs s'attachant plus scrupuleusement à relater le spectaculaire que la vérité. Ils interprétaient la moindre phrase, le moindre signe, le moindre geste comme ils le souhaitaient. Et quoi de plus extraordinaire que de parler d'immolation lorsque l'on veut vendre l'extravagance de l'exotisme à ses compatriotes ? Et puis, sacrifice ne signifie pas cannibalisme. Anatali a beau y réfléchir, le cas de Simon est différent. Il n'a pas été mis à mort, mais, en revanche, les marques qu'il porte sur tout le corps laissent sérieusement croire que des morceaux de sa chair ont été ingérés de son vivant. Par qui ? Par quoi ? Les touristes semblaient unanimes. Les empreintes de dents rappelaient furieusement celles d'un homme, en plus petit. Il se remémore la légère trace de morsure que Jade leur a montrée et frémit.

Elle a suivi un rôdeur… Un humain. Pas un animal.

Le chauffeur s'arrête net devant la maison d'Akoron. Le devin l'attend, assis sur une pierre, contre la façade, l'air plus ténébreux et solennel que jamais. Il en a froid dans le dos. Tous les guérisseurs, magiciens, marabouts et autres griots ont toujours eu sur lui un effet à la fois captivant et terrifiant. Ce sont les gens qui savent. Ceux qui connaissent l'histoire de leur peuple. Ceux capables de soigner les hommes et invoquer les dieux et les esprits. Akoron n'échappe pas à la règle. Il a été correct, serviable même, depuis leur arrivée. Mais son attitude froide et sévère fait remonter à la surface ses peurs irrationnelles d'enfant.

— *Sewa* !

— *Sewa* !

Cette fois-ci, le guérisseur ne prend pas la peine de faire durer les salamalecs. Il ne demande pas de nouvelles du groupe, même pas de Max ou de Simon. Il se contente de jeter des regards graves et inquiets du côté de la falaise puis de murmurer tout bas :

— Il a parlé cette nuit.

Anatali, par son silence, l'invite à poursuivre. La dernière phrase du devin lui fait l'effet d'un couperet. Le guérisseur se rapproche de lui comme s'il s'apprêtait à lui révéler le plus lourd secret qu'il ait jamais porté et chuchote :

— Le chacal. Ce n'est pas lui qui a mordu…

***

— Maman ! Il n'y a rien à boire et je meurs de soif.

— Je sais, mon cœur, mais la cruche est vide et…

Claire s'arrête net. Comment expliquer à son gamin de dix ans qu'il est insurmontable pour elle d'aller jusqu'au puits ? Que la simple idée d'aller poser ne fût-ce que le bout de sa semelle dans la plaine lui est intolérable.

— Et vous n'allez pas chercher l'eau aujourd'hui ? demande Ghislaine. C'est vous qui le faites d'habitude. Enfin, vous le faisiez avec Armand. Peut-être que, maintenant, c'est moins marrant.

L'effroi fait place à la colère. Claire doit se retenir pour ne pas exploser et la coller contre un mur. La vision de la vieille femme projetée au fond du puits à la place du guide lui arrache un faible sourire qui s'évanouit aussitôt.

— Je ne sais pas ce que vous lui avez fait, mais on dirait bien qu'au final, vous l'avez fait fuir.

Les oreilles de Claire bourdonnent sous les assauts pernicieux de Ghislaine.

Bordel, pourvu qu'elle la ferme.

— Enfin, ce n'est pas comme s'il nous était très utile et...

— Mais vous allez la boucler, vieille bique ! Vous nous emmerdez depuis le début du séjour avec votre négativisme. Vous n'avez rien d'autre à foutre, non ? s'énerve Jade, dont la voix vient de monter dans les aigus sous le coup de la colère.

Elle se retourne vers Claire :

— Faut pas hésiter si elle vous embête. Moi, je ne me gêne plus. De toute façon, demain matin, bye bye, à plus jamais !

Ghislaine passe son chemin et s'en va bougonner comme à son habitude.

— Vous ne voulez vraiment pas y aller, au puits ?

Claire, prise d'un coup de chaud, sent son visage devenir pourpre. Impossible de le cacher. Elle avale sa salive avec difficulté puis répond, légèrement bégayante :

— N... non, c... ce n'est pas ça. Je... je suis juste un peu fatiguée et...

— Vous avez bonne mine pourtant. Mais le manque de sommeil, je compatis. Ça fait plus d'une semaine que je ne dors que quelques heures par nuit.

— C'est vrai. Je ne devrais pas me plaindre devant vous. Désolée.

Mais c'est la seule excuse valable que j'ai trouvée. Même si elle est nulle. Mon manque de répartie me tuera.

— Oh, à côté de Max ou de Simon, je m'en sors plutôt bien.

— Je suis vraiment désolée. C'est affreux. Je n'ai pas de mots.

— Ne soyez pas désolée, ce n'est pas votre faute. Et puis, je peux comprendre que l'absence d'Armand vous pèse et vous inquiète. Vous avez dû ruminer toute la nuit. Je ne suis pas aveugle, vous savez.

Claire sent une nouvelle vague de chaleur lui traverser le corps. L'aurait-elle aperçue, elle aussi, au bord du puits ? Elle prononce, les lèvres tremblotantes :

— Aveugle ? Pourquoi dites-vous ça ?

Jade lui adresse un sourire coquin :

— Faut pas rougir ! Je suis aussi une nana. Et ça se voit comme un coup de poing dans l'œil. Pas étonnant qu'il soit parti en éclaireur. Il a sûrement voulu jouer les durs pour vous impressionner. Ne vous en faites pas pour lui, il va s'en sortir. Pas comme Simon. Il connaît bien le pays, les coutumes, la langue et tout et tout.

Claire soupire de soulagement. Ses muscles se décrispent et ses épaules s'affaissent.

— Vous voyez, rien que d'en parler on dirait que vous vous sentez mieux. Par contre, ce serait vraiment cool pour tout le monde que vous y alliez, au puits. On va finir par se ratatiner sous ce soleil. Et il faut absolument continuer de faire boire Simon. Faut le réhydrater, ça l'aidera peut-être à retrouver ses esprits.

Non, pitié, pas ça, tout, mais pas le puits.

Claire fond en larmes, impuissante, anéantie.

— Mais il va revenir, vous allez le revoir.

— Qu'est-ce qu'elle a, 'man ?

Claire tente de rassurer son fils, mais sa bouche ne libère aucun son. Les mots sont remplacés par des sanglots sans fin, sans répit, émanant du plus profond de ses entrailles.

— C'est à cause de la poupée ?

La jeune mère parvient juste à faire « non » de la tête.

Alors, Sacha se blottit contre elle et passe ses petits bras autour de son cou.

— T'inquiète pas, maman, rappelle-toi que demain on sera à la maison. Rien que nous deux.

⁂

Ils sont tous réunis en cercle au milieu de la cour. Les derniers rescapés du voyage, ceux qui sont encore en vie et en un seul morceau. Les deux estropiés luttent toujours contre la fatalité, inconfortablement installés près de la case.

Anatali était revenu tôt dans l'après-midi avec un maigre plat d'éternelle bouillie qu'Akoron avait encore une fois accepté de lui céder. Finalement, vu l'état pathétique de Claire, Jade s'était chargée d'aller puiser l'eau au puits. La journée s'était passée sans embûche et dans l'ennui le plus total, si ce n'est que quelques notables du village étaient venus, sans leur jeter le moindre regard, récupérer le mannequin à l'effigie de Louis ainsi que les restes sanguinolents de la chèvre. Tout s'était fait dans le calme, sans cérémonie particulière. Armand n'étant plus là pour apporter de savantes explications,

Anatali avait mentionné que les funérailles n'étaient pas toujours calquées sur le même modèle. Les rituels diffèrent selon les villages, mais aussi selon la qualité du défunt. Il va de soi que le cas de Louis avait dû être, pour les Dogons, un peu spécial.

À la tombée du jour, le groupe tente de faire le point, le plus rationnellement possible, sur la journée du lendemain.

Le départ... Le jour tant attendu.

Malgré la perspective de quitter enfin Bokeli, une ambiance de plomb règne parmi les touristes. Ils observent les blessés avec inquiétude. Comment va-t-on les trimbaler ? Si la civière a déjà été évoquée pour déplacer Simon, il reste le cas de Max.

Et puis, l'absence d'Armand est sur toutes les lèvres. Personne ne sait comment aborder le sujet. Claire est à fleur de peau. Vu sa scène du matin, personne n'ose remettre la disparition soudaine de l'anthropologue sur le tapis.

— Anatali, demande Alice, savez-vous exactement à quelle heure quelqu'un viendra demain pour nous aider ?

— Non, Badji a juste dit que ce serait demain.

— Bon, ben, si c'est comme la dernière fois avec lui, on risque d'être encore ici pour une semaine, râle Ghislaine.

Anatali ignore la réflexion et poursuit :

— Si personne n'est venu avant que le soleil ne soit tout en haut du ciel, je descendrai au village pour chercher quelqu'un. C'est promis.

— Faudrait encore croiser âme qui vive, insiste la vieille dame. Depuis la fin du petit spectacle, c'est redevenu une ville fantôme.

— Les habitants sont bien quelque part. Je les trouverai. N'ai-je pas toujours ramené de quoi manger ?

Anatali avance cet argument pour les rassurer. Après tout, depuis la fin des cérémonies, c'est toujours Akoron qui lui a donné de la nourriture et, faut-il l'avouer, un peu à contrecœur. Les villageois se sont bel et bien terrés chez eux. Comme si leur présence était redoutée. Les mots du devin se rappellent à lui : « Nos pères ont manqué de prudence. Ils ont accueilli les blancs. »

Qu'est-ce qui a bien pu se passer à Bokeli pour que ses habitants soient à ce point méfiants ? Sont-ils réellement isolés depuis plus de cinquante ans ? Il y a bien dû y avoir quelqu'un qui a repéré l'anfractuosité dans la roche, au pied de la falaise, et découvert le village ! C'est loin d'être évident, ils ont eu beaucoup de chance — ou de malchance — mais ce serait dingue que personne depuis des décennies ne se soit glissé dans cet interstice. Ne fût-ce que Djilla, la maîtresse bozo. Elle est bien entrée dans le village. Ou est-ce son jeune amant qui en est sorti ? Peu importe, cela prouve qu'il y a eu contact avec l'extérieur.

Mais le fautif a été chassé de Bokeli avec toute sa famille. Et le soleil a blanchi leurs os. La peine semble disproportionnée pour une amourette.

Le chauffeur préfère garder ses réflexions pour lui et invite les autres à commencer le repas.

— Mangez ! Pourquoi attendre ?

— Merci, lui répond Jade. Je meurs de faim. Et de soif aussi, mais ça, c'est la routine ! Claire, je vous sers un peu d'eau ?

La jeune mère prend une profonde inspiration puis souffle timidement :

— Euh, oui. Avec plaisir.

— Quelque chose ne va pas ? Je vous trouve très pâle ?

— Non non. Je vais bien. J'ai juste un peu mal à la tête, c'est tout.

— Vous devez être morte de faim et de soif. J'ai lu que beaucoup de migraines pouvaient se soigner rien qu'en buvant. Allez-y, vous verrez, ça va vous faire du bien.

Claire fixe sa calebasse remplie d'eau avec consternation.

— Eh ! Ce n'est que de la flotte ! On dirait que vous avez vu le diable. Vous n'êtes vraiment pas dans votre assiette depuis ce matin.

— Ça va aller. Désolée. Je suis juste à bout. Tous ces événements, ce projet de départ. Et puis...

Elle s'arrête net. Impossible pour elle de prononcer le nom d'Armand alors qu'elle tient ce récipient entre les mains. Un peu comme si une partie de lui stagnait au fond.

Alors, pour ne rien laisser paraître, pour éviter d'éveiller la moindre suspicion, Claire trempe, non sans dégoût, ses lèvres dans le liquide souillé. Elle en éprouve tout de suite un haut-le-cœur qu'elle ne parvient pas à contenir. L'eau gicle sur le sol et termine absorbée par la terre aride.

— La tourista ! s'exclame Alice. Ce doit être la tourista. J'étais étonnée que personne ne l'ait chopée jusqu'ici.

— Oui, un vrai miracle, grince Ghislaine. Nous sommes vernis.

Claire profite du créneau. Faute de trouver des arguments, les autres le font pour elle. Une chance.

— Je pense que je devrais me reposer. Ça vous dérange si je dors dans la case, ce soir ?

— Moi, à votre place, conseille la vieille femme, je m'installerais plutôt près de nos inoubliables sanitaires. La nuit risque d'être courte.

— C'est gentil, mais ça va aller. J'ai juste besoin de me reposer un peu.

— Mais maman, j'ai pas envie, moi, de dormir là-dedans, il fait trop chaud.

— D'accord, dans ce cas, je viendrai te rejoindre dehors quand j'irai mieux. J'ai besoin de rester seule, au calme, un instant.

— Prenez tout votre temps, la rassure Alice. Vous savez quoi ? Je vais mettre le matelas de Sacha tout contre le mien. Vous viendrez près de nous dès que vous serez en meilleure forme.

— Vous êtes une perle, Alice. Vous êtes sûre que ça ne vous dérange pas ?

— Vous plaisantez ? Sacha est un amour et c'est un plaisir de le garder près de moi.

Claire accepte, car elle sent qu'elle n'a pas le choix. Comment justifier que son malaise général ne soit dû qu'à une vulgaire calebasse remplie d'eau ? Autant jouer les malades. Pourtant, l'idée de passer la nuit, ou du moins une partie de celle-ci, éloignée de son fils, même de quelques mètres, ne la rassure pas. Elle craint une nouvelle visite nocturne.

À raison.

Chapitre 53

Jour 11

Les premiers rayons du soleil viennent lécher les corps ensevelis sous les fines moustiquaires.

Alice ouvre un œil et sourit. Sacha n'a pas bronché ni bougé d'un poil de toute la nuit. Elle se retourne, heureuse de découvrir le visage d'ange du petit garçon encore lové dans les bras de Morphée.

Sa couche est vide.

Elle se redresse d'un bond et regarde autour d'elle. Les autres dorment toujours, emmaillotés dans leur drap de tulle.

Elle se lève, attend un instant que ses jambes engourdies se stabilisent puis se dirige vers la case. Sacha a dû rejoindre sa mère pendant la nuit. Bien sûr, rien ne remplace la chaleur d'une maman. Elle se dit, le cœur serré, qu'elle ne connaîtra sans doute jamais ce lien indéfectible qui unit un enfant à sa génitrice.

Claire dort toujours, à poings fermés, recroquevillée en position fœtale.

Seule.

Alice ressort, explore du regard les moindres recoins de la cour, observe rapidement chaque objet, chaque corps couché sur un matelas inconfortable.

Aucune trace de Sacha.

Elle s'approche des sanitaires et appelle l'enfant, en chuchotant, d'abord, pour ne pas alerter les autres, puis un peu plus fermement, mais la pièce ne lui renvoie que des relents d'urine et autres miasmes incommodants. Elle contourne tout de même le mur pour s'assurer de l'absence du garçon et la vision du simple trou dans le sol lui semble tout à coup insoutenable. Elle pose une main sur la paroi de brique crue et met quelques secondes à reprendre ses esprits. À pas feutrés, elle sort de la cour et fait le tour de la maison. Ses pieds nus soulèvent la terre ocre qui, brûlante et mêlée aux cailloux, lui arrache des grimaces de douleur.

Le village est désert, silencieux.

Mort.

Le cœur battant, elle se rue à nouveau à l'intérieur de la case.

— Claire ! Réveillez-vous !

La jeune femme s'étire et émet un profond bâillement.

— Mmmmh oui, qu'est-ce qu'il y a ?

— C'est Sacha, répond Alice, angoissée.

La mère ouvre grand les yeux et se redresse d'un coup.

— Quoi Sacha ? Il est malade ?

— Il n'est pas avec vous ? Il ne vous a rien dit ?

— Non. Qu'y a-t-il ? Vous me faites peur.

Alice fond en larmes.

— Oh, mon Dieu, Claire ! Il n'est plus dans la cour. Il n'est nulle part. Il a disparu.

Claire est pétrifiée. Elle reste assise et fixe le sol en balançant la tête de gauche à droite, d'abord doucement puis de plus en plus vite. La gorge nouée, des sanglots dans la voix, elle murmure :

— Non, ce n'est pas possible, il doit être juste là, vous avez dû le louper.

Alice continue à verser des larmes tout en répétant qu'elle est désolée.

La jeune mère se précipite hors de la case, bousculant au passage l'institutrice qui, effondrée, se laisse choir sur le sol terreux.

— Sacha ! Sacha, tu te caches où ? Mon ange ! C'est maman ! crie-t-elle d'une voix suppliante.

Aucune réponse.

— Allez, dis-moi où tu te caches, s'il te plaît, Sacha, implore-t-elle.

Réveillés par les appels désespérés de Claire, les autres touristes se mettent à remuer et à ouvrir les paupières. Ils redressent leurs silhouettes drapées de blanc tels des fantômes sortant de terre.

— Quelqu'un d'entre vous aurait-il vu mon fils ? s'affole Claire, complètement abattue.

Une salve de réponses négatives achève de lui briser le cœur. Elle perd pied, ses oreilles bourdonnent et ses yeux oscillent dans tous les sens comme si Sacha allait réapparaître comme par magie.

— Il ne doit pas être bien loin, tente de la rassurer Claude d'une voix pâteuse.

— Non ! Il n'est nulle part, crie la mère, hors d'elle. Il a disparu ! Disparu !

Elle se met à taper des pieds et des poings contre un des murs en pisé, insensible à la douleur. Anatali, Claude et Antoine essayent de la maîtriser, mais elle se débat farouchement, prise d'une crise de rage incontrôlable. Elle hurle des mots incohérents, sans rapport aucun les uns avec les autres : « puits », « poupée », « falaises », « tuer ». Termes qui ponctuent un discours incompréhensible tant la voix de la jeune femme est haut perchée.

Alors, d'un signe de la main, Anatali fait comprendre aux autres de la laisser seule avec lui. Il prend fermement la jeune mère par les épaules, la secoue et lui murmure à l'oreille :

— Vous et moi, on va le retrouver. Je vous le promets. On sait beaucoup de choses, tous les deux. Il faut que vous m'expliquiez d'où vous vient cette colère à propos d'Armand, pourquoi vous en êtes arrivée là.

Le corps de Claire se détend d'un seul coup et, les yeux embués de larmes, elle répond doucement :

— C'était un menteur, un assassin. Le Hogon. Il a tué le Hogon. Tout était dans le carnet.

***

Le groupe part à travers les rues du village à la recherche de Sacha. Ils arpentent de long en large les artères escarpées. Même Ghislaine y met du sien, s'égosillant avec les autres en un sinistre concert d'appels désespérés.

En vain.

Sacha reste introuvable.

L'enfant s'est littéralement volatilisé pendant la nuit.

Ils dévalent les pentes sinueuses à une vitesse soutenue, suant abondamment, scrutant le moindre recoin, manquant de trébucher sur des pierres saillantes tant ils se concentrent sur leur recherche inféconde. La soif les gagne, mais ils n'en ont que faire. L'angoisse et la pitié dépassent de loin tout ce que leur corps peut ressentir.

Sous les cris intempestifs des touristes, quelques habitants sortent de chez eux, intrigués. Mais la plupart des Dogons referment leur porte dès qu'ils approchent, faisant preuve, une fois encore, de crainte et de répulsion, comme si des pestiférés étaient venus infester leur village.

Malheureusement, et malgré les nombreuses tentatives d'Anatali, rares sont les villageois assez valeureux et courtois pour lui répondre. Et ces derniers ne sont pas d'une grande aide. Personne n'a aperçu l'enfant depuis la sortie des masques. On l'a vu la veille remonter avec sa mère en direction de leur case. C'est tout. Après, plus rien.

Anatali repense aux mots de Claire : « Il a tué le Hogon ». Sur le moment, il avait bien essayé d'en savoir plus, mais la jeune femme avait été prise de tremblements et s'était remise à hurler et à taper dans le vide, proférant que Sacha devait payer pour tous les crimes qu'il n'avait pas commis. Une véritable crise d'hystérie.

Face à une nouvelle porte qu'on lui claque sous le nez, les mots d'Akoron remplacent ceux de Claire dans son esprit : « Nos pères ont manqué de prudence. Ils ont accueilli les blancs ».

Anatali ne voit qu'une solution. Retourner chez le devin et tenter d'y voir plus clair.

***

Seul Claude est resté avec Claire dans la cour. Elle se calme quelques instants, concentrée sur la recherche effrénée du journal intime de son fils. Tout comme son propriétaire, le cahier semble s'être volatilisé. Sacha a disparu avec ses souvenirs et ce constat déclenche un tsunami d'émotions sur la jeune femme. Elle a du mal à respirer et elle recommence à prononcer des mots au hasard, dans un désordre syntaxique et sémantique déroutant. Le vieil homme sent son estomac se nouer lorsque les termes « morsures » et « Simon » sortent de sa bouche. Si Sacha devait subir pareil sort, il est peu probable que sa mère puisse un jour s'en remettre. Pauvre gosse. Il se met à prier intérieurement pour qu'on le retrouve.

Entier.

Puis, Claire recommence à taper des pieds et des poings, comme si ces violentes automutilations allaient l'apaiser. Comme si le sang allait couler de ses mains et emporter avec lui tout son désespoir. Le sexagénaire la serre contre lui pour l'en empêcher, mais elle se débat comme un beau diable et lui crie :

— C'est ma faute, vous ne comprenez pas ? C'est ma faute tout ça ! Et c'est lui qui doit payer !

Claude essuie les coups et prend sur lui pour cacher au mieux son inquiétude afin de rassurer la jeune mère, mais il sent que ses paroles sonnent faux. Comment lui faire croire que tout va bien se passer ? Elle n'est pas idiote. Il continue pourtant à lui débiter des banalités telles que : « On va le retrouver », « Il ne peut pas être bien loin », « Il a dû aller chasser des araignées ». Mais la jeune femme ne veut rien entendre. Elle le sent au plus profond d'elle. On ne retrouvera pas son fils.

Puis, tel un remède lancinant, Claire se met à réciter la même phrase en boucle. Celle qu'elle avait dite à Armand au sujet de la justice dogon, lorsqu'ils étaient allés puiser pour la première fois l'eau du puits :

« La nature fera son œuvre de toute façon. »

⁂

— J'ai entendu les cris et les pleurs. Je sais pourquoi vous êtes là.

Akoron prononce cela sur un ton neutre, monocorde, le dos courbé, tout en continuant de vaquer à ses occupations et sans accorder le moindre regard à son visiteur. Avec une infinie concentration, il mélange soigneusement de la poudre brune et des herbes séchées dans une calebasse pour former une mixture dont lui seul détient le secret.

— C'est l'enfant, il...

— Je vous ai dit que je savais.

— Comment ? C'est le chacal ? Il vous a prévenu ?

— Les esprits ne punissent pas toujours le coupable. Souvent, ils s'en prennent aux innocents. C'est comme cela depuis la nuit des temps. C'est *Amma* qui l'a voulu ainsi en sacrifiant injustement le *Nommo* plutôt que son jumeau, le renard pâle.

Anatali réfléchit. C'est peut-être cela. Les ancêtres ont décidé de sacrifier Sacha pour punir sa mère du meurtre qu'elle a commis.

— Vous êtes au courant pour Armand ?

— Je sais seulement que chaque humain a du mal à affronter sa conscience. Peu importe la nature de ses tourments, répond le devin, toujours sans lever les yeux.

— Et l'enfant, où peut-il être ?

— Seuls les esprits le savent. Je ne suis pas omniscient. Je ne possède pas tous les savoirs. Je ne suis que l'émissaire de la parole du chacal.

— Et ce Hogon qui est mort. Qui l'a tué, dites-moi, qui l'a tué ? C'est Armand, c'est ça !

Le guérisseur se raidit. Il redresse les épaules et se tourne vers Anatali qu'il fusille du regard.

— Qui vous en a parlé ?

— C'était écrit de la main d'un homme.

— Alors, il faut détruire le document. Ce qui se passe à Bokeli doit rester à Bokeli. Ceux qui savent ne peuvent en ressortir indemnes.

— Vous ne m'avez pas répondu. Que s'est-il passé ? Et pourquoi le Hogon est-il tout de même vivant ? Je suis perdu, je ne comprends rien.

— Soyez béni d'être ignorant, s'emporte le guérisseur. Ici, il est dangereux de vouloir savoir à tout prix.

— Mais il faut que je retrouve cet enfant. Vous devez m'aider.

— Si vous souhaitez que je vous aide, alors faites ce que je dis. Détruisez l'encre, elle n'aurait pas dû couler. Et oubliez ce que vous avez lu.

— Ça ne ramènera pas le petit.

— Non, mais ça vous sauvera. Quittez le village avec les autres. Et faites comme si vous n'y aviez jamais mis les pieds.

Les mâchoires serrées, le regard sombre, Akoron tourne à nouveau le dos à son visiteur et verse une nouvelle dose de poudre dans la calebasse.

Chapitre 54

Jour 11

Anatali remonte en direction de la case, complètement chamboulé par sa conversation avec le devin. Mais quel secret étrange peut bien cacher ce village ? De quoi a-t-il pu souffrir pour que ses habitants réagissent de manière épidermique ? Et surtout, qu'a voulu lui signifier Akoron ? À cela s'ajoute ce halo de mystère qui entoure la mort du Hogon qui, selon Claire, aurait été tué par Armand.

À peine a-t-il posé un pied dans la cour qu'il aperçoit Badji, accompagné de deux autres hommes, tous trois vêtus à l'ancienne. Des jarres pleines à ras bord jonchent le sol et deux civières sont posées contre le mur du fond. Ils le saluent puis lui donnent quelques détails pratiques avant de prendre congé.

— Heureusement que vous arrivez, lui dit Antoine. Nous ne savions pas comment leur dire merci. Par contre, on ne se voit pas partir sans le petit.

Claire, prostrée dans un coin, redouble de pleurs. Elle essaye tant bien que mal de se contenir pour parvenir à sortir une phrase sensée et correcte. Elle doit s'y prendre à deux fois, déglutissant bruyamment :

— Non, allez-y ! Ne ratez pas l'occasion. Pour moi, c'est foutu. Il faut que je reste. Je n'ai pas le choix.

— Mais, on ne peut pas vous laisser seule, enfin. Pas comme ça, pas dans cet état, intervient Jade.

— Et moi, je ne me vois pas partir sans... Alice s'arrête net, comme si prononcer le prénom de l'enfant allait alourdir la douleur de sa perte.

— S'il vous plaît, faites ce que je vous demande. Partez. Il y a déjà eu assez de morts et de blessés comme cela. Votre présence ne le ramènera pas.

— Mais ils ne vont pas nous reprendre les canaris ni les brancards, insiste Jade. On peut patienter un jour de plus.

— Et puis quoi ? s'énerve Claire. On ne le retrouvera sans doute jamais. Vous n'allez tout de même pas attendre jusqu'à la nuit des temps. Vous avez l'opportunité de sauver Max et Simon. Ne la ratez pas. Je vous en prie, faites-le pour moi.

— Mais, Claire, murmure Claude, c'est juste qu'on ne voudrait pas vous laisser dans cet état et...

— Si vous voulez m'aider, alors partez. Je vous en supplie.

Claire s'est exprimée d'un ton incisif. Au fond d'elle, elle préfère qu'ils s'en aillent. Au moins, elle n'aura plus à affronter leurs regards. Elle a tué Armand et Sacha a disparu. Elle doit rester là, seule, dans ce village de malheur. C'est sa croix à porter.

Ils s'observent tous, complètement perdus. La décision est délicate. Et, contre toute attente, Ghislaine n'est pas intervenue. Pour la première fois, la vieille dame fait preuve d'une empathie que peu lui soupçonnaient.

— Il est clair, constate Claude, qu'elle ne peut quitter Bokeli sans son fils. Aucun de nous n'en serait capable.

Tous acquiescent, cela tombe sous le sens. Il poursuit :

— Il est évident aussi qu'on ne peut pas la laisser seule. Comment fera-t-elle pour se débrouiller ? Une fois arrivés dans une grande ville, nous pourrons lui envoyer de l'aide. Mais, en attendant, vous l'imaginez abandonnée ainsi, dans cet état proche de l'aliénation ? Ce serait totalement inhumain.

— Je vais rester avec elle, propose Anatali. C'est mon peuple et je parle sa langue. Si quelqu'un doit retrouver l'enfant, c'est moi.

— Et comment va-t-on faire sans vous, perdus dans cette savane ?

— Vous êtes assez nombreux et assez grands pour vous débrouiller. Sacha est seul et c'est un enfant. Je serai plus utile ici. Un homme vous attend devant la maison et va vous conduire à l'entrée du village, face à l'anfractuosité par laquelle nous sommes entrés la première nuit. Il vous indiquera la direction à prendre.

Et le Dogon ajoute :

— Puissent les esprits de la nature vous être favorables.

Chapitre 55

Jour 11

La veille, Claire pensait ne s'être jamais sentie aussi seule au monde. Elle constate avec tristesse et angoisse que la situation peut être encore pire. Les autres touristes sont partis tôt dans l'après-midi, traînant péniblement les deux blessés sur leurs civières et portant comme ils le peuvent les réserves d'eau qui leur avaient été offertes.

Pour sa part, bien que sa gorge soit en feu, elle n'arrive toujours pas à avaler une goutte.

Anatali fait les cent pas au milieu de la cour, bredouillant quelques mots inaudibles, comme s'il répétait une leçon.

— Je voudrais qu'on y retourne, le supplie Claire. Il faut encore fouiller le village. On ne sait jamais, il doit bien être quelque part.

— Les habitants restent muets. La réponse n'est pas chez eux. Il faut la trouver ici, en nous.

L'esprit déjà embrouillé par la peur et le désespoir, la jeune femme a du mal à saisir. Devant son air interloqué, le chauffeur s'explique :

— J'ai parlé avec Akoron. Il a évoqué des trucs bizarres. Et, surtout, il m'a conseillé de détruire le carnet d'Armand.

— Mais pourquoi ?

— À votre avis ? Parce que son contenu dérange. Il m'a dit qu'il n'était pas bon de savoir. Que c'était même dangereux !

— Mais Sacha, déplore-t-elle, la voix pleine d'émotion, il ne savait rien, il était innocent et... et c'est lui qui a disparu.

— Vous avez commis un meurtre, Claire. Une victime de substitution doit payer. C'est comme ça depuis les premiers temps. Les ancêtres en décident ainsi.

— Mais c'était un accident.

— Dieu peut se montrer injuste, mais Lui seul sait pourquoi.

— Peu importe, du moment que je retrouve mon fils. Et vivant. Je suis prête à sacrifier des centaines de poulets et de chèvres de mes propres mains si ça peut faire changer vos esprits d'avis.

— J'ai vécu chez vous et je sais que, parfois, il existe des explications qu'on appelle « rationnelles ». Pour peu qu'il y en ait une, il faut qu'on réunisse nos forces et nos savoirs. Il va falloir tout m'avouer à propos d'Armand. Que contenait exactement ce fameux cahier qu'il ne quittait pas d'une semelle ?

— J'en ai encore quelques pages arrachées.

— Et elles disent quoi ?

— Je n'en sais rien, je ne les ai pas lues. Je n'en ai pas eu le courage. Les derniers passages que j'ai volés – violés même – ont mis fin à une vie. Je n'ai pas voulu en apprendre plus.

— Je suis désolé, mais je pense qu'il va falloir poursuivre votre lecture.

⁂

Claire ressent un vif pincement au cœur lorsqu'elle pénètre dans la case. À gauche de son sac à dos, elle aperçoit celui d'Armand, grand, en toile beige, parfaitement fermé, comme si, depuis le début, il s'attendait à devoir partir subitement. Puis, à sa droite, un plus petit, ouvert, avec des affaires éparpillées tout autour. Celui de Sacha. Elle se penche, la mort dans l'âme, au-dessus de son propre sac et en retire une poignée de pages à moitié déchirées.

Ses mains meurtries tremblent sous l'effet de la tristesse et de l'angoisse. Jamais elle n'aurait imaginé que l'on puisse avoir l'impression d'être morte alors que l'on respire encore.

— Claire, ça va aller ou vous préférez que je lise ?

— Non, ça ira, merci, répond-elle d'une voix éteinte. Mais je n'ai que des passages. Rien de complet. Je ne sais pas si on pourra en tirer quelque chose.

— On n'a rien à perdre. Tout à gagner.

La jeune femme frotte ses yeux rougis pour éclaircir sa vision altérée par les pleurs puis, courageusement, lit à voix haute :

— « Malheureusement, nous ne verrons pas la fin du Sigui. Il n'aura pas lieu dans ce village. Ma déception est immense, mais je suis sûr que Bokeli peut encore m'apporter bien plus. La connaissance. Cette langue secrète que je suis persuadé de trouver. »

— La langue secrète ? la coupe Anatali. Celle du chacal ? Vous vous rappelez comme il était déçu, presque fâché lorsque j'ai interrogé seul le renard au sujet de Max ?

— Oui, mais attendez, ce n'est pas fini.

Claire inspire profondément. Elle ressent, à chaque instant, une envie irrépressible de se remettre à pleurer. Elle se concentre et poursuit :

— « Au cours de mes séjours précédents en pays dogon, lorsque je préparais ma thèse de doctorat, j'ai eu l'occasion d'être initié. Membre de l'awa, la langue du Sigui, le sigui so, n'a plus de secret pour moi. »

— Ah ben, ça alors ! Lui, initié, membre de la société secrète. Il s'est bien gardé de me le dire lorsqu'il s'agissait de faire la toilette du mort. Le petit malin.

— Franchement, je ne lui jette pas la pierre, pour le coup. Je poursuis, si vous le voulez bien : « Le devin a accepté de m'instruire. J'apprendrai aussi à déchiffrer la parole du chacal ».

— Akoron ne m'en a même pas parlé. Un comble.

— S'il vous plaît, cessez de m'interrompre. C'est déjà assez éprouvant pour moi comme cela.

Anatali pose une main réconfortante sur l'épaule de la jeune femme.

— Désolé, continuez.

— « Et puis, j'ai maintenant la preuve qu'une troisième parole secrète existe bel et bien. Mes recherches ont abouti. Je savais qu'il fallait que je me rende à Bokeli. Que là, les ancêtres ne sont pas comme dans les autres villages. Ils sont vivants. Oui, vivants. Et à moi de les rencontrer. »

Claire se tait et continue de fixer le bout de papier avec consternation. Le chauffeur la sort de son mutisme :

— Des ancêtres toujours vivants. Tout ça n'a rien de rationnel.

— Non, rien. Je finis par me demander s'il avait bien toute sa raison. Le coup de volant déjà, le soi-disant chacal...

Anatali ouvre grand les yeux et Claire confirme ce qu'il vient de comprendre.

— Il n'y a jamais eu de putain de chacal sur notre route.

— Mais pourquoi il a fait ça ? Il était dingue ou quoi ? Il y a eu un mort.

— Il voulait qu'on atterrisse ici, à Bokeli. Pourquoi ? Je n'en sais fichtrement rien.

Anatali n'en croit pas ses oreilles. Il reste sans voix, assommé par ce que Claire vient de lui révéler.

— Si vous voulez un autre scoop, poursuit Claire, il a une femme et elle est enceinte. Et ce carnet était tout ce qui lui restait. Sans oublier l'assassinat du Hogon.

— Bon sang, il faut vraiment qu'on mette de l'ordre dans tout ça. Mais on dirait bien que son esprit était dérangé.

Claire, le cœur serré comme jamais, rassemble les affaires de Sacha qui traînent par terre et les range dans le sac du petit disparu.

Ce qu'elle aperçoit au milieu du linge de son fils lui retourne l'estomac.

Elle vomit le peu de nourriture qui lui reste dans le ventre.

Chapitre 56

Jour 11

Claire s'essuie la bouche sur la manche de son tee-shirt. Un réflexe stupide qu'elle regrette aussitôt.

— Tout va bien ? s'inquiète Anatali. C'est encore la tourista ?

— Il n'y a jamais eu de tourista, s'énerve la jeune mère. Et non, ça ne va pas. J'ai tué un homme, mon fils a disparu au beau milieu de la nuit et je viens de trouver ce truc immonde au milieu de ses vêtements !

— Montrez-moi.

Claire tend la main. Anatali inspecte l'objet du dégoût.

— On dirait un doigt.

— Oui. Très petit, mais un doigt. C'est infâme. Et qu'est-ce que ça fait là ? Bon Dieu. Sacha. Où est-il et que lui veut-on ?

Claire laisse tomber le membre amputé sur le sol et frotte vigoureusement ses paumes contre son short.

— C'est un sixième doigt. Dans cette région, beaucoup de nouveau-nés naissent avec un petit doigt en trop. On enroule un fil autour et on serre très fort. Au bout de quelques semaines, il se détache.

La jeune femme est reprise de profonds sanglots, mêlés cette fois-ci à de l'écœurement.

— Et qu'est-ce que ça vient foutre dans les putains d'affaires de mon fils ? souffle-t-elle entre ses dents.

— Aucune idée. En général, on l'enterre près de sa maison ou on le conserve dans une boîte. Ça reste dans la famille. On ne le dépose pas chez quelqu'un d'autre.

— Ça nous ramène à ces conneries d'objets qui apparaissent comme par enchantement.

— Je vous l'ai déjà dit, avec Armand on n'a jamais cru qu'ils étaient destinés à l'enterrement de Louis. Si ça avait été le cas, les Dogons n'auraient pas exigé cela comme moyen de paiement. Et puis, si les cauris et les noix de cola peuvent accompagner le mort dans l'au-delà, ce n'est pas le cas d'un doigt ou d'une poupée.

— Mais qui s'amuse à nous faire peur ? demande Claire entre deux sanglots. Quand on y réfléchit, ça pourrait être n'importe qui de ce village. Il doit bien y avoir des tarés, comme partout.

— Plusieurs objets ne sont pas dogons, ils viennent forcément de l'extérieur. Mais ce village a l'air de vivre coupé du monde. J'avoue être aussi perdu que vous. Vous allez me prendre pour un fou, mais je me demande si les esprits n'y sont pas pour quelque chose.

— Je vais finir par croire que vous n'avez pas tort. Dire que ce carnet est revenu tout seul comme si un fantôme était venu le rapporter.

— Qu'est-ce que vous avez dit ?

Claire se redresse, sèche ses larmes, renifle bruyamment puis explique :

— Armand l'avait perdu dans le cimetière tellem lorsqu'on a enterré Louis. Eh bien, le lendemain, le cahier a réapparu comme par magie. Insensé, non ? Digne d'un coup de vos esprits !

Anatali est complètement sonné. Il se met à faire les cent pas dans l'espace pourtant exigu de la case. La tête entre les mains, il bredouille en boucle :

— C'est pas bon tout ça, c'est pas bon.

Claire, désemparée, va puiser au fond d'elle le dernier élément qui pourrait les aider. Et tant pis si cela ébranle encore plus Anatali. Il doit savoir. Ils ne sont plus que deux et la vie de Sacha en dépend peut-être.

— Vous savez, il n'y a pas que des morts là-haut.

Le chauffeur se retourne, les yeux écarquillés. Claire poursuit :

— Armand nous avait montré un film qui se passait ici, à Bokeli, dans les années soixante-dix. Dans les falaises, à travers les interstices, je suis sûre d'avoir vu un visage.

*
**

Anatali est abasourdi. Sous le choc, il s'assoit contre un des murs craquelés puis met quelques instants à rassembler ses esprits.

— Les ancêtres, toujours vivants… les objets… les morsures de Simon. Je n'arrive pas à reconstruire le puzzle, Claire. Qu'a-t-il écrit d'autre, Armand ? Il reste des extraits ?

— Très peu qui soient lisibles.

Le chauffeur cligne lentement des yeux tout en inclinant la tête. La jeune femme comprend ce qu'il attend d'elle. Elle défroisse un morceau de papier et, la voix faible, elle déchiffre :

— « Il n'y a pas pire faute que celle que j'ai commise. Je vomis ce geste malheureux. Je redoute le désordre qui va s'abattre sur Bokeli. Le village va baigner dans un chaos répressif. Ma soif de savoir rendra les terres arides et infécondes. Puissent les mères encore donner vie et les générations se succéder, car les récoltes seront maigres et le soleil brûlera sans répit. »

Anatali sursaute :

— Akoron s'est plaint auprès de moi à propos du manque de nourriture et de la sécheresse. Il a même évoqué la présence coupable des hommes blancs. Armand y serait pour quelque chose ?

Claire frissonne.

— Je n'en sais rien, mais ça fait fichtrement froid dans le dos. Je poursuis ou on a eu notre dose d'adrénaline ?

La jeune femme n'en mène toujours pas large. Elle essaye tant bien que mal de se concentrer, de lire le plus clairement possible, mais ses yeux ne peuvent s'empêcher d'aller se poser sur le sac de Sacha. À chaque fois, cela lui retourne les tripes et lui assassine le cœur. Les larmes se remettent à couler à grands flots.

— Non, continuez.

— Je n'ai plus qu'un morceau. « J'aurais dû faire preuve de plus de sagesse. Il y a des choses qu'on ne regarde pas, des choses qui ne se disent pas, des choses qui ne se révèlent pas. J'ai voulu forcer le destin, posséder ce qui ne me revenait pas, connaître ce qui m'était interdit. Je vais le payer de ma vie. Demain, je ne serai plus. Mon corps ira rejoindre la falaise, se fondra en son antre, mon esprit expiera son insolence à jamais. Alors, je pourrai renaître, ancêtre parmi les ancêtres, renard parmi les renards. »

— Renaître ? Parmi les ancêtres ? Armand était un putain de fantôme ?

Claire, malgré le chagrin profond qui la ronge, ne peut empêcher un léger sourire d'animer son visage dévasté.

— Non, je ne pense pas. Les fantômes n'existent pas. Par contre, c'est daté du jour vingt-trois. Étrange…

Anatali se reprend la tête entre les mains et la secoue vigoureusement.

— Dans le futur. Non, non, non, bégaye le Dogon. C'est vraiment pas bon du tout. Son corps dans les falaises alors qu'il est dans le puits. Non, non, non.

— Que le carnet vienne tout droit du futur, certainement pas. Mais tout indique qu'Armand était déjà venu ici auparavant. Ça expliquerait bien des choses. Admettons qu'il ait fait une connerie cette fois-là. Un truc grave, impardonnable, au point que les habitants se cloîtrent chez eux, persuadés que nous constituons un danger. La mort du Hogon, je ne vois que ça. Mais quand ?

— Mais il parle de mourir dans la falaise. D'y renaître. De devenir un ancêtre. Et puis, rappelez-vous : ils n'ont plus reçu la visite d'un étranger depuis plus de cinquante ans.

— Pourtant Yadigatan l'a reconnu. En revanche, les habitants nient le fait qu'il soit déjà venu. Pourquoi ? Je n'en ai pas la moindre idée. Tout ce que je sais, c'est que ce village renferme un secret qu'il n'est pas bon de vouloir percer. Armand évitait à chaque fois mes questions à propos des falaises et de l'apparition. Peut-être qu'il essayait de me protéger.

Claire relit le texte attentivement, promenant son index ensanglanté sur les mots à l'écriture soignée. Puis elle lève la tête en direction du chauffeur et lui lance d'une voix décidée :

— Je ne vous oblige à rien, ce n'est pas votre fils. Mais, s'il vous plaît, aidez-moi à grimper là-haut. Le seul endroit où nous n'avons pas cherché, ce sont ces maudites tombes.

Chapitre 57

Jour 11

Le soleil achève son cycle éternel et disparaît peu à peu à l'horizon, transformant le bleu limpide du ciel en un dégradé de tons chauds. Le village transpire l'ennui et le mutisme de ce triste jour d'été n'est interrompu que par le craquement des pas de Claire et Anatali sur la rocaille fiévreuse.

Ils progressent en direction du plateau situé à plus de deux cents mètres au-dessus de la plaine. Depuis son sommet, la vue est à couper le souffle. Le paysage n'est que sable ocre et brûlant duquel jaillissent, çà et là, des rochers aux formes géométriques incertaines. Un maigre bataillon de baobabs survit en silence dans ces terres hostiles et ne s'exprime que lorsque le vent vient en laper les feuilles asséchées.

Claire a décidé de ne pas céder au désespoir. L'instinct d'une mère ne peut se soumettre à la fatalité. Elle est consciente que les chances de retrouver Sacha sont faibles. Mais elle ne peut abandonner face à cette cruelle probabilité. Malgré la soif insoutenable qui la tenaille depuis le matin et le mal de crâne qui la punit d'avoir trop pleuré, elle avance à pas rapides, Anatali sur les talons.

Elle redoute ce qu'elle va trouver au milieu des strates de grès, mais elle sent qu'il faut qu'elle y pénètre, quelle qu'en soit l'issue. Elle songe à son fils, vivant, égaré, confus. Puis l'image devient floue et se transforme en un vide tourbillonnant et implacable.

Sa poitrine se serre. Que peut-il arriver de pire à une mère que de perdre son enfant ? Et si son infime espoir de le revoir disparaissait, là-haut, dans quelques minutes ? Elle se retourne et admire avec émotion l'éternité immobile de ce décor qui lui rappelle cruellement la fugacité de notre propre existence.

Elle a l'intime conviction que tout se terminera pour elle ici, ce soir, dans les falaises de Bandiagara. Si elle ne retrouve pas Sacha, son corps s'évanouira à jamais dans les entrailles de ce géant rocheux. Car non, elle le sait, elle ne repartira pas sans sa raison de vivre.

Alors qu'ils atteignent le sommet, Anatali lui attrape le bras et, d'une voix essoufflée, l'avertit :

— Claire, vous avez un papier qui dépasse de votre poche. C'est sans doute encore un morceau du carnet d'Armand. Peut-être que…

La jeune femme se saisit de la feuille et se laisse envahir par un trop-plein d'émotion. Son rythme cardiaque atteint son paroxysme lorsqu'elle se remémore ce qui est écrit :

« Partez à la découverte du Mali ! Rencontrez son célèbre peuple, les Dogons, et partagez leur vie durant trois semaines ! Célébrez avec eux le fameux Sigui, fête religieuse qui n'a lieu que tous les soixante ans !

Profitez d'un voyage unique et exclusif en petit groupe.

Inscrivez-vous dès maintenant, les places sont limitées.

Dogons 2027, l'expérience d'une vie. »

Claire déchire le prospectus, le jette du haut de la falaise et se met à pleurer.

— Soyez forte ! On y est presque.

— J'ai peur. Je suis morte de peur, Anatali.

— Je serai là pour retenir la corde.

— Ce n'est pas descendre qui m'effraye. C'est ce que je vais trouver ou, plutôt, ne pas trouver.

— Je ne viendrai pas avec vous. Nous en avions convenu. Je ne veux pas déranger le sommeil de mes ancêtres. Mais je resterai là au-dessus jusqu'au moment où vous souhaiterez remonter.

— Ce n'est pas la peine, je pense. Mais oui. Restez là-haut. Tant qu'il y a de la vie...

Elle agrippe la corde à deux mains et enroule ses jambes autour. Ses doigts la font souffrir, mais elle les serre contre la fibre à s'en arracher l'épiderme. Les derniers rayons de lumière ont maintenant disparu. Claire entame sa descente dans le noir quasi complet, une lampe de poche éteinte coincée entre les dents. Anatali a jugé préférable d'opérer discrètement. Les habitants de Bokeli auraient pu voir d'un mauvais œil cette visite clandestine de leur cimetière.

Son cœur bat à se rompre lorsqu'elle atteint, après plusieurs dizaines de mètres, une des alvéoles qui percent la roche tels des nids d'abeilles. De l'ouverture émane une odeur forte, nauséabonde, mélange d'excréments et de viande faisandée. Prudemment, elle passe une jambe, puis l'autre. Elle pose pied à terre et éclaire la tombe d'un faisceau de lumière.

Elle manque de s'évanouir.

*
**

Juste devant elle, elle distingue une masse sombre et sanguinolente. Des chiffons de tissu clair ont été déchirés et éparpillés tout autour d'un cadavre. Les os, presque à nu, ne sont recouverts que de maigres lambeaux de chair. Le squelette est incomplet. Certains morceaux ont été disloqués et ponctuent le sol grisâtre de leur blancheur atone. À côté du corps décharné, un amas de tripes prend vie au rythme d'une multitude de vers grouillants. Il ne reste du visage que le crâne dont la mâchoire s'ouvre sur des gencives suintantes en un rictus macabre. Des globes oculaires vitreux surgissent des orbites, reliefs sordides et repoussants que se dispute un essaim de mouches bourdonnantes.

Claire écarquille les yeux de terreur et de dégoût. Elle pose une main devant sa bouche pour éviter de vomir et sent ses jambes se mettre à vaciller de façon incontrôlable.

Son cœur accélère dangereusement sa cadence lorsqu'elle reconnaît, à la poignée de cauris et à la noix de cola, la dépouille de Louis.

Comment son cadavre a-t-il pu se retrouver dans un tel état en si peu de temps ? C'est insensé ! Comme si une meute de charognards était parvenue à grimper jusqu'ici pour en faire son festin...

Son sang ne fait qu'un tour.

Simon. Les morsures.

Horrifiée, elle se tourne vers l'interstice et agrippe la corde comme s'il s'agissait d'une ultime issue de secours. Elle en profite pour respirer un bol d'air frais et non vicié par le miasme nauséabond. Mais l'instinct maternel balaye tout de suite celui de survie et Claire se résigne à progresser à l'intérieur de la grotte.

L'espace est étroit, à peine quatre ou cinq mètres entre le bord du précipice et le fond de la caverne. Le plafond est bas et la jeune femme doit se baisser pour ne pas se heurter le crâne. Le sol en terre est recouvert d'une multitude d'ossements. Avec des mouvements brusques, elle éclaire de sa lampe torche chaque petit tas de vestiges funestes. Ses mains tremblent tellement qu'elle a du mal à garder la lumière fixée sur un point. Le faisceau tressaute en réponse à sa terreur.

Les os sont à chaque fois disposés en un tumulus pyramidal au sommet duquel un crâne est posé tel un trophée morbide.

Les crânes ne sont pas tous humains. Elle ne pourrait en définir l'espèce, mais certains proviennent sans conteste d'animaux. Des chèvres, peut-être, et des lapins, mais pas seulement. Lorsqu'elle distingue une tête de la taille de celle d'un enfant, un hurlement rauque s'échappe de ses cordes vocales endolories par la fatigue et la soif.

Pas Sacha. Ça ne peut pas être Sacha. Pas en si peu de temps.

Elle reste pétrifiée, pliée en deux de douleur et de terreur.

Puis, toujours poussée par le mince espoir de retrouver son fils, elle se reprend à coups de profondes inspirations, sèche ses larmes et continue son chemin de croix à travers le cimetière. Le boyau se poursuit sur sa gauche en une courbe douce et étroite, couloir exigu de grès rougeâtre. Quelques ossements orphelins jonchent encore le sol par endroits, sans pour autant former de sépulture distincte.

Claire avance à pas feutrés, pétrie de peur derrière sa torche électrique.

Peu à peu, l'odeur de mort est remplacée par un lourd relent de moisi et de métal, remugle de sang frais et de terre humide. Elle sursaute et pousse un bref cri d'effroi lorsqu'une nuée de chauves-souris se détache de la roche et s'envole en une multitude d'ailes dantesques.

Chancelante, les nerfs à vif, la jeune femme pince son nez d'une main et, de l'autre, éclaire le sol juste devant ses pieds. Après une dizaine de mètres, elle débouche sur un passage plus large et haut de plafond, lugubre sanctuaire pierreux.

Elle ralentit, découvre la pièce obscure à la lueur de la lampe et pose son regard embué sur toutes les parois.

Elle se fige.

Au fond de l'antre rocheux, un homme à la silhouette longiligne se tient de dos.

Le cœur de Claire manque d'exploser dans sa poitrine.

Chapitre 58

Jour 11

Le jour est tombé depuis maintenant une bonne heure. Un petit groupe de touristes avance lentement, guidé par les étoiles qui brillent de mille feux en cette période de fortes chaleurs. Ils traînent péniblement deux civières sur lesquelles reposent des blessés dans un état pitoyable.

Cela fait déjà un long moment qu'ils marchent, éreintés, dans la plaine sans fin du Séno, à l'est des falaises de Bandiagara. Les pieds sont meurtris, les jambes percluses de crampes et ils rechignent à continuer.

Ils s'assoient un instant, à bout de souffle, morts de soif. Ils boivent beaucoup, retirent le sable de leurs chaussures, détendent leurs muscles endoloris. Ils hésitent à reprendre leur chemin.

À vrai dire, ils ne savent pas exactement où ils sont.

Un vieil homme au regard d'acier et aux rides profondes prend la parole :

— On devrait peut-être rester ici pour la nuit. Ce ne sera pas très confortable, mais je pense que beaucoup d'entre nous ne sont pas capables de continuer.

— On aurait dû croiser ce putain de marigot depuis plusieurs heures, râle une femme de la taille d'un enfant.

— On va bien finir par trouver un village. Ce n'est pas possible autrement ! tente de rassurer un jeune homme en prenant sa femme dans les bras. Celle-ci, complètement abattue, n'a plus l'énergie de prononcer un mot.

Alors, une vieille dame aux cheveux gris s'allonge nonchalamment de toute sa silhouette ingrate et souffle profondément.

— Faites ce que vous voulez, moi je ne bouge plus.

— Mais ça peut être dangereux, la savane, la nuit. Regardez dans quel état il est ! s'exclame le mari attentionné en faisant un signe de la tête en direction du blessé le plus mal en point.

— Peu importe. Si je continue, c'est la mort assurée. Vous me direz que, finalement, ce ne serait peut-être pas plus mal.

Le vieil homme s'allonge à ses côtés et lui souffle à l'oreille :

— On en a déjà parlé, tu sais bien que ce n'est pas une solution. On va surmonter ça, hein ! Comme toujours.

Son épouse ne répond pas. Elle se contente de lui tourner le dos et d'enfouir sa tête contre son sac de voyage. Trop de gens l'ont déjà vue pleurer lorsqu'un terrible incident lui a pris son unique fille. Ici, en Afrique.

Chapitre 59

Jour 11

Cela fait maintenant de longues minutes que Claire est descendue dans la falaise. Anatali serait incapable de dire depuis combien de temps exactement. Il est resté là à attendre un signe de sa part, pensif, absorbé par la quiétude du crépuscule et la beauté des étoiles.

Il s'est perdu dans des extrapolations sans fin. Il a essayé de construire un puzzle dont il manquait une partie des pièces.

Il s'assoit sur le sol gréseux, la tête entre les mains et ferme les yeux pour tenter de se remémorer chaque phrase d'Armand, chacune de ses réactions brumeuses, chacun des mots qu'il a écrits dans son carnet.

Il place la mort du Hogon à côté de la quête du savoir et de la troisième parole. Juste au-dessus, il accroche l'histoire de résurrection et d'ancêtres toujours vivants. Puis, il insère l'initiation inavouée au Sigui et sa connaissance secrète de Bokeli. À tout cela, il ajoute sa femme enceinte et sa relation à peine dissimulée avec Claire.

Rien ne lui vient.

Il se lève et contemple encore un instant la plaine infinie, majestueuse, éclairée par les astres millénaires.

Au pied de la falaise, tout en bas du village, il distingue la silhouette immuable de la case d'Akoron. Pourquoi aurait-il enseigné la parole du chacal à Armand ? Parce que ce dernier ne lui aurait pas été inconnu ? Il aurait déjà séjourné ici ? Et quand ? Le devin n'en a jamais rien laissé paraître, ni l'anthropologue, ni aucun habitant d'ailleurs. Pourtant, cela expliquerait qu'une partie du journal soit datée du jour vingt-trois...

Mais personne n'a semblé reconnaître Armand.

Sauf Yadigatan.

La plus vieille femme du village.

Le sang d'Anatali ne fait qu'un tour.

La seule à l'avoir reconnu et à l'avoir désigné comme mort. À l'avoir accusé d'être un meurtrier et la cause de l'appauvrissement du sol et des récoltes.

Il revoit le carnet rouge aux pages jaunies. Ce carnet qu'Armand trimbalait partout. Ce carnet dans lequel il ne notait presque rien. Ce carnet qu'il lisait et relisait sans cesse.

Le chauffeur agrippe la corde avec promptitude. Il l'accroche le plus fermement possible à une pierre de bonne taille et, faisant fi du sommeil des morts, s'en va rejoindre Claire dans les entrailles minérales.

Armand n'était jamais venu à Bokeli, mais il comptait absolument s'y rendre, quitte à causer un accident. Et, bien sûr, il n'est pas un fantôme.

Un cahier ne revient pas tout seul comme par magie.

Même quand on croit aux esprits.

Chapitre 60

Jour 11

Claire est pétrifiée. Elle n'ose pas prononcer un mot. Toute force l'abandonne et elle laisse tomber, de ses mains faibles, la lampe torche qu'elle tenait encore avec fermeté il y a un instant à peine. Celle-ci percute le sol et roule quelques dizaines de centimètres plus loin.

La silhouette se retourne, la fixe de ses yeux sombres et dit d'une voix monocorde :

— Vous cherchez votre fils ?

Claire voudrait répondre, mais aucun son ne sort de sa bouche. L'homme, dans l'obscurité, se profile telle une ombre et elle ne parvient qu'à en distinguer les contours.

— Et qu'avez-vous fait du mien ?

La jeune femme a la gorge nouée, brûlante. Elle a la désagréable impression que tout son corps se délite.

— Je vous ai posé une question.

Claire se met à sangloter. Elle se demande comment des larmes peuvent encore couler de ses yeux tant elle en a déjà versé.

— Le… le vôtre ? bredouille-t-elle d'une voix morne.

— Oui, le mien ! Allez, dites-le-moi ! Je veux l'entendre de votre bouche.

Cette voix grave et posée, ce timbre chaud et suave… Armand ! Non, c'est grotesque. Elle frémit puis déglutit bruyamment, mais ne parvient pas à articuler le moindre mot.

L'homme se rapproche lentement. Claire reste immobile, figée, incapable de bouger d'un pouce. Une vague de chaleur envahit tout son corps lorsqu'il se penche et ramasse la lampe.

Il soulève l'objet et le pointe dans la direction de la jeune femme qui se protège les yeux sous son coude.

— Vous parvenez à bouger. C'est un bon début. Puis-je à présent savoir où est mon fils ?

Claire tente de le regarder, mais elle est totalement aveuglée par la lumière qui lui brûle les rétines.

Elle manque de faire un malaise lorsqu'il la saisit par le bras d'une main aux doigts noueux et ridés.

*
**

— Au fond du puits ! Il est au fond du puits.

Le faisceau de lumière s'éloigne du visage de Claire pour se poser sur celui d'Anatali.

— J'aurais préféré que ce soit elle qui me le dise. Mais au fond, ça ne change rien. La douleur n'aurait pas disparu pour autant.

L'homme relâche son étreinte et Claire s'appuie d'une main sur la paroi de pierre pour ne pas s'écrouler.

Leurs regards se croisent un bref instant et les choses deviennent tout à coup limpides comme de l'eau de roche. Limpides, mais terrifiantes.

Les mêmes yeux sombres qu'Armand, mais cerclés de rides profondes. Et la même voix envoûtante.

— C'était un accident. Je ne voulais pas. C'était un stupide accident, parvient-elle à bredouiller, tellement bas que les deux hommes peinent à l'entendre.

— Un fâcheux petit contretemps aussi, tant que vous y êtes. Imaginez depuis combien de temps j'espérais ce moment. Est-ce que vous avez la moindre idée de ce que cela représente comme sacrifice que de vivre ici depuis plus de cinquante ans, au milieu de cette falaise ?

Claire est complètement abasourdie. Mais comment est-ce possible ? Pourquoi s'infliger pareil sort ?

Le cimetière reste un instant plongé dans le silence total. Puis l'homme s'assoit à même le sol. D'un signe de la main, il invite ses convives à faire de même. Ces derniers hésitent, envahis par la crainte.

— N'ayez pas peur. Je ne vais pas vous manger.

Un rictus se forme sur son visage. Claire et Anatali frissonnent et, inconsciemment, se rapprochent l'un de l'autre.

— Vous vouliez savoir où se trouve votre fils ? Eh bien, asseyez-vous, je vous le demande poliment. Il est si rare pour moi de recevoir de la visite.

La jeune femme obtempère en silence. Le chauffeur suit le mouvement.

— Vous excuserez le ton de ma voix et la maladresse de mes mots. Voyez-vous, cela fait bien longtemps que je n'ai pas croisé d'âme avec qui parler dans la langue de Voltaire. J'espère que mon petit exposé vous plaira et que la fin vous laissera un souvenir impérissable.

Claire sent son cœur battre la chamade à tel point qu'elle a l'impression qu'il va sortir de sa poitrine.

L'homme toussote puis continue.

— J'avais écrit ma thèse de doctorat sur la parole chez les Dogons. Pas leurs dialectes les plus courants, mais leurs langages secrets, ceux qui ne sont pas révélés à tout venant. Très vite je me suis rendu compte que mes prédécesseurs étaient passés à côté de quelque chose. J'ai fouillé tous les livres que j'ai pu, j'ai voyagé des mois dans cette savane et sur ce plateau, vivant de village en village sous une chaleur de plomb. J'ai interrogé un nombre infini de devins, de sages et de chefs spirituels en tous genres. Puis, j'en ai eu la conviction, il existait une troisième langue secrète, encore bien plus précieuse que celle du chacal. Il me fallait pousser mes investigations du côté des récits mythologiques et des ancêtres. Je savais que les Tellems avaient été chassés il y a plusieurs siècles par les Dogons, fuyant eux-mêmes l'islamisation de la région. J'ai vite compris que c'était de ce côté-là que je devais orienter mes recherches. Des bruits couraient, des légendes. De palabre en palabre, on m'a dirigé vers ce village, étrange, reclus, à l'abri de tous les autres. J'ai profité d'une mission qui m'avait été confiée pour m'y rendre. Je devais accompagner un groupe de confrères qui prévoyait de filmer les cérémonies de clôture du Sigui. Mais le village qui les organisait ne nous en a pas donné l'autorisation. J'ai saisi l'occasion et, à coups de manipulations, nous nous sommes tous retrouvés ici.

Claire, la voix éteinte, intervient :

— Les récoltes avaient été mauvaises et ils ne voulaient pas être filmés en train de boire à outrance de la bière de mil.

— Vous êtes bien renseignée.

La jeune femme ne répond pas et baisse les yeux. Elle se remémore sa conversation avec Armand à propos de Bokeli. Elle avait raison, c'est exactement le même village que dans le film…

Armand. Ses connaissances. Son charisme. Et ses zones d'ombre.

Son cœur se serre.

— Les habitants nous ont accueillis avec grande méfiance, poursuit le vieil homme. Le village ne différait pas de ce qu'il est aujourd'hui. Mystérieux, à l'écart des autres et totalement désuet. J'ai commencé à tisser une relation de confiance avec le devin et le Hogon. De jour en jour, je sentais que je progressais et que l'un des deux allait me révéler la parole cachée. Mais il s'est avéré que les connaissances du guérisseur ne dépassaient pas le langage du renard pâle et que le Hogon restait, en fin de compte, bien avare en secrets. Et puis, par chance, un matin, les cérémonies de levée de deuil ont commencé. Oh ! C'était loin d'être ce que nous attendions, mais nous nous sommes dit qu'on devrait s'en contenter et faire croire à la communauté scientifique qu'il s'agissait bien de la fin du Sigui.

— Et mon fils, ose timidement Claire, vous avez dit que…

— Restons-en au mien pour le moment, votre tour viendra. Voyez, la patience est une vertu et je sais de quoi je parle.

Le jeune mère a envie de hurler de toutes ses tripes, mais triture nerveusement le tissu de son short pour s'en empêcher, comme si ce geste futile allait pouvoir apaiser la situation anxiogène.

— Revenons à nos moutons. Si je vous ai parlé de chance, c'est parce que, durant ces cérémonies, alors que je tenais la caméra, j'ai aperçu, à travers l'objectif, un visage, une figure étrange qui passait derrière les interstices de la falaise.

Claire écarquille les yeux et prononce avec peine :

— Ce n'était pas vous ? Ce que j'ai vu moi aussi dans le film, ce n'était pas vous ? J'ai cru un instant…

— Bien sûr que non puisque j'étais dans le village et que je capturais les images. J'ai compris alors à qui appartenait cette fameuse parole secrète. Les ancêtres ! Les ancêtres des Dogons. Les Tellems qu'on avait chassés et dont on avait volé les falaises pour en faire des cimetières. Dès les fêtes terminées, j'ai tout de suite été en parler au Hogon. J'étais tellement heureux, si fier d'avoir fait cette découverte scientifique. Tous les historiens se cassaient les dents sur l'extinction de ce peuple. Chassés, tués ou encore assimilés. Tous y allaient de leurs suppositions, mais jamais rien n'avait été prouvé. Le vieil homme n'a ni confirmé ni infirmé. Alors, je lui ai dit que je voulais en avoir le cœur net et que, dès la nuit tombée, j'allais grimper au-dessus du plateau et descendre dans la tombe. Il a essayé de me convaincre de renoncer, évoquant la colère des esprits. Mais je n'en ai eu que faire. Ma soif de connaissance était trop forte.

L'homme marque une pause. Il frotte ses yeux ridés, humides d'émotion, puis continue :

— Lorsque je suis parvenu au sommet de la falaise, le Hogon m'attendait, décidé à m'empêcher de réaliser mon rêve.

— Et vous l'avez tué, conclut Anatali, complètement sous le choc.

— C'était un accident.

— Ça arrive plus vite qu'on ne le pense, regrette le chauffeur.

— Effectivement. J'ai vu quand les villageois ont ramené votre ami pour le coucher sur le toit. En revanche, je me suis demandé pourquoi vous aviez mis si longtemps à l'embaumer.

— Nous n'avions pas saisi, c'est tout.

— Oui, je peux vous comprendre. Les habitants, soixante ans plus tard, sont toujours aussi peu communicatifs. Il faut dire qu'ils n'ont jamais croisé d'Européens à part vous et moi. Ils ont eu du mal à se remettre de la mort de leur chef. Ça leur a fichu un drôle de choc lorsqu'ils ont retrouvé son corps au pied de la falaise. Sans compter toutes les conséquences que ça impliquait : le Hogon était sorti de chez lui. Il avait mis pied à terre. Les cultures allaient en prendre un coup. Ils vivaient déjà quasiment en autarcie. Après ça, ils se sont encore plus isolés du monde. Ils ont bouché l'accès au village en posant une pierre dans l'interstice naturel qui perce la roche.

Claire et Anatali échangent un regard, intrigués. Armand aurait-il bougé cette pierre à leur insu, alors qu'ils étaient concentrés sur leur soif et leur fatigue suite à l'incident du marigot ? Ou avait-elle déjà été retirée par une autre main ? Mais laquelle et pourquoi ? Le chauffeur pose la question au vieil homme, mais celui-ci avoue son ignorance. Depuis le haut de la falaise, il ne peut ni tout voir ni tout savoir. La conversation revient au Hogon, à son geste désespéré pour empêcher que la parole secrète et, surtout, la présence des Tellems, ne soient révélées.

— Mais pourquoi le Hogon a-t-il agi seul ? demande Anatali. Il aurait pu envoyer quelqu'un à sa place. Cela lui aurait évité de fouler le sol et de condamner les récoltes à venir.

— Il n'a pas voulu effrayer la population. Pour elle, l'existence des Tellems n'était qu'une légende. Il pensait agir pour le bien de tous. Il croyait que, le lendemain, tout serait rentré dans l'ordre, ni vu ni connu. Le *Lébé* lui avait soufflé qu'il devait m'arrêter dans mon élan. Il a pris le risque de traverser le village. Pour la rupture de tabou, l'ancêtre-serpent lui avait dit que des sacrifices et quelques libations allaient suffire à sauver les cultures.

— Il n'avait pas prévu que vous alliez mettre fin à ses jours.

— Hélas, c'est ce qui s'est passé. Rapidement, les habitants ont compris que c'était moi. Les yeux sont partout dans la savane. Vous vous croyez seul, vous faites un pas de travers et, le lendemain, tout le monde vous regarde comme si vous étiez le diable.

— Nous le savons parfaitement, le coupe Anatali.

Le vieil homme cligne des yeux en signe d'assentiment puis poursuit :

— Les sages se sont réunis sous la *toguna*. Je n'avais pas le choix. Soit c'était la prison belge, soit il fallait que je disparaisse, que je laisse décider les esprits de la nature. Voyez cette terre hostile. Sans eau, je n'aurais pas tenu une journée. C'était la mort assurée. Je n'ai pas eu le courage de me rendre à mes pairs. Imaginez la bévue, le manque de discernement anthropologique dont j'avais fait preuve. Non, j'avais trop d'honneur pour ça. Et puis, si je rejoignais la falaise, j'allais enfin atteindre mon but et découvrir ceux qui s'y cachaient.

— Mais pourquoi ne pas être reparti une fois qu'il y a eu prescription ? demande Anatali.

— Disons que j'ai fini par croire que les esprits de la nature m'attendraient au tournant. Après plus de vingt ans, le monde extérieur m'effrayait plus qu'il ne m'attirait. Et puis, c'est le sort que je méritais. Quoi de plus grave que de prendre la vie d'un homme ? Je n'aurais plus jamais pu me regarder dans un miroir. Ici, dans la falaise, il n'y en a aucun.

Claire ose une question épineuse :

— Mais comment avez-vous su pour Armand ? Comment a-t-il pu lui-même deviner que vous étiez à Bokeli ?

— Vous ne l'avez pas encore compris ? Le carnet ! MON carnet ! Il a eu l'intelligence de me le laisser dans cette grotte.

— Votre carnet ? Mais il est au nom d'Armand.

— Si vous étiez enceinte et que votre conjoint venait à disparaître, commet penseriez-vous appeler votre fils ?

Tout se bouscule dans l'esprit de Claire. Armand. Le carnet. Il n'y a jamais écrit la moindre ligne. Elle se remémore une des dernières phrases qu'il a dites avant de mourir, alors qu'elle refusait de le lui rendre : « C'est tout ce qui me reste ». Qu'avait-elle donc fait ? Priver un homme de la seule chose qu'il possédait d'un père qu'il n'avait pas connu. Qu'il recherchait sans doute depuis de longues années. Armand était donc mort pour ça.

Pour des mots qu'il n'avait jamais écrits.

Claire sent le poids de la culpabilité peser encore bien plus lourd sur ses épaules.

— Et puis, vous avez aussi tenté de communiquer avec lui à l'aide de tous ces objets que vous déposiez pendant la nuit, intervient Anatali.

Le vieil anthropologue a l'air étonné :

— De quels objets parlez-vous donc ?

— Eh bien les cauris, la noix de cola, la poupée, le sixième doigt...

— Si j'avais voulu me manifester peu discrètement auprès de vous, je n'aurais pas pris la peine de vous faire de tels cadeaux. Avant que je ne retrouve mon carnet dans cette grotte, vous n'étiez à mes yeux qu'une bande de blancs paumés que je souhaitais voir partir au plus vite.

— D... donc, ce n'était pas vous, bégaye Claire, complètement retournée. Mais qui ?

— Peu importe, ça ne m'intéresse pas. Mais d'après les objets cités, ce sont plutôt des biens en rapport avec le mariage ou la naissance, voire l'enfance. Des trucs qui servent de dot, par exemple, comme les cauris.

— Je n'avais pas fait le rapprochement, répond Anatali. Mais si ce n'est pas vous, alors qui ?

— Je vous ai dit que ça m'était égal.

— Ça a un lien avec la disparition de mon fils ? demande timidement Claire.

— Non. Je peux vous assurer que non, rétorque le vieil homme d'un ton moqueur. À propos, très belle écriture, ce petit ! Maintenant, laissez-moi poursuivre.

La jeune femme sent à nouveau le sol se dérober sous elle.

***

Claire, tremblante, s'est collée contre Anatali. Celui-ci pose la main sur son épaule pour la rassurer du mieux qu'il peut. Ils échangent un regard inquiet, apeuré, dans la pénombre de la grotte faiblement éclairée par le faisceau de la lampe torche traînant sur le sol. Des relents de moisissure et d'excréments les assaillent au point de piquer leurs narines et de leur laisser un goût âcre au fond de la bouche.

Leur hôte, nettement plus détendu, continue de s'adresser à eux de sa voix grave et posée.

— J'ai averti mes collègues que je comptais prolonger mon séjour. Vu le manque de confort et les images dans la boîte, nous avions décidé d'avancer notre départ et de quitter le village le lendemain. Comme les habitants communiquaient très peu avec nous, mes confrères n'ont pas eu vent de mon crime. J'ai soigneusement emballé le carnet dans une enveloppe puis j'ai remis le tout à un membre de mon groupe en lui demandant de le donner à ma femme. J'y ai joint une lettre dans laquelle je lui avouais mon méfait et lui intimais de se taire. Elle savait ce que ça lui coûterait d'avoir un mari en prison. L'affront, le déshonneur. Elle ne l'aurait pas supporté. Le qu'en-dira-t-on réglait toute sa vie sociale. Il valait mieux pour elle que je sois mort plutôt que derrière les barreaux. Ça lui assurait au moins une solide rente. Oui, ma femme a toujours été quelqu'un de plus cérébral que sentimental.

— Et personne ne vous a cherché ?

— Je suppose que si, mais qu'après plusieurs mois à écumer en vain la savane inhospitalière, on a dû me déclarer mort. Il faut dire qu'il n'a pas été difficile de me cacher. Les sages ont bouché l'accès au village. Ils se sont coupés du monde. À cause d'un pauvre blanc comme moi, le Hogon avait foulé le sol et les esprits de la nature avaient asséché les cultures. La saison était déjà mauvaise et les récoltes bien maigres, mais ils n'ont pas pu s'empêcher d'y voir un signe, de faire un lien de cause à effet entre la famine et mon crime. Ils ne voulaient pas que ce genre d'expérience se répète.

— Et l'équipe scientifique ? Elle n'a pas été en mesure de retrouver le village ?

— Ah ah ! Ils étaient persuadés que j'allais rentrer. Je l'avais promis. Ça a déjà dû retarder les recherches de quelques semaines. Et puis, ils comptaient vendre les images du Dama pour celles du Sigui. C'est ce qu'ils complotaient depuis des jours. Ils auraient été bien embêtés si on avait découvert Bokeli et le pot aux roses. Leur crédibilité et leur carrière auraient été mises à mal. Ils n'avaient aucun intérêt à ce qu'on fouille par ici.

— Ils n'ont jamais mentionné le nom du village dans leurs articles scientifiques, souffle Claire.

— Qu'en savez-vous ?

— C'est Armand qui me l'a dit.

— De son vivant ? Avant que vous ne le poussiez dans le puits ?

Le ton de l'homme devient plus dur, plus puissant. Claire sent une vague d'adrénaline lui traverser le corps.

— C'était un accident, dit la jeune femme alors qu'un nouveau sanglot la submerge. Je ne voulais pas.

Le vieillard se redresse, menaçant :

— Des années que j'attendais ce moment, ici, coincé dans les profondeurs obscures de cette roche, avec pour unique paysage la plaine qui s'étend à l'infini. Imaginez un peu : passer toute une vie enfermé dans ce cimetière exigu alors que la nature vous rappelle sans cesse à quel point l'univers est immense. Et le seul espoir que vous avez est d'un jour avoir la chance que votre progéniture vous retrouve grâce à un bien que vous lui ayez laissé en héritage : le carnet qui contient toutes vos recherches. À vrai dire, je n'y croyais pas. Les probabilités étaient faibles. Mais je n'avais rien d'autre à faire que d'attendre et espérer. La falaise est la peine à perpétuité que je me suis imposée. J'espérais juste une petite visite au parloir.

— Je suis désolée.

— Vous pouvez. J'ai compris qu'il s'agissait de mon fils lorsque j'ai retrouvé mon carnet, après cinquante-quatre ans, ici, dans ce cimetière. J'ai attendu que tout le monde soit présent sur la place du village pour sortir de ma tanière. Vous imaginez le risque que j'ai pris ? À mon âge encore bien...

Claire acquiesce d'un battement de cil.

— Et vous, qu'avez-vous fait ? Vous l'avez tué. Avant même que je puisse lui dire le moindre mot. J'aurais pu lui expliquer. Justifier mon absence.

Le vieil homme se met à pleurer silencieusement.

— Et pour mon fils ? ose Claire, à la fois confuse et gorgée de peur.

— Vous qui savez tant de choses, vous avez dû apprendre qu'en des temps reculés, les gens disparaissaient régulièrement en pays dogon. Et admettez que Bokeli est resté à l'âge de la pierre. Un vrai village fantôme.

Le sang de Claire parcourt son corps à la vitesse de l'éclair. À nouveau, les paroles d'Armand s'invitent dans son esprit déjà anéanti : « Des histoires de femmes ou de gamins qui ont été kidnappés et qui ont réussi à s'enfuir. L'un d'eux aurait été emmené dans une grotte secrète garnie d'autels sacrificiels en glaise tachés de sang et couverts de plumes. »

Elle sent les veines de ses tempes pulser à se rompre.

— Non, non, pas ça ! S'il vous plaît, pas ça !

— Et pourquoi pas ? Pourquoi devrais-je être le seul à payer pour un crime ? Pourquoi seriez-vous épargnée ?

— Mais c'est un enfant !

— Que vous avez eu la chance de connaître.

— Il est innocent, implore Claire, à genoux, les mains jointes, complètement anéantie.

— Vous devriez savoir qu'ici les ancêtres ne sacrifient pas forcément les coupables.

Claire se redresse et se met à hurler. Prise d'une rage folle, guidée par le désespoir, elle agresse l'homme de ses poings meurtris, mais ce dernier, malgré son grand âge, ne bouge pas d'un pouce. Anatali observe la scène, sonné, incapable de réagir.

Le vieillard agrippe Claire par le bras et la secoue avec force. Puis il la serre contre lui, retrousse sa lèvre supérieure comme un félin ses babines, et plante ses pupilles noires chargées de haine dans les siennes.

Anatali sort de sa torpeur et supplie :

— Rendez-lui son fils, ça ne sert à rien de vous en prendre à un enfant.

Le père d'Armand esquisse un petit sourire en coin et relâche Claire comme s'il laissait échapper une proie. La jeune femme vacille et fait un pas en arrière pour trouver son équilibre.

— Que je le lui rende ? Mais bien volontiers !

Claire ouvre grand les yeux, pleine d'espoir.

Le vieil homme se retourne et crie une série de phrases dans une langue qu'Anatali ne saisit pas. Une ombre apparaît dans l'obscurité. Gracile, minuscule. De la taille d'un enfant.

La maigre silhouette reste en retrait.

— Sacha ! appelle Claire, la voix tout d'un coup plus limpide, plus vivante.

— Mais qu'est-ce que vous allez imaginer ? lui lance cruellement le vieillard.

Un organe spongieux atterrit aux pieds de Claire et vient asperger ses bottines de sang frais.

— Le voilà votre fils. Vous verrez, on vit très bien sans.

Chapitre 61

Jour 11

L'ombre s'éclipse aussi vite qu'elle était apparue.

Anatali n'en croit pas ses yeux. Les Tellems ! Les ancêtres des Dogons, les petits êtres rouges. Les maîtres de la parole initiale, celle des premiers hommes.

L'invasion dogon. Pour eux aussi, c'était la falaise ou la mort.

Claire s'est effondrée sur le sol en position fœtale, les yeux flous, hagards. Elle tient le cœur encore chaud de son fils entre ses mains et le serre contre sa poitrine en poussant des gémissements plaintifs. Des râles qui remontent de son ventre, de ses tripes. De toute son âme.

Le chauffeur se penche vers elle et lui tend la main. Elle lui prête à peine attention et, le visage éteint, répond juste « non » de la tête.

— Laissez-la. Elle va s'en sortir. C'est toujours difficile d'apprendre la mort de son enfant. Après tout, ce n'est pas dans la logique des choses, ils ne devraient pas partir avant nous. N'est-ce pas, très chère ?

Claire serre l'organe de plus belle. Ses doigts douloureux s'enfoncent dans le muscle humide tant elle s'accroche à lui. Son regard reste sans vie, absent, tandis que son pouls s'emballe à une vitesse vertigineuse. Elle éprouve beaucoup de mal à respirer. Son souffle est court et sa poitrine se soulève violemment à chaque inspiration.

Anatali lui sourit vaguement et, plein de compassion et de regrets, tente de la relever. La jeune femme n'a même plus la force de refuser d'un léger mouvement de tête.

Prise d'un ultime spasme, elle s'éteint comme une bougie.

*
**

Anatali se penche sur le corps inerte de Claire, ému, tremblant.

— Bon sang, qu'avez-vous fait ?

— Moi, rien du tout.

— Elle est morte. Comment cela se peut-il ?

— Le choc, le chagrin, allez savoir. Le cœur a lâché, tout simplement. Je le regrette. Oui, sincèrement. J'aurais bien aimé que sa douleur se prolonge. Qu'elle croupisse, elle aussi, dans ces falaises à pleurer son fils pour le restant de ses jours. Mais soit, on va dire que ce sont les esprits de la nature qui l'ont décidé ainsi.

— Dites plutôt que ce sont les ancêtres.

Le vieil homme esquisse un sourire.

— Ah ah ! Oui, dans ce cas-ci, on peut dire que votre remarque est tout à fait pertinente.

— J'ai tout de même du mal à comprendre que des hommes aient pu vivre ici pendant des siècles, parqués comme des bêtes. Qui peut accepter cela ?

— Il faut vous remettre dans le contexte de l'époque. Imaginez-vous cinq cents ans en arrière, sur ces terres inhospitalières et en compagnie de deux peuples qui ne se connaissaient ni d'Ève ni d'Adam. Pensez-vous qu'ils se sont fait des politesses ? Bien sûr que non. Quand on sait qu'à l'heure actuelle — enfin, je devrais dire, il y a soixante ans encore — des populations indiennes vivent dans ce qu'on appelle impudemment des réserves, pourquoi devrions-nous être surpris de trouver ici des Tellems ? Pouvez-vous m'expliquer en quoi cela diffère ?

— En rien. C'est juste cette résignation de leur part. Je suis étonné qu'ils ne se soient jamais révoltés.

— Leur vie est ici. Ils ne savent pas qu'il y a moyen d'aspirer à d'autres horizons. Pour eux, l'extérieur est un milieu hostile symbole de mort. Ils ignorent les continents, la neige ou encore la mer. Leur monde se limite à cette grotte et à la plaine qu'ils foulent la nuit pour voler de l'eau au puits. Leurs mythes, alimentés de génération en génération, vont en ce sens.

— Mais comment font-ils pour manger ?

— Ils se contentent de ce que la nature leur offre, et je dois dire que les morts sont nombreux. Surtout les enfants. À Bokeli, près d'un gamin sur cinq n'atteint pas l'âge de six ans. C'est énorme.

Anatali aurait préféré ne pas comprendre. Il repense aux tas d'ossements recouverts de petits crânes humains posés dans le boyau de la grotte. Grâce à leurs tombes, les Dogons leur fournissent leur pitance comme un boucher livre à domicile. L'idée le révulse et il est pris d'une subite envie de vomir. Il plie l'abdomen, place son poing devant sa bouche et ravale un relent acide. Il baisse le regard en direction du cadavre de Claire recroquevillé sur lui-même, les mains crispées sur le cœur de Sacha en un ultime geste d'amour. Il anticipe le pire. L'impensable. L'intolérable.

Il s'appuie sur la paroi de la roche pour ne pas défaillir. Et dire que c'est lui qui a aidé Claire à descendre dans cet enfer. Heureusement qu'il est parvenu à convaincre les autres de partir. De quitter ce maudit village.

En repensant aux touristes, en les imaginant marcher dans la savane sous un soleil de plomb en traînant derrière eux deux civières, son sang ne fait qu'un tour. La main toujours posée contre la pierre, le cœur au bord des lèvres, il prononce :

— Simon, les morsures...

— Votre ami ? Celui à la drôle de coiffure ? Nous l'avons cru mort.

Le chauffeur s'écroule à terre. Simon. Il avait imaginé des tas de causes à ses blessures, mais jamais rien d'aussi ignoble.

— Vous avez commencé à le... alors qu'il était encore vivant ?

— L'erreur est humaine. Vous l'avez dit vous-même, un accident est vite arrivé.

Anatali se retourne et, en un jet, vide le maigre contenu de son estomac. Entre deux spasmes abdominaux, il demande :

— Pourquoi nous l'avoir ramené ?

— Nous aurions été bien stupides de le faire. Il a profité de l'enterrement pour nous échapper. Disons qu'une corde est restée accrochée à la roche quelques heures de trop. Nous avons été beaucoup plus vigilants cette fois-ci.

Le chauffeur sent des gouttes glacées perler à son front. Il se relève et, titubant, prend le couloir vers la droite, en direction de la sortie. Il éprouve la sensation désagréable que ses muscles se liquéfient et le sentiment profond que sa fuite est vaine.

Une voix grave et morne lui confirme :

— Vous savez que ce n'est pas la peine. Il y a des choses qu'on ne regarde pas, des choses qui ne se disent pas, des choses qui ne se révèlent pas.

Epilogue

Jour 32

Niélé lâche la main de sa mère, pose son panier et resserre son turban de coton multicolore duquel dépassent des dizaines de petites tresses rigides. Djilla rattrape sa fille par le bout des doigts et l'oblige à accélérer le pas. L'enfant grimace. La cicatrice boursouflée sur chaque côté de ses mains lui fait encore mal, même dix ans plus tard.

— Mais mon nœud n'arrête pas de se défaire.

— Peu importe, quand le soleil sera couché, si nous n'avons pas atteint Bokeli, qu'adviendra-t-il de nous ?

— Tu dis toujours ça, mais, au final, il ne se passe jamais rien.

La mère ne répond pas. Sa poigne remonte sur l'avant-bras de Niélé qui peine à suivre la cadence.

— Tu me fais mal.

— On doit se dépêcher, ce sera peut-être le bon jour.

La petite répète :

— Tu dis toujours ça, mais, au final, il ne se passe jamais rien.

Elles continuent de progresser à travers la savane à un rythme soutenu. Niélé trébuche et perd le contenu de sa corbeille. Une demi-livre de poissons séchés se répand sur le sol.

— Bravo ! Oseras-tu lui offrir cela à présent ?

L'enfant se met à pleurer.

— J'ai trop peur, de toute façon. Son aïeule m'a vue et m'a poursuivie l'autre nuit. J'ai couru à travers les ruelles, de toutes mes forces. Elle m'a rattrapée, petite mère ! J'ai été obligée de me défendre.

— Tu as mordu comme le chacal. C'est ton ancêtre. Son sang coule dans tes veines. C'est ainsi, ton père, Dinga, est dogon. Ramasse ce poisson et va le lui apporter.

— Il n'est plus là, de toute façon.

Sa mère lui jette un regard noir.

— Il est déjà revenu une fois.

— Tu sais bien que ce n'était pas lui.

— Je t'interdis de dire cela. J'ai attendu des années qu'il revienne. Et une nuit, Dinga était là, à Bokeli, lui et toute sa *ginna*.

— Tu m'as forcée à l'approcher. Je sais que ce n'était pas lui. Son visage était blanc.

— Il a accepté nos présents. Tous : les cauris, la noix et même ton petit doigt.

— C'était la nuit. Il dormait. Il fallait les lui donner quand ses paupières étaient ouvertes. Il aurait vu. Et il a disparu depuis que je lui ai laissé la poupée.

— Il va revenir encore une fois. Et, un jour, quand le soleil brillera, il nous rejoindra dans la plaine. Puis, on ira à Mopti et on achètera une pinasse. On pêchera du poisson et on le vendra sur les marchés, partout, jusqu'à Ségou et Bamako.

— Tu dis toujours ça, mais, au final, il ne se passe jamais rien.

— Il m'a promis.

— Mais il est parti et le soleil a blanchi ses os et ceux de ses parents.

Djilla ramasse les poissons et les replace dans le panier qu'elle tend à sa fille.

— Il faut reprendre notre route. Quand le soleil sera couché, si nous n'avons pas atteint Bokeli, qu'adviendra-t-il de nous ?

Leurs sandales de cuir s'enfoncent dans la terre rouge de la plaine du Séno. L'astre est au zénith. Il leur reste encore plusieurs heures de marche. Niélé en a fait son parti. C'est sa routine, sa croix à porter. Ses pieds sont meurtris et ses épaules menues, à force de déplacer cette lourde pierre qui barre l'accès au village, la font atrocement souffrir.

Sans doute doit-elle payer pour le tabou que sa mère a transgressé voilà plus de dix ans.

Quand on est une Bozo, on ne fricote pas avec un Dogon.

*
**

Mère et fille progressent depuis des heures. L'air est lourd, asphyxiant. Un vent chaud venu de l'est lèche leur visage, soulevant des nappes de sable qui piquent leurs jambes nues.

Une bourrasque un peu plus forte défie le ciel et le turban de Niélé s'envole en direction du soleil couchant. La petite fille pose son panier et court à toutes jambes, les bras tendus vers le haut. Le morceau de tissu tourbillonne, suspendu dans le vide, puis termine sa danse quelques centaines de mètres plus loin, derrière un rocher saillant.

Niélé s'approche en trottinant, ses fines tresses dressées vers le soleil accablant.

Elle s'arrête net et pousse un cri de surprise.

Sa mère, à la traîne, lui lance :

— Qui a-t-il, Niélé ? Qu'as-tu vu ?

La petite fille reste pétrifiée et pointe son index droit devant elle.

— *Yorougou*, maman, le chacal ! Il se cache là, derrière la pierre.

— T'a-t-il dit quelque chose ?

— Je ne connais pas son langage.

— Du sang dogon coule dans tes veines.

— Je ne sais pas lire dans ses traces. Tu le sais.

— Demande-lui ce qu'il veut.

— Mais comment ? Et puis j'ai peur !

— C'est ton ancêtre, pourquoi le crains-tu ?

— Et s'il me veut du mal ?

— Ce qui doit arriver arrive.

Niélé prend son courage à deux mains et contourne le rocher. Elle avance avec prudence.

— Vas-y ! Ce n'est pas tous les jours que l'on croise le renard pâle, insiste sa mère. Demande-lui ce qu'il fait sur notre chemin.

La petite obéit à contrecœur. Ses jambes se mettent à flageoler lorsqu'elle parvient à hauteur de l'animal.

Elle hurle à s'en fendre les cordes vocales.

— Qu'a-t-il dit, Niélé ? Qu'a-t-il dit pour te faire crier ainsi ?

— Ce n'est plus la peine d'aller à Bokeli.

Sa mère la regarde, abasourdie, les yeux brillants d'espoir. Elle exulte :

— Pourquoi, il va enfin me rejoindre dans la plaine, c'est ça ? Ses pieds foulent déjà le sol aride du Séno ?

— Non, petite mère. Le chacal l'a mangé, lui et toute sa *ginna*.

Le renard pâle tourne la tête vers l'enfant et la fixe de ses iris couleur d'ambre. Puis, le charognard continue son festin macabre, imperturbable, rongeant le peu de chair qui reste sur des os dispersés au milieu de vêtements déchirés et de sacs en toile ternis par les rayons brûlants du soleil.

*
**

Découvrez une nouvelle inédite de Clarence Pitz

De paille et de sang

Chapitre 1
Niger, juin 2019
Le jour du drame

Edem était concentré sur son ardoise. Yeux froncés et bout de la langue coincé entre les incisives, il traçait avec une craie un « E » majuscule en prenant soin de ne pas dépasser des lignes. Cette lettre lui donnait du fil à retordre. Mais Peggy, sa maîtresse, l'avait encouragé à poursuivre ses efforts. « Tu devras souvent écrire ton prénom. Alors, entraîne-toi encore et encore. » lui avait-elle conseillé dès son premier jour de classe, cinq mois auparavant. Persévérant et perfectionniste, l'enfant n'était toujours pas pleinement satisfait du résultat. Ses parents se montraient fiers de lui, pourtant. Mais il n'était pas dupe, même du haut de ses huit ans. Il savait pertinemment que sa mère et son père étaient analphabètes et donc, de piètres juges.

Edem sentait la chaleur s'emparer petit à petit de la grande tente de toile épaisse qui lui servait de classe. La maîtresse n'était toujours pas arrivée alors que le soleil culminait bientôt au zénith. Personne à l'école n'était à cheval sur l'heure, ni les profs ni encore moins les élèves, mais Peggy restait tout de même la plus ponctuelle. Bien qu'il espérât que rien ne lui soit arrivé, le garçon en profita pour entamer une nouvelle série de « E ».

Des pas retentissaient au-dehors. Lourds, réguliers, récurrents. Ceux des militaires qui circulaient entre les tentes, mitraillettes pointées vers le bas. Ses parents lui avaient expliqué qu'ici il ne devait pas avoir peur. Que c'étaient des « gentils » qui les protégeaient, lui et ses camarades, des « méchants ».

Edem se souvenait des pétarades de coups de feu, des cris qui fusaient de partout, des visages terrifiés des enfants qui couraient en tous sens comme des poules sans tête et de l'odeur de brûlé mêlée à celle du sang. Un an s'était écoulé et, bien qu'il ait à peine atteint l'âge de raison, il se rappelait la boule d'angoisse qu'il avait ressentie dans son ventre quand des hommes armés jusqu'aux dents avaient fait irruption dans son école. Aujourd'hui encore, il pouvait sentir la douleur qui l'avait gagné au niveau des genoux à force de rester caché sous un pupitre. Son ami Imarou avait tenté de le rejoindre en prenant des risques inconsidérés. Il s'était précipité vers le banc, les yeux écarquillés et les bras derrière la tête pour protéger son crâne des balles. Il s'était écroulé à moins de dix pas de son but.

Les semaines suivantes avaient été le théâtre d'une vague de terreur, de violence et de désespoir. On avait enterré une de ses sœurs, une trentaine de ses camarades d'école et deux de ses professeurs. Certains avaient disparu comme par magie, frappés par un sort ou dévorés par des esprits néfastes de la forêt. Son grand frère

Moussa faisait partie du lot et Edem aimait l'imaginer réincarné en un animal redoutable, prêt à le secourir en cas de nouvelle attaque.

Les parents d'Edem se plaignaient de l'inefficacité des militaires. Pire, ils les craignaient. Doutaient de tout. De chaque casque, de chaque insigne, de chaque fourgon et de chaque intervention. Tantôt on leur apportait des vivres, tantôt ils subissaient la colère d'hommes en treillis qui s'affrontaient sans égard pour les civils piégés au milieu de véritables scènes de guerre.

Un jour, ses parents lui avaient dit de préparer ses affaires, car ils devaient fuir vers des cieux plus cléments. On les avait parqués dans de gros véhicules parmi des dizaines de villageois entassés comme des chèvres, plus serrés que le tissage d'un panier. Ils avaient roulé tout le jour et une bonne partie de la nuit, bagages empilés à leurs pieds et ventre creux. Avant l'aube, on les avait débarqués au milieu d'une plaine désertique où se dressait une forêt de tentes du même vert que les feuilles de bananier lorsqu'elles commencent à flétrir. On leur avait offert de l'eau et ils avaient dormi à même le sol dans des odeurs de sueur et de terre sèche.

Peu après le lever du soleil, des hommes armés étaient venus les chercher et les avaient placés par famille restreinte dans des cases de fortune biscornues et fragiles, faites uniquement de paille et d'un bâton fourchu dédié à soutenir leur toit poreux. Pas de mobilier, nulle fenêtre, aucun confort. Des parois végétales affaissées par les vents. Seul rescapé de sa fratrie, Edem s'était installé avec ses parents dans une de ces cages caduques. Par chance, on leur avait attribué un logement à quelques centaines de mètres seulement d'un point d'eau, une pompe métallique n'offrant son breuvage qu'à la force des bras.

Des dizaines de milliers de réfugiés luttaient contre la faim, la chaleur et l'ennui dans un climat tendu par la présence constante de l'armée. Edem avait mis plusieurs semaines à s'habituer à « l'école sous tente », encouragé par sa mère et son père qui souhaitaient qu'il soit alphabétisé en vue d'un avenir meilleur.

L'arrivée de colis humanitaires était toujours synonyme de joie, mais aussi d'affrontements et certains n'hésitaient pas à profiter des plus faibles pour remporter une plus grosse part de gâteau. À ce jeu-là, la famille d'Edem était presque chaque fois perdante. Ils vivaient de rien. Ils souffraient en silence.

Puis un jour, dans cet enfer désertique, une once d'espoir était apparue sous les traits de Peggy. Peggy qui était jeune, pleine d'énergie et d'une générosité sans faille. Peggy qui avait décidé de vouer sa vie à ceux qui subissent la leur. Peggy qui enseignait si bien l'art de lier les lettres et qui, chaque matin, offrait de quoi manger à Edem, le plus fragile et chétif de la classe.

Peggy qui, aujourd'hui, n'arrivait pas.

Chapitre 2
Bruxelles, novembre 2018
8 mois avant le drame

Peggy était au bord des larmes. Des années que ses vieux critiquaient sa façon de vivre et force était de constater que ce n'était pas près de s'arrêter. Si son père se montrait un peu plus modéré, sa mère ne cessait de lui jeter des regards réprobateurs.

La jeune femme serra les mâchoires, ravala un sanglot et but une gorgée de tisane dont elle reposa la tasse sur la table en chêne massif.

— C'est du suicide ! se désespéra Ghislaine en continuant d'observer sa fille comme si elle était la pire calamité que la terre ait jamais portée.

Peggy était fatiguée de répondre, gavée de devoir sans cesse répéter que son choix était réfléchi. Claude lui vint en aide, attristé par la détresse émotionnelle de sa fille.

— Allons, Ghislaine. C'est un beau projet. On devrait se réjouir d'avoir une enfant aussi altruiste. Soyons heureux qu'elle ne travaille pas pour une grosse multinationale véreuse.

— Tu ne diras plus ça quand tu resteras cinq jours sans nouvelles d'elle à te ronger les sangs.

— La région est sécurisée et des militaires surveillent le camp.

— Elle est sécurisée jusqu'à ce qu'un con se fasse péter la gueule, rétorqua la quinquagénaire.

— Tu vois toujours le mal partout, marmonna Peggy en lui jetant un œil noir.

La mère se radoucit, entoura les épaules de sa fille et lui chuchota à l'oreille :

— Tu comprendras quand tu seras maman. Tu verras les choses autrement. Et ta priorité sera la sécurité de ton enfant.

— Ou son bonheur, argumenta Peggy. Je suis malheureuse ici. Je ne trouve pas de boulot, je vis à vos crochets et aucun homme ne veut de moi.

— Mais tu vis dans le confort et tu ne manques de rien.

— Je m'ennuie et je me sens inutile. Là-bas, je pourrais servir une belle cause, instruire des enfants et acquérir de l'expérience.

— De toute façon, rien ne sert de continuer à discuter tant que nous ne saurons pas si elle est recrutée ou non, objecta Claude pour tenter de calmer le jeu.

Peggy se renfrogna. La conversation devenait de plus en plus pesante. La perspective de ne pas être choisie lui était intolérable. Cela signifiait laisser gagner sa mère, subir un nouvel échec et se sentir encore plus minable. Un boulet bon à jeter. Elle croisa les doigts sous la table, priant intérieurement pour pouvoir enfin s'échapper du cocon familial et vivre une aventure hors du commun. Une expérience qui ferait d'elle une femme intéressante et épanouie.

Claude brandit la télécommande de la télé et l'écran s'alluma sur le générique du JT de 19 heures, le sujet du jour alimentant le débat de plus belle.

Ce matin, au Niger, une école de la ville de Torodi, à la frontière du Burkina Faso, a fait l'objet d'un violent incendie. Treize victimes dont dix enfants et trois professeurs sont à déplorer. Le groupe Boko Haram a revendiqué l'attaque. Nous rappelons que depuis 2015 des dizaines d'incursions similaires ont eu lieu dans le pays et que plus de cinq mille enfants sont privés d'école par la menace terroriste.

Chapitre 3
Niger, Mai 2019
Un mois avant le drame

Une mer de vapeur transpirait de la terre et troublait l'horizon tant le soleil tapait fort en ce milieu de matinée. Peggy avait eu du mal à dormir. Elle s'était retournée un nombre incalculable de fois dans son lit, bousculant de temps à autre Malik qui avait grogné sans ouvrir un œil. Elle avait fini par sombrer peu avant l'aube et le réveil avait été particulièrement pénible.

Elle essayait de faire le vide dans son esprit, mais n'y parvenait pas. Des images de ces mois passés dans ce camp nigérien lui revenaient sans cesse en tête. Les enfants qui la sollicitaient avec gentillesse, mais à haute dose, les militaires qui se montraient plus imprévisibles et colériques que rassurants et ces paysages désertiques à perte de vue qui, hormis le côté exotique, vous aspiraient vers la désespérance. Puis des souvenirs plus anciens remontaient à la surface. Le regard bleu acier de son père, ses disputes avec sa mère, Bruxelles et ses quartiers hétéroclites, mais aussi les lettres de refus d'employeurs et son propre reflet dans le miroir de la maison familiale.

Un portrait peu flatteur qu'elle s'infligeait, faute de prendre soin d'elle et de se mettre en valeur.

Le bilan était mitigé. Avait-elle bien fait de quitter le terne et le morne pour l'ardeur et la fougue ? Avait-elle fait le bon choix ? N'aurait-elle pas pu se contenter d'une vie banale, mais stable ?

Ses pensées s'égarèrent ensuite sur sa classe, et plus particulièrement Edem. Elle avait tissé une relation particulière avec le petit garçon. Plus fluet que les autres, sa fragilité l'avait touchée. Elle l'avait aidé du mieux qu'elle pouvait pour que son séjour dans le camp lui soit moins pénible. Elle avait tenté de lui apporter un peu plus de confort en lui offrant tantôt un repas, tantôt du linge récupéré au recyclage. Des efforts qu'elle jugeait aujourd'hui vains. À quoi bon améliorer la qualité de vie d'un enfant quand on voit ce que l'avenir lui réserve.

Le néant, un désert dont peu parviennent à s'échapper.

Une misère qui tient encore plus de l'enfer que de la survie.

La voix de Malik la ramena sur terre.

— Il va être temps que tu y ailles. Tu es déjà très en retard.

— Ce camp, l'ONG, nos projets... Je me demande si, finalement, tout cela a du sens.

— Ce n'est pas le moment d'y penser. L'heure tourne.

— J'ai besoin de marcher seule. De réfléchir...

— Hors de question, je t'accompagne ! Je n'aime pas te savoir dehors toute seule.

— Les militaires sont partout. Et depuis les attaques perpétrées au centre du pays, les écoles sont mieux gardées que les prisons.

— Peu importe. Je viens, insista-t-il en lui adressant un clin d'œil.

Le couple sortit de sa case, une des seules en briques crues qui ponctuaient le paysage et que les autorités réservaient au personnel des organisations non gouvernementales, et disparut dans le méandre de tentes et paillotes du camp de déplacés.

Chapitre 4
Niger, juin 2019
Jour du drame

Gabriel commençait à trouver le temps long. Les gamins de sa classe étaient particulièrement sages — peut-être même trop — et il sombrait dans l'ennui. Il était en poste depuis deux ans et la lassitude commençait à se faire ressentir. Il exerçait un métier passionnant, mais l'idée de repartir en Europe devenait de plus en plus prégnante.

L'arrivée de Peggy dans l'école avait un tant soit peu remis les compteurs de sa patience à zéro, car elle avait apporté un peu de fraîcheur dans son quotidien. Ensemble ils avaient géré une classe surpeuplée, avaient refait le monde façon humanitaire et s'étaient liés d'une amitié sincère tout en gardant une distance très professionnelle.

Il s'inquiéta de l'heure. Déjà presque 11 heures et sa collègue n'était pas encore là. Il savait qu'elle souffrait d'insomnies depuis quelque temps et ne relevait plus ses fréquents retards. Il la sentait nerveuse, tracassée, comme si elle évoluait sur un fil tendu prêt à se rompre. Il la comprenait. Lui aussi était passé par de nombreuses phases de remise en question, surtout les premiers mois. Il s'interrogeait d'ailleurs sur sa motivation à rester une année supplémentaire à bouffer du sable sous cette chaleur de plomb. Mais lorsqu'il observait ses élèves, affairés aux tâches qu'il leur avait confiées, il ne pouvait se résoudre à les abandonner. Ils avaient confiance en lui. Il leur donnait de l'espoir. Tous avaient une histoire difficile, un fardeau qu'ils devraient porter toute leur vie. Ils avaient dû fuir leur maison, leur village, leur école. Ils avaient été chassés de chez eux par des bandes armées, contraints par la peur et la violence. Presque tous avaient perdu des proches et les plus infortunés avaient également dit adieu à leur innocence et leur dignité. Gabriel s'efforçait, chaque jour, de leur redonner goût aux plaisirs simples et de leur assurer, comme il le pouvait, un avenir décent. Il faisait de son mieux pour dispenser les cours dans une tente dont l'unique mobilier consistait en un immense tableau noir posé en équilibre contre la toile épaisse. Les petits restaient assis par terre avec pour tout matériel des tablettes d'ardoise et des craies blanches.

La classe était hétéroclite. Une cinquantaine de filles et de garçons de tous âges se côtoyaient selon leur niveau d'instruction. Nombreux accusaient du retard, freinés dans leur élan didactique par les incursions incessantes des groupes à la solde de Boko Haram. Parmi les plus jeunes, Nadja ne tenait pas en place. Elle touchait à tout, courait en bousculant les autres enfants, les empêchait de se concentrer. Son attitude espiègle énervait Gabriel autant qu'elle le séduisait. En France il l'aurait punie. Voire détestée. Ici, elle le reboostait de son énergie positive. Elle représentait l'insouciance et la joie de vivre.

Gabriel, las d'attendre Peggy et face à l'agitation incontrôlable de Nadja, autorisa les petits à aller jouer dehors. Certains avaient la chance de pouvoir manger un biscuit sec ou un morceau de fruit. D'autres devaient patienter jusqu'à 13 heures ou compter sur la générosité d'un camarade. L'école recevait les fonds nécessaires pour nourrir les élèves pendant la pause déjeuner, mais les collations n'étaient pas prévues au programme. Il savait que Peggy apportait tous les jours quelque chose au petit Edem, sensible au rachitisme du garçon. Il était à la fois touché et gêné par ce favoritisme. Des liens privilégiés se tissaient souvent avec des enfants au passé particulièrement pénible. Edem était studieux, sage, affectueux et surtout meurtri au plus profond de son âme. Sa sœur avait été violentée et assassinée sous ses yeux, tandis que son frère avait rejoint de force les armées djihadistes comme bien d'autres enfants-soldats.

Gabriel resta sous la classe-tente pendant le quart d'heure de récréation et profita du calme pour inspecter les tablettes sur lesquelles des lettres majuscules étaient tracées à la craie. Il entendait au loin les enfants courir dans la terre, souvent pieds nus ou munis de sandales déchirées. Puis il comprit qu'une violente dispute avait éclaté.

Les rires avaient laissé place à des cris.

Et, rapidement, à des hurlements d'effroi.

Chapitre 5
Bruxelles, décembre 2019
7 mois avant le drame

— Tu n'aurais pas pu nous l'annoncer après le dîner ? On aurait au moins pu profiter d'un bon repas de réveillon ! râla Ghislaine.

Peggy fulminait. La veille, elle avait reçu la réponse de l'ONG pour le poste qu'elle convoitait depuis des mois. Elle avait hurlé sa joie dans la rue après avoir raccroché. Son interlocuteur lui avait dit être ravi de l'accueillir dans leur équipe.

Elle.

Peggy la moche.

Peggy l'idiote.

Peggy le souffre-douleur.

Les minutes qui suivirent lui avaient paru irréelles. Un vrai rêve éveillé. Elle allait enfin être quelqu'un. Les enfants s'en foutraient de ses kilos en trop et de son acné récalcitrante. Et de son fichu prénom.

— C'est la meilleure nouvelle que j'ai eue à vous annoncer depuis que je suis en âge de parler, grinça la jeune femme, les yeux rivés sur son assiette remplie de purée de céleri et de compote d'airelles.

— Mais tu as conscience de te jeter dans la gueule du loup ? Tous ces Nigériens ne songent qu'à venir chez nous et, toi, tu fais des pieds et des mains pour partir là-bas !

— De toute façon, j'ai été engagée et ma décision est prise. Je te rappelle que je suis majeure et libre de me casser où je veux.

— Bien sûr que tu n'as pas de comptes à nous rendre, mais pense aussi à ce que ressent ta mère, tempéra Claude. Elle s'inquiète pour toi. Avec tout ce qu'on voit aux infos...

Mère et fille se radoucirent un peu. Peggy rappela son envie de changer radicalement de vie. D'exister. De ne plus être transparente. Ghislaine lui proposa un morceau de dinde que la jeune femme refusa poliment.

— Tu as besoin de fer ! Et puis tu vas devenir toute maigre. Dieu sait comment tu seras nourrie là-bas.

— J'ai de la marge et la bouffe est le cadet de mes soucis.

— Tu prendras quand même de la bûche ?

— Je n'ai plus très faim, à vrai dire. Et je suis épuisée.

— Eh ben une chance qu'on n'est pas du style à se taper la messe de minuit ! Tu bâilles déjà à 22 heures.

— Non, je veux dire que je suis fatiguée de devoir sans cesse me justifier. D'ailleurs je dois partir. On m'attend.

— Ouh la la ! s'exclama Claude. Et on peut savoir qui ?

Peggy resta mystérieuse quelques minutes, contournant les questions indiscrètes. Puis, face à ses parents insistants, elle finit par lâcher le morceau :

— Mon futur chef de mission.

— Un 24 décembre, s'étonna Ghislaine en manquant de s'étouffer avec un bout de rôti.

— Une histoire de repas caritatif. Bref, ça me regarde.

— Amuse-toi bien et fais attention à toi, lui lança Claude en lui adressant un clin d'œil.

Et la jeune femme quitta l'appartement de ses parents pour rejoindre Malik.

Chapitre 6
Niger, mai 2019
Deux semaines avant le drame

— Pourquoi on ne peut pas jouer à l'extérieur ? demanda Nadja d'un air suppliant.

— On attend l'autorisation des militaires, répondit Gabriel.

— Il y a des méchants dehors ? C'est ça ? s'inquiéta la fillette, communiquant sa peur aux autres enfants.

L'atmosphère était tendue depuis la veille. L'armée avait aperçu des véhicules suspects aux abords du camp. Ils avaient demandé aux enseignants de ne pas laisser sortir les élèves pendant les récréations. Des hommes armés surveillaient la tente de près. En cas d'attaque, l'école serait la première visée. Boko Haram éliminait les problèmes à la source. Et son cheval de bataille était l'éradication de toute éducation à l'occidentale.

Mis à part Nadja à qui la nervosité dictait de s'aérer et de s'ébattre, aucun enfant ne posait de questions. Ils avaient grandi dans ces conditions délétères et l'épée de

Damoclès au-dessus de leur tête leur semblait rangée à la bonne place. Ils ne se plaignaient pas. Comme ils n'exprimaient pas la faim et la soif. À quoi bon ?

— Non, mais il vaut mieux rester prudents et ne pas sortir. Tu n'as qu'à sauter à pieds joints si tu as besoin de te dégourdir les jambes, intervint Peggy que la gamine avait tendance à irriter. Nerveuse, elle était peu obéissante. Une petite fille bien trop curieuse qui se mêlait sans cesse des affaires des autres. Une fouineuse, une source de problèmes qu'il fallait garder à l'œil.

— Et si les méchants rentrent ici, du coup ?

— Ça n'arrivera pas ! s'agaça Peggy. Et tais-toi, maintenant ! Tu distrais tes camarades.

Gabriel observa sa collègue, contrarié. Elle était particulièrement stressée ce matin. Les avertissements des militaires devaient y être pour quelque chose. Des bruits couraient dans le campement et la tension était palpable depuis plusieurs jours. Certains avaient aperçu des individus suspects, d'autres des enfants errants qui n'appartenaient à aucune famille. Les ravitaillements, moins copieux, étaient source de paranoïa. Ils avaient sûrement fait l'objet de confiscations de la part de bandes armées. Ceux-ci prenaient des forces. Il fallait s'attendre au pire.

Nadja insista, réclama des réponses. L'institutrice la laissa trépigner. Les autres enfants commencèrent à montrer des signes d'inquiétude. Eux d'habitude si placides, si résignés.

— La consigne est très claire. On reste groupés ici. Il n'y a aucune raison de paniquer. Il suffit de ne pas quitter la tente et tout se passera bien.

— Ne leur mens pas, Peggy. Ils ne sont pas idiots. Rassure-les, mais ne leur mens pas, lui chuchota Gabriel à l'oreille.

Une petite voix timide se fit entendre depuis le fond de la tente. Edem s'était levé et son angoisse toucha les deux enseignants au plus profond de leur âme.

— On va venir nous prendre, c'est ça ? Ou nous tuer ?

Alors Peggy observa tous les élèves, les nerfs à vif, mais la tête froide, et leur donna des directives bouleversantes.

— Les enfants… Si jamais vous vous sentez en danger… Si des méchants devaient menacer notre classe… Fuyez. Et si c'est trop tard, serrez-vous tous contre moi et priez. Je vous protégerai.

Chapitre 7
Aéroport de Zaventem, janvier 2019
6 mois avant le drame

— C'est bien notre veine ! On est en plein mois de janvier et le parking est complet !

— Il reste de la place au dernier étage, Ghislaine. On prendra l'ascenseur, répondit Claude.

— Et avec un peu de chance, on restera bloqués dedans !

— Tu insinues quoi, maman, par « avec un peu de chance » ?

— Que tu rateras ton avion.

— Bon sang ! Jusqu'au bout tu m'auras pourri la vie avec ce projet ! Tu ne sais pas te réjouir pour moi ?

— Quelle mère se réjouirait de laisser partir son enfant en terres hostiles ?

— Une mère qui voudrait son bonheur.

— Justement. C'est ce que je souhaite le plus au monde.

Ghislaine se mit à pleurer. Discrètement d'abord. Par pudeur. Elle n'avait jamais été du genre à exprimer ses sentiments. Puis elle fondit littéralement en larmes. Peggy ne réagit pas, blasée par l'attitude de sa mère. Celle-ci lui coupait les ailes depuis presque trente ans. Elle ne voulait céder à aucun chantage affectif. Elle laissa son père gérer la situation.

— Allons, chérie, tout va bien se passer, la rassura Claude. Elle nous a toujours prouvé qu'on pouvait lui faire confiance. Et les ONG n'envoient pas les gens n'importe où. Si ça devient trop dangereux, ils la rapatrieront.

— Je l'ai portée pendant neuf mois. J'ai souffert pendant des heures pour la mettre au monde. Je l'ai nourrie au sein. J'ai été là pour elle à chaque étape de sa vie. Et j'ai peur de la perdre.

— Si je ne pars pas, c'est moi qui me perds, maman. Merci d'avoir été là pour moi. Mais j'ai besoin de prendre mon envol. Et puis, j'ai trop de souvenirs négatifs à Bruxelles. Je ne supporte plus cette ville. Tu le sais.

— On pourrait déménager à Namur ou à Mons, proposa naïvement la mère, désespérée.

— Malik est déjà sur place. Je veux le rejoindre.

— Pfffffff. Ce Malik. Il n'y en a plus que pour lui ces derniers temps.

— Eh oui, que veux-tu, ma chérie ! C'est l'amour ! s'exclama Claude en se parquant.

Ghislaine continua à faire part de son indignation. Tout était allé si vite. La décision de Peggy, la réponse de l'ONG, sa rencontre avec Malik. Sa complicité avec sa fille s'était émiettée au fil des semaines. Elle était peu présente à la maison, aussi bien physiquement que mentalement. Peggy n'avait jamais ramené d'homme chez eux avant ce garçon. Elle semblait éblouie pas ses idéaux, ses projets et la vie formidable qu'il lui faisait miroiter au Niger. Claude voyait ça d'un bon œil. Il s'était toujours inquiété pour Peggy, son manque de relations sociales, sa crainte des autres, son repli sur elle-même. Peu sûre d'elle, complexée par son physique, elle ratait tous ses entretiens d'embauche et restait pauvre en amitié.

Ghislaine vécut leur parcours dans les dédales du parking jusqu'aux comptoirs d'embarquement comme un chemin de croix. Elle s'efforça de garder le silence même si l'envie de crier son désespoir la tenaillait.

Lorsqu'elle serra sa fille dans ses bras, de toutes ses forces, avant que celle-ci ne s'évanouisse vers la douane, elle sut, comme une mère devine les choses de manière intuitive, presque magique, que cette embrassade serait la dernière.

Chapitre 8
Niger, juin 2019
Jour du drame

Les cris s'intensifièrent au-dehors. Des bruits secs transpercèrent la toile de la tente. Des hurlements de peur glacèrent le sang de Gabriel. L'enseignant se précipita vers la sortie pour secourir les enfants. Les aider à fuir. Les obliger à courir le plus loin et le plus vite possible. Il trébucha sur une ardoise abandonnée au sol, s'étala de tout son long en pestant, les nerfs à vif, le front en sueur. Il s'appuya sur les mains pour se relever, étouffant un petit râle de douleur. Ses genoux avaient morflé et c'est en boitillant qu'il atteignit la sortie, les yeux agressés par les rayons aveuglants du soleil. Il mit quelques secondes à s'habituer à la forte luminosité qui lui avait imprimé des taches noires sur la rétine. La première chose qu'il repéra fut la petite Amy qui se débattait alors qu'un enfant à l'aube de l'adolescence la retenait par sa longue robe dont il avait déjà déchiré le tissu au niveau du dos. La tête du gamin ne lui disait rien. Mais la machette qu'il portait à la ceinture lui disait tout.

Il resta un instant paralysé, repensant aux bruits qui avaient couru dans le camp ces dernières semaines. Ces histoires d'enfants qui n'appartenaient à personne et qui se promenaient entre les paillotes. Ces hommes qui guettaient au loin, dans la savane. Ces vivres qui n'arrivaient pas. Il ne sentait plus la douleur de ses genoux. Elle avait été étouffée par la peur. La crainte de voir mourir sous ses yeux les cinquante élèves de sa classe.

L'angoisse l'envahit totalement lorsqu'il comprit que le gamin à la machette retenait Amy pour la replacer au milieu des autres enfants, réunis en un cercle compact, à quelques mètres de la classe-tente. Debout, les mains posées sur la tête, pleurant à chaudes larmes, les petits se soumettaient à des gosses armés.

Il cria à Amy d'obéir. De ne pas lutter. Cela ne servait à rien. Elle se prendrait des coups inutiles plutôt que d'accepter la fatalité. Elle se retourna vers lui, lui sourit puis mordit son assaillant à pleines dents, au niveau de l'avant-bras.

La punition ne se fit pas attendre. Gabriel ferma les paupières, incapable d'assister au massacre.

⁂

Peggy approcha de la tente peu après 11 heures. Au loin, elle aperçut les enfants regroupés en rond, les mains derrière le crâne. Autour d'eux, trois préadolescents vociféraient des menaces. Les petits étaient terrorisés. Son premier réflexe fut de chercher Edem du regard. Le plus fragile. Le plus attachant. Celui qu'elle avait protégé durant ces derniers mois. Il était prostré au centre du cercle, tenant à peine sur ses jambes rachitiques, les yeux clos d'où coulait un torrent de larmes.

Peggy eut un pincement au cœur. Elle frissonna malgré le soleil ardent qui mordait la peau de son visage et la brûlait à travers le tissu de son hidjab. Elle était en nage sous ce vêtement que lui imposait Malik. Pour sa sécurité. Pour obéir aux prescrits de Boko Haram.

Elle avait croisé des militaires en chemin. Elle les avait prévenus que des hommes armés sévissaient à près d'un kilomètre plus à l'ouest. Elle les avait vus. Ils s'attaquaient à des civils.

On croyait toujours une institutrice.

*
**

Les enfants accueillirent leur maîtresse avec grand soulagement. Ils la regardèrent avec les yeux de l'espoir et de l'amour comme si elle était le messie qui allait les sauver de leurs bourreaux.

Peggy savait toujours quoi faire.

Peggy était toujours gentille.

— Surtout, ne paniquez pas ! leur ordonna-t-elle. Ne vous encourez pas ! Les rebelles vous rattraperont.

Edem ouvrit les yeux au son de la voix de la jeune femme. Ses jambes aussi maigres que celles d'un bonhomme bâton cessèrent de trembler. Mais son chagrin ne s'arrêta pas. Bien au contraire. Il avait fermé les paupières pour ne plus avoir à regarder l'innommable. Pour ne plus devoir affronter la pire trahison qui soit. Et, surtout, en espérant que son frère aurait disparu après qu'il les ait rouverts. Moussa qui ne s'était pas transformé en animal sauvage prêt à le défendre, mais en monstre cruel décidé à tuer.

Peggy se fraya un chemin parmi la grappe d'enfants, passant ses doigts dans les cheveux des garçons, caressant le voile qui recouvrait la tête des fillettes. Elle se planta au beau milieu du groupe, sans être inquiétée par les ados qui continuaient à menacer les élèves, tantôt d'une machette, tantôt d'une mitraillette.

Edem prit sa main dans la sienne.

Elle allait le protéger.

Comme toujours.

Il sentit à quel point elle avait les paumes moites. Ses doigts glissaient entre les siens. Il croisa son regard fiévreux et comprit que même Peggy ne pourrait le sauver. Il fit le vide dans son esprit, pria comme elle lui avait demandé de le faire quelques jours auparavant et attendit son sinistre sort en silence.

Les enfants... Si jamais vous vous sentez en danger... Si des méchants devaient menacer notre classe... Fuyez. Et si c'est trop tard, serrez-vous tous contre moi et priez. Je vous protégerai.

La voix perchée de Nadja le sortit de sa torpeur. La fillette s'adressa à l'institutrice en essayant de lui soulever la robe.

— Pourquoi t'as une lumière qui clignote sous ta jupe ?

Chapitre 9
Niger, juin 2019
Après le drame

La vue de Gabriel n'était toujours pas optimale. Le chirurgien avait mis des heures à retirer un à un les débris qu'il avait reçus dans les yeux. Il avait été transporté vers la clinique la plus proche puis, une fois les premiers secours prodigués et les hémorragies endiguées, avait été transféré à l'hôpital général de Niamey, une structure de soins gérée par des spécialistes nigériens et chinois. Il était encore alité, mais avait pu quitter les soins intensifs après deux semaines. Il en était quitte pour plusieurs autres opérations des globes oculaires et une prothèse de la main droite. Il avait eu le réflexe de se protéger le crâne en le recouvrant de ses paumes. Il s'en félicitait aujourd'hui, mais avec amertume.

Deux visiteurs frappèrent à sa porte. Il les invita à entrer et les salua, heureux d'avoir un peu de compagnie. Malgré la fatigue qui le terrassait, les journées semblaient s'étirer à l'infini.

Les parents de Peggy s'assirent près de lui, les traits tirés et les yeux cernés par le désespoir. La détresse se lisait sur leurs visages, le chagrin suintait de leurs regards. Gabriel fondit en larmes.

— Je suis désolé, tellement désolé, psalmodia-t-il, effondré. Je n'ai rien pu faire.

— Ce n'est pas votre faute, le déculpabilisa Claude.

— Je suis resté en retrait comme un con. Tout s'est passé si vite. Je n'ai rien compris. Rien du tout. Tous les enfants l'entouraient, Edem la tenait par la main puis, d'un seul coup, tout a volé en éclats. Et je me suis réveillé à l'hôpital.

— On ne vous en veut pas, le rassura Claude.

Ghislaine fulminait. Non qu'elle en voulût à ce brave Gabriel en particulier. Elle maudissait la terre entière. On lui avait arraché sa fille. On lui avait pris son bébé.

— Pourtant, moi, je m'en veux tellement, si vous saviez… J'aurais dû le voir. J'aurais dû me rendre compte que quelque chose ne tournait pas rond chez elle.

— Nous sommes ses parents et nous nous sommes fourvoyés nous aussi, regretta Claude. C'est à nous de nous excuser auprès de vous. La culpabilité nous ronge depuis le drame. Nous l'avons élevée, nous la connaissions mieux que quiconque, et sa mort est pour nous plus qu'un drame. C'est un échec. Une honte.

— Ne soyez pas si sévères envers vous-même. Le seul coupable, au fond, c'est Malik.

— Je n'ai jamais aimé ce type, maugréa Ghislaine. Il m'a tout de suite semblé louche. J'espère qu'il payera pour ses crimes.

— Il s'est volatilisé dans la nature, regretta Gabriel. Il aura regagné les rangs d'un de ces foutus groupuscules à la solde de Boko Haram. C'est lui qui a revendiqué l'explosion. Courageux, le salaud ! Même pas assez couillu pour se faire sauter lui-même. Il a fallu qu'il endoctrine une femme.

Un silence brisa la conversation. Les parents de Peggy avaient été très sollicités depuis l'attaque terroriste du camp de déplacés, aussi bien par les autorités belges et nigériennes que par les médias. Ils n'avaient pas envie d'entendre une nouvelle fois que leur fille avait commis un acte d'une atrocité sans nom. Ils désiraient vivre en paix et assurer à Gabriel qu'ils ne lui en voulaient pas. Qu'il était une victime, lui aussi. Qu'il avait été ignoblement trahi.

Ghislaine et Claude quittèrent l'hôpital le cœur un peu plus léger, bien que toujours anéantis.

Claude s'investit à fond dans des causes humanitaires et lutta comme il le pouvait, sillonnant l'Afrique de long en large, contre toute forme de violence subie par les populations fragilisées. Il prit cela comme une sorte de rédemption, de pardon pour avoir été aveugle aux tourments de Peggy.

Ghislaine refusa de remettre un pied sur le continent africain. Dégoûtée, aigrie, elle le diabolisait et le tenait responsable de la mort de sa fille.

Puis un jour, après de longues discussions au cours desquelles son époux évoquait leurs quarante ans de mariage et son souhait le plus cher de visiter le Mali, elle céda et accepta de participer à un voyage au pays dogon pour assister à de fameuses cérémonies qui n'ont lieu que tous les soixante ans.

Tu ne peux pas refuser, chérie ! Voir le Sigui, c'est la chance d'une vie !

Remerciements

Je respire un bon coup et me dirige vers la porte de la case. Je sais qu'ils attendent que je sorte et ça me met la pression. La chaleur est étouffante et je regrette d'avoir fait vivre un tel enfer à mes personnages pendant tout le roman.

Je pénètre dans la cour et je les aperçois tous, d'abord un peu flous, mes yeux agressés par les rayons brûlants du soleil. Je m'habitue à la luminosité et les voir distinctement augmente encore mon stress d'un cran.

Je m'installe derrière un pupitre de bois sculpté et je pose une pile de calebasses sur le sol. Ma gorge est nouée et je redoute le manque de clarté de ma voix. Je toussote discrètement puis me lance.

— Merci d'être là aujourd'hui et, surtout, d'avoir été présents à mes côtés tout au long de la réalisation de ce premier livre.

Je suis émue, mais je ne le montre pas. Je n'ai jamais été quelqu'un de très démonstratif et je le regrette plus que jamais.

— Bon, je ne vais pas laisser durer le suspense plus longtemps et on va tout de suite passer à la remise des calebasses d'or.

Je me baisse et ramasse d'une main un peu tremblante un des récipients posés à mes pieds.

— Dans la catégorie : « C'est à cause ou grâce à moi que Clarence s'est mise à écrire », les nominés sont : Yasmine et Zia. And the winner is... Yasmine ! Bravo ! C'est amplement mérité.

Elle se lève et s'approche de moi pour récupérer sa calebasse. Je la remercie encore une fois de m'avoir incitée à écrire. J'avoue, sans elle, ça ne me serait jamais venu à l'idée.

— Ensuite, dans la catégorie « J'ai relu le manuscrit tellement de fois que je le connais presque par cœur », les nominés sont : Viviane, Stéphanie et Cyril.

Moment d'attente, roulements de tambour et le verdict tombe :

— Stéphanie ! Bravo à elle pour son courage et sa pugnacité puisqu'elle l'a tout de même lu trois fois avant sa publication.

Elle récupère son trophée et glisse ses doigts dans mes cheveux. Ils se referment affectueusement et pourtant, je grimace.

— Les nominés pour la calebasse de la meilleure image de couverture sont : Marie et... Marie. Bon, ben... Bravo !

Je jette un coup d'œil à la couverture, satisfaite, puis poursuis :

— Dans la catégorie « Je repère la moindre coquille et je traque chaque virgule mal placée », les nominés sont : Viviane, Stéphanie, Cyril et Renaud. Le choix n'a pas été facile, vous m'avez tous été d'une aide précieuse, mais la plus acharnée, celle qui n'a (j'espère) rien laissé passer est… Viviane ! Je ne sais toujours pas comment j'aurais fait sans elle…

Je lui remets une calebasse dont les dessins, finement sculptés, représentent des virgules et autres points d'exclamation. Elle la scrute pour vérifier qu'il n'y ait aucune faute.

— Je voudrais maintenant remettre des récompenses dans une catégorie un peu spéciale, mais pourtant très importante : « Je subis le stress et les crises d'angoisse de Clarence pendant tout le processus de publication ». Les courageux nominés sont : Sylvia, Gérald et Cyril. Bravo à Cyril pour son œuvre intitulée : « Pas de souci, je suis un mec patient et je ne dors jamais. »

Franchement, chapeau, il mérite amplement sa calebasse d'or, ça n'a pas dû être facile tous les jours.

— Les deux nominés suivants sont impossibles à départager. Ils reçoivent tous les deux la calebasse des meilleurs éditeurs. Merci à Marc-Olivier et Salvatore pour leur confiance. Amitiés à Jean-Pierre.

J'ai glissé des cuberdons au fond de leurs calebasses. Ils sont ravis.

— Il me reste encore une calebasse, un peu particulière aussi, mais elle me tenait à cœur. Celle du plus beau compliment reçu au cours de la rédaction de ce livre. Les nominés sont nombreux, mais je tenais à remettre un trophée à Jacques. Il ne le sait peut-être pas, mais ses commentaires m'ont vraiment aidée à croire en cette histoire et à la mener jusqu'au bout.

Je voudrais aussi remercier trois personnes qui m'ont apporté leur aide précieuse et leur offrir une calebasse. Amassolou, guide touristique et auteur dogon, pour ses connaissances du pays dogon et ses traductions. Céline et David pour leur lecture et leurs conseils avisés concernant la nouvelle « De paille et de sang ».

La soirée se termine et je reste un peu nostalgique, à l'intérieur de la case, à repenser à ces longs mois passés en compagnie d'Armand, Sacha, Claire et tous les autres. J'espère, cher lecteur, que vous aurez pris autant de plaisir que moi à vivre avec eux dans les falaises de Bandiagara. Je vous remercie infiniment pour votre lecture et je vous invite à visiter un jour le pays dogon et ses paysages grandioses. Et vous verrez, les Dogons sont vraiment très accueillants. Si, toutefois, vous étiez perdu dans la savane et que vous atterrissiez dans un village appelé Bokeli, fuyez ! Il n'existe pas !

Si les passages du livre de Marcel Griaule « Dieu d'eau, entretiens avec Ogotemmêli » édité chez Fayard vous ont donné envie de lire l'ouvrage complet, n'hésitez pas, il est passionnant.

Et, qui sait, nous nous croiserons peut-être en 2027 pour les prochaines cérémonies du Sigui ?

Dans la même collection

Claustrations, Salvatore Minni, 2019 (Prix Mot Passant 2018 * Coup de Coeur du Jury du Prix du Balai d'Or 2019)
La Catabase, Jack Jakoli, 2019
Les Parapluies noirs, Chris Loseus, 2019
La Parole du chacal, Clarence Pitz, 2020
Ma Vie sera pire que la tienne, Williams Exbrayat, 2020
L'Ange du mal, Gilles Caillot, 2021
Réminiscence, Gilles Caillot, 2021
Immondanités, Gilles Caillot, 2021
Les Ailes arrachées des anges, Gilles Caillot, 2021

Phénix Noir

Phénix Noir